La abuela Lola

Novela

Cecilia Samartin

La abuela Lola

Traducción de Julia C. Gómez Sáez

mr · ediciones

El papel utilizado para la impresión de este libro es cien por cien libre de cloro y está calificado como **papel ecológico**.

Título original: *Mofongo*

Ediciones Martínez Roca es un sello editorial de Ediciones Planeta Madrid, S. A.
Paseo de Recoletos, 4. 28001 Madrid (España)
www.mrediciones.com
www.planetadelibros.com

Ilustración de la cubierta: © Jan Bickerton / Trevillion
Fotografía de la autora: © Jon Edwards
Primera edición en Colección Booket: junio de 2013

Depósito legal: M. 12.397-2013
ISBN: 978-84-270-4010-6
Impresión y encuadernación: BLACK PRINT CPI (Barcelona)
Printed in Spain - Impreso en España

Biografía

Cecilia Samartin es una autora cubana. Nacida en La Habana, cuando tan solo era una niña se vio obligada a huir de Cuba debido a la Revolución. Desde entonces vive en California con su marido. Muchos de sus libros tratan esta dura realidad que le tocó vivir en su más tierna infancia. Estudió Psicología, Terapia familiar y Terapia matrimonial. Actualmente está inmersa en un proyecto para ayudar a mejorar las condiciones de los más desfavorecidos en Los Ángeles. Entre su larga trayectoria como escritora destacan títulos como *Señor peregrino*, *La abuela Lola* o *Ghost Heart.*

Para mi madre y mi padre, que me enseñaron
que hay pocas experiencias más gratificantes
en la vida que disfrutar de una comida deliciosa
en compañía de la familia y de los amigos

«Cuba y Puerto Rico son
de un pájaro las dos alas,
reciben flores y balas
sobre el mismo corazón...»

Lola Rodríguez de Tío
(1843-1924)

ÍNDICE

CAPÍTULO UNO

El asfixiante sol californiano caía sobre el patio del colegio, y el calor que irradiaba el metal del tobogán derretía el aire circundante, creando una trémula bruma a su alrededor. Cuando eso ocurría, Sebastian prefería sentarse a la sombra, en el banco bajo el sauce cerca de la pista de pelota atada. Desde allí podía mantenerse al fresco mientras contemplaba a sus compañeros de clase, que corrían de un extremo al otro del patio, y se maravillaba de que aquel bochorno no les molestara cuando a él prácticamente lo dejaba sin aliento.

Si la pista estaba vacía y no hacía demasiado calor, abandonaba su refugio a la sombra para tumbarse en el suelo justo debajo de la desgastada pelota que colgaba de su cadena. Se colocaba las manos bajo las caderas manteniendo los codos y los hombros apoyados en el suelo y elevaba las piernas por encima de la cabeza. Así, lograba alcanzar la pelota con los pies y le propinaba una buena patada que la obligaba a trazar una amplia órbita alrededor del poste. La contemplaba girar y girar sobre su cabeza, acercándose y alejándose, sin apartar los ojos de ella a medida que se ralentizaba describiendo perezosas curvas. Entonces cerraba los ojos y escuchaba el sonido metálico de la cadena chocando y crujiendo alrededor del poste. Lo que más le fascinaba era la vibración que llegaba hasta las profundidades del propio poste. Cuando repiqueteaba y zumbaba de determinada manera, Sebastian lograba percibir cierto sonido solitario, como el de un tren traqueteando en la lejanía, o el del agua de la lluvia borboteando por el interior del canalón junto a la ventana de su dormitorio. Disfrutaba tanto de ese triste y prolongado ritmo que golpeaba la pelota una y otra vez.

Si lograba reunir la energía necesaria para pasarse los veinte minutos que duraba el recreo golpeando la pelota, su mente viajaba hacia universos más alegres y se imaginaba que era el jugador de fútbol más famoso del mundo y que todos sus compañeros de clase se congregaban a su alrededor para verle ganar un campeonato. No importaba que, en realidad, estuviera tumbado en el suelo, dándole patadas a la pelota en el aire. Aquel pequeño detalle no le privaba de la inmensa satisfacción de conseguir la gloria. Y cuando lograba anotar el gol de la victoria y escuchaba a sus fieles seguidores ovacionándolo, se le hinchaba el pecho de orgullo y se le empañaban los ojos. Aunque era extraordinariamente hábil y valiente, seguía siendo un héroe humilde.

Pero cuando se sentía demasiado cansado para hacer todo eso, se contentaba con permanecer a la sombra, en el banco bajo el árbol, contemplando a sus compañeros de clase jugar al fútbol. Le fascinaba cómo corrían por el campo y movían los brazos y las piernas con total despreocupación, persiguiendo el balón como si sus vidas dependieran de ello. Se caían unos sobre otros, y saltaban en el aire y aterrizaban sobre las rodillas, la espalda e incluso, a veces, la cabeza. Pero independientemente de lo dura que fuera la caída, siempre conseguían ponerse en pie y seguir corriendo.

Y aunque él se encontraba demasiado lejos para que los demás le oyeran o percibieran su presencia, cuando alguien marcaba un gol particularmente llamativo, él se ponía en pie y agitaba los brazos, vitoreándolo. Y si toda aquella emoción hacía que su pulso se acelerara más de lo recomendable, se colocaba la mano sobre el corazón y respiraba profundamente varias veces hasta que las pulsaciones disminuían a una velocidad normal.

Sebastian no olvidaba nunca que su corazón desbocado podía acabar con él. Pero resultaba curioso porque, siempre que el corazón le palpitaba contra el tórax y la sangre le corría velozmente por las venas, era cuando más vivo se sentía. Por supuesto, en aquellos momentos también recordaba el adusto semblante que ensombreció el rostro de su madre cuando lo matriculó aquel curso en el colegio, una expresión que adoptaba un año tras otro desde que él había empezado a ir a la guardería. Su madre siempre se citaba con los profesores nuevos de su hijo al principio del curso porque quería que supieran que el suyo no era un niño como los demás. Sí, que era menudo para su edad era algo de lo que podían percatarse por sí mismos, pero había mucho más.

Una complicada jerga médica que habría hecho que a la mayoría de la gente se le trabara la lengua surgía fácilmente de la de su madre, como si ella misma hubiera llevado a cabo la delicada operación que salvó la vida de Sebastian cuando apenas contaba unos días de edad.

—Mi hijo nació con un defecto septal auriculoventricular en el corazón, conocido comúnmente como DSAV —decía—. Esto significa que cuando aún era un feto se le formaron incorrectamente los cojinetes endocárdicos del corazón encargados de separar las aurículas de los ventrículos. Ahora bien, esta deformación puede clasificarse por su gravedad en tres categorías. —Cuando llegaba a ese punto, su mirada adquiría un aspecto vidrioso, aunque seguía pronunciando todas las palabras de forma clara y precisa—. Desgraciadamente, mi hijo tiene un defecto DSAV completo que hizo necesaria una intervención quirúrgica inmediata para corregir la fuga de sangre oxigenada...

Dado que Sebastian se encontraba siempre presente durante este discurso anual, se imaginaba a sí mismo tendido sobre la mesa de operaciones, con la caja torácica abierta por la mitad y su pecho totalmente al descubierto, dejando ver la deformación de la que su madre hablaba. La imagen que tenía de su corazón había evolucionado a lo largo de los años. Hacía tiempo que se lo imaginaba como un filete pequeño y después como carne picada de hamburguesa, a veces cocinada y otras cruda. Hubo un año en el que se sorprendió y se sintió algo inquieto al descubrir que su corazón había mutado para convertirse en una patata putrefacta llena de raíces y extrañas protuberancias bulbosas. Y, sin embargo, últimamente su corazón había empezado a parecerse a un cuenco de sopa de fideos y, en lugar de latir, borboteaba de un lado a otro, rebosando a veces por los bordes.

Se imaginaba a su cardiólogo, el doctor Lim, asomándose a la caverna de su pecho, pinchándole el corazón con afilados instrumentos quirúrgicos que más bien parecían palillos chinos, distribuyendo las distintas partes más o menos donde pensaba que irían, aunque nunca parecía muy seguro. El médico no se daba cuenta de que algunos fideos se salían del cuenco y caían al suelo mientras él trabajaba y, cada año, cuando la madre de Sebastian contaba su historia y el doctor Lim cosía finalmente el pecho de Sebastian, quedaba un poquito menos de su corazón dentro del cuenco.

Su madre proseguía:

—Pueden surgir ciertas complicaciones durante la cirugía y, en el caso de mi hijo, dado que su estado era tan crítico y que era necesario colocar el parche en el ventrículo muy cerca de la zona del corazón en la que se generan los impulsos eléctricos, el órgano quedó dañado y fue imprescindible colocarle también un marcapasos...

Sebastian se imaginaba esto también, una cajita de metal aproximadamente del tamaño de un teléfono móvil escondido entre los húmedos fideos de su corazón. Cuando la cajita vibraba, los fideos temblaban y se quedaban de nuevo quietos, para luego continuar con un intercambio sin fin de trémulas vibraciones que lo mantenían a él con vida. El marcapasos seguía vibrando hasta que se le gastaba la pila y entonces, igual que hacía su padre siempre que se fundía la luz de la guantera de su coche, el doctor Lim le volvía a abrir el tórax y le cambiaba las pilas viejas por unas nuevas.

Después de escuchar las explicaciones de su madre sobre sus problemas cardíacos, los profesores de Sebastian normalmente se quedaban sin habla. Durante varios minutos daba la sensación de que más bien eran estudiantes con pocas luces que no habían hecho sus deberes, en lugar de inteligentes profesores que debían conocer todas las respuestas. Sin embargo, al final, siempre comprendían que, aunque el DSAV solía tratarse correctamente, el caso de Sebastian era único y muy especial y que resultaba necesario tomar medidas únicas y muy especiales para protegerle de la innombrable tragedia.

No obstante, afortunadamente para todo el mundo, este complicado problema exigía que el profesor de turno respetara una sencilla norma: Sebastian debía tratar de no hacer ninguna actividad que lo sometiera a un gran esfuerzo o que le produjera una insuficiencia cardíaca. En resumen, tenía terminantemente prohibido correr o jugar en el patio con los demás niños.

El año que Sebastian empezó quinto grado fue ligeramente distinto, porque tanto su madre como su padre acudieron a aquella cita obligada con su nueva profesora, la señorita Ashworth. El coche de su madre se encontraba en el taller, así que, como su padre tenía que llevarlos de todos modos, decidió asistir a la reunión. Sebastian se preguntaba si la presencia de su padre modificaría el ambiente de la reunión. Él no era tan serio como su madre y solía contar chistes absurdos que su madre casi nunca encontraba divertidos. Sebastian no entendía la mayoría de estas bromas, pero se reía de todas maneras porque sabía que eso haría feliz a su padre y así quizá no se daría cuenta de que su mujer ponía los ojos en blanco.

Resultó que la señorita Ashworth era igual de compasiva y comprensiva que todos sus profesores anteriores, pero a Sebastian le gustó más que los demás. Para empezar, tenía una larga melena color trigo y llevaba faldas cortas y medias de colores que hacían un ruido de frufrú cuando caminaba.

—No se preocupen, me aseguraré de que Sebastian pase un buen curso. Vamos a aprender mucho, ¿verdad? —dijo, cruzando sus torneadas piernas mientras le dedicaba una de sus cálidas sonrisas que siempre hacían que le latiera el corazón un poquito más rápido de lo recomendable.

Ese día, y todos los días después de aquel, se le ocurría que las profesoras no tendrían que ser tan guapas como la señorita Ashworth. Profesoras así lo único que hacían era distraer a sus alumnos, que se pasarían el día entero mirándole embobados aquellos labios suyos pintados de rosa en lugar de escuchar las palabras que salían por ellos.

Sin embargo, no era a sus alumnos a los únicos a los que la señorita Ashworth distraía con facilidad. Tras varios minutos charlando con sus padres, Sebastian se percató de que, mientras su madre profería su apasionado discurso, los ojos de su padre recorrían sin parar el cuerpo de la señorita Ashworth de arriba abajo, deteniéndose en las pálidas rodillas y los muslos al descubierto. La señorita Ashworth debió de notarlo también porque a mitad de la reunión se tiró de la falda para bajársela y, cuando no lo consiguió, escondió las piernas tras el escritorio.

Cuando la reunión estaba llegando a su fin, el padre de Sebastian contó otro de sus ambiguos chistes, pero esta vez Sebastian no tuvo que reírle la gracia. La señorita Ashworth ya se estaba riendo efusivamente por todos los demás. De hecho, su risa era tan incontenible que se le saltaron las lágrimas y tuvo que secarse el rabillo de los ojos con un pañuelo.

Con su melena rubia flotando a su alrededor como una capa, la señorita Ashworth avanzó decididamente cruzando el patio del recreo hacia el banco desde el que Sebastian contemplaba el partido de fútbol. A medida que se acercaba a él, Sebastian se quedó petrificado mirando las caderas de su profesora balanceándose de un lado a otro y los pechos rebotándole suavemente. Es cierto que le encantaba el sonido de frufrú de sus medias, casi tanto como el tintineo de su voz; y la fragancia fresca que solía ponerse le daban ganas de presionar su mejilla contra la de ella siempre que se acercaba a él para revisar su trabajo. Sebastian estaba pensando en todo esto cuando la profesora agachó la cabeza por debajo de las ramas más bajas del sauce. Con aquella suave combinación de luces y sombras, el niño pensó que su profesora nunca había estado más guapa.

—Sebastian, ¿no te aburres tú solo aquí sentado? —le preguntó la señorita Ashworth.

—En realidad, no —le respondió él, agradecido de que la sombra del árbol ocultara la vergüenza que le había teñido de color las mejillas.

—He pensado que a lo mejor te gustaría venir dentro y ayudarme a limpiar la pizarra —le dijo ella inclinando la cabeza con un gesto coqueto.

La profesora sabía perfectamente que aquella era una de las actividades favoritas de Sebastian. De hecho, era la favorita de todo el mundo, pero la señorita Ashworth casi siempre se la encargaba a él. Aunque estaba disfrutando viendo el partido de fútbol, se puso en pie inmediatamente para marcharse con la profesora y, cuando pasaron junto a la pista de pelota atada, golpeó firmemente la pelota con el puño para poder escuchar el gemido lastimero de la cadena en movimiento.

De vuelta en clase, la señorita Ashworth se sentó en su escritorio a poner notas mientras Sebastian se subía a un taburete con escalerilla y comenzaba a limpiar la pizarra de izquierda a derecha. Siempre lo hacía así porque desde aquel ángulo podía seguir contemplando el rostro de la señorita Ashworth. Había aprendido que era mejor dejar que el producto de limpieza disolviera la tinta durante cinco o diez segundos antes de frotar y así podía observar a la profesora mientras aguardaba y, de ese modo, se aseguraba de que no se perdería ninguna sonrisa o guiño que ella pudiera dedicarle cuando levantaba la mirada, cosa que sucedía con frecuencia.

Al ser tan cuidadoso y tener que emplear el taburete para llegar al borde superior de la pizarra, Sebastian tardaba más tiempo que otros alumnos en limpiarla, pero, cuando terminaba, la señorita Ashworth siempre se ponía en pie y se apartaba de la pizarra con las manos en las caderas para admirar su trabajo.

—¡Sebastian! —exclamaba, con una ligera expresión de asombro—, sin duda, tú eres el mejor limpiador de pizarras que he tenido nunca en mi clase.

—Gracias —le respondía él, sonrojándose.

Se sentía agradecido por haber descubierto que tenía una habilidad que hacía feliz a alguien. Y si ese alguien resultaba ser la señorita Ashworth, mejor que mejor.

Cuando sonó la campana del final del recreo unos minutos más tarde, los alumnos entraron en la clase como un estrepitoso remolino de viento y, cuando se percataron de que Sebastian había sido elegido una vez más para limpiar la pizarra, algunos de ellos se quejaron. La señorita Ashworth no solía prestar atención a sus protestas, pero aquel día, les dijo:

—Muy bien, la próxima vez que uno de vosotros quiera renunciar al recreo para venir a limpiar la pizarra, decídmelo.

Ante aquel comentario, solamente se escucharon más gemidos y quejas.

—Yo renunciaré a mi recreo —contestó Keith mientras se volvía para dedicarle una sonrisita burlona a Sebastian.

La señorita Ashworth se echó a reír y se apartó su larga melena del hombro.

—Keith, no me creo ni por un segundo que vayas a quedarte voluntariamente sin recreo solo por limpiar la pizarra.

Keith era un nuevo alumno aquel año y no acababa de comprender totalmente que el delicado estado de salud de Sebastian exigía una actitud especialmente compasiva. El resto de sus compañeros habían comprendido hacía tiempo que, aunque resultaba tentador, no debían burlarse de él por ser pequeño y parecer un liliputiense, pero los descarados modales con los que Keith lo trataba estaban empezando a erosionar la interpretación que los demás habían hecho del asunto hasta ese momento. De hecho, la presencia de Keith parecía desencadenar ciertos resentimientos hacia Sebastian que habían ido acumulándose a lo largo de los años.

—Es todo un chicarrón —escuchó Sebastian que la señorita Ashworth le decía a la madre de Keith una tarde que vino a recoger a su hijo después de que este se hubiera metido en líos por decir un taco en el patio del recreo.

La madre tenía el mismo pelo de color claro que su hijo, pero Sebastian se sorprendió al ver lo esquelética que estaba, especialmente cuando Keith, que repetía curso ese año, le sacaba una cabeza a Sebastian y era extraordinariamente musculoso para su edad. Sebastian se imaginó que el padre de Keith también debía de ser alto y musculoso y seguramente tendría unas manos grandes y fuertes, como las de su hijo.

A pesar de su frecuente mala conducta, la señorita Ashworth no solía enfadarse con Keith, y Sebastian suponía que esto se debía a que el tipo de chicos que más le gustaban a la profesora eran esos fornidos «chicarrones», cosa que lo hacía sentir poco digno, pues sabía muy bien que él no era uno de ellos. Ni siquiera se sentía ni la cuarta parte de uno. De hecho, quizá la única cosa que lo hacía sentir que verdaderamente era un chico y no una niña era que hacía pis de pie y no sentado, como ellas.

Cuando llegó la hora de salida, exactamente a las tres y cuarto aquella tarde, la señorita Ashworth ordenó a sus alumnos que recogieran los pupitres y después anunció a bombo y platillo que iba a dejar salir a la alumna del mes. En esa ocasión, el honor había recaído en Melanie Tanako, una silenciosa niña japonesa que, unas semanas antes, había enseñado a la clase a hacer animalillos en origami. Además de recibir un vale para el McDonald's, la homenajeada era la que primero salía todos los días de clase para ir a su casa. Únicamente después de que el alumno del mes hubiera salido por la puerta, la señorita Ashworth daba permiso a los demás para que fueran saliendo por filas y, como era particularmente justa con estas cosas, se cuidaba de ir alternando entre las filas delantera y trasera, lo cual significaba que Keith, que se sentaba en la primera, siempre se encontraba entre los primeros o los últimos en salir de clase.

Esto tenía gran importancia para Sebastian, porque sabía que Keith era básicamente un matón perezoso. Aunque le encantaba meterse con los más débiles, no se desviaría de su camino por hacerlo, especialmente si eso significaba cruzarse de acera o caminar una manzana de más para llegar a casa. Lo otro que Sebastian sabía era que Keith probablemente no le causaría demasiados problemas a menos que hubiera otros mirando y, si había alguna niña en el grupo, y una de ellas resultaba ser Kelly Taylor, Keith sería particularmente ingenioso al aplicar su crueldad.

Kelly llevaba gruesas gafas y solía recogerse su sucio pelo rubio en dos trenzas torcidas y despeinadas, pero era capaz de correr tan rápido como cualquier chico y lo hacía casi tan deprisa como Keith, el más veloz de la clase. No era particularmente guapa, pero no se podía negar que su voz ronca tenía cierto atractivo. Y la manera en la que mascaba el chicle y se colocaba con una mano en la cadera y un pie mirando hacia fuera en un perfecto ángulo recto resultaba extrañamente irresistible. Todos los chicos de la clase estaban enamorados de Kelly Taylor y, aunque Sebastian odiaba admitirlo, sabía que el inquietante cosquilleo que notaba en el estómago siempre que la miraba significaba que probablemente él también sentía algo por ella.

Aquel día, la fila de Keith fue una de las primeras en salir, lo cual indicaba que, sin lugar a dudas, Sebastian se toparía con él a la salida del colegio. Hacía tiempo que había dejado de desear que Keith se cansara de su jueguecito, pero nunca abandonaba la esperanza de que, algún día, él sería capaz de correr, porque quizá entonces lograría ser lo bastante rápido como para esconderse detrás de la caseta de los boy scouts y, desde allí, probablemente podría llegar a casa de su abuela sin que nadie le viera. Sebastian observó a la señorita Ashworth, preguntándose si debía contarle lo que sucedía con su «chicarrón» después de clase.

—¿Va todo bien? —le preguntó la profesora cuando se dio cuenta de que Sebastian la estaba mirando fijamente—. ¿Te encuentras mal?

Él negó con la cabeza y rápidamente apartó la mirada. El niño no quería admitir que, aparte de ser débil físicamente, también lo era emocionalmente. No deseaba enfrentarse a la posibilidad de que quizá no había nada de masculino en él y no podía soportar el pensamiento de que la señorita Ashworth, que era toda una mujer como había pocas, se enterara de algo así sobre él.

Keith solía cortarle el paso a Sebastian en la esquina más alejada del patio del colegio, donde resultaba más difícil que los cuidadores vieran lo que sucedía. Pero incluso aunque se percataran de su presencia, lo único que verían sería un grupo de niños riéndose y saltando en corro alegremente, y aquello no los incitaría precisamente a recorrer todo el patio del colegio para ver qué estaba pasando en realidad.

—¡Eh, tú! —exclamó Keith en un tono impositivo que hacía que todos los músculos del cuerpo de Sebastian se pusieran en tensión.

Se volvió para ver a Keith acompañado de su grupito habitual, con Kelly Taylor entre ellos. Ahora que las clases habían terminado, se había quitado las trenzas y su desaliñado cabello rubio le caía suelto sobre los hombros.

—¡Sí, tú! —dijo Keith con una amplia sonrisa dibujada en su cara pecosa.

Parecía tan risueño, tan lleno de diversión y con tantas ganas de jolgorio que, a veces, Sebastian se sentía tentado a devolverle la sonrisa, pero nunca lo hacía.

—He decidido que hoy quiero verte bailar como a un mono —anunció Keith, mientras colocaba la punta del dedo sobre la morena coronilla de Sebastian adoptando una actitud pensativa.

Sus manos eran lo que más asustaba a Sebastian, pues, entre los montones de pecas que las cubrían, tenía una miríada de costras que el niño suponía que Keith habría adquirido de aporrear sin piedad a la gente con sus puños.

—¡Oh, Dios mío! —exclamó Kelly—. ¿Cómo se te ha ocurrido una cosa así?

—Anoche vi una película antigua en la que un mono bailaba sin parar mientras un tío le daba a la manivela de un organillo, y el mono me recordó a Sebastian, aquí presente.

Al escuchar esto, algunos de los amigotes de Keith comenzaron a imitar a los monos y a pegar saltos alrededor, pero eso no satisfizo a Keith. Quería ver a Sebastian bailar y no le valdría que lo hiciera nadie más.

Sebastian notaba la boca seca y tuvo que hacer un gran esfuerzo para tragar saliva. Hasta entonces, Keith le había obligado a ladrar como un perro, a mugir como una vaca y a hacer toda clase de ruidos de animales de granja. Hubo una vez en la que el matón casi se desplomó de la risa cuando Sebastian logró emitir un chillido que parecía el de un cerdo en el matadero.

—Quiero que sientas dolor —le había dicho Keith, que había gritado y aullado de un modo mucho más dramático que el chillido desganado de Sebastian.

No obstante, a pesar de haber logrado llevar a cabo con éxito las órdenes anteriores, Sebastian no creía que fuera capaz de bailar como un mono, así que se quedó allí, quieto, con aspecto desamparado.

—Parece que va a echarse a llorar —observó Kelly.

—No va a llorar —comentó Keith, aunque parecía esperanzado.

Otro de los chicos dijo:

—Si llora, lo único que conseguirá será demostrar que no es más que un bebé.

—Eh, a lo mejor deberías hacer que se chupara el dedo, como un bebé —sugirió otro de los chicos.

—¡Bah, no! —le respondió Keith—. Le quiero ver bailar como a un mono. ¿A qué estás esperando? —dijo, volviéndose hacia Sebastian—. ¡Baila, mono, baila! —gritó, levantando los brazos en el aire, y entonces todo el mundo hizo lo mismo.

—¡Baila, mono, baila! —gritaron todos excepto Kelly, que parecía ligeramente entretenida mientras mascaba su chicle.

Entonces, hicieron un corro alrededor de Sebastian ondeando los brazos en el aire mientras coreaban la consigna de Keith, y el niño supo que no tendría otra opción que tragarse la dignidad una vez más y hacer lo que querían. Todo llegaría más rápidamente a su fin cuanto antes lo hiciera. Una febril oleada de vergüenza le subió desde las ingles, bajó la mirada, levantó sus flacuchos brazos en el aire y comenzó a agitarlos arriba y abajo, lo que provocó una inmediata explosión de hurras por parte de los chicos, aunque Keith era el que lo jaleaba más fuerte que los demás.

—¡El mono puede bailar, bailar, bailar! —voceaba alborozado—. ¡Mirad, mirad, mirad cómo lo hace!

Sebastian continuó su tonto bailecito y, mientras tanto, se imaginó a sí mismo vestido con una capa y un chaleco, y adoptando una mueca cómica con sus gruesos labios de mono. En algún sitio, él también había visto a un organillero con un mono bailarín y sabía que, al final del baile, se suponía que el mono se quitaba el sombrero y lo pasaba alrededor, pero esperaba que Keith no se acordara de esa parte. Cerró los ojos para que nadie se diera cuenta de que se le estaban acumulando en ellos las lágrimas, pero no fue capaz de retenerlas, ni siquiera mientras se movía de un lado a otro como un monito feliz.

—¡Oh, mierda, ahí va! —comentó Keith—. Parece que tenemos un mono llorón.

—¡Déjalo en paz! —le recriminó Kelly—. No deberías meterte más con él. Tiene un grave problema de corazón y podría morirse aquí mismo si sigues obligándole a que haga esas cosas estúpidas.

Keith no pareció tomarse demasiado en serio la advertencia de Kelly, pero, de todas maneras, le propinó a Sebastian un desdeñoso empujón en la cabeza y le dijo:

—Vale, ya puedes dejar de bailar, niño mono.

Sebastian se detuvo instantáneamente, pero todos aquellos saltos lo habían dejado sin resuello y se habría llevado la mano al corazón, pero no deseaba dar la sensación de que quería despertar la compasión de sus compañeros.

Keith se agachó para pegar su nariz a la de Sebastian y le dijo:

—Escúchame atentamente. La próxima vez que la señorita Ashworth te pida que limpies la pizarra, quiero que le digas que no vas a hacerlo nunca más.

Sebastian lo miró fijamente, pero no pronunció palabra.

—¿Lo has entendido? —le dijo Keith, mirándole amenazadoramente con sus ojos amarillos entrecerrados.

—¡Pero a la señorita Ashworth le gusta que yo limpie la pizarra! —gimió Sebastian.

—Muy bien, vale, como tú quieras —dijo Keith, se irguió y volvió a gritar de nuevo—: ¡Baila, mono, baila! —Y los demás hicieron lo mismo.

Sebastian dejó caer la cabeza y trató de controlar sus emociones. Verter unas pocas lágrimas era una cosa, pero romper a llorar descontroladamente resultaba impensable.

—Vale, no volveré a limpiar la pizarra nunca más —masculló.

Keith levantó la mano para acallar a los demás.

—¿Qué ha sido eso? No te he oído bien, niño mono.

—No volveré a limpiar la pizarra nunca más —repitió Sebastian.

—¿Todo el mundo lo ha oído? —preguntó Keith—. El niño mono no va a volver a limpiar la pizarra nunca más.

Más que satisfecho, Keith se dio media vuelta y se alejó pavoneándose, con los hombros rectos y la cabeza bien alta. Kelly midió con la mirada a Sebastian durante un par de segundos, con un aspecto vagamente decepcionado, como si se le hubiera gastado el sabor del chicle. Después, se dio la vuelta y rápidamente alcanzó a Keith. Ambos caminaron juntos por el patio del recreo mientras el resto de los niños les seguían de cerca.

Una vez solo, Sebastian se secó las lágrimas y respiró profundamente, consciente del traqueteo dentro de su pecho cuando exhalaba el aire. Esperó un momento hasta que se le pasó, recogió su cartera, se la colgó del hombro y emprendió el corto paseo hasta casa de su abuela. Solo de pensar en ella, lo invadió una oleada de alivio y expectación, y se echó a llorar de nuevo. A medida que las lágrimas le resbalaban por las mejillas, se sintió agradecido de que esta vez no hubiera nadie mirándole.

CAPÍTULO DOS

Sebastian llevaba yendo a la urbanización Bungalow Haven desde que estaba en segundo grado y, para entonces, ya conocía a la mayoría de los ancianos que vivían allí. Se sentía fascinado por los años que asomaban esculpidos en sus rostros. Solo con mirarlos, comprendía algo de quiénes eran antes de que pronunciaran palabra. Si tendían a ser refunfuñones, él lo percibía en el eterno ceño fruncido grabado en sus rostros y en sus muecas de desagrado. Si habían tenido muchas preocupaciones a lo largo de sus vidas, los delataba la insondable expresión de sus miradas. Y si eran de carácter más jovial, él era capaz de deducirlo por la generosa colección de arruguitas que les surgían como abanicos desde el rabillo de los ojos siempre que sonreían o se echaban a reír. Los ancianos no podían esconderse tras la suave piel intacta de la juventud, cosa que a Sebastian le resultaba tranquilizador.

A medida que avanzaba por el serpenteante sendero que se abría paso entre las casitas de color pastel, el mundo real que él conocía se iba alejando cada vez más, por lo que ralentizó el paso para apreciar totalmente la calma que reinaba a su alrededor. Entonces, se detuvo, inspiró profundamente y exhaló el aire muy despacio. Volvía a notar el pecho despejado, y su corazón ronroneaba suavemente, como un motor recién puesto a punto. Siempre se sentía bien cuando llegaba a aquel lugar. Le tranquilizaba el corazón y la mente más que ninguna otra cosa.

Bungalow Haven era un lugar muy parecido a otras urbanizaciones construidas durante los años treinta y cuarenta en Pasadena. Las viviendas unifamiliares contaban con una sola planta y eran del tamaño adecuado para personas que habían perdido parte de su movilidad. Sin embargo, cada casa tenía un patio lo bastante grande como para proporcionarles privacidad e independencia a los residentes. El pequeño *bungalow* de la abuela de Sebastian estaba pintado de amarillo y era una de las últimas casas de la calle. Cuando hacía un tiempo cálido y agradable, cosa que ocurría con mucha frecuencia, solía dejar la puerta principal abierta. Y cuando también abría la ventana de la cocina, una tonificante brisa recorría toda la casita. Ella lo prefería con creces al aire acondicionado, pues decía que este era demasiado ruidoso y hacía que le picara la piel y se le resecara.

Sebastian subió los escalones del porche de entrada y miró a través de la pantalla de la puerta principal. Vio a su abuela Dolores, a quien él llamaba *abuela Lola* en español, sentada en su mecedora observando la colección de fotografías que colgaba de la pared frente a ella. Cuando se sentía nostálgica, era capaz de contemplar aquellas fotografías durante largos ratos. Las había dispuesto como si fueran una flor gigantesca, de modo que cada pétalo representaba una línea temporal de fotografías de sus hijos y nietos desde que nacieron hasta la actualidad. En el centro de la flor había un retrato de ella y su marido, el abuelo Ramiro, que había fallecido apenas unos días antes de que Sebastian naciera.

Sebastian pensaba que hacían una pareja particularmente atractiva, casi de aspecto majestuoso, Lola con su amplio cuello de encaje y el abuelo Ramiro ataviado con un traje oscuro y corbata. La foto había sido tomada cuando todavía vivían en Puerto Rico. Apenas tenían veintipocos años, pero su aspecto era misteriosamente atemporal, y Sebastian se preguntaba si la gente de entonces nacía con una especie de sabiduría ancestral que se habría perdido en los tiempos modernos. A veces se imaginaba que era capaz de saltar dentro de la fotografía y posar entre ellos dos. Él también tendría una expresión seria y ligeramente desafiante y adoptaría una pose tan sobria como los grises y blancos que coloreaban aquel mundo.

Sin embargo, las fotografías que más le interesaban eran las de su madre. Cuando se enteró de que aquella hermosa joven de cabello oscuro en bañador y de pie a la orilla del mar no era otra que ella, apenas pudo creerlo. Examinó la fotografía durante largo rato hasta que se convenció de que aquellos pómulos altos y esa boca sensual realmente eran los de su madre. Tuvo que reconocer que, a veces, cuando se dormía boca arriba y la piel de la cara se le suavizaba, se parecía un poquitín a la mujer de la fotografía, pero Sebastian no podía creerse que aquel cuerpo esbelto y flexible fuera el de ella, independientemente de lo mucho que mirara la foto o de lo que tratara de entrecerrar los ojos. Nunca había visto a su madre en pantalones cortos y siempre llevaba blusas y jerséis lo más largos posible para que le cubrieran las caderas. Decía que, de ese modo, podía camuflar los kilos de más que había ganado desde que había tenido a sus hijos.

Mientras Lola miraba fijamente sus fotografías, Sebastian le echó un vistazo al salón y se sintió reconfortado ante la uniformidad que encontraba allí. La antigua silla de madera, con brazos esculpidos que parecían dos gruesos pergaminos, estaba situada en su lugar habitual, formando un ángulo particular frente a la ventana, y las minúsculas hadas de cristal colgaban, como de costumbre, de los pomos de los armarios de la cocina. Sus delicadas alas captaban la luz del sol de la tarde y reflejaban coloreados prismas traslúcidos en la pared de enfrente, donde había un crucifijo de madera de gran tamaño. Los mismos tres tapetes descansaban, ligeramente superpuestos, sobre el respaldo del sofá, y el jarrón lleno de tulipanes rojos de plástico presidía el centro de la mesa de la cocina, como siempre. Incluso el elefantito rojo de cerámica que Lola decía que la ayudaba a recordar cuándo había llegado el momento de llamar al farmacéutico para reponer su medicación seguía fielmente de guardia, apostado junto al teléfono.

De repente, Lola se volvió y vio a su nieto allí de pie, contemplándola.

—Sebastian, no te había oído —comentó, agarrándose a los brazos de la mecedora para ponerse en pie, aunque se tomó un momento para colocar en su lugar los cojines sobre los que se había sentado antes de avanzar hacia la puerta.

Era menuda, poco más de uno cincuenta de estatura, con el cabello blanco ondulado, que se peinaba apartándoselo del rostro. Llevaba unas gruesas gafas de montura negra que, de lejos, le daban un aspecto severo, pero, de cerca, su expresión dulce y algo perpleja atenuaba esa impresión. Unas finas venillas azules cruzaban el dorso de sus manos y tenía los dedos ligeramente curvados, pero cuando le acariciaba el rostro presionándole dulcemente las mejillas, las palmas de sus manos resultaban suaves y cálidas y olían a polvos de talco.

Sebastian examinó el rostro sonriente de su abuela y se quedó maravillado, igual que siempre que la veía, por todas sus arrugas. Aunque Lola apenas llegaba a los setenta y cinco años, tenía incluso más arrugas que la señora Abbot, que había cumplido al menos cien.

—¿Por qué tienes tantas arrugas, abuela? —le había preguntado su nieto cuando era más pequeño y todavía no entendía que resultaba de mala educación decir algo así.

Sin embargo, a Lola no le molestó la pregunta.

—Valoro todas y cada una de mis arrugas —le contestó—. Porque siempre que Dios responde a mis plegarias, me da una nueva, y así es como recuerdo todas las bendiciones que me ha concedido.

Por supuesto, la madre de Sebastian le proporcionó una explicación más razonable. Le informó de que, en Puerto Rico, donde su abuela había crecido, casi siempre hacía sol, y precisamente la exposición al sol había hecho que la fina piel de Lola se arrugara de aquella manera. Sin embargo, siempre que Sebastian miraba a su abuela a la cara, se olvidaba de la racional explicación de su madre y pensaba que Lola tenía que ser la mujer a la que más bendiciones se le habían cumplido de todo el mundo.

Lola le plantó un beso en la coronilla a Sebastian. Aunque era bajita, seguía siendo unos centímetros más alta que él.

—Hoy llegas tarde —le dijo—. ¿Ha pasado algo después del colegio?

Sebastian se apartó ligeramente de ella, por si acaso volvía a reflejársele la contrariedad en el rostro. El niño solía confiar en su abuela, pero aquel día tenía claro que no deseaba contarle nada sobre el estúpido bailecito del mono, porque lo único que quería era olvidarse de ello.

—La profesora me ha pedido que me quedara después de clase —murmuró.

—Ah, esa guapa profesora que tanto te gusta... —comentó ella.

Sebastian sonrió a pesar del disgusto.

—¿Y por qué te ha pedido que te quedaras después de clase?

El niño recobró la seriedad inmediatamente ante aquella pregunta.

—Para... para... para limpiar la pizarra —contestó—. Soy muy bueno limpiándola, mejor que ningún otro de la clase.

Después de decir aquello, recordó que probablemente no volvería a limpiar la pizarra nunca más, lo cual le hizo sentirse especialmente avergonzado y tonto por alardear de ello.

Lola lo cogió del brazo y lo llevó hasta el porche.

—Hace una tarde preciosa, y pronto nos traerán la cena.

Se sentaron uno al lado del otro en unas sillas plegables metálicas y, cuando Lola se dejó caer en una de ellas y se sintió más o menos cómoda, dejó escapar un suspiro de satisfacción.

—Esta es mi parte preferida del día —comentó—. Cuando el sol está empezando a ponerse y se alargan las sombras. Es el mejor momento para encender velas. Cuando yo era pequeña, en Puerto Rico, las encendíamos todas las noches justo antes de que el sol se pusiera. Nosotros, los jíbaros,* vivíamos allá arriba en las montañas, y en las noches de luna nueva se quedaba todo tan oscuro que no podías verte ni siquiera tu propia mano, ni aunque te la pusieras delante de la cara. Pero siempre podías oír a las ranitas de la isla, los coquís. En lugar de croar, como la mayoría de las ranas, estos animalillos hipan, y llenaban la noche de un sonido tan alegre que era imposible tener miedo, independientemente de lo oscuro que estuviera. Nos encantaba escucharlas, sobre todo a la titilante luz de las velas.

* Campesinos puertorriqueños de ascendencia española, que generalmente habitan en las regiones montañosas de la isla. (N. de la T.)

—¿No os aburríais de pasar toda la noche sentados mirando fijamente la luz de las velas y escuchando a las ranas? —le preguntó Sebastian.

—¡Oh, Dios mío, claro que no! —exclamó ella—. Incluso aunque acabaras cansándote de las ranas, cosa que les sucedía a algunos, los espíritus que habitan en las llamas de las velas imparten fuerza, belleza y una gran sabiduría. ¿Cómo íbamos a cansarnos de algo así?

Sebastian contempló a su abuela en silencio, con los ojos como platos. Siempre que le hablaba sobre las cosas de los jíbaros relacionadas con espíritus, velas y hierbas mágicas, sabía que entraban en un terreno resbaladizo. Su madre rechazaba firmemente todas aquellas creencias supersticiosas y le tenía dicho a Lola que prefería que sus hijos no se vieran expuestos a aquellos disparates.

Lola, que comprendía por qué Sebastian se sentía incómodo, se echó a reír entre dientes.

—En todo caso, la luz de las velas también inspira las conversaciones más interesantes. No creo que haya mucha gente que pueda negar eso.

Sebastian se volvió para mirar las velas artificiales que descansaban sobre la ventana. Se encendían automáticamente cuando el sol se ponía y emitían un brillo intenso durante toda la noche hasta la mañana siguiente, pero todavía no había oscurecido lo suficiente, o puede que hiciera falta cambiarles las pilas.

—Por supuesto, ya no enciendo velas —prosiguió Lola, abriendo mucho los ojos—. No puedo correr ningún riesgo.

Sebastian asintió, como hacía siempre que su abuela sacaba el tema, cosa que sucedía como mínimo una vez por semana e incluso, a veces, más. De hecho, todos los que conocían a Lola habían oído aquella historia, pero ella siempre encontraba la oportunidad de volver a contarla, y Sebastian se imaginaba que era porque se trataba de lo más emocionante que le había ocurrido nunca.

Tal y como su abuela lo relataba, el incidente tuvo lugar apenas unos días después del funeral del abuelo Ramiro. Lola no había sido capaz de cocinar durante semanas, pero decidió que se sentía lo bastante bien como para preparar una gran cazuela de frijoles, que dejó cociéndose a fuego lento. Fue a tumbarse en el sofá para descansar la vista y se quedó dormida. Unas horas más tarde se despertó y se encontró tumbada en el suelo, en el exterior de su casa, con una máscara cubriéndole la cara y rodeada de un equipo completo de paramédicos. Además, muchos bomberos corrían por los terrenos de la urbanización Bungalow Haven, sobre la que flotaba una enorme nube negra. Lo único que Lola y los demás vecinos pudieron hacer fue contemplar boquiabiertos la escena mientras espesas columnas de humo negro salían de las ventanas de su casita. Fue un milagro que Lola siguiera con vida y que toda la urbanización de Bungalow Haven no hubiera ardido hasta los cimientos. Los daños sufridos en casa de Lola pudieron repararse en apenas unas semanas.

Fuera o no un milagro, la familia trató de convencerla para que se mudara a un lugar más seguro donde pudieran cuidar de ella y donde no tuviera que preocuparse por cocinar o por apagar el fuego. Sin embargo, Lola no quiso marcharse de Bungalow Haven, así que prometió que si le permitían quedarse, no volvería a cocinar nunca más y no encendería aquellas velas que tanto le gustaba ver arder durante el crepúsculo y las primeras horas de la noche. Inmediatamente se tomaron las medidas necesarias para que el centro de la tercera edad más cercano le proporcionara las comidas, y Lola mantuvo su promesa.

—Hoy tenemos pastel de carne y puré de patatas con zanahorias y guisantes —anunció—. Creo que el pastel de carne está bastante bueno, y el puré me resulta especialmente rico, ¿verdad?

—Sí, está bueno, abuela Lola —respondió Sebastian, pero cuando pensó en la comida que venía del centro de la tercera edad, no pudo evitar preguntarse si los ancianos perdían el sentido del gusto del mismo modo que la vista o el oído. Desgraciadamente, no existía, por lo que tenía entendido, ningún instrumento que pudiera ayudarles a recuperarse de aquella discapacidad. Levantó la vista hacia su abuela justo cuando un fino rayo de luz del sol le rozó el rostro, y la película lechosa que cubría sus ojos color avellana relució como un espejo opaco—. ¿Tú crees que hoy traerán galletas saladas? —le preguntó, intentando sonar entusiasmado.

No le disgustaban aquellas galletas, así que, si lograba atiborrarse de ellas, al menos tendría una excusa para comer menos pastel de carne.

—Estoy segura de que sí —le respondió su abuela, acariciándole la mano—. Y también tarta de zanahoria. Creo que esa tarta está bastante buena también, y es mucho mejor que la de fresa.

—¿Has preparado alguna vez tarta de zanahoria, abuela? —le preguntó Sebastian, porque sabía que muchos años antes, su abuela había trabajado de cocinera para una familia acaudalada de Nueva York. Le intrigaba imaginársela en una ciudad así, que él solo había visto en las películas; un lugar donde el ritmo era un torbellino, los edificios tocaban el cielo y los cláxones y las sirenas sonaban de forma incesante. Resultaba difícil de comprender, pues Lola era todo calma y tranquilidad, agradables conversaciones sobre pájaros y flores, y recuerdos sobre la luz de las velas.

Lola entrecerró los ojos tras sus gafas e intentó recordar si había preparado o no tarta de zanahoria.

—Es posible que la haya cocinado una o dos veces...

—Ya sabes, cuando trabajaste para aquella familia en Nueva York —le recordó Sebastian tratando de avivar su memoria.

Lola arrugó la nariz, y su barbilla comenzó a temblar como siempre que algo la disgustaba. No ser capaz de recordar parecía entristecerla más que ninguna otra cosa, así que Sebastian cambió rápidamente de tema para hablar de algo sobre lo que sabía que a ella le agradaría charlar.

—¿Qué es lo que más te gustaba de vivir en Puerto Rico, antes de que te mudaras a Nueva York, abuela?

La barbilla de Lola dejó de temblar instantáneamente y exhaló un largo suspiro de satisfacción.

—¡Oh, tantas cosas! —le respondió en tono melancólico—. Vivíamos allá arriba, en las montañas, en una carreterita que no era más ancha que el caminillo que teníamos frente a la casa. Se trataba de una casita pequeña, no mucho más grande que esta misma, y, aunque éramos nueve, nunca nos sentimos apiñados. En la isla, el clima era tan agradable y el campo tan grande y exuberante que vivíamos al aire libre la mayor parte del tiempo, triscando por la selva, vadeando riachuelos y subiéndonos a los árboles despreocupadamente. Había un sendero que pasaba junto a nuestra casa y conducía a un peñasco que nosotros pensábamos que era no solamente el punto más alto de la isla, sino del mundo entero, y, desde allí, contemplábamos a los halcones lanzándose en picado y, en los días claros, más allá de la vastísima alfombra verde, podíamos ver el mar brillando en la distancia. A veces incluso notábamos su sabor salado en el aire y otras, era tan dulce como el azúcar caramelizado o la nata. Pero no la nata normal, sino ese tipo de exquisita nata espesa que te puedes comer sin nada más, porque está deliciosa. De niña, una de las cosas que más me gustaba hacer era sentarme en una roca con vistas al valle con un cuenco de nata fresca. Era como estar al borde del firmamento comiendo nubes del cielo.

—Y allí es donde aprendiste a cocinar, ¿verdad? —le preguntó Sebastian, imaginándose la sencilla cocina que su abuela ya le había descrito tantas veces.

Tenía una cocina de interior con un depósito de propano, y cuando este se terminaba, cosa que sucedía con frecuencia, utilizaban una enorme parrilla de carbón que podía emplearse tanto dentro como fuera de casa.

—Sí —contestó ella asintiendo con la cabeza—. Y allí es donde aprendí que una comida preparada con amor no solo alimenta el cuerpo, sino que también nutre el alma.

Sebastian le iba a hacer más preguntas sobre el tema, pero en aquel momento le distrajo un repiqueteo familiar que venía de lejos y se volvió para ver al señor Jones caminando por el sendero hacia ellos, con el rostro distorsionado por un perpetuo ceño fruncido. Tenía la costumbre de golpear el bastón con tanta fuerza que había desgastado la punta de goma y el chasquido de la madera desnuda contra el cemento de la acera siempre anunciaba su llegada. Sebastian no lo había visto nunca sin su desgastado sombrero fedora e, independientemente del calor que hiciera, el mismo suéter gris roído por las polillas que le colgaba de unos huesudos hombros. La esposa de Charlie había fallecido hacía tres años. Desde entonces, visitaba a la abuela de Sebastian y le traía regalitos, normalmente fruta fresca, aunque en una ocasión le había dado una botella de antiácido con sabor a menta quejándose de que a él no le gustaba ese sabor.

Giró para adentrarse en el caminillo que conducía a la casa de Lola y se tocó el sombrero, para después avanzar golpeando su bastón unos pasos más, hasta que se detuvo junto a la entrada del jardín. En su mano libre llevaba una bolsa de plástico que colgó del poste del buzón.

—¿Qué me has traído hoy, Charlie? —le preguntó Lola.

—Naranjas —le respondió él con aspereza—. Mi hija tiene un naranjo. Me ha traído unas cuantas esta mañana, pero son demasiadas para mí.

—¡Oh, muchas gracias! —le respondió Lola—. Me encantan las naranjas, sobre todo si están recién cogidas del árbol.

El señor Jones gruñó y levantó la mano haciendo un gesto como si quisiera decirles «¡hasta nunca!» a las naranjas, pero, antes de marcharse, los músculos del rostro le temblaron y sus labios se separaron para mostrar unas encías inflamadas y los pocos dientes rotos que le quedaban. A diferencia del resto de los habitantes de Bungalow Haven, el señor Jones no llevaba dentadura postiza y, siempre que sonreía, resultaba horripilante. Por suerte, no solía sentir la necesidad de hacerlo con demasiada frecuencia, y en aquella ocasión la sonrisa desapareció tan rápido como había surgido y, de inmediato, se volvió y emprendió su camino, golpeando el bastón contra el suelo por el sendero en dirección hacia su casita azul.

Lola sacudió la cabeza con tristeza mientras lo veía marcharse.

—¡Pobre Charlie! —comentó—. Es muy amable de su parte que venga y me traiga todos esos regalitos, pero me alegro de que hoy no avanzara más allá del buzón. Ha pasado demasiado tiempo desde la última vez que se dio un baño.

Sebastian asintió al recordar el rancio olor que siempre flotaba alrededor de Charlie Jones cuando se acercaba demasiado. Quizá ahora que su mujer ya no estaba, no había nadie para recordarle que tenía que bañarse y cambiarse de ropa de vez en cuando. Aunque su abuela también vivía sola, Sebastian se sentía agradecido de que ella siempre fuera limpia y ordenada y oliera bien.

De repente, Lola dio una palmada cuando vio quién se aproximaba por el sendero. Era Terrence, el repartidor del centro de la tercera edad. Se trataba de un fornido negro con largas rastas recogidas en una coleta a la altura de la nuca. Además de trabajar para el centro de la tercera edad, Terrence componía música y tocaba el teclado para una banda de jazz, y solía contarle a Lola las novedades sobre su carrera musical. Lola no sabía nada sobre música jazz y sobre los clubes en los que él tocaba y no conocía a ninguno de los músicos famosos de los que le hablaba, pero siempre le aseguraba que algún día él también llegaría a ser rico y famoso como ellos. Y siempre que Lola le decía aquello, Terrence estallaba en carcajadas, y el sonido atronador que producía era como un huracán arrasando Bungalow Haven que hacía repiquetear las ventanas sobre los goznes y temblar el suelo bajo sus pies, hasta tal punto que todo el mundo dejaba lo que estaba haciendo a la espera de que pasara aquella conmoción. A Sebastian le gustaba Terrence, pero se sentía intimidado por aquel hombre que medía el doble que su padre y que podía perturbar con tanta facilidad la calma y la tranquilidad de Bungalow Haven.

Terrence se aproximó con varios envases de comida caliente entre las manos.

—Hoy es su favorito, señora Lola —anunció con una gran sonrisa.

—Por favor, ¡entra, entra! —lo invitó ella, tirándole del brazo para conducirle más allá de la puerta de pantalla.

Terrence inmediatamente se dirigió a la cocina, donde sacó los envases de poliestireno de la bolsa isotérmica, los colocó sobre la mesa y estuvo a punto de tirar el jarrón con los tulipanes rojos mientras lo hacía. Después, fue directamente hasta el armario, y las hadas de cristal tintinearon cuando él abrió las puertas de golpe. Era un milagro que sus delicadas alitas no se hubieran desintegrado por completo.

—Me he asegurado de traer una ración extra de galletas saladas —anunció, guiñándole el ojo a Sebastian mientras ponía la mesa.

—Gracias —murmuró el niño.

—Oh, eres un encanto —canturreó Lola—. Ahora, siéntate un

ratito y cuéntame qué estás haciendo. La última vez que viniste, me hablaste de que un productor musical se había interesado por tu banda.

Terrence se dejó caer en el sofá y extendió los brazos a lo largo del respaldo, estrujando los tres tapetes al mismo tiempo.

—Sí, pero al final no se presentó —le respondió, encogiéndose de hombros con aire decepcionado.

—¿Por qué no?

Terrence sonrió, pero no tanto como antes.

—Estoy convencido de que fue porque estaba muy liado. Seguro que vendrá más adelante, en cuanto saque tiempo.

—Lo lamentará si no lo hace, porque algún día tú llegarás a ser rico y famoso.

Una enorme sonrisa iluminó el rostro de Terrence, y Sebastian se preparó para las escandalosas carcajadas que estaba seguro que sobrevendrían, pero esta vez lo único que se oyó fue una suave risa ahogada que le brotaba de lo más profundo de la garganta.

—Le agradezco su confianza en mí, señora Lola —le dijo, y entonces se puso en pie lentamente y con desgana—. Me encantaría poder quedarme más rato, pero el jefe me ha dicho que hay gente que se ha estado quejando porque le llegaba la comida fría y, hasta que logre ser rico y famoso, necesito este trabajo.

Lola lo acompañó hasta la puerta. Se sentía mal porque, por su culpa, Terrence hubiera tenido problemas en el trabajo. Señaló la bolsa de naranjas que colgaba del poste del buzón.

—Eso es para ti —le dijo, con la esperanza de que aquello lo compensaría, aunque fuera un poquito—. Son naranjas recién cogidas del árbol. Compártelas con tus amigos de la banda.

—¡Gracias, señora Lola! —le respondió él, cogiendo la bolsa y caminando a paso ligero por el sendero hacia la calle.

Lola se dirigió directamente al sofá para poner derechos los tapetes que Terrence había descolocado, para que las puntas de encaje quedaran de nuevo estiradas. En la cocina, Sebastian volvió a colocar el jarrón con los tulipanes rojos de plástico en el centro de la mesa, que era el lugar que le correspondía. Y una vez que todo estaba de nuevo en orden, Lola abrió los envases de poliestireno y se deleitó la vista con el pastel de carne bañado en salsa marrón, los guisantes y las zanahorias flotando en una piscina de mantequilla y aceite. Sebastian comenzó mordisqueando su galleta salada mientras su abuela servía una generosa ración de carne, verdura y patatas en un plato que colocó ante él.

—¡Buen provecho! —le dijo en español, como siempre hacía antes de cada comida. Después, añadió—: Si te lo comes todo, crecerás y te harás grande y fuerte como tu padre.

Sebastian cogió el tenedor y comenzó a separar los guisantes de las zanahorias.

—Yo nunca llegaré a ser tan grande como mi padre —rezongó.

—¡Pues claro que sí! —repuso Lola, tomando su primer bocado de pastel de carne.

—El doctor Lim dice que yo siempre seré pequeño para mi edad, pero, en realidad, no me importa. Lo único que sí me molesta es no ser capaz de correr, porque sé que si pudiera, sería el más rápido de mi clase.

Al escuchar aquello, Lola dejó caer el tenedor.

—¡Nunca debes hacer tal cosa, Sebastian! —le advirtió, abriendo mucho los ojos alarmada.

—Lo sé, abuela. Lo único que digo es que si pudiera hacerlo, correría con la pelota de fútbol de un lado a otro del campo y nadie sería capaz de alcanzarme.

Satisfecha por su respuesta, Lola se sirvió más puré de patata e introdujo el tenedor en la cremosa pasta blanca de su plato.

—Cuando tu abuelo estaba vivo, nos reuníamos en torno a la mesa todas las noches. Y cuando los niños crecieron, traían a sus novios y novias, y finalmente a sus maridos y mujeres. En esa época todos se llevaban bien. Aquellos eran tiempos felices, Sebastian, muy muy felices.

Sebastian había oído hablar con frecuencia de aquellos tiempos felices. Su abuela le había contado muchas historias sobre como su madre, su tío y su tía se portaban mal en la mesa. A él, aquellas travesuras no le parecían tan graciosas, pero solo de acordarse de ellas, su abuela se reía entre dientes y, a veces, se echaba a reír hasta que le lloraban los ojos.

—Pero si hay algo que he aprendido —sentenció Lola, desapareciendo la sonrisa de sus labios— es que los adultos pueden llegar a portarse peor que los niños, y hacer que se comporten es casi imposible.

Sebastian lo comprendía perfectamente. La eterna pelea entre su madre y tía Susan había martirizado a la familia desde que él tenía uso de razón. Aquella enemistad marcaba el tono de las reuniones familiares, cuya frecuencia había ido reduciéndose hasta quedar prácticamente en nada. Sebastian no echaba de menos algo que nunca había vivido, pero sabía que su abuela extrañaba muchísimo aquellas reuniones y quería decirle algo para animarla a pensar que los tiempos felices volverían, pero no se le ocurrió nada. Finalmente, Lola desechó sin ayuda aquel sentimiento de nostalgia agridulce.

—¡Madre mía! —exclamó, dándose cuenta repentinamente de que su nieto casi no había tocado el plato—. ¡Pero si apenas has probado bocado!

Por no herir sus sentimientos, Sebastian levantó el tenedor y se forzó a sí mismo a tragar un bocado de pastel de carne y luego otro. Si iba partiéndolo en trocitos pequeños, podría tragárselo sin masticarlo y así no tendría que notar su sabor.

Lola había retirado los platos de la cena y acababa de empezar a servir la tarta de zanahoria cuando escucharon el sonido de unos pasos familiares en el porche. La puerta se abrió y entró en la casa la madre de Sebastian, una mujer alta de pelo oscuro con rasgos atractivos, casi como los de una muñeca. Inspeccionó todo con una indiferencia cargada de cansancio y se dejó caer sobre el sofá.

—¡Vaya día he tenido, mami! —comentó—. Estoy hecha polvo. —Fijó la mirada en Sebastian, y la expresión de su rostro se dulcificó—. ¿Y cómo está mi hombrecito? —preguntó, extendiendo los brazos hacia él.

Sebastian dejó caer el tenedor y se aproximó a ella con diligencia, dejándola que lo estrechara entre sus brazos. Apoyó la cabeza en el hombro de su madre e inhaló el aroma de su perfume, que se mezclaba débilmente con un ligero olor corporal. Sin embargo, Sebastian comprendía que el trabajo de su madre de agente inmobiliaria le exigía que estuviera siempre «de acá para allá» por toda la ciudad y, a veces, olía ligeramente a sudor al final del día, sobre todo si había hecho calor.

—¿Por qué no te relajas un poco, Gloria? —le propuso Lola—. ¿Te apetece un trozo de tarta?

Gloria soltó a Sebastian y le permitió volver a la mesa.

—No, gracias, mamá. Si pretendo perder peso, no puedo dedicarme a comer tarta antes de cenar.

—Oh, un trocito de tarta de zanahoria tampoco te va a hacer ningún daño —repuso Lola, pero Gloria no le estaba prestando demasiada atención a su madre.

Todavía se hallaba concentrada en su hijo, observándole con ojos preocupados. Sebastian tenía un aspecto pálido, y aquella mañana de camino al colegio no se había percatado de sus oscuras ojeras. Quizá había tenido un día difícil. Y entonces vio que su hijo pinchaba solamente un poquitín de tarta de zanahoria con el tenedor, apenas unas pocas migas. Sebastian siempre había sido muy maniático con la comida y, por mucho que ella intentara animarle, había muy pocos alimentos que le gustaran.

—¿Cómo ha ido hoy el colegio, hombrecito? —le preguntó.

Él se quitó el tenedor vacío de la boca.

—Bien —le contestó.

Gloria inclinó la cabeza hacia un lado y le dedicó una mirada maliciosa.

—¡No deberías hablar con la boca llena, Sebastian! —comentó con sarcasmo—. De hecho, no deberías meterte tanta comida en la boca, no vaya a ser que te atragantes.

Sebastian miró a Lola, que seguía paladeando su tarta de zanahoria. Para dejar clara su lealtad por ella, reunió un buen trozo de tarta con el tenedor y se lo metió entero en la boca de una sola vez. No sabía ni la mitad de malo de lo que él se imaginaba, pero a medida que lo masticaba detectó un extraño regusto a medicina y se preguntó si habrían preparado aquella tarta introduciendo vitaminas en la masa.

—¡Vamos, hombrecito! —dijo Gloria poniéndose en pie—. Tenemos que acercar a tu hermana a su entrenamiento de animadora. Esta tarde me toca a mí llevar a las chicas.

Sebastian se puso en pie inmediatamente, porque sabía que si su hermana llegaba tarde al entrenamiento les haría la vida imposible a todos durante el resto de la semana. Ser animadora se había convertido en su nueva religión, y ella era la seguidora más fiel y ferviente: a veces se dedicaba a practicar los pasos hasta muy tarde y no lo dejaba dormir a él durante horas.

—Pero Sebastian no se ha terminado su postre y le encanta la tarta de zanahoria, ¿verdad, Sebastian? —le preguntó Lola a su nieto.

—Envuélvela y nos la llevaremos —le contestó Gloria, ahorrándole a Sebastian la necesidad de tener que mentir.

A Lola le pareció una idea maravillosa, así que buscó en el armario hasta encontrar un envase del tamaño adecuado. Colocó el trozo de tarta dentro, con cuidado de no estropear el glaseado, e introdujo el recipiente en una bolsa de plástico que cerró con un nudo doble. Gloria le cogió la bolsa a su madre y le dio un besito en la mejilla.

—Buenas noches, mamá. No te olvides de cerrar la puerta con llave cuando nos vayamos.

—No me olvidaré —respondió Lola—. Dales un beso de mi parte a Jennifer y a Dean. Hace siglos que no los veo.

—Lo haré. —Gloria se volvió, y madre e hijo salieron de Bungalow Haven en dirección al aparcamiento de la parte trasera.

Cuando pasaron junto a los enormes contenedores de basura, Gloria levantó una de las pesadas tapas y arrojó la tarta de zanahoria por encima de sus cabezas. El paquete trazó un limpio arco por el aire antes de aterrizar directamente en el interior del contenedor. Produjo un sonoro sonido metálico cuando chocó con el fondo, y Sebastian se sobresaltó.

—No nos hace falta esta basura ocupando espacio en la nevera de casa —explicó Gloria.

—No estaba tan mala —masculló Sebastian.

—¡Oh, venga ya! He visto la cara que ponías mientras te la estabas comiendo.

—A la abuela Lola le gusta.

—Pues claro que le gusta, pero tu abuela es anciana y no puede comer alimentos demasiado condimentados. El centro de la tercera edad prepara la comida adecuada para tu abuela, pero no tiene por qué saberle bien a los niños pequeños. Cuando lleguemos a casa, meteré una de esas pizzas que te gustan en el microondas.

—¿La de pollo a la barbacoa? —preguntó Sebastian, animándose.

Esa era la que más le gustaba y también era la favorita de Jennifer, pero, a veces, solo quedaban de esas vegetarianas que tenían sobre todo pimientos. A Sebastian no le gustaban los pimientos.

—He reservado una para ti —le confesó Gloria mientras abría la portezuela del asiento trasero del coche.

Sebastian se encaramó al asiento y se ajustó el cinturón de seguridad. Aunque ya pesaba lo suficiente como para ir de copiloto, su madre no quería correr el riesgo de que el *airbag* se abriera por accidente y pudiera afectar negativamente a su corazón, así que siempre lo obligaba a sentarse detrás.

Mientras avanzaban, Sebastian recordó el trozo de tarta de zanahoria en el fondo del contenedor de la basura. Parpadeó para deshacerse de la humedad que se le estaba acumulando en los ojos al pensar en lo que haría su abuela si lo encontraba allí. Se imaginó la dolida expresión confusa en su rostro, la misma que se le había pintado cuando le había hablado de los problemas de la familia y de como los adultos podían ser más difíciles que los niños. Durante todo el camino a casa rogó por que su abuela no sacara la basura, y ni siquiera le habría importado que le salieran una o dos arrugas para garantizar que se cumpliera su plegaria.

CAPÍTULO TRES

Debido a sus problemas de corazón, Sebastian faltaba con frecuencia a clase para acudir a sus visitas al médico. Prefería que aquellas citas fueran por la tarde, porque eso significaba que no tenía que preocuparse por los desagradables encuentros con Keith después del colegio. Por desgracia, también suponía que no podría ver a su abuela. Si salían de la consulta del médico muy tarde, su madre no se molestaba en volver al trabajo y regresaban directamente a casa.

A Sebastian no le gustaba imaginarse a su abuela comiéndose a solas la comida del centro de la tercera edad, sobre todo, desde que a Terrence le había llamado la atención su superior y tenía menos tiempo para charlar con ella. E incluso, aunque pudiera quedarse más tiempo, Terrence nunca se comía la comida que repartía, por mucho que la abuela Lola le insistiera en que la probara. Por lo que Sebastian sabía, él era la única persona dispuesta a compartir aquella comida con su abuela.

De camino a la consulta del médico, Sebastian pensó en lo que le esperaba. No le disgustaban las visitas al cardiólogo porque normalmente no era necesario que le hicieran ningún análisis de sangre ni ninguna otra prueba en la que hubiera que utilizar agujas u otros instrumentos punzantes. A veces, lo único que el doctor Lim hacía era colocar la campana de su estetoscopio en el centro del pecho de Sebastian y, con los ojos semicerrados y los labios entreabiertos, escuchaba como si estuviera deleitándose con la música más exquisita que pudiera imaginarse. De vez en cuando dejaba que Sebastian escuchara también. El niño pensaba que era estupendo poder oír el sonido de su propio corazón palpitando con tanta claridad en su interior. A pesar de todas las cosas por las que había pasado, siempre se sorprendía al comprobar que el suyo era capaz de latir más o menos como cualquier otro corazón.

De todos los numerosos médicos que Sebastian había conocido a lo largo de su vida, el doctor Lim era el que más le gustaba. Era un hombre de carácter apacible y de voz suave, y no perdía el tiempo con charla innecesaria, aunque se mostraba paciente con la madre de Sebastian, que siempre tenía mucho que contarle sobre cómo le iba a su hijo y sobre lo poco que estaba creciendo. Sebastian esperaba que su madre no volviera a sacar el tema, porque la última vez que lo hizo la consecuencia fue que le hicieron varios análisis de sangre para confirmar que sus niveles de hormonas eran normales. Se inclinó hacia delante desde el asiento trasero mientras entraban en el aparcamiento para recordarle a su madre que sus niveles de hormonas estaban bien la última vez y que probablemente seguían estándolo, pero ella no le respondió.

Gloria siempre guardaba silencio antes de ver al doctor Lim, y Sebastian sabía qué era lo que su madre más temía que el médico le dijera. Solía tratar de cambiar de tema y conducir la conversación en otra dirección. Justo cuando parecía que lo había logrado y que ya tenían un pie en la puerta, el doctor Lim se aclaraba la garganta, se ajustaba las gafas y decía:

—Creo que, muy pronto, Sebastian estará lo bastante fuerte como para someterse a otra intervención quirúrgica.

Normalmente, ante aquello, Gloria murmuraba algo ininteligible y empujaba lo más rápido que podía a su hijo para que saliera de la consulta.

Mientras buscaban plaza de aparcamiento, Gloria lanzó una chocolatina al asiento trasero para Sebastian y ella se comió otra. Su madre casi había terminado la suya antes de que él consiguiera sacar del envoltorio el chocolate y, mientras lo mordisqueaba, estudió el perfil de Gloria desde el asiento trasero. La rolliza acumulación de carne bajo su barbilla cada vez era más gruesa y flácida, e incluso los dedos se le estaban empezando a poner regordetes. Recordó la fotografía de la pared en casa de su abuela, en la que su madre estaba sentada en el regazo de su padre, con su mata de pelo negro cayéndole sobre los hombros mientras reía alegre. Claramente, era muy hermosa, pero lo que avivaba la imaginación de Sebastian eran el placer y el asombro pintados en los ojos de su padre. Nunca le había visto mirar a su madre así en la vida real, ni una sola vez.

Un gesto lúgubre ensombreció el rostro del doctor Lim al estudiar el historial de su paciente.

—Sebastian no está ganando todo el peso que debería. Hace ya casi seis meses que no ha registrado ningún aumento —anunció.

—¿Está seguro? —le preguntó Gloria.

—La báscula no miente, señora Bennett.

—Trato de animarle para que coma —confesó ella mientras se sonrojaba—. De hecho, a menudo cena dos veces. La primera vez, con su abuela después del colegio y la segunda, cuando llega a casa por la noche.

El doctor Lim parpadeó con rapidez mientras asimilaba aquella información y después se volvió hacia Sebastian.

—¿Y qué pasa con el almuerzo? ¿Tomas almuerzo?

—Tengo una tarjeta para el comedor —respondió él con voz chillona.

Gloria intervino.

—Le vigilan para garantizar que se come al menos dos tercios de todo lo que le ponen en el plato, doctor. Siempre me aseguro de organizarlo así al principio de cada curso.

—¿Te comes dos tercios de todo lo que te ponen en el plato, hombrecito?

Sebastian asintió desganado mientras pensaba en lo fácil que era deshacerse de su comida o dejar que Keith se la quitara mientras las cuidadoras del comedor no miraban. Parecía que Keith siempre tenía hambre.

—¿Y qué hay del desayuno? —preguntó el doctor Lim.

—Casi siempre como cereales —respondió Sebastian, esta vez con más seguridad—. A veces me tomo un burrito en el desayuno de los que vienen congelados. No tardan más de un minuto y medio en descongelarse en el microondas.

El doctor Lim asintió con seriedad y, a continuación, se volvió hacia su madre.

—Quiero que Sebastian vuelva a ver al nutricionista.

Gloria apenas pudo ocultar su irritación. Nunca le había interesado aprender a cocinar, independientemente de lo mucho que su madre hubiera intentado animarla durante años. De niñas, tanto ella como su hermana pequeña se desalentaban al ver todo el trabajo duro y la organización que aquello exigía, por no mencionar lo mucho que había que limpiar después.

—Tengo que ser sincera con usted, doctor. A Sebastian no le entusiasmó ninguna de las sugerencias que el nutricionista nos propuso la última vez que fuimos a verle, y, además, no es que fueran precisamente realistas para una madre trabajadora.

El doctor Lim se tomó un instante para organizar sus pensamientos. Después abrió el historial y garabateó algo en él antes de volverse hacia Gloria.

—Si Sebastian recibiera una nutrición adecuada, estaría ganando peso y creciendo. Me preocupa que tarde o temprano comience a perderlo y, si eso sucede, es posible que tengamos que abandonar por completo la idea de llevar a cabo otra intervención quirúrgica.

Gloria cruzó los brazos delante del pecho y frunció los labios. Por supuesto, deseaba que su hijo engordara y creciera fuerte y sano, pero la posibilidad de que aquello significara otra operación la paralizaba. Estaba convencida de que otra intervención quirúrgica sería desastrosa para Sebastian y lo sabía de un modo que no podía explicar ni racionalizar. Aquella era una convicción que surgía de lo más profundo de su alma, y ni las palabras más sensatas del mundo sobre los buenos resultados y los avances en medicina podían acallar sus temores.

Por mucho que intentara apartar aquel pensamiento de su cabeza, terroríficos recuerdos le venían a la mente siempre que surgía el tema de otra operación y la atenazaban de nuevo, como cuando había contemplado a su bebé luchando por vivir en la cunita del hospital. Abrieron en canal su minúsculo pecho, y tenía tantos tubos y cables saliéndole por todas partes que era difícil distinguir dónde empezaba su cuerpecillo y dónde terminaban los aparatos médicos. Nunca olvidaría los puntos que se tensaban contra su delicada piel cada vez que respiraba, ni cómo se contraía su carita por el dolor. Cuando el médico le confesó que no habían logrado reparar por completo el corazón de su bebé y que tendrían que volver a abrirlo, Gloria apenas pudo creer lo que estaba oyendo. Por lo que a ella respectaba, le estaban pidiendo permiso para matar a su niño, y se negó rotundamente. Sin embargo, Dean y el resto de la familia acabaron por convencerla. Le dijeron que si Sebastian no se sometía a otra operación, seguramente moriría: quizá no mañana, ni al cabo de un mes, pero muy pronto. ¿Qué podía hacer ella? Tuvo que avenirse a lo que todo el mundo le decía que era lo correcto para salvar la vida de su bebé, pero, al final, todos se equivocaron. La segunda operación tuvo como resultado más complicaciones que la primera. Aparte de necesitar un marcapasos, Sebastian sufrió una insuficiencia cardíaca congestiva unos días más tarde y desarrolló una infección sanguínea que casi acabó con su vida. Gloria se sentía tan desolada que estaba convencida de que su hijo moriría pronto. E incluso cuando Sebastian comenzó a recuperarse lentamente, le resultó muy difícil volver a creer en las bondades de la vida, y un frío helador se le instaló en la parte más profunda de su propio corazón. Aquello la protegía y le garantizaba que, independientemente de lo que sucediera en el futuro, siempre lograría mantener la cabeza fría.

Nunca pudo volver a confiar en los médicos ni en nadie más después de aquello. Solamente confiaba en sí misma, en sus instintos y en sus conocimientos. No le cabía la menor duda; aquello era lo que había permitido a su hijo sobrevivir los diez primeros años de su vida, sin ningún otro incidente que la amenazara. Y si Dios quería, aquello era lo que haría que cumpliera muchísimos años más.

—Me gustaría hablar del asunto con el doctor Gower —murmuró finalmente Gloria.

El doctor Gower era el endocrino de Sebastian.

El doctor Lim se sintió satisfecho de que la madre de su paciente no rechazara la idea por completo, como había sucedido en el pasado. En varias ocasiones, ya le había advertido en privado que era solo cuestión de tiempo que el corazón de su hijo comenzara a debilitarse aún más, y eso provocaría otra insuficiencia cardíaca congestiva si no hacían algo para remediarlo. No obstante, el médico siempre tenía la impresión de que ella no le creía. Normalmente, solía responder que ella y su marido lo habían hablado y pensaban que era mejor esperar. Quizá por fin estaban empezando a aceptar la gravedad de la situación.

—Está bien, señora Bennett —le respondió el doctor Lim—. Estoy seguro de que el doctor Gower también deseará llevar a cabo varias pruebas adicionales. Podemos empezar con algunas de ellas hoy mismo, si lo desea.

—Sí, por favor, gracias —contestó Gloria asintiendo bruscamente con la cabeza.

Mientras el doctor Lim impartía las órdenes pertinentes, Sebastian comprendió que tendría que volver a enfrentarse a la aguja una vez más y le dedicó a su madre una mirada de rencor, pero ella se hallaba demasiado perdida en sus pensamientos como para darse cuenta.

Cuando el doctor Lim colgó el teléfono, Sebastian le preguntó:

—Si crezco más, ¿podré jugar al fútbol?

—Vamos a ver, Sebastian —prorrumpió Gloria soltando una risita nerviosa—. Aquí nadie ha dicho nada de jugar al fútbol.

Ignorándola, el doctor Lim se sentó delante de su pequeño paciente para poder mirarlo directamente a los ojos.

—Si creces y ganas peso, está claro que eso contribuirá a que estés más fuerte en general, pero me temo que ni siquiera entonces podrás jugar al fútbol con los demás niños.

—¿Qué tengo que hacer para poder jugar al fútbol? —le preguntó Sebastian.

—Tendrías que someterte a otra operación —le respondió el doctor Lim con una expresión grave y firme.

—¿Tendría usted que volver a abrirme el pecho?

El doctor Lim asintió.

—Sí, así es.

—¿Por la cicatriz que ya tengo?

El médico volvió a asentir.

—¿Y después, qué? —preguntó Sebastian.

El doctor Lim levantó la mirada hacia Gloria, que estaba colorada y claramente disgustada por la dirección que estaba tomando la conversación, pero el médico continuó de todas maneras.

—Yo haría varias incisiones en el interior de tu corazón y suturaría las partes que todavía no funcionan como es debido. Si todo va bien, tu corazón será mucho más fuerte y no te cansarás tanto como ahora.

Escuchar aquellas sencillas palabras del doctor Lim dio rienda suelta a la imaginación de Sebastian, y se vio a sí mismo jugando al fútbol con los demás niños y corriendo, saltando y cayendo sobre los codos y las rodillas, y aceptando con valentía cualquier herida con la que le condecorara ese despreocupado y juguetón estilo de vida. Kelly Taylor y él podrían comparar cicatrices y se reirían, y se echarían carreras de un lado a otro del patio. Sebastian no tenía claro si la dejaría ganar. No, probablemente, no.

—Y si todo no va bien —soltó Gloria—, ¿entonces, qué?

El doctor Lim se aclaró la garganta, pero parecía resistirse a hablar con tanta candidez como lo había hecho hacía un momento.

—Vamos, dígaselo, doctor, es mejor que lo sepa —le instó Gloria en tono desafiante, pues hacía tiempo que había perdido la costumbre de hablar con respeto a los médicos.

El doctor Lim se aclaró la garganta de nuevo y dijo:

—Siempre hay riesgos asociados a intervenciones quirúrgicas como esta.

—¿Eso quiere decir que puedo morirme? —preguntó Sebastian.

El doctor Lim contestó en voz baja:

—Bueno, nosotros... Yo haré todo lo que esté en mi mano para garantizar que eso no ocurra, pero existe la posibilidad de que el corazón no mejore y se quede aún más débil de lo que está ahora.

Sebastian levantó la mirada hacia su madre y, cuando vio que un temor irrefrenable se había apoderado de ella, la esperanza que había sentido hacía un momento se desvaneció, y comenzó a temblar de pies a cabeza. Apartó la mirada de su madre y trató de centrarse de nuevo en el doctor Lim. El médico estaba garabateando algo en su historial, y la expresión de su rostro era tan tranquila y serena como siempre. Seguramente, el médico sabía más de estas cosas que su madre. Después de todo, había ido a la Facultad de Medicina durante muchos años para hacerse médico, y su madre solo vendía casas para ganarse la vida y últimamente tampoco es que vendiera demasiadas. Y, aun así, Sebastian no podía negar que aquella misteriosa convicción de su madre era tan vehemente y poderosa como un rayo que podía eclipsar a cientos de miles de títulos de medicina. Ella era su madre, la mujer que le había dado la vida, y lo que ella sabía trascendía a la ciencia, a las estadísticas e incluso al sentido común.

Unos segundos más tarde la enfermera entró en la consulta con una bandeja llena de frascos y agujas y, por primera vez, Sebastian se alegró de verla. La decepción y la confusión que sentía en aquel momento eran infinitamente peores que el pinchazo de una aguja, así que agradeció la distracción.

Gloria caminó en silencio mientras volvían al coche, y Sebastian percibió que su madre estaba enfadada con él por haberle preguntado directamente al doctor Lim por la operación. Nunca le había dicho que no pudiera hacerlo, pero él sabía que había cruzado una línea invisible y, aunque no pudiera verlo con sus propios ojos, lo notaba tan claramente como la mano de su madre presionando cada vez con más fuerza la suya. No obstante, deseaba hablar del asunto con ella y decirle que no tenía miedo y, puede que si le oyera decirlo en alto, también ella dejaría de sentir tanto temor. Quizá, solo quizá, sería capaz de convencerla.

—Tengo que enseñar un par de casas esta noche. Te dejaré en casa y Jennifer puede prepararte la cena. No estoy segura de a qué hora volverá tu padre.

—¿Puedo ir mejor a casa de la abuela Lola? —preguntó él—. Nos pilla de camino.

—Supongo que sí —respondió su madre lacónicamente—. Come lo que puedas allí, y yo iré a comprar unas hamburguesas de camino a casa.

Gloria dejó a Sebastian, que caminó a buen paso por el serpenteante sendero hasta el final de la urbanización. Disfrutaba contemplando los pequeños *bungalows* a ambos lados del camino que despedían un titubeante brillo azulado a medida que los inquilinos se acomodaban delante del televisor para ver su programa favorito, pero él sabía que su abuela no encendería la televisión hasta mucho más tarde. Lola prefería prolongar la cena todo lo que podía y después lavaba los platos y los ordenaba antes de hacer ninguna otra cosa.

En ese momento, al niño se le ocurrió que sería una buena idea que él viviera con su abuela. Su casita se hallaba mucho más cerca del colegio, y el sofá era bastante cómodo. Sintiéndose mucho mejor que después de haber salido de la consulta del médico, subió los escalones de la entrada y localizó la plateada coronilla de Lola brillando bajo la luz que había sobre la mesa de la cocina. Mientras comía, adoptaba una postura ligeramente encorvada sobre el plato, y tenía varios envases abiertos delante de ella.

Sebastian entró por la puerta de pantalla.

—Abuela, ¡ya estoy aquí! —le anunció con alegría.

Ella levantó la vista sobresaltada, y una gran sonrisa apareció en su rostro cuando vio a su nieto.

—Has llegado justo a tiempo —le dijo, haciéndole un gesto con la mano para que se acercara a la mesa—. Hoy Terrence ha traído pollo con guarnición, y hay suficiente comida para los dos.

Sebastian miró desconfiado lo que había en el plato de su abuela, una acuosa sustancia amarillenta, con guisantes y zanahorias flotando alrededor, junto con unos tropezones de aspecto misterioso.

Se sentó de mala gana y esperó a que su abuela le sirviera un plato, pero no pudo contenerse durante más tiempo.

—El doctor Lim dice que si me opera otra vez, podré jugar al fútbol.

Lola regresó a la mesa con el plato, pero la luz que se reflejaba en sus gafas impidió que Sebastian pudiera interpretar la expresión de su abuela.

—¿Y qué dice tu madre de eso? —preguntó.

—No dice nada —respondió Sebastian—. Lo único que hace es quedarse muy callada.

Lola asintió pensativa y se quedó callada ella también.

—Creo que tiene miedo —añadió Sebastian, y cogió la cuchara. Estaba empezando a pensar en darse por vencido, pero no quería hacerlo, aún no—. Pero el doctor Lim dice que solo podré jugar al fútbol si me opero. Por favor, abuela, ¿me ayudarás a hablar con mamá para convencerla de que me deje operarme?

Lola frunció los labios y adoptó una expresión muy parecida a la de Gloria en la consulta del médico. La incertidumbre en los ojos de su abuela desinfló aún más las esperanzas del niño, y dejó la cuchara sobre la mesa, luchando contra las ganas de echarse a llorar. En ese momento estaba seguro de que podía escuchar su corazón borboteando, burlándose de él, dejándole clara la ineludible realidad de quién era y de cómo sería para siempre su vida.

Al percibir el abatimiento de su nieto, Lola le apretó el brazo cariñosamente.

—¡Oh, Sebastian! Incluso aunque intentara hablar con tu madre, no serviría de nada. Ya no me escucha. —Lola sonrió con tristeza—. Pero no es solo tu madre. A tu tío Mando y a tu tía Gabi les pasa igual.

—Pero puede que si lo intentas con más ganas que nunca, ella te escuche.

—Puede que sí —contestó Lola, que volvió a quedarse en silencio, y su mirada vagó hasta el crucifijo de madera que colgaba en la pared y después hasta la flor de fotografías junto a él.

Sin embargo, parecía concentrada, como si estuviera pensando más que recordando, cosa que hizo que Sebastian sintiera un rayo de esperanza.

Se sentó erguido en la silla y cogió la cuchara de la mesa.

—¿Hablarás con mamá esta noche cuando venga a recogerme?

Lola apoyó el tenedor en el plato mientras reflexionaba sobre ello.

—Hablaré con ella —respondió—, pero no esta noche. Tengo que pensar en qué le voy a decir y tengo que esperar al momento adecuado para hacerlo. Estas cosas pueden ser muy delicadas, ya sabes.

Sebastian asintió y se metió en la boca un gran bocado de pollo y guarnición, masticándolo y tragándolo lo más rápido que pudo para no tener que notar su sabor.

—Está bastante bueno, ¿verdad? —le preguntó Lola.

Sebastian asintió alegremente y engulló otro bocado con rapidez.

CAPÍTULO CUATRO

La fila de pupitres de Keith era la última que saldría de clase aquel día, y Sebastian no cabía en sí de gozo. De hecho, a causa de su mal comportamiento, la señorita Ashworth había decidido que tanto Keith como todos los que se sentaban en la misma fila que él se quedarían castigados cinco minutos después de clase durante el resto de la semana. Eso suponía que Sebastian habría salido del colegio y se habría alejado por lo menos un par de manzanas antes de que Keith pusiera un pie fuera del aula.

Sebastian miró de reojo en dirección al matón para ver si se sentía disgustado por el cariz que habían tomado los acontecimientos, pero, como de costumbre, sonreía y hacía muecas a sus amigos que estaban sentados cerca de él. Y cuando la señorita Ashworth les dio la espalda a sus alumnos durante un segundo, Keith levantó el brazo y le hizo un corte de mangas. Todo el mundo lo vio, e inmediatamente hubo un estallido de gritos ahogados y risitas nerviosas. La señorita Ashworth percibió que algo no andaba bien y se volvió para preguntar qué pasaba, pero nadie se atrevió a señalar a Keith.

Sebastian notó la boca seca. Deseaba levantar la mano y contarle a la profesora todos los detalles sórdidos sobre su «chicarrón» preferido. Le confesaría cuál era la verdadera razón por la que ya no podía volver a limpiar la pizarra para ella nunca más y por qué se sentía tan deprimido hacia el final de la jornada escolar. Con gusto le informaría de que Keith no solo seguía diciendo palabrotas en el patio del recreo, sino que, además, estaba organizando un campeonato de «*strip* balón prisionero» después de clase. Si lo comprobara en ese mismo instante, descubriría que varias de sus alumnas llevaban puestos tres pares de calcetines para poder jugar el mayor tiempo posible. Sebastian estaba bastante seguro de que todo aquello haría que expulsaran a Keith, pero no movió ni un músculo ni emitió ningún sonido.

En su lugar, se giró para mirar a Kelly, que también se sentaba en la misma fila que Keith. Ella no parecía divertirse con las atrevidas bromas vulgares del abusón y tampoco estaba entusiasmada por tener que quedarse después de clase. Le estaba dando pataditas a la barra de metal debajo de su pupitre, lo cual hizo que la señorita Ashworth le dedicara una mirada de advertencia. Kelly se detuvo de inmediato y colocó el pie sobre el suelo para no sentir la tentación de seguir golpeando la barra. Desde el ángulo en el que él se encontraba, Sebastian podía apreciar perfectamente sus brazos delgados y musculosos, y se maravilló por la enorme costra medio curada que la niña tenía en la rodilla izquierda. Se la había hecho al deslizarse por el asfalto para evitar que la golpearan durante un partido de balón prisionero. Aquella había sido una demostración espectacular de agilidad, y Kelly lucía la costra como una medalla.

Mientras la señorita Ashworth anotaba los deberes para el día siguiente en la pizarra, Keith le lanzó una goma de borrar a Kelly como ferviente demostración de afecto. Normalmente, ella solía soltar una risita y tirársela de vuelta, pero en aquella ocasión le ignoró por completo. Algunos de los amigos de Keith se dieron cuenta del desaire y se burlaron de él, pero Sebastian se lo tomó como un triunfo personal. Aquel estaba siendo un día maravilloso.

Sonó el timbre y, cuando la fila de Sebastian tuvo permiso para salir, él siguió a los demás hasta la puerta. La señorita Ashworth les indicó a los alumnos, que estaban empujándose unos a otros, que formaran una sola fila y se comportaran como personas civilizadas. Y después añadió:

—Veo aquí a alguien que se está comportando como un perfecto caballero y se llama Sebastian. Me gustaría que todos hicierais exactamente lo mismo que está haciendo él.

A Sebastian se le pusieron las orejas rojas y calientes cuando todas las miradas cayeron sobre él y, justo al alcanzar la puerta, echó la vista atrás para ver si Kelly también le estaba mirando, pero se distrajo al ver que Keith le observaba con el ceño fruncido mientras se rascaba las costras de las manos.

Por primera vez desde hacía muchísimo tiempo, Sebastian sentía un hambre voraz. Aquel día estaba resultando tan estupendo que pensaba comerse todo lo que su abuela le pusiera en el plato y, más tarde, en casa, también se zamparía todo lo que su madre le calentara, y ella le diría:

—¡Estoy muy orgullosa de ti, hombrecito! Si sigues así, vas a crecer grande y fuerte en un abrir y cerrar de ojos.

Y se sentiría tan satisfecha que hablaría abiertamente sobre la operación sin que se le pusiera aquella terrible expresión afligida en la mirada.

Cuando Sebastian llegó a Bungalow Haven, tuvo que contener las ganas de corretear por el sinuoso caminillo. Se detuvo durante un instante y se colocó la mano sobre el pecho para ver si aquella repentina euforia le estaba afectando al corazón. Iba un poco deprisa, y el niño sabía que sería recomendable que no lo notara latiendo de aquella manera tan turbulenta. El doctor Lim siempre le decía que tenía que pensar que su corazón era como un motor perfectamente ajustado y recordar que los mejores motores eran prácticamente silenciosos cuando funcionaban a la velocidad adecuada.

Continuó caminando por el sendero, admirando la tenue luz que atravesaba las hojas de los árboles. Cada vez oscurecía más pronto, pues el otoño se encontraba a la vuelta de la esquina. Pronto llegarían las vacaciones y eso significaría que no tendría que ir al colegio durante una semana entera. Pasaría mucho tiempo con la abuela Lola y, para entonces, ella habría encontrado las palabras adecuadas y el momento preciso para hablar con su madre sobre la operación.

Comenzó a subir los escalones del porche de casa de su abuela, percatándose de que las velas artificiales de la ventana ya se habían encendido. Se sorprendió de que a aquella hora su abuela no estuviera sentada allí esperándole, pues era algo que solía hacer cuando oscurecía más temprano. Al intentar abrir la puerta, le desconcertó aún más el hecho de que estuviera cerrada. Deslizó la mano por una pequeña hendidura en la pantalla para abrirla. Aquella rendija estaba allí desde que su abuela se había quedado encerrada hacía un par de años. Por motivos de seguridad, solamente ella y Sebastian conocían su existencia.

El niño entró en la casa con cuidado porque las luces se hallaban apagadas y sus ojos tardaron un instante en acostumbrarse a la oscuridad. Llamó a su abuela, pero ella no contestó. La llamó aún más fuerte:

—Abuela, ¿estás en casa?

Paseó la mirada por la habitación, pero no logró verla por ninguna parte. Encendió la luz y casi le fallaron las rodillas cuando vio a Lola tirada en el suelo entre la cocina y el salón, con los ojos cerrados y la boca ligeramente abierta. Se abalanzó hacia ella y acunó la cabeza de su abuela en su regazo. Introdujo los dedos en su cabello blanco, suave y fino, que era como el pelaje de un conejo.

—Abuela, ¡despierta! Abuela, por favor, ¡despiértate! —exclamó. Le acarició la cara y le levantó la mano una y otra vez, pero siempre volvía a caer sin vida al suelo—. Por favor, no estés muerta, abuela —rogó—. Por favor, ¡no estés muerta!

Sebastian comenzó a mecerla de un lado a otro y le tembló todo el cuerpo: le estaba costando muchísimo pensar y respirar al mismo tiempo, pero, de repente, supo qué debía hacer. Corrió a la cocina, llenó un vaso con agua del grifo y se lo echó a su abuela en la cara con la esperanza de que aquello la reviviría. Regueros de agua le recorrieron las arrugas del rostro y el cuello, empapándole el suéter y la moqueta sobre la que se encontraba tendida, pero en su rostro no se registró ninguna expresión, como si su cara estuviera esculpida en piedra.

Justo en ese momento, Sebastian vio el elefantito de cerámica por el rabillo del ojo, dejó caer el vaso y corrió al teléfono. Estaba tan nervioso que no sabía si había marcado el número correctamente y, cuando la operadora de urgencias contestó, las palabras se le atragantaron y tuvo que hacer un gran esfuerzo por pronunciarlas.

—Mi abuela está tirada en el suelo —dijo—. Tienen que ayudarla, pero tengo miedo de que esté muerta... ¡Oh, Dios mío!

—¿Puedes confirmar la dirección? —le preguntó la operadora con tranquilidad, pero las prisas habían dejado sin aliento a Sebastian y necesitó un instante para recuperarlo antes de contestar—. ¿Sigues ahí? —le preguntó la operadora.

—¡Bungalow Haven! —respondió el niño, boqueando en busca de aire—. Bungalow Haven, donde viven los ancianos.

—¿Y cuál es el número del apartamento?

Sebastian se quedó en blanco. Entonces, dejó caer el teléfono y fue corriendo hasta la puerta y luego volvió. Sería un milagro si lograba recordar el número en medio de la furiosa tormenta de pánico que se había desatado en su cerebro, pero recogió el auricular y dijo, respirando entrecortadamente y casi derrumbándose:

—¡Dieci... —jadeó, luchando por cada una de las bocanadas de aire que daba— siete!

—Los paramédicos van de camino —le aseguró la operadora—. ¿Quieres que me quede al teléfono hasta que lleguen?

—No —le contestó Sebastian—. Tengo... que estar... con ella —y diciendo esto, dejó caer el teléfono y volvió al lado de su abuela.

Observó el rostro de Lola con la esperanza de percibir alguna señal de movimiento en sus párpados o algún tic, cualquier cosa que le indicara que aún seguía viva. Sin embargo, permaneció tan inmóvil e inerte como las fotografías de su pared.

Y cuando Sebastian comprendió que su abuela probablemente estaba muerta, notó que una sensación de fría y apabullante oscuridad le dominaba por completo. Ella era su seguridad, su santuario, la razón por la cual lograba aguantar todas las penurias imaginables en el colegio y la dificultad de ser pequeño y enfermizo. Saber que ella le esperaba en Bungalow Haven hacía su vida algo llevadera, pero estaba convencido de que no conseguiría sobrevivir sin ella.

—Te quiero, abuela —le susurró, pegando los labios al níveo cabello húmedo de Lola—. Por favor, no me dejes. Te necesito.

Y entonces oyó una sirena, seguida por el estruendo de varios pies atronando a lo lejos, y fue cuando vio que el botón del suéter beis de su abuela se había movido imperceptiblemente sobre su pecho, estaba casi seguro de que se había movido. Y volvió a verlo: eso significaba que su abuela respiraba. Apresuradamente, colocó la oreja sobre el pecho de Lola y cerró los ojos, igual que hacía el doctor Lim siempre que le auscultaba a él. No logró oír nada, pero notó una especie de vibración, o quizá lo que sentía era su propio corazón, y comprendió que no podía estar seguro de nada, pero, casi a ciencia cierta, sabía que su abuela no estaba muerta y se aferró a esa posibilidad.

El estruendo se convirtió en un repiqueteo en el porche de madera que fue ganando en intensidad y, al mismo tiempo, varios hombres vestidos con uniformes oscuros entraron de sopetón por la puerta y cayeron sobre él y su abuela. Sebastian se apartó para dejarles espacio a aquellos hombres, que entraron en tropel y rodearon a la anciana, de modo que el niño ya no pudo verle más que los pies, que, no se sabe cómo, habían perdido los zapatos. Los hombres lanzaron el pequeño suéter de su abuela a un lado mientras hablaban entre sí y por voluminosos teléfonos móviles y sacaban varias cajas de metal con complicados instrumentos que abrían y cerraban una detrás de otra. Sebastian trató de buscarle el sentido a lo que los paramédicos decían, pero empleaban términos que él no había oído nunca antes. No obstante, al no escucharles afirmar que su abuela estaba muerta, se sintió mejor, porque no podía imaginarse que hubiera otra palabra para *muerte* que no fuera *muerte*.

Momentos después, Terrence apareció en el umbral de la puerta con sus envases de poliestireno. Se quedó helado, pero la conmoción se convirtió en horror cuando comprendió lo que estaba sucediendo en la escena que se estaba desarrollando ante sus ojos. Sebastian se sintió tan aliviado de ver un rostro familiar que se levantó de un salto del suelo y corrió hacia él, rodeando con sus bracitos los enormes muslos del hombre.

Un gemido sobrecogedor brotó de lo más profundo de la garganta de Terrence, confirmando los peores temores de Sebastian, que comenzó a sollozar. De repente, Terrence se percató de la presencia del niño desesperado que se estaba aferrando a él, se agachó y le cogió en brazos, sosteniéndolo contra su cuerpo como si fuera un bebé. Sebastian enterró la cara en el hombro de Terrence y pudo percibir el olor de la comida que el repartidor llevaba en la mano. Era pastel de carne, lo cual le provocó una angustiosa pena que hizo que reanudara sus temblorosos sollozos. No podía perder a su abuela, aquello no podía estar pasando.

—Están ocupándose de ella —le murmuró Terrence mientras le ponía una mano consoladora en la espalda.

Uno de los paramédicos se acercó a Terrence y le preguntó:

—¿Es usted de la familia?

—No, soy un amigo —respondió Terrence—. Este es su nieto.

Sebastian levantó con desgana la cabeza y se volvió para mirar al paramédico. No deseaba ver la derrota pintada en el gesto del hombre y tener que enfrentarse a la realidad de lo que estaba sucediendo.

—Vamos a llevar a tu abuela al hospital —le explicó—. Tenemos que llamar a algún pariente adulto, ¿qué tal a tu mamá?

Sebastian asintió, pero no logró recordar el número de teléfono del trabajo de su madre, y lágrimas de impotencia brotaron de sus ojos. A espaldas del paramédico vio que habían tumbado a Lola en una camilla y la estaban asegurando con correas a ella.

Terrence señaló la cocina.

—Creo que los números que necesita están en la nevera.

Sebastian pensó que Terrence era un genio por acordarse de aquello. Sí, claro, los números de teléfono, impresos y marcados con rotulador, se hallaban siempre en la nevera, y la abuela Lola se preocupaba de que estuvieran actualizados en todo momento.

El paramédico le echó un vistazo al primer número de la lista de la nevera y lo marcó. Sebastian le observó mientras él hablaba tranquilamente, a la vez que consultaba su carpeta. Sabía que el primer número de la lista era el de su madre y se la imaginó con las mejillas hundidas, la boca tirante y sus ojos oscuros moviéndose frenéticamente de un lado a otro mientras recibía las horribles noticias. ¿Gritaría o se desplomaría en el suelo? ¿O dejaría caer lo que tuviera entre manos y correría hacia la puerta? La familia jamás había experimentado algo así, al menos, nada similar que él pudiera recordar.

Los paramédicos sacaron rodando la camilla de Lola del pequeño *bungalow*. Los demás inquilinos se encontraban fuera en sus porches o contemplando por las ventanas el siniestro desfile encabezado por la camilla de ruedas chirriantes. Charlie Jones se acercó más que el resto. Se quedó parado junto a su buzón pintado de color azul pastel, con el ceño profundamente fruncido y su desgastado bastón en silencio junto a él. Sin su sombrero y su suéter, parecía una vieja y arrugada tortuga que había perdido su caparazón.

Terrence salió detrás, con Sebastian todavía en brazos y, cuando pasaron junto a los contenedores de la basura y el repartidor estaba a punto de deshacerse de la comida de Lola, Sebastian pronunció las primeras palabras que fue capaz de proferir desde la llegada de los paramédicos:

—No, Terrence —le dijo, sorprendiéndose a sí mismo por la contundencia de su voz—. A ella le gusta el pastel de carne y puede que más tarde tenga hambre.

Terrence asintió y, en lugar de tirarla, le entregó la bolsa a Sebastian. Los paramédicos le explicaron que se lo llevarían con ellos al hospital, donde se encontrarían con su madre.

A regañadientes, Sebastian se soltó del cuello de Terrence y trepó al asiento delantero de la ambulancia junto al conductor, mientras que el repartidor contemplaba la escena desde la calle con gesto sombrío. Sebastian se sobresaltó cuando cerraron de un golpe las puertas traseras de la ambulancia y se estremeció al escuchar el lamento de la sirena. Durante un momento hubiera jurado que su marcapasos había dejado de funcionar y que aquel agudo aullido brotaba de lo más hondo de su propio pecho.

Se apretó la mano contra el corazón y comprobó que estaba latiendo frenéticamente.

—¿Se va a morir mi abuela? —preguntó en voz baja mientras recorrían zumbando las calles hacia el Hospital Comunitario Metodista, pero el paramédico no pudo oírlo a causa del ruido.

Conducía muy deprisa cruzando intersecciones, saltándose los semáforos en rojo y serpenteando con habilidad entre los coches que se habían detenido al oír el estruendo de las sirenas, y Sebastian no se atrevió a volver a preguntarle.

CAPÍTULO CINCO

Sebastian se sentó en el borde de la silla en la esquina más apartada de la sala de espera. No estaba especialmente cómodo, pero, si se colocaba apoyando la espalda en el respaldo, le colgaban los pies, y no quería parecer un bebé mientras esperaba a solas. Contempló la bolsa de comida que descansaba en la silla junto a él. Dentro había varias cajas que contenían pastel de carne, puré de patatas y un popurrí de verduras nadando en mantequilla. Colocó una mano sobre la bolsa, y la calidez que desprendía le dio consuelo, como si, de algún modo, aquello confirmara que su abuela seguía con vida. No había comido nada durante varias horas y se sentía débil por el hambre, pero solo pensar en tomarse aquella comida para ancianos le revolvió el estómago. Y de ninguna manera se la iba a comer sin su abuela, pero tampoco podía tirarla. En aquel momento era lo único que le quedaba de ella.

Unos minutos más tarde se oyó por el pasillo el sonido de unas pisadas de alguien con zapatos de suela rígida, y Sebastian levantó la mirada para ver a su padre entrando a toda prisa. Podría haberle llamado, pero todavía notaba su voz constreñida por un tirante nudo de miedo alojado en la garganta. Por suerte, su padre miró hacia el interior de la sala de espera al pasar junto a la puerta y, cuando vio a su hijo aguardando solo, se apresuró a entrar, lo cogió en brazos con un movimiento rápido y se lo colocó en el regazo. Normalmente, a Sebastian no le gustaba sentarse encima de su padre en lugares públicos, pero esta vez no protestó.

—Lo siento, hombrecito —le dijo—. Siento mucho que hayas tenido que pasar por todo esto tú solo.

—¿La abuela Lola se va a poner bien? —preguntó Sebastian.

Durante los pocos segundos que su padre tardó en responder, Sebastian notó como le chisporroteaba el corazón.

—Es demasiado pronto para saberlo seguro —le contestó—. Tenemos que esperar para enterarnos de lo que tienen que decir los médicos.

Sebastian inhaló la fragancia picante de la loción de después del afeitado de su padre y levantó la vista para mirarle a sus tranquilos ojos azules. Independientemente de lo que sucediera, Dean siempre tenía una sonrisa suspendida en los labios, y los momentos más tensos siempre solían suavizarse gracias a ello. Sebastian recordaba que su madre le había contado:

—Me enamoré de los ojos de tu padre, incluso antes de saber cómo se llamaba.

Eso se lo había contado hacía tanto tiempo que a veces Sebastian se preguntaba si lo habría soñado. Mirando ahora a su padre, el niño comprendió a su madre.

Al ver a su hijo mirándole con tantísima tristeza en los ojos, Dean le propinó un apretón en la punta de la nariz, en un esfuerzo por tratar de animarle.

—¡Eh! ¿Es cierto eso de que has montado en ambulancia?

Sebastian asintió.

—¿Y han encendido las sirenas y todo?

Volvió a asentir, y fue entonces cuando su madre y su hermana entraron estrepitosamente en la sala de espera. Jennifer llevaba puesto el uniforme de animadora y se había recogido su melena negra en una coleta alta. El perfilador oscuro que se aplicaba cuidadosamente todas las mañanas se le había corrido totalmente alrededor de los ojos, dándoles el aspecto de dos arañas enormes. Iban de camino al entrenamiento de Jennifer cuando recibieron las malas noticias. Al enterarse de que se dirigían al hospital, la muchacha se enfadó porque se perdería el entrenamiento y se sintió muy preocupada por su abuela. Y al notar que estaba derramando lágrimas de frustración, aquello la irritó todavía más. Odiaba las escenas dramáticas. Resultaban turbias y desagradables, y normalmente ella solía acabar al margen, olvidada y aburrida, mientras los demás seguían con el tema sin descanso. Tenía la sensación de que eso era lo que había estado haciendo la mayor parte de su vida desde que nació su hermano.

Con las mejillas arreboladas, Gloria se dirigió a su marido.

—¿Has hablado con el médico ya?

—No, no he tenido la oportunidad, yo...

—Pensé que habíamos quedado en que quien llegara primero buscaría al médico antes de hacer ninguna otra cosa.

—Sí, sí, pero entonces vi a Sebastian aquí...

—¡Maldito seas, Dean! —le espetó Gloria, retorciéndose las manos—. ¡Ya sabes lo difícil que es conseguir información de esta gente durante los cambios de turno!

—Estoy seguro de que nos dirán todo lo que necesitemos saber dentro de poco —le respondió él—. ¿Por qué no te sientas un momento y te tranquilizas?

—¡No me quiero sentar! —le soltó Gloria.

—Pues yo creo que deberías.

—¿No me has oído? —le respondió ella, mirándole con ojos desorbitados—. ¡¡¡¡No... me... quiero... sentar!!!!

Jennifer intervino, como solía hacer cuando las cosas entre sus padres se ponían tensas. Había presenciado suficientes peleas entre ellos como para saber que lo mejor era intervenir pronto.

—Tranquilízate, mamá —dijo—. Ya sabes que no ayuda nada que te pongas de tan mala leche.

Gloria se volvió dando un respingo y, durante un momento, pareció que iba a abofetear a su hija, aunque jamás había pegado a ninguno de sus hijos. Trató de calmarse y encontrar la conexión con la fuerza interior que albergaba en lo más profundo de su ser y con la que contaba durante las emergencias. Una multitud de pensamientos y preocupaciones se le agolparon en la mente, pero si quería que todo saliera bien, tendría que concentrarse solamente en una o dos cosas al mismo tiempo. No podía contar con que su marido la ayudara en esto, ni tampoco su hermano o su hermana. Todas estas situaciones difíciles recaían sobre sus hombros. Así fue cuando nació Sebastian y cuando su padre murió, y así sería ahora también.

Dean profirió una risita nerviosa y se aclaró la garganta mientras colocaba la mano sobre la coronilla de Sebastian.

—Acabo de enterarme de que nuestro hombrecito ha venido al hospital en ambulancia con las sirenas sonando y todo. Ya sabes, una vez me dijeron que el repartidor de pizzas llega a tu casa antes que la mayoría de las ambulancias, así que quizá deberías haber pedido una pizza ya que estabas en ello, ¿eh, hijo? ¡Ahora mismo no le haría ascos a un buen pedazo de pizza!

Jennifer contempló a su padre con incredulidad mientras Gloria sacudía la cabeza. Le habría dicho algo más a su marido, pero como estaba preocupada por hablar con alguien que pudiera decirle qué estaba pasando, murmuró que ella misma iría a buscar al médico y se marchó a grandes zancadas hacia el pasillo.

Cuando su madre salió de la sala, Jennifer se dejó caer en la silla frente a su padre para poder mirarle directamente a los ojos. A veces se preguntaba si no sería un poco lento sobre ciertas cosas, porque parecía no aprender nunca.

—Papá, ¿de verdad piensas que este es el momento oportuno para andar haciendo gracias? Ya sabes lo disgustada que se pone mamá, ¿y si aparece tía Susan? Que mamá esté cabreada lo único que hace es empeorar las cosas para todo el mundo.

Aquella posibilidad no se le había pasado a Dean por la cabeza. Por muy malhumorada que Gloria estuviera, lo que definitivamente le agriaba el carácter era la mera mención del nombre de Susan. Dean no lograba recordar cuándo fue la última vez que las había visto a ambas en la misma habitación, aunque estaba casi seguro de que había sido en torno a la época en la que había fallecido su suegro. Puede que Mando estuviera demasiado ocupado como para venir al hospital, o quizá se encontrasen fuera de la ciudad, pues el trabajo de Mando le exigía viajar al este con frecuencia.

—Bueno, esperemos que todo salga bien —murmuró Dean.

Jennifer suspiró, sacó el móvil de su bolso y comenzó a enviar mensajes de texto furiosamente. Sebastian la contempló durante un instante, asombrado de lo rápido que movía los pulgares sobre el miniteclado del teléfono. Antes de tener aquel nuevo móvil, Jennifer se pasaba gran parte de su tiempo libre leyendo y, a veces, le leía cuentos a Sebastian antes de dormir. Era algo que él disfrutaba muchísimo, aunque comprendía que lo que su hermana le decía era cierto: ya era demasiado mayor para esa clase de cosas.

—Iba rápido y haciendo mucho ruido —murmuró Sebastian para que solo su padre pudiera oírlo.

—Perdona, hijo, ¿qué has dicho?

—El viaje en ambulancia y las sirenas —aclaró el niño—. Ha ido muy rápido y haciendo mucho ruido. No quiero volver a montarme en ambulancia nunca más.

—Y yo espero que no tengas que hacerlo —le contestó Dean.

Sebastian todavía estaba sentado en el regazo de su padre cuando tío Mando, el hermano mayor de su madre, apareció en el dintel de la puerta de la sala de espera. Era un hombre alto y de aspecto distinguido, de ojos oscuros y solemnes. Con aquel traje azul marino y su corbata a rayas parecía más un soldado que un abogado, pues era fácil imaginárselo con su fornido pecho condecorado con una impresionante colección de medallas y galones. Sin embargo, Mando no era militar, sino el socio de un próspero bufete de abogados y se había hecho bastante rico con el paso del tiempo. Sebastian no sabía cómo de rico era, pero estaba bastante seguro de que era la persona más rica que conocía. Su tío lo intimidaba, no se sentía cómodo en su presencia, como si la poderosa aura que desprendía lograra afectar negativamente el funcionamiento de su marcapasos.

—¡Dean! —exclamó Mando, avanzando hacia ellos.

Dean ayudó a Sebastian a bajarse de su regazo y se puso en pie, y ambos hombres se estrecharon la mano de forma más o menos amistosa. Dean también llevaba traje, pues así lo requería su empleo de contable de categoría intermedia, pero Sebastian no pudo evitar percatarse de que el de su padre era diferente al de su tío. Mientras que su tío llevaba un traje perfectamente planchado que le sentaba como un guante, la chaqueta de color tostado de su padre estaba arrugada y llena de bultos en los hombros, casi como si se hubiera dormido con ella puesta.

—¿Cómo está? —le preguntó Mando, y Dean le explicó que todavía no sabían nada, pero que Gloria estaba buscando al médico en ese preciso instante.

—Al principio no te he reconocido, Mando —le confesó Dean—. Tienes muchas más canas que la última vez que te vi.

Mando se pasó las manos por su pelo canoso justo en el momento en el que su esposa y su hija entraron en la sala. Ambas llevaban exactamente el mismo tono de cabello color miel, aunque todo el mundo sabía que a Cindy se lo teñían en la peluquería para que fuera del mismo color que el de su madre, algo que Gloria y Jennifer consideraban de muy mal gusto, o incluso insultante, dependiendo del estado de ánimo en el que se encontraran. Sebastian las había oído diciendo en una o dos ocasiones que estaban seguras de que Susan no deseaba que la gente sospechara que su hija tenía herencia puertorriqueña y, por eso, la llevaba con regularidad a que le tiñeran y le alisaran el cabello. Cindy tenía apenas unos años más que Sebastian, pero lo trataba como si fuera mucho mayor que él. Acordándose de aquello, soltó inmediatamente la mano de su padre.

Todo el mundo intercambió los saludos de rigor, cosa que Sebastian encontraba bastante incómoda. Aunque Jennifer se puso en pie y guardó el móvil para participar en ello, su sonrisa forzada revelaba que lo estaba disfrutando tan poco como Sebastian.

Aquellas ambiguas cortesías no duraron mucho. Un momento después, Gloria entró a toda prisa en la sala, como si una jauría de lobos salvajes estuviera pisándole los talones, pero cuando vio a Susan, con su cabello perfectamente arreglado y tan elegante como de costumbre, se quedó helada. No se le había pasado por la cabeza que su cuñada pudiera presentarse en el hospital con su hermano, y le causó una gran impresión volver a verla después de tantos años. Rápidamente llegó a la conclusión de que aquel era uno de esos acontecimientos que pertenecían a la misma categoría que las bodas y los funerales, en los que no le quedaba otra opción que soportar su presencia. Gracias a ello, su mirada pasó por encima de Susan con una indiferencia perfectamente ensayada y se dirigió únicamente a su hermano.

—¿Has conseguido hablar con Gabi?

—He hablado con ella hace aproximadamente una hora. Me imaginaba que ya habría llegado.

Gloria frunció los labios, molesta, aunque no sorprendida, de que su hermana pequeña llegara tarde. Gabi tenía muchas virtudes, pero ser organizada no era una de ellas. No obstante, en este caso, debería haberlo dejado todo para venir rápidamente al hospital. Gloria se cruzó de brazos.

—Acabo de hablar con la enfermera de guardia y me ha dicho que el médico vendrá dentro de un momento a hablar con nosotros. Con un poco de suerte, Gabi estará aquí para entonces.

Mientras los adultos comenzaban a hablar en susurros, Sebastian se quedó en el centro de la habitación, sin saber si debía volver a sentarse en la silla o quedarse de pie donde estaba. Jennifer se acercó para escuchar lo que estaban diciendo, pero Cindy aprovechó la oportunidad para hablar a solas con su primo pequeño.

—He oído que fuiste tú el que la encontraste —le dijo, dedicándole una mirada de admiración y compasión de sus ojos verdes—. Ha tenido que darte muchísimo miedo...

Sebastian asintió y notó que una oleada de emoción le recorría todo el cuerpo haciendo que sintiera que perdía el equilibrio. Un ligero temblor se le había instalado en la barbilla. Lo último que deseaba era echarse a llorar como un bebé tontorrón delante de su hermosa prima mayor.

—¿Y qué hiciste? —le preguntó, avanzando un paso hacia él.

Sebastian se sintió momentáneamente mareado por el denso perfume de Cindy. Quería contestarle, pero de repente le dio la sensación de que habían pasado años desde que había visto por última vez a su abuela en Bungalow Haven, que estaba tan lejos del lugar en el que se encontraban ahora que todo le resultaba prácticamente incomprensible. El niño sacudió la cabeza y, cuando volvió a mirar a su prima, la encontró contemplándolo fijamente, cosa que solo sirvió para enmudecerlo aún más.

En ese momento, el médico, un hombre pequeño y con barba que llevaba una bata blanca de laboratorio, entró en la sala y, cuando Cindy lo vio, dejó a Sebastian para reunirse con los adultos. Sebastian se quedó atónito por la valentía de su prima. Claramente, a Cindy no le asustaba la verdad, mientras que él lo único que podía hacer era observar la nuca de la niña, cautivado por la estela de reflejos dorados que fluía por su cabello como una cascada centelleante. Sebastian deseó poder sumergirse en él y nadar hasta otro mundo, de vuelta en Bungalow Haven, donde su abuela estaría esperándole, como siempre.

Apartó la mirada de la melena de su prima y se volvió con la intención de sentarse junto a la bolsa de comida que descansaba todavía sobre la silla. No había dado nada más que un par de pasos cuando notó que una mano se le posaba en el hombro. Era su madre, guiándolo fuera de la sala y por el pasillo, hacia donde se encontraba su abuela. Sebastian le explicó que quería volver a recoger la comida para poder llevársela a Lola, pero a Gloria la irritó que su hijo se preocupara por algo tan nimio.

—A tu abuela no le va a importar eso ahora —dijo tirando de él.

—¡Pero a ella le gusta el pastel de carne! —insistió el niño—. Se pondrá triste si no se lo guardamos.

—¡Calla ya, Sebastian! —le espetó su madre—. No es momento de andar discutiendo sobre pasteles de carne.

Le pidieron a la familia que esperara en el pasillo junto a la puerta de la habitación de Lola. En esa parte del hospital solamente se permitía que entraran dos personas a la vez en la habitación de los enfermos. Se creó una confusión momentánea sobre quién entraría primero, pero rápidamente se decidió que debían ser Gloria y Mando. Susan resopló molesta cuando comprendió que no le permitirían acompañar a su marido. Le irritaba que después de que Gloria la hubiera ignorado con tan mala educación en la sala de espera, su marido estuviera con ella ahora. Si por ella fuera, Mando no volvería a hablarse con su hermana nunca más, aunque sabía que debía sentirse agradecida porque se hubiera distanciado tanto de su familia como lo había hecho. Antes de que comenzaran los problemas entre Susan y Gloria, todos disfrutaban cuando se reunían, pero Susan dejó muy claro que se sentía demasiado incómoda en aquellas situaciones como para poder seguir soportándolas y, por suerte, su marido lo había comprendido.

Decidida a evitar cualquier interacción innecesaria con su prima, a la que encontraba arrogante, vulgar e insoportablemente molesta, Jennifer se alejó pasillo abajo y se dejó caer contra la pared mientras consultaba su teléfono. Dean anunció que iba a ir a la cafetería a por una taza de café por si alguien quería unírsele. Susan y Cindy rechazaron educadamente la oferta. Sebastian hubiera preferido irse con su padre, pero decidió quedarse por si le tocaba a él entrar en la habitación de su abuela en el siguiente turno.

Cuando Dean se marchó, Susan le dedicó a Sebastian una de sus típicas sonrisas lustrosas.

—Bueno, ¿y tú cómo estás? —le preguntó.

—Bien —le respondió el niño con un amago de sonrisa.

Pensaba que su tía era muy hermosa, con toda aquella ropa elegante y su acicalado cabello rubio arreglado en una melena justo por encima de los hombros. Solía sentirse apreciado por ella, pero también le producía culpabilidad pensar aquellas cosas agradables sabiendo lo mal que le caía a su madre. Puede que no se estuviera dando cuenta de algo, y aquella posibilidad siempre lo mantenía en guardia.

—Hay que decir que tienes muy buen color —comentó Susan.

—Gracias —le respondió Sebastian, no muy seguro de a qué se refería su tía.

Por lo que él sabía, su color era el mismo de siempre.

—¿No es cierto que tiene las mejillas sonrosadas más adorables del mundo? —añadió Cindy, sonriéndole como si él fuera un cachorrillo.

—Pues claro que sí —admitió su tía Susan—. Eres tan mono como un botón, Sebastian. Siempre lo has sido.

Sebastian se quedó inmóvil mientras ellas lo miraban boquiabiertas. Se sintió ridículo y minúsculo, pues tampoco consideraba que los botones fueran especialmente monos. Sin embargo, le seducía tanta amabilidad y se sonrojó aún más. No se le ocurría qué podía añadir, así que procuró sonreír de tanto en tanto mientras mantenía los ojos fijos en la puerta por la que su madre y su tío habían desaparecido. Se había quedado ligeramente abierta, y sintió la tentación de avanzar un paso para poder echar un vistazo al interior, pero temía que las enfermeras se enfadaran con él. Habían sido muy tajantes sobre lo de que solo tenían permiso para entrar dos personas a la vez.

En ese momento oyeron a alguien corriendo por el pasillo, y el niño se volvió para ver a Gabi apresurándose hacia ellos vestida con la ropa de hacer *jogging*. Sebastian siempre se divertía con su tía Gabi. Aunque tenía treinta y muchos, conservaba un aspecto más juvenil que adulto, así que no podía más que sentirse emocionado siempre que la veía. Cuando llegó hasta ellos, le dio a cada uno un abrazo apresurado.

—Mi coche no arrancaba, así que he tenido que llamar a un taxi —explicó entre jadeos—. ¿Cómo está?

—No lo sabemos —respondió Susan, y señaló hacia la habitación—. Mando y tu hermana están con ella ahora mismo, pero solo pueden entrar dos personas al mismo tiempo.

Gabi no esperó a oír lo que Susan iba a decir a continuación y salió escopetada hacia la habitación, dejando únicamente un leve rastro a tabaco tras ella. Sebastian inmediatamente miró a su alrededor para ver si alguna de las enfermeras se habría dado cuenta de que había más de dos personas en la habitación, pero a nadie pareció importarle.

Tía Susan miró en la dirección hacia la que Gabi había desaparecido durante un par de segundos y después se volvió hacia su hija.

—Entremos nosotras también —propuso—. No veo qué diferencia puede haber.

—¿Estás segura de que es correcto? —le preguntó Cindy.

Susan se recolocó la correa de su bolso sobre el hombro.

—Seguro que sí. ¿Vienes con nosotras, Sebastian?

El niño pensó en lo que la señorita Ashworth siempre decía, que saltarse las normas podía causarte problemas tanto a ti como a los demás y que una persona con un firme carácter moral siempre cumplía las normas, aunque los que le rodearan no lo hicieran. Además, no le cabía la menor duda de que su madre se disgustaría muchísimo cuando viera que se había saltado aquella norma porque su tía Susan lo había propuesto.

—Esperaré aquí a papá —murmuró, seguro de que ahora sus orejas hacían juego con aquellas mejillas sonrosadas suyas.

Después de que se marcharan, Sebastian volvió a mirar a su alrededor para ver si alguna de las enfermeras se había dado cuenta de hasta qué punto se habían saltado la norma, pero todo permaneció en calma. Algo alarmado por que una norma tan importante no se estuviera aplicando correctamente, pensó en contarles a las enfermeras qué estaba pasando, pero cambió de idea, recordando que los chivatos tampoco es que cayeran especialmente bien.

Desde donde él se encontraba, podía ver el interior de otra habitación donde dos ancianos dormían uno junto a otro. Estaban en los huesos, tan pálidos como las sábanas de sus camas y parecían un matrimonio de esqueletos. Sebastian no podía imaginar que existiera una medicina lo suficientemente potente como para que pudiera devolverles la carne a los huesos y curarlos. No le cabía la menor duda de que su fin estaba próximo. Y no solo lo sabía por sus escuálidos cuerpos, sino también por las bocas abiertas, profundas y oscuras como dos siniestras cavernas negras desafiándole a que se aproximara para echar un vistazo de cerca. Sebastian trató de apartar la mirada, pero aquel misterioso estado entre la vida y la muerte le mantenía hipnotizado.

—¿Qué estás mirando? —le preguntó Dean, que caminaba hacia su hijo con una taza de café en la mano.

—A aquel anciano y aquella anciana de allí —le contestó Sebastian señalándolos—. ¿Tú crees que están muertos?

Dean miró hacia donde Sebastian señalaba y negó con la cabeza.

—Está claro que están vivos y... —se inclinó para poder verlos mejor— y definitivamente son dos hombres, pues ambos llevan barba. En todo caso, nunca ponen a hombres y mujeres en la misma habitación, va contra las normas.

Sebastian los miró con más detenimiento y se percató de la tenue pelusilla blanca que ambos pacientes tenían en su barbilla. De hecho, había unas cuantas señoras en Bungalow Haven que también tenían pelusilla en la barbilla, aunque no tanta como aquellos dos.

—¿Dónde se ha metido todo el mundo? —preguntó Dean.

Sebastian señaló hacia la habitación de su abuela.

—Se han saltado la norma de que solo podían entrar dos personas cada vez.

Dean llamó a Jennifer, que todavía se encontraba en el otro extremo del pasillo concentrada en su móvil.

—Vamos, Jen. Vamos a entrar a ver a tu abuela ahora.

—Pero ¿y qué pasa con las normas? —preguntó Sebastian poniéndose nervioso.

—No habrá problemas por esta vez —le respondió Dean cogiéndole de la mano.

Cuando entraron en la habitación, Sebastian no logró ver a su abuela, porque todo el mundo estaba de pie alrededor de la cama, hombro contra hombro, mirándola, con los ojos cubiertos por un velo de triste resignación.

—Tendríamos que haberla sacado de ese lugar hace años —comentó Mando—. Nunca ha sido la misma desde que papá murió.

—Estoy de acuerdo, pero sabes tan bien como yo que no se quería marchar —replicó Gloria, ligeramente a la defensiva.

—Eso es verdad —dijo Gabi—. Y además ha mantenido su promesa. Mami no ha cocinado ni ha encendido sus velas desde el accidente.

Ante aquel comentario, Mando contempló a sus hermanas con recelo.

—¿Qué accidente? Creo que todos sabemos que aquel incendio no fue ningún...

—Bueno, parece que ya estamos todos aquí —anunció Dean, interrumpiendo a propósito la conversación.

—¿Qué le pasa a la abuela Lola? —preguntó Sebastian—. ¿Por qué no se despierta?

—Tu abuela ha tenido un ictus —le contestó Gloria.

—¿Qué es un ictus?

—Es cuando una vena se debilita y comienza a sangrar. Esta vez, esa vena se encontraba en el cerebro de tu abuela, por eso es tan difícil que se despierte.

—¿Puedo verla? —pidió Sebastian.

Todo el mundo se apartó a un lado y Sebastian avanzó para ver a Lola a través de los barrotes de la cama, tumbada sobre la espalda con la boca cerrada. Gracias a Dios, la tenía cerrada, no totalmente abierta, como aquellos dos ancianos de la otra habitación. Pero cuando se acercó más aún y vio los músculos distendidos alrededor de sus ojos y su boca, comprendió que su estado no era mejor que cuando la había encontrado tirada en el suelo. Aquel era su cuerpo, su rostro y su suave cabello blanco, pero, en realidad, no era ella. Ni siquiera sus arrugas eran las mismas. De hecho, algunas de ellas habían desaparecido, como si Dios le estuviera retirando las bendiciones.

Sebastian sintió un frío helador congelándole las entrañas. Quería marcharse corriendo, pero su tía Gabi le empujó para que se acercara aún más. Hizo lo que ella le pedía y estaba lo bastante cerca como para alargar la mano y tocar la de su abuela si hubiera querido, pero no quería, por miedo a que, al tacto, Lola también fuera diferente.

—Deberías decirle algo —murmuró tía Gabi.

—¡Oh, por favor! —replicó bruscamente Gloria—. Mami no puede oír nada ahora mismo.

—¿Cómo lo sabes? Creo que todos deberíamos decirle algo, en caso de que pueda oírnos. Está claro que daño no le va a hacer.

Sintiendo la inspiración, Cindy se secó los ojos y se agachó junto a la cama.

—Abuela, soy yo, la niña guapa. —Levantó la mirada para explicar—: Así es como me llama la abuela Lola, y no quiero que se confunda.

Inmediatamente, Jennifer puso los ojos en blanco, deseando encontrar pronto la ocasión de escabullirse pasando desapercibida.

Aquellas cosas espeluznantes le parecían estúpidas y totalmente innecesarias.

—Vamos, cielo, dile a tu abuela lo que tú quieras —le dijo Susan a Cindy colocándole una mano tranquilizadora a su hija en el hombro.

Cindy continuó:

—Quiero que sepas que siento no haber ido a visitarte demasiado últimamente. Es que tengo mucho que hacer todo el tiempo y siempre estoy ocupada con cosas del colegio, incluso los fines de semana. Lo siento muchísimo...

Cindy se apartó, abrumada por la emoción, y se derrumbó en brazos de su madre, que se encontraba a la espera.

—Eso ha sido muy bonito —comentó tía Gabi con una lánguida sonrisa en los labios—. ¿Y tú, Jennifer? ¿No quieres decirle algo a tu abuela?

Jennifer negó con la cabeza y dio un paso atrás.

—Yo paso —murmuró.

—¿Y tú, Mando?

Tío Mando estudió el rostro de su hermana pequeña con un aire de desconcierto altivo.

—¿Por qué no dices tú algo por mí, Gabi? Tú eres mucho mejor para estas cosas que yo.

Gabi sacudió la cabeza y, a continuación, se volvió hacia Sebastian.

—¿Y tú, hombrecito?

El niño dio un paso atrás.

—Pero..., pero ¿y si no le gusta lo que yo le diga?

—Simplemente, dile lo que sientas. No hay nada correcto o incorrecto cuando hablas con el corazón en la mano.

Sebastian apoyó la barbilla sobre la barandilla metálica de la cama, pero de repente se sintió muy estúpido y levantó la mirada hacia su tía para que lo animara. Ella asintió y sonrió, y él se acercó aún más.

—Soy yo —murmuró.

—Un poquito más alto —le dijo tía Gabi—. No te oirá si le hablas tan bajito.

Sebastian inspiró profundamente.

—Soy yo, Sebastian. Si... siento haberte echado agua en la cara. Sé que no te gusta cuando se te mancha la moqueta, pero quería que te despertaras. —Empezó a temblarle la barbilla—. Despiértate, abuela. Por favor, despiértate —le dijo, pero los párpados de su abuela seguían firmemente cerrados. Entonces, alargó la mano y la metió debajo de la suya y, aunque los dedos de su abuela no respondieron al tacto, estaban calientes, y se sintió muy pero que muy agradecido por que al menos su abuela estuviera todavía viva—. No te mueras, abuela —musitó Sebastian—. Por favor, no te mueras.

Notó las manos de su madre sobre sus hombros de nuevo, pero esta vez guiándole fuera de la habitación. Gloria siempre se preocupaba de que demasiado drama y disgusto emocional supusieran una presión excesiva para el corazón de su hijo, pero Sebastian se volvió para ver a su familia una vez más antes de marcharse. Por mucho que quisiera estar junto a su abuela, se sintió aliviado por alejarse de aquella reunión extrañamente inconexa de gente que se suponía que eran una familia. La incomodidad que sentía en su presencia era casi insoportable, y no lograba imaginarse cómo había podido aguantarlo hasta entonces. Y cuando miró a su abuela, tumbada, tan quieta en el centro, comprendió que ella era el hilo que los mantenía unidos. Silenciosamente, su abuela se había enhebrado a cada uno de sus corazones, y era su presencia la que hacía aquella conexión posible. Sin ella, se desparramarían por el suelo en todas las direcciones, como una colección de cuentas mal emparejadas. Sin ella, aquella familia carecía de sentido.

CAPÍTULO SEIS

Sebastian y su madre acudieron a la mañana siguiente al hospital tras un apresurado desayuno de cereales con leche fría y tostadas, aunque Sebastian estaba tan nervioso que no fue capaz de ingerir más que un par de bocados. Después de llamar a la oficina para cambiar de hora sus citas del viernes, Gloria telefoneó al colegio de Sebastian para avisar de que su hijo faltaría a clase por una emergencia familiar. Mientras iban hacia el hospital, Sebastian pudo ver, por la expresión de agotamiento de su madre que se reflejaba en el retrovisor, que estaba cansada y preocupada. Él también se sentía preocupado y, para colmo, había tenido una desazonadora pesadilla la noche anterior, pero no se acordaba de los detalles. Lo único que podía recordar era que se dedicaba a correr a la velocidad del rayo. Siempre que soñaba que corría, se levantaba a la mañana siguiente sintiéndose alborozado y encantado consigo mismo, pero esta vez se despertó bañado en sudor frío y temblando de miedo.

Hasta que no llevaban viajando varios minutos, los escalofriantes detalles de su sueño no le vinieron a la mente y entonces se sintió como si le rodeara una espeluznante niebla. Iba corriendo por un pueblo de antiguas casitas encaladas por un laberinto de callejuelas y algo o alguien le perseguía, echándole el aliento en el cuello, pisándole los talones. Independientemente de por dónde girara, el caminillo lo conducía hacia el océano y, hasta que no logró apartarse, no miró sobre su hombro para ver que no lo perseguía una persona ni un animal, sino un enorme maremoto de varios pisos de alto. No importaba hacia donde corriera, se ahogaría en el mar o lo atraparía aquella gigantesca pared de agua, y se despertó justo cuando la enorme ola se estaba curvando sobre su cabeza.

—Me parece que ayer por la noche no te bañaste, ¿verdad? —le preguntó su madre.

Sebastian murmuró que no.

—Esta noche te darás un baño extralargo —declaró ella, como si aquello pudiera, de algún modo, arreglarlo todo.

Varias enfermeras saludaron con la cabeza a madre e hijo cuando pasaron junto a la recepción, y Sebastian se alegró de que al menos aquella vez no estuvieran saltándose ninguna norma. Cuando entraron en la habitación de su abuela se percató inmediatamente de que ella no era la única ocupante, a diferencia del día anterior. Otra persona mayor estaba tumbada en la cama junto a la de Lola. Al principio, Sebastian no tuvo claro si se trataba de un hombre o una mujer, pero cuando vio que aquella persona no tenía barba, supuso que tenía que ser una mujer. Estaba tan esquelética y enferma como los dos señores que había visto el día anterior, pero el color de su piel era de una tonalidad que el niño no había visto nunca: una palidez cadavérica que no era exactamente blanca ni tampoco de color carne, sino extrañamente irisada. Su cortísimo cabello era espeso y lustroso como el betún de un zapato negro, cosa que le daba un aspecto especialmente extravagante. Tenía los ojos entrecerrados y roncaba estrepitosamente. No parecía muy posible que nadie pudiera descansar con aquel escándalo cerca, pero Lola estaba durmiendo a pierna suelta y, por lo que Sebastian podía percibir, no había movido ni un solo músculo durante toda la noche.

Gloria se aproximó a la cama de su madre. Arreglada y majestuosa, con su plateado cabello blanco cuidadosamente colocado sobre la almohada, Lola mantenía el rostro inmóvil, pero en paz, y su boca, algo más hundida sin la dentadura postiza, permanecía correctamente cerrada. Sebastian agradeció que su abuela no tuviera el aspecto de la ruidosa paciente de cabello negro de la cama de al lado y que no montara el mismo escándalo que ella. Pero a su madre no parecieron importarle aquellos ronquidos ensordecedores. Alisó tranquilamente las sábanas de Lola y reorganizó los pocos objetos que había sobre su mesilla de noche. Después, contempló los números que figuraban en los monitores con gran interés, como si realmente comprendiera su significado.

—Voy a hablar con la enfermera —anunció—. Espera aquí, no tardaré.

Y diciendo aquello, se marchó. Sebastian acercó la única silla que había en la habitación a la cama de su abuela y se sentó, haciendo todos los esfuerzos posibles por ignorar a aquella desagradable mujer tendida en la cama contigua.

Entonces, de repente, la anciana de pelo negro tosió, roncó un par de veces y abrió los ojos. Inmediatamente, se volvió a mirar al niñito que estaba sentado en la silla junto a ella y, con algo de esfuerzo, levantó la cabeza para contemplar a la abuela de Sebastian.

—¿Todavía no se ha despertado? —preguntó con una voz que crujía como una vieja puerta de madera.

Sebastian la observó, bastante horrorizado. Es cierto que siempre se había sentido cómodo entre la gente mayor, pero había algo muy diferente en aquella mujer. Era como si uno de esos muñecos fantasmales que se colocan en el jardín en Halloween hubiera cobrado vida repentinamente. Sebastian se mordió la lengua y negó con la cabeza.

—Hemos estado charlando por los codos toda la noche —comentó la señora haciendo un gesto con la mano—. Probablemente no se despertará hasta el mediodía.

—¿Mi abuela ha hablado... con usted? —le preguntó Sebastian, sentándose en el borde de la silla.

La anciana asintió con aire de autocomplacencia.

—Claro, hemos charlado de muchas cosas como... como... —Se relamió los labios y se pasó la lengua por el interior de la boca. Después alargó el brazo hacia el vaso de agua que había sobre su bandeja, pero no lograba alcanzarlo—. ¿Te importa? —le preguntó a Sebastian.

Inmediatamente, el niño se puso en pie para ayudarla. Cogió firmemente el vaso entre los dedos, pero se sentía tan conmocionado que tiró la jarra entera de agua, derramando una buena parte de su contenido por el suelo y sobre la cama y las sábanas de la anciana.

—¡¡¡Qué niño más torpe!!! —chilló ella, levantando sus nudosas manos en el aire.

—¡Lo siento! —masculló Sebastian, cogiendo varios trozos de papel absorbente que había cerca del lavabo—. Yo... no quería tirársela encima.

La anciana bajó lentamente los brazos y examinó a Sebastian con unos ojillos redondos y brillantes del color del agua de fregar sucia.

—Tu abuela me ha hablado de ti —susurró, con una voz que apenas era un gruñido audible—. Me ha dicho que te gusta echarle agua a la gente encima y que, por tu culpa, ha estado soñando toda la noche con maremotos.

Sebastian se quedó boquiabierto y se apartó de la mujer lentamente antes de dejarse caer de nuevo en su silla. De repente, sintió una incómoda presión en la vejiga. Si la anciana le hubiera dado un susto en aquel momento, sin duda, se habría hecho pis en los pantalones.

No obstante, la mujer se acomodó de nuevo sobre la almohada y suspiró profundamente, con la cara constreñida por una agonía bien ensayada.

—Tendrás que disculparme. Ya ves, es solo que no me acostumbro a estar en este lugar.

—¿Por... por qué está usted aquí? —le preguntó Sebastian.

—Me dicen que es por mi corazón, pero yo no me lo creo.

—Yo también tengo el corazón enfermo —respondió el niño con un tono de voz casi alegre.

La anciana volvió a clavar la mirada en él y asintió con aire de entendida.

—Lo sé, pero, aun así, tu abuela te necesita más que nunca. A los demás... —dijo, haciendo un gesto con su garra huesuda hacia la puerta— no tanto.

En aquel momento, Gloria entró en la habitación, y una de las auxiliares de enfermería pasó detrás de ella con un montón de ropa de cama limpia entre las manos. Corrió la cortina azul que separaba las dos camas y comenzó a cambiarle las sábanas a la anciana. Sebastian se sorprendió de que hubiera acudido, porque no se había dado cuenta de que la anciana le hubiera dado a su botón de llamada.

Sin embargo, la anciana no perdió ni un minuto en expresar su descontento.

—¡Mire qué desastre! ¿Cómo puede esperar que la gente se encuentre cómoda aquí?

La auxiliar no dijo nada, pero la anciana continuó quejándose y lamentándose por la mala atención que estaba recibiendo y por el hambre que tenía y la falta que le hacía darse un baño. Sebastian miró por debajo del borde de la cortina y vio en el suelo unos pies plagados de grotescas venas azules, y se estremeció.

Momentos después, otra enfermera entró para tomarle la tensión a su abuela.

—Los médicos comenzarán sus rondas dentro de una hora aproximadamente —les dijo antes de marcharse.

Gloria le pidió a Sebastian que levantara el culo para que pudieran compartir la única silla de la habitación. Aunque el niño no veía lo que pasaba al otro lado de la cortina azul, todavía podía oír el jaleo. La cama ya estaba hecha y la auxiliar estaba ayudando a la anciana a volver a meterse en ella.

—¡No sea tan brusca! —le dijo entre gemidos—. ¿No tiene usted respeto por la tercera edad?

La auxiliar no contestó, y finalmente la anciana se quedó tranquila. Sebastian trató de quitársela de la cabeza, pero sabía que estaba allí, escuchando absolutamente todo lo que ellos decían. Por el rabillo del ojo, pensó que había visto ondear la cortina azul, pero, cuando se volvió para mirarla directamente, la vio perfectamente quieta, y la anciana seguía en silencio. No pudo evitar preguntarse si habría fallecido. Puede que si mirara por debajo de la cortina en aquel preciso instante la viera con la boca totalmente abierta y los ojos vacíos dirigidos hacia el techo.

Gabi apareció unos minutos más tarde. Estaba nerviosa, como

de costumbre, y todavía llevaba el pelo corto húmedo por la ducha que se debía de haber dado hacía poco, aunque se había maquillado con mucha habilidad. Sebastian miró a su madre y se percató de que ella no se había puesto maquillaje, ni siquiera llevaba pintados sus pálidos labios que dibujaban una lúgubre línea recta, y los únicos colores visibles sobre su rostro eran las sombras violáceas y azuladas que se le acumulaban en las ojeras.

—¿Cómo está? —preguntó Gabi.

Gloria sacudió la cabeza.

—Sin cambios. El médico vendrá dentro de poco, pero independientemente de lo que diga, está claro que mami no puede seguir viviendo sola.

Sebastian estaba a punto de mencionar que la anciana de pelo negro le acababa de decir que su abuela había estado despierta y charlando toda la noche, pero decidió no hacerlo. Sabía que a veces la gente mayor se confunde, y aquella anciana parecía estar más confundida que el resto.

—Puede venirse a vivir conmigo —propuso Gabi.

Gloria le contestó en tono burlón:

—Tú nunca estás en casa. ¿Cuál sería la diferencia?

—Puedo contratar a alguien que la cuide mientras yo no estoy —insistió Gabi con poco entusiasmo, como si ni ella misma estuviera muy convencida de lo que acababa de decir. Sacudió la cabeza y murmuró—: No me gusta imaginarme a mami en una residencia de ancianos.

—No todas son malas —respondió Gloria—. Ayer por la noche hice unas cuantas llamadas y la asistente social del hospital probablemente nos ofrecerá algunas referencias más esta tarde.

Sebastian se sintió desolado al pensar que su abuela no volvería a Bungalow Haven. A ella le encantaba su casita, con su porche y su buzón. Hasta había llegado a apreciar las velas artificiales, y no existía ninguna otra persona en el mundo que esperara con más expectación la hora de la cena que su abuela. Solo pensar en que quizá Lola no volvería a experimentar ninguna de estas sencillas alegrías le hacía sentir una profunda pena que se le instaló en el fondo de la garganta y amenazó con ahogarlo, pero no fue capaz de emitir ni una sola palabra para salir en su defensa. «Abre los ojos, abuela —pensó mientras contemplaba el rostro de Lola—. Abre los ojos y diles que nunca abandonarás Bungalow Haven, sin importarte lo que digan. Por favor, abuela, abre los ojos y di algo.» Pero sus párpados permanecieron firmemente cerrados, y a Sebastian le dio la sensación de que nunca volverían a abrirse.

Gabi se sentó en el borde de la cama de su madre.

—¿Y tú qué haces que no estás en el colegio, hombrecito? —le preguntó con una sonrisa pícara.

—No me encontraba demasiado bien —respondió Sebastian tratando de mantener la seriedad, pero le resultó imposible no devolverle la sonrisa cuando su tía le revolvió el pelo cariñosamente, para después girarse hacia Gloria.

—Mando no podrá venir hoy. Está trabajando en una causa importante, pero me ha dicho que le llamemos si hay algún cambio.

Gloria asintió con una expresión severa e inquebrantable.

—Tenemos que tomar una serie de decisiones importantes, y sería mejor si él estuviera aquí.

—Pensé que te alegrarías de oírlo. Si viene Mando, siempre cabe la posibilidad de que Susan le acompañe.

—Tienes razón —respondió Gloria—. No la quiero metiendo su estirada nariz en las decisiones que tengan que ver con mami.

Gabi sabía mejor que nadie lo que su hermana sentía por Susan y ella misma admitía que, a veces, su cuñada podía llegar a ser una fastidiosa esnob, pero también opinaba que Gloria había permitido que su orgullo la dominara en lugar de pensar racionalmente. Durante años, Gabi había tratado de decirle a su hermana que aquella disputa familiar había durado demasiado tiempo y que ya era hora de hacer las paces, pero sus intentos conciliatorios normalmente eran recibidos con escarnio y no poco rencor. Aunque no solía ser fácil hacerle a su hermana «críticas constructivas», quizá ahora, con su madre gravemente enferma, sí que estaría dispuesta a escuchar.

—Ya sabes, Gloria —comentó Gabi—, a veces, pienso que eres un poco demasiado dura con Susan. Lo que quiero decir es que Dios sabe que tiene sus defectos, pero la mayoría de las veces sus intenciones son buenas. Y no te olvides de que es la esposa de tu hermano.

Gloria cruzó los brazos delante del pecho con frialdad.

—¿Cómo puedo olvidarme de ello si me lo recuerdas constantemente?

—¿No crees que sería mucho más sencillo si...?

—¿Y tú no crees que sería mucho más sencillo si no sacaras el tema cada dos por tres? Lo hecho, hecho está: agua pasada no mueve molino. En todo caso, tengo cosas mucho más importantes de las que preocuparme ahora mismo. —Gloria miró hacia Sebastian para ver si había estado prestando atención a la conversación, pero, por suerte, estaba concentrado en la cortina azul que tenía ante él, golpeándola con el dedo y contemplando cómo oscilaba de acá para allá.

Trató de no pensar en Susan y en lo que había pasado entre ellas, porque el profundo desprecio que siempre experimentaba la invadía con un sentimiento de venganza que la despojaba de la preciada energía que tan necesaria le era en aquellos momentos. Apartó esos pensamientos de su cabeza otra vez. Esa era la última cosa en la que necesitaba pensar en aquel momento.

Aproximadamente media hora después de la llegada de Gabi, entró en la habitación un joven de pelo negro con una bata de laboratorio blanca y un estetoscopio colgado del cuello. Aquel no era el mismo médico con el que habían hablado el día anterior, pero ni Gloria ni Gabi parecieron preocupadas por aquel detalle y comenzaron a discutir con él el estado de su madre.

—No estamos del todo seguros de por qué no está respondiendo —les explicó en un tranquilo tono de autoridad—. Y es difícil hacer predicciones en estos momentos. ¿Están seguras de que se ha estado tomando su medicación?

—Siempre se la toma religiosamente —le aseguró Gloria.

—¿Se va a despertar, doctor? —le preguntó Gabi.

—Me temo que no lo sabemos. Cada caso es diferente, pero cuanto más tiempo pase sin dar respuesta, peor será el pronóstico.

—¿Existe algún estudio Cochrane que se aplique a este caso, doctor? —le preguntó Gloria.

Al principio, el joven doctor no dio muestras de entender la pregunta, o quizá se quedó atónito por los conocimientos médicos de aquella profana, pues adoptó la misma expresión aturdida que los profesores de Sebastian al principio del curso cuando Gloria les soltaba el discurso sobre la enfermedad cardíaca de su hijo. Sin embargo, el médico pronto se recompuso.

—Tendré que consultarlo —le respondió, revisando los datos de su carpeta—. Pero lo que sí puedo decirles es que, tras cuarenta y ocho horas, el pronóstico suele empeorar.

Gabi profirió un grito ahogado.

—¿Quiere usted decir que si no se despierta antes de mañana ya no se despertará?

El joven médico negó con la cabeza.

—Como ya le he dicho, no lo sabemos con certeza, pero en un número estadísticamente significativo de casos, eso es lo que hemos visto.

—¿Y se puede saber qué significa eso? —preguntó Gabi.

Pero fue Gloria quien le contestó.

—Creo que lo que quiere decir es que la probabilidad de que mami se despierte después de mañana es menor que la de que lo haga hoy, pero todavía seguirá existiendo la posibilidad de que se despierte, incluso después de mañana.

—Exactamente —apostilló el médico.

Gabi miró alternativamente a Gloria y al joven médico sin sentirse más satisfecha que antes.

—Bueno, eso no es mucho decir, ¿no?

Gloria le dedicó a su hermana pequeña una mirada penetrante y se volvió de nuevo hacia el médico.

—Gracias, tendremos en cuenta esta información.

El médico se marchó, y la tía Gabi se echó las manos a la cabeza.

—¿Pero qué información? No nos ha proporcionado ninguna información.

—¿Y qué novedad hay en eso? —replicó Gloria lacónicamente—. Hace mucho tiempo que aprendí que los médicos no tienen todas las respuestas. Con un poco de suerte, el asistente social sí que nos dará algún dato que podamos utilizar de verdad.

Gabi no se atrevió a discutir, porque todo el mundo sabía que, en lo referente a tratar con médicos y enfermedades, Gloria era la experta indiscutible de la familia. Exhaló un suspiro de cansancio y se inclinó sobre la cama para hablar en voz alta al oído de su madre.

—Me tengo que ir a trabajar, mami, pero volveré más tarde —dijo, intentando imprimir a sus palabras el tono más alegre posible, aunque su rostro mostraba una expresión apesadumbrada.

Después le besó la frente con tristeza y desamparo, como si Lola ya estuviera muerta y descansara en el interior de un ataúd.

Durante las horas siguientes, mientras Gloria esperaba a que viniera el asistente social, Sebastian se contentó con contemplar a su abuela respirando y hacerlo él al mismo ritmo que ella, con la esperanza de que, después de cada espiración, Lola abriría los ojos. Tenía la sensación de que, con solo concentrarse lo suficiente, sería capaz de ayudarla a despertarse poco a poco.

Gloria no hacía más que cruzar y descruzar las piernas, suspirando ruidosamente e inclinándose para ver quién pasaba por el pasillo.

—Tendría que haber traído algo para leer —murmuró—. Quizá haya revistas en la tienda de regalos, ¿quieres venir conmigo?

Sebastian habría ido con ella, pero estaba seguro de que, unas respiraciones antes, había visto temblar el dedo índice de Lola, cosa que consideraba una señal buenísima de que sus esfuerzos mentales estaban dando resultado.

—Te espero aquí —le contestó a su madre sin apartar la mirada del rostro de su abuela.

Apenas unos segundos después de que su madre se marchara, escuchó la cortina repiqueteando a sus espaldas y se volvió para encontrar a la anciana de pelo negro contemplándole con ojos extraños. Aunque pareciera mentira, se había olvidado de que estaba allí, y verla de nuevo fue como quedarse dormido y retomar una pesadilla que pensaba que se había terminado para siempre.

—Salvar la vida y perder el alma es algo terrible —comentó la anciana—. Es aún peor que morirse de forma lenta y prolongada.

Sebastian no tenía ni idea de qué responderle y, de repente, deseó que la anciana se diera prisa y se muriera de una vez.

Entonces ella cerró lo ojos y volvió a acomodar la cabeza en las almohadas.

—Los moribundos ven cosas, saben cosas —murmuró, y repentinamente volvió a abrir los ojos como platos, dándole a Sebastian un susto de muerte—. Tú también ves cosas, ¿verdad?

—¿Qué quiere usted decir? —le preguntó bruscamente Sebastian—. Yo no me estoy muriendo.

—Puede que no —respondió ella—. Pero sabes lo que es bailar con la muerte, y eso te abrirá los ojos y te dará valor si lo permites.

Por primera vez, Sebastian se permitió el lujo de mirar a la anciana directamente a los ojos. Sus iris flotaban en las cuencas como una fila de nubes que pasaran por un cielo grisáceo, y se apoderó de Sebastian una extrañísima sensación de estar mirando a través de una ventana neblinosa por la que él no podía ver el interior, pero desde la que todos los que estaban dentro podían verle a él. Y, de inmediato, se sintió curiosamente atraído hacia ella, como si la conociera de toda la vida.

—No quiero que mi abuela tenga que ir a una residencia de ancianos. Ella preferiría morirse a ir a un lugar así —le dijo.

—No te he oído decir nada hace un momento cuando estaban hablando de ello. ¿Por qué no has dado tu opinión?

—No me escucharán —repuso él—. No soy más que un crío.

—Pero eres un crío que ha bailado con la muerte —susurró ella—. Quizá te escuchen más de lo que tú piensas.

La anciana volvió a relamerse los labios y señaló la jarra de agua. Sebastian le sirvió un vaso, con cuidado esta vez de no derramar ni una sola gota. Se lo ofreció, y ella se lo bebió de un golpe mientras él contemplaba los músculos de la garganta de la anciana abriéndose y cerrándose, como una pálida y escurridiza serpiente. Le entregó el vaso vacío y le dijo:

—Tu abuela te necesita, Sebastian, pero vas a tener que correr algunos riesgos.

—¿Qué tipo de riesgos? —le preguntó Sebastian.

—Vas a tener que arriesgarlo todo —le dijo con ojos brillantes—, pero recuerda siempre esto: lo que más valor requiere, normalmente suele ser lo que más felicidad proporciona.

Sebastian instintivamente dio un paso atrás. Se sentía asustado y confundido. Sin embargo, la anciana simplemente bostezó y se estiró, cerró los ojos y, en cuestión de segundos, se hallaba otra vez roncando aún más fuerte que antes.

La asistente social, una joven hispana llamada Lourdes, llegó aquella tarde, tal y como esperaban. Después de hacerles una serie de preguntas preliminares, comenzó a hablarles sobre las distintas residencias del vecindario. Gloria escuchaba con atención, mientras que Sebastian se apartó para coger perspectiva, preguntándose cuándo sería el mejor momento para interrumpir y decir algo. No le cabía la menor duda de que la anciana de pelo negro estaba escuchando atentamente la más mínima palabra que pronunciaban, pero, esta vez, su presencia le infundía valor.

Comprendía que la gente que ha bailado con la muerte se ha ganado el derecho a imponer su opinión a veces, y cuando Lourdes sacó varios folletos y los colocó a los pies de la cama para que Gloria los examinara, fue el momento en el que Sebastian reunió los ánimos suficientes para intervenir.

—A mi abuela no le gustará ninguno de esos sitios —dijo.

Lourdes se volvió al oír la voz de Sebastian, como si se acabara de percatar de su presencia.

Aunque él había dirigido su atrevido comentario a la asistente social, fue su madre la que le respondió.

—Sebastian, ¿tú crees que es esto lo que yo quiero? ¿Acaso te piensas que es lo que alguien quiere?

Sebastian negó con la cabeza, sintiéndose fatal al ver la silenciosa agonía en la mirada de su madre. No le estaba poniendo las cosas fáciles, pero ahora ya no podía detenerse.

—Ella no quiere ir allí, mamá. Se morirá si la metéis en uno de esos lugares.

La asistente social le habló amablemente y en tono profesional.

—Ya sé que es muy difícil para un niñito como tú entender una cosa así, pero la gente en el estado de tu abuela no puede vivir sola.

—Pero se va a despertar —repuso él.

—Todo va a ir bien, hombrecito —le dijo su madre suavemente—. Todos queremos lo mejor para tu abuela.

—Y lo mejor para ella es volver a Bungalow Haven, que es su casa —la interrumpió Sebastian, apretando los puños.

Gloria y Lourdes acordaron seguir hablando del tema al día siguiente, y cuando la asistente social se marchó, Gloria le dijo a Sebastian que se acercara a ella.

—Tu abuela es muy anciana —murmuró—. Y si esta es su...

—Se va a despertar —le aseguró Sebastian con tal autoridad que su madre lo separó de ella a la distancia de un brazo para poder mirarlo a los ojos.

—¿Cómo lo sabes, Sebastian? ¿Cómo puedes estar tan seguro?

Con el corazón tamborileándole dentro del pecho, le contestó:

—Porque he bailado con la muerte y veo cosas. Sé cosas.

El rostro de Gloria palideció y sus manos resbalaron desde los hombros de Sebastian a ambos lados de su propio cuerpo.

—¿Quién te ha dicho eso?

Sebastian echó un vistazo hacia la cortina azul y después miró a su madre a los ojos y le contestó:

—No me lo ha dicho nadie. Lo sé y punto.

CAPÍTULO SIETE

El domingo por la mañana toda la familia acudió al hospital. A pesar de las insistentes quejas de Jennifer de que daría igual que ella estuviera presente o no, se había decidido a última hora la noche anterior que todo el mundo debía estar allí, pues era el día en el que se iba a tomar la difícil decisión sobre el cuidado futuro de Lola y su nueva residencia. Tal y como los médicos les habían explicado, también podía ser la última vez que los nietos vieran a su abuela en un estado más o menos presentable. Cuanto más tiempo permaneciera en estado vegetativo, más difícil resultaría, y Gloria no quería que sus hijos vieran a su abuela marchitándose lentamente hasta que no quedara nada de ella.

La madre de Sebastian ya había visitado varias de las instalaciones sugeridas por la asistente social y les había contado a sus hermanos lo que había visto. Sebastian escuchó parte de la conversación y se decepcionó al comprobar que, en ningún momento, su madre les ofreció la opinión que él había expresado. El esperanzador momento mágico que habían compartido días antes no había durado demasiado.

Sin embargo, le resultaba consolador recordar lo que le había dicho la anciana de pelo negro cuando su madre se había ido un momento al lavabo.

—Bien hecho, Sebastian. Tienes algo especial en ti y, cuando lo compartes con los demás, eres capaz de marcar una gran diferencia.

Se sintió estupendamente al oírla decir aquello, tanto que tuvo que aguantarse las ganas de abrazarla.

—Gracias —le respondió tímidamente—. Espero que su corazón se mejore y que ya no se esté muriendo.

Por primera vez, la anciana sonrió con dulzura, lo cual le dio un aspecto casi agradable.

—Lo mismo digo —murmuró antes de cerrar los ojos.

Estuvo durmiendo el resto de la tarde y, esta vez, a Sebastian le resultó casi entrañable el sonido de sus ronquidos.

El domingo, de camino al hospital, el niño se dio cuenta de que tenía casi tantas ganas de ver a aquella extraña anciana como a su abuela.

La familia de Sebastian estaba recorriendo el pasillo del hospital hacia la habitación de Lola cuando vieron una camilla con lo que parecía un cuerpo cubierto por una sábana blanca saliendo por la puerta. Puede que no se tratara más que de un montón de sábanas, pero desde aquella distancia era difícil saberlo con seguridad, y todos ellos se pararon en seco, temiéndose lo peor. Segundos después, Susan salió de la habitación aturdida, sin saber adónde ir o qué hacer, y todos corrieron hacia ella.

—Tengo que encontrar a un médico o una enfermera —dijo cuando los vio. Tenía la voz azorada, y le tembló la mano cuando señaló a una mujer con una bata de laboratorio blanca que caminaba por el pasillo—. ¿Creéis que ella podrá ayudarnos?

—¿Qué ha pasado? —le preguntó Dean.

—Pues simplemente estábamos ahí, viéndola respirar... —explicó Susan—. Tenía exactamente el mismo aspecto que el otro día. No... no esperábamos que fuera a suceder tan rápido.

Gloria hizo todo el esfuerzo del mundo por mantener la calma y no derrumbarse cuando se volvió hacia sus hijos:

—Vuestra abuela ahora está en el cielo, y tenemos que dar gracias de que no haya sufrido.

Susan miró fijamente a Gloria durante un instante.

—Lola no está muerta —la contradijo—. Acaba de abrir los ojos ahora mismo. Está despierta.

—¡Abuela! —exclamó Sebastian, entrando a toda prisa en la habitación.

Era verdad; Lola tenía los ojos abiertos y estaba mirando al techo sin mover la vista a izquierda o derecha. Abría y cerraba los párpados como si fueran las delicadas alas de una mariposa que acabara de salir del capullo. Todavía se hallaba tumbada boca arriba, y la suave subida y bajada de su pecho se sincronizaba con el movimiento de los párpados.

Tras confirmar que su abuela se había despertado, Sebastian se volvió para ver la otra cama vacía y se dio cuenta de que era el cuerpo de la anciana de pelo negro el que había salido en la camilla hacía un momento. Notó que una oleada de tristeza lo embargaba cuando recordó la extraña conversación que habían mantenido días antes. Ahora que la anciana de pelo negro ya no estaba bailando con la muerte, ¿qué estaría haciendo? ¿Se habría puesto contenta de haberse liberado por fin de su mal corazón? ¿Sería capaz de salir de la cama y bailar con la vida para variar? Ese pensamiento hizo que le bajara un escalofrío por la espalda.

—Lo único que hace es mirar para arriba —murmuró Cindy—. Es tan extraño...

Tío Mando se encontraba a los pies de la cama con aspecto desconcertado contemplando a su madre, y todos los demás se hallaban alrededor con una expresión similar, temerosos de perturbarla o hacer algo que pudiera provocar que volviera a cerrar los ojos y se quedara dormida de nuevo.

—¿Tú crees que la abuela Lola está realmente despierta? —le preguntó Jennifer a su padre cuando vio el brillo inexpresivo tras los ojos de su abuela.

Estaban abiertos, pero vacíos, y la hermana de Sebastian no pudo contemplar a su abuela durante mucho tiempo sin que le dieran escalofríos.

—No estoy seguro, cariño —le susurró su padre.

Mando volvió en sí bruscamente.

—Voy a ver por qué Susan tarda tanto en encontrar al médico —dijo, y salió a grandes zancadas de la habitación en dirección al mostrador de las enfermeras.

Todo el mundo se acercó más para mirar mejor a Lola, cuando Gabi entró repentinamente en la habitación.

—¡Mando me acaba de dar las extraordinarias noticias! —exclamó, apartándolos a todos a un lado—. ¡Mami, mami! —gritó cogiendo a su madre de la mano—. ¿Me oyes?

Lola se volvió lentamente para mirar a Gabi con la misma expresión vacía empañándole los ojos.

—Sí, sí que puedes oírme. Me oyes perfectamente —dijo Gabi con las lágrimas cayéndole por el rostro—. Nos oye y ahora también nos ve. Va a ponerse bien. Va a ponerse perfectamente.

Gloria levantó el respaldo de la cama de Lola un poco para que no estuviera tumbada recta boca arriba. Cindy le peinó su suave cabello blanco mientras Gabi le humedecía la cara y los ojos con una toalla mojada. Cada pequeño toque y movimiento la revivía más y más, así que el vacío inexpresivo de su mirada comenzó a absorber la energía que la rodeaba, como una fotografía en blanco y negro que gradualmente fuera adquiriendo color. Aun así, Sebastian seguía sin reconocerla. Su cara, su nariz, su boca e incluso sus arrugas estaban empezando a resultarle familiares. Pero la dulzura de sus ojos, el arco de sus cejas, el gesto de su boca y su barbilla ligeramente temblorosa no eran los mismos. La esencia que se escondía tras su rostro era diferente, hasta tal punto que le daba miedo tocarla, a diferencia de los demás.

Mando y Susan regresaron a la habitación con el médico pisándoles los talones. Era el mismo joven que había estado allí el día anterior y se tiraba frenéticamente del estetoscopio que le colgaba del cuello, como si se estuviera preparando para entrar en acción. Tomó la muñeca de Lola entre las manos y después examinó varios monitores situados a ambos lados de la cama. Pitaban, silbaban y parpadeaban de forma incesante, pero su extraña y constante musiquilla no había cambiado. Se sacó una pequeña linternita del bolsillo y comenzó a pasar el rayo de luz sobre los ojos de Lola. Todo el mundo esperaba expectante para escuchar cuál sería su diagnóstico y, aunque él mismo parecía sorprendido por lo que estaba viendo, se resistía a hablar y a emitir ningún juicio prematuro. La única que parecía encontrarse perfectamente cómoda con toda la situación era la propia Lola, que, para entonces, ya estaba contemplando a todos los que la rodeaban, estudiando cada uno de sus rostros cuidadosa y deliberadamente.

Por último, cuando sus ojos se posaron en la cara de Sebastian, la expresión de su semblante se dulcificó y levantó la mano hacia él.

—Abuela —musitó Sebastian, y la cogió de la mano. Quería añadir algo más, pero no estaba seguro de qué decir. Y entonces pensó en que había pasado mucho tiempo desde la última vez que ambos se habían sentado a la mesa de la cocina de su abuela para compartir una comida—. Seguro que tienes hambre, abuela. ¿Tienes... tienes hambre?

Las arruguitas alrededor de su boca se movieron cuando sonrió débilmente y asintió.

—¿Podemos traerle comida? —le preguntó tía Gabi al médico.

—Me temo que no. Primero es necesario que la examine un fisioterapeuta. Tenemos que asegurarnos de que no haya perdido el reflejo de deglución o si no, podría atragantarse.

—¿Ni siquiera una tarrina pequeña de gelatina? —se quejó tía Gabi.

—¡Gabi, por favor! —murmuró Gloria.

Gabi frunció el ceño, pero todo el mundo volvió a centrar su atención en el médico, que ahora estaba escuchando el corazón y los pulmones de Lola con el estetoscopio. Pareció bastante satisfecho de lo que estaba escuchando y comenzó a apuntar sus impresiones en la carpeta que colgaba de los barrotes a los pies de la cama.

Mientras tanto, Sebastian no había soltado la mano de su abuela, que adquiría calidez a cada segundo que pasaba. Se imaginó una especie de fuerza vital fluyendo entre ellos, de modo que, cuanto más tiempo la cogiera de la mano, más fuerte se pondría su abuela. Puede que, tras una hora, Lola fuera capaz de salir de la cama, vestirse y marcharse a casa.

Como si quisiera confirmar las esperanzadoras expectativas de su nieto, la anciana tosió ligeramente y dijo:

—Quiero irme a casa.

—¡Dios santo, ha hablado! —exclamó Gloria, apartando a Gabi de un empujón para acercarse a su madre.

Lola miró directamente a los ojos de su hija mayor y repitió:

—Quiero irme a casa.

—Ya lo sé, mami, pero no te puedes marchar a casa en este momento.

Mando dio un paso adelante y se agachó para poder estar al mismo nivel que su madre.

—Mami, soy yo, Mando.

Lola dirigió la mirada hacia su rostro, y sus ojos lo reconocieron, pero no pronunció ninguna palabra.

—Escucha, mami —le dijo, colocando suavemente una mano sobre la de su madre—. No te puedes ir a casa ahora mismo. Los médicos tienen que comprobar unas cuantas cosas para asegurarse de que vas a estar bien. Tenemos que ir paso a paso.

—¿Paso a paso? —repitió Lola, inclinando la cabeza hacia un lado.

—Sí, y una vez que los médicos nos den el visto bueno, podremos hablar de ir a casa o... o a otro lugar —le explicó Mando, hablándole con tanta ternura como a un niño pequeño.

La expresión del rostro de Lola se endureció.

—Los médicos no tienen por qué decirme qué hacer —sentenció bruscamente.

Todo el mundo se quedó conmocionado. No era típico de Lola cuestionar a su hijo y, además, ella siempre había reverenciado a los médicos y seguía meticulosamente sus instrucciones al pie de la letra.

—Solo queremos lo mejor para ti —le aseguró Gabi, inclinándose para que Lola pudiera verle la cara a ella también.

—Pues claro que sí —remachó Gloria, metiéndose en la conversación.

El médico cerró la carpeta y esbozó una dulce sonrisa.

—Escuche a sus hijos... —le echó un vistazo al nombre que figuraba en el exterior de la carpeta—, Dolores. Ellos la quieren y la ayudarán a tomar la mejor decisión por su propio bien.

Lola le fulminó con la mirada.

—¿Y eso cómo lo sabe usted? Si apenas los acaba de conocer.

El médico abrió los ojos como platos, aunque parecía acostumbrado a tratar con pacientes cascarrabias, por lo que se encogió de hombros y continuó garabateando en el historial.

—Mami, ¿cómo puedes decir una cosa así? —le preguntó Gloria.

—Porque es la verdad —respondió Lola, y entonces se volvió a girar hacia Sebastian—. Tengo sed.

Inmediatamente, el niño fue hasta la mesilla de noche y comenzó a llenar un vaso de agua de la jarra.

Esta vez, el médico habló sin levantar la vista de sus notas.

—Ya está recibiendo suficientes fluidos por vía intravenosa y no debería beber nada hasta que hayan examinado de forma adecuada su reflejo de deglución. El fisioterapeuta vendrá hoy mismo o mañana.

—¿Has oído eso, mami? —le dijo Gloria—. No debes beber nada hasta que no te hayan examinado de forma adecuada.

Sebastian sostuvo el vaso de agua, dudando qué hacer con él.

—Dame el vaso —le ordenó Lola, y él se lo tendió.

Estaba a punto de cogerlo cuando Mando se lo quitó de las manos.

—Si el médico dice que tienes que esperar hasta que examinen tu reflejo de deglución, eso es exactamente lo que vas a hacer —sentenció con firmeza mientras vertía de nuevo el agua en la jarra.

Entonces, para sorpresa y conmoción de todos, Lola alargó el brazo por la mesilla y, sin preocuparse por el vaso, cogió la jarra y bebió un buen trago. Un fino hilillo de agua se le escapó por las comisuras de la boca y le resbaló hasta el cuello.

El médico dejó de escribir en la carpeta y la observó fijamente él también. Nunca antes había visto a un paciente que hubiera pasado en coma tres días moverse con tanta energía y deliberación.

—Parece que su reflejo de deglución está perfectamente —farfulló.

Cuando Lola se sació, se limpió la boca con el dorso de la mano y se giró para mirar a los ojos a cada uno de los miembros de su familia.

—Quiero irme a casa —declaró—. Y quiero irme ahora mismo.

Tras aceptar de mala gana la ayuda de una auxiliar de enfermería, Lola accedió a tomar una ducha mientras su familia esperaba en la sala al final del pasillo. Mientras tanto, el médico fue a consultar a sus colegas sobre la recuperación espontánea de su paciente. Confesó que nunca antes había visto algo así y que quería hacerle más pruebas. Todos estuvieron de acuerdo en que era importante saber qué le estaba pasando, independientemente de lo bien que Lola pareciera sentirse en aquel momento. Si eso significaba que tenía que pasar unos cuantos días más en el hospital, que así fuera.

—Es como si otra persona se hubiera metido en su piel, como si se estuviera haciendo pasar por mami, pero sin ser ella —comentó Gabi.

—Hay que tener en cuenta que ha estado tres días en coma. Probablemente, todavía se encuentra desorientada —apuntó Mando, y sus palabras sonaron razonables y tranquilas, como siempre.

—De momento —añadió Gloria—, tenemos que encontrar una manera de mantenerla aquí, pero no sé si podremos.

—Pues claro que sí —afirmó Mando—. Siempre nos ha escuchado y estoy seguro de que, después de la ducha, se sentirá más despejada y será mucho más ella misma.

—Desearía que papi estuviera todavía vivo —dijo Gabi con los ojos llenos de lágrimas—. Sabía manejar a mami, especialmente cuando estaba disgustada.

—Trata de centrarte, Gabi —le recomendó Mando con un tono algo condescendiente—. Ahora todos tenemos que mantener la cabeza despejada.

Susan dio un paso al frente, poniéndose junto a su marido.

—No sé qué pensáis los demás, pero Lola me recuerda un poco a cómo solía ser antes del incendio, antes de que todo cambiara.

Gloria y Gabi intercambiaron una mirada, y entonces Gloria sacudió la cabeza enérgicamente, dirigiéndose a su cuñada en un tono cargado de desprecio.

—Te equivocas. Mami nunca ha sido así. Se cortaría un brazo antes que hablarle a un médico de ese modo tan grosero.

—Bueno, entonces, ¿tú qué crees que está pasando? —le preguntó Susan haciendo un brusco movimiento con la cabeza.

Gloria le dedicó una mirada llena de odio a su cuñada durante un largo instante, como si pretendiera arrancarle los ojos. Entonces, la ignoró por completo y se volvió para dirigirse a los demás.

—Yo creo que esto podría ser síntoma de un problema mayor, como alzhéimer o demencia senil.

—O podría ser que fuera por una alteración de algún otro tipo —intervino Gabi—. La semana pasada vi un programa en la televisión en el que una mujer cambiaba por completo de personalidad y descubrieron que unos espíritus errantes la habían poseído.

—No estarás hablando en serio, ¿verdad? —le espetó Mando, riéndose con sorna—. ¿Estás tratando de decirnos que mami está poseída? ¿Deberíamos organizar un exorcismo? O tal vez podríamos pasar de los curas y hacer nosotros mismos un ritual de purificación como los que hacen en la isla. Estoy seguro de que mami se curaría por completo después de eso.

Gabi lo miró con ojos entrecerrados. Sabía que sus hermanos a veces la consideraban inmadura y tonta, y normalmente solía tolerar el tono condescendiente con el que la trataban porque creía que, en el fondo, estaban celosos de su despreocupado estilo de vida, aunque en ocasiones se pasaran de la raya.

—Un ritual de purificación puede que no sea tan mala idea —le respondió Gabi a su hermano—. Pero no creo que sea mami la que más lo necesite.

Sebastian se había sentado a unos metros junto a su hermana y su prima. Aunque todavía seguía preocupado por su abuela, no entendía a qué venía todo aquel jaleo. Sí, Lola estaba diferente de como estaba antes del ictus, pero se había despertado y andaba y caminaba, y a Sebastian no le cabía la menor duda de que antes de que se pusiera el sol, su abuela estaría de vuelta en su casita de Bungalow

Haven, y la predecible tranquilidad que allí reinaba la curaría mejor que ninguna otra cosa. Y mientras pensaba en todo esto, dejó que sus piernas se balancearan libremente adelante y atrás.

—¿Por qué crees tú que tu abuela se está comportando así, Sebastian? —le preguntó tía Gabi de repente, volviéndose hacia él.

El niño detuvo los pies en seco cuando vio que todo el mundo estaba mirándole a él. Incluso su hermana y su prima se habían inclinado hacia delante para ver qué iba a decir.

—No creo que sea justo preguntarle a un niño pequeño algo así —protestó Mando.

—¿Y por qué no? —repuso Gabi—. Puede que Sebastian sea el más joven de todos los presentes, pero pasa más tiempo con su abuela que todos nosotros juntos, y me gustaría saber qué tiene que decir.

—Ya sabes, hombrecito —le dijo Gloria cuando vio lo nervioso que se estaba poniendo—, no tienes por qué responder...

—Pero quizá sí quiere hacerlo... —intervino Dean tocándole a su mujer el codo, pero ella se apartó de él.

Sebastian se deslizó en la silla para poder apoyar ambos pies firmemente en el suelo.

—Creo... creo que la abuela se está portando así porque... —tragó saliva y trató de no mirar a todos aquellos ojos que se clavaban sobre él intensamente.

—Porque... —le animó Gabi suavemente.

El niño levantó la mirada hacia ella y después la apartó, sin estar seguro de si debía decir lo que pensaba.

—Tú tómatelo con calma —le dijo Jennifer en tono impaciente, despegando los ojos del móvil un momento.

Sebastian notó que el corazón le palpitaba dentro del pecho y se inclinó contra el borde de la silla para tranquilizarse.

—Creo que la abuela se está portando así porque tiene... porque tiene...

—¿Porque tiene qué? —le preguntó Jennifer.

—Porque tiene hambre —dijo finalmente Sebastian—. Lleva sin comer tres días enteros.

Todo el mundo lo miró sin pronunciar palabra, algo decepcionados por una afirmación tan banal. Jennifer sacudió la cabeza y volvió a centrar la atención en el teléfono.

Momentos después, la auxiliar de enfermería que había estado ayudando a Lola a bañarse apareció en el dintel de la puerta de la sala de espera con aire afligido.

—Será mejor que alguien venga conmigo —anunció, y, por segunda vez aquel día, la familia corrió por el pasillo hacia la habitación de Lola.

Sebastian tenía la sensación de haber corrido más aquel día que en todo el resto de su vida y estaba empezando a sentirse agotado. Pero no podía detenerse ahora porque temía que a su abuela le hubiera dado otro ataque y que fueran a encontrarla de nuevo tirada en el suelo. Sin embargo, cuando entraron en la habitación, se toparon con algo totalmente diferente. Lola se hallaba sentada muy recta en su silla, completamente vestida. La otra enfermera, de pie junto a ella, suspiró de alivio cuando vio entrar a la familia.

—He estado tratando de convencer a su madre de que es muy importante que se quede en el hospital para hacerse más pruebas, pero parece que está empeñada en irse a casa.

Gloria se arrodilló delante de ella.

—Escúchame atentamente, mami —le dijo con voz resuelta y firme—. Es muy importante que sigas las instrucciones del médico ahora mismo. Más tarde hablaremos de volver a casa.

—Puedes venir a mi casa después si quieres —añadió Gabi—. Lo único es que tendré que reorganizar mi agenda.

—Me voy a casa —sentenció Lola tranquila, pero decidida.

Mando intervino, con la mandíbula firmemente apretada.

—Siento decirte esto, mami, pero no vas a ir a ninguna parte. Te vas a quedar aquí y vas a colaborar con los médicos y las enfermeras hasta que hayan terminado con lo que tienen que hacer. Y después, cuando estemos seguros de que te encuentras lo bastante bien, hablaremos del siguiente paso, ya sea volver a casa o ir a algún otro sitio. —En su rostro apareció una sonrisa afable, pero condescendiente—. Y, además, no quiero más discusiones. Quiero que te portes bien con las enfermeras y los médicos, que son todos muy amables y están cuidándote muy bien.

Mientras Mando hablaba, Lola levantó la vista hacia él con una expresión que no revelaba nada más que una curiosidad perpleja. Cuando su hijo terminó de hablar, Lola se puso en pie lentamente, negándose a aceptar la ayuda de la enfermera. Dio uno o dos pasos hacia él y después, sin previo aviso, levantó la mano derecha y le propinó una fuerte bofetada en la cara. El sonido del golpe retumbó por toda la habitación.

—¿Cómo te atreves a hablarme de ese modo? —le espetó—. Te llevé en mi vientre durante nueve largos y difíciles meses. Te di la vida, te alimenté y te vestí, sacrifiqué lo que no tenía para darte una educación, y ahora tú tienes la desfachatez de hablarme como si fuera una cría estúpida. Deberías avergonzarte de ti mismo.

Mando movió la mano instintivamente hacia su mejilla enrojecida y contempló a Lola como si no la hubiera visto nunca, como si aquella mujer menuda de pelo plateado que estaba ante él fuera una total desconocida. Pero esa no era la primera vez que notaba aquel pinchazo. Cuando era pequeño, Lola solía tener mano dura con él siempre que se atrevía a decir palabrotas o a contradecirla con demasiado descaro. En aquel momento se sintió igual que si le hubiera abofeteado un fantasma de hacía cuarenta años.

Lola pasó junto a su hijo hacia la puerta, con la cabeza bien alta y los hombros hacia atrás, con un aire casi arrogante.

—Me voy a casa.

—Tal vez deberíamos llevarla —murmuró Dean con voz inaudible para que ella no lo oyera, pero sí que lo hizo.

—No os molestéis. Tomaré un taxi —respondió mientras se dirigía a solas hacia la entrada.

Gabi la llamó.

—No, espera, ¡yo te llevo, mami! —Y salió detrás de Lola por el pasillo.

Sebastian trató de seguirlas también, pero su madre lo detuvo mientras se volvía hacia la enfermera.

—¿No hay nada que pueda usted hacer?

—Me temo que no —contestó la mujer—. Su madre está en su derecho de negarse a recibir tratamiento. No podemos retenerla contra su voluntad a menos que demuestre ser un peligro para sí misma o para los demás.

—¡Pero ya ha visto como ha abofeteado a mi marido! —se quejó Susan—. Tiene que pasarle algo muy malo o jamás habría hecho una cosa así. Siempre ha sido una mujer muy dulce.

—Lo siento mucho, pero yo no puedo hacer nada. A veces, los pacientes que han permanecido inconscientes tienen reacciones extrañas como esta. Lo único que puedo sugerirles es que vayan a su casa para comprobar que está bien —les recomendó la enfermera, y se disculpó porque tenía que marcharse a atender a otros pacientes.

—¿Y qué hacemos ahora? —preguntó Gloria.

Mando se encogió de hombros con aire de indiferencia. No podía quitarse de encima la sensación de vergüenza que se había apoderado de él porque hubieran herido sus sentimientos, y le resultaba difícil idear un plan.

—No está en sus cabales, Mando —le dijo Gloria al darse cuenta de su expresión afligida—. Estoy segura de que no pretendía hacerlo.

La inesperada demostración de ternura de su hermana le devolvió el aplomo a Mando, que adoptó un aire ligeramente engreído.

—Eso es exactamente lo que me preocupa. Está nerviosa y sabe Dios lo que hará a continuación.

—¿Qué es lo que puede llegar a hacer? —preguntó Susan—. Regresará a su casa, verá la televisión, quizá comerá algo y después se irá a dormir. Y mañana seguro que volverá a ser la misma de siempre, ya veréis.

Nadie pareció tranquilizarse con aquella predicción, pero Sebastian experimentó un sentimiento tan maravilloso y libre como cuando se imaginaba a sí mismo corriendo de un extremo a otro del campo de fútbol. La sangre le palpitaba con fuerza por las venas y aquel fantástico hormigueo le recorría todo el cuerpo. Su queridísima abuela estaba viva y, en aquel preciso instante, iba de camino a su casita amarilla, que era donde tenía que estar. Y en un abrir y cerrar de ojos, se encontraría sentada en el porche, disfrutando de una taza de té. Puede que el señor Jones le hubiera dejado fruta fresca colgando del buzón. O quizá Terrence hubiera encontrado algún método para entregarle la cena aunque ella no estuviera en casa. Y lo mejor de todo era que Sebastian sabía que volvería a ver a su abuela de nuevo en Bungalow Haven y, de momento, aquello era más que suficiente para que se diera por satisfecho.

CAPÍTULO OCHO

Cuando Sebastian bajó a la cocina para tomar el desayuno a la mañana siguiente, se sorprendió al ver que sería su padre quien lo llevaría al colegio. Su madre se había marchado temprano al trabajo para poder recuperar el tiempo que había perdido la semana anterior mientras Lola estaba en el hospital. Sebastian sabía que él también tendría deberes que recuperar y que, durante el próximo par de días, no podría sentarse en el patio y jugar al «balompié atado» o mirar los partidos de fútbol de sus compañeros sentado bajo el sauce. Pero cumpliría de buen grado con todo lo que le pidieran que hiciera, siempre que después pudiera ir directamente a Bungalow Haven.

El niño hubiera querido ir a ver a su abuela después de que esta se marchara hecha una furia del hospital el día anterior, pero sus padres habían insistido en ir solos a casa de Lola, y él tampoco los presionó demasiado. Comprendió que no querían a los nietos allí para que no presenciaran más escenas incómodas. Cuando sus padres volvieron a casa más tarde esa misma noche, Sebastian los examinó detenidamente. Por lo que pudo percibir, no parecían especialmente preocupados o disgustados y, cuando les preguntó qué tal estaba su abuela, ambos dijeron que parecía estar bien de momento.

Tras comerse la mitad del desayuno, Sebastian cogió su cartera y siguió a su padre hacia el coche. Le gustaba ir a los sitios en el Jeep de su padre. A veces, cuando su madre no miraba, su padre le permitía sentarse a su lado en el asiento del copiloto; era su pequeño secreto. Sentarse tan por encima del suelo, mirando el mundo desde arriba para variar, le resultaba muy estimulante y, por eso, disfrutaba mucho de aquellos viajes llenos de baches.

—Tienes que quedarte en la sala de cuidadores, o como sea que se llame, cuando se acaben hoy las clases —le dijo su padre mientras esperaban ante un semáforo en rojo—. Tu madre te recogerá allí.

Sebastian no estaba seguro de si lo había oído bien y, si era cierto, esperaba que su padre simplemente se hubiera confundido, porque no estaba familiarizado con la rutina habitual.

—Papá, siempre voy a casa de la abuela Lola después del colegio. Es lo que siempre hago.

—Lo sé, pero, como tu abuela no se siente muy bien, hemos pensado que lo mejor será que vayas a otro lugar de momento.

—¡Pero la abuela me estará esperando! —replicó Sebastian—. Y se disgustará si no me presento.

—Tu madre y yo lo hablamos ayer por la noche y hemos decidido que es lo mejor. De hecho, voy a comentárselo a tu profesora cuando te deje en el colegio.

—¿A la señorita Ashworth? —preguntó Sebastian incrédulo—. ¿Vas a hablar con la señorita Ashworth tú solo, sin mamá?

Dean miró fijamente a su hijo, algo perplejo y un poco dolido.

—Puede que te parezca increíble, pero realmente soy capaz de hablar con la gente sin que tu madre me ayude.

Sebastian se volvió para mirar más allá del parabrisas, con el corazón latiéndole como un tambor.

—Ya lo sé, pero la señorita Ashworth es...

—¿La señorita Ashworth es qué? —le preguntó su padre.

Quería decirle que la señorita Ashworth era muy hermosa, que llevaba faldas cortas y que olía maravillosamente, y que si se atrevía a mirarla de aquel modo en el que la miraba cuando su madre estaba presente, podía pasar cualquier cosa en su ausencia. Pero permaneció en silencio, sabiendo que aquello sería muy hiriente y que ni siquiera a su cariñoso y divertido padre le gustaría demasiado oírlo.

—¿La señorita Ashworth es qué? —preguntó Dean de nuevo.

—La señorita Ashworth siempre está muy ocupada —murmuró Sebastian, y no añadió nada más.

Dean aparcó el todoterreno en la zona reservada para visitas, y él y Sebastian caminaron en silencio hasta la clase. Dean llamó a la puerta, que siempre estaba cerrada hasta que sonaba la campana de la mañana. Momentos después, la señorita Ashworth la abrió, y su perfume de flores flotó por el ambiente como brisa veraniega. De pie en el dintel de la puerta con aquella tupida melena sobre el hombro y una mano apoyada en su estilizada cadera, estaba arrebatadora.

—Oh, ¡pero mira quién está aquí! —exclamó, con los ojos resplandecientes de alegría al ver a Sebastian.

Los invitó a pasar y los condujo hasta su escritorio al frente de la clase. Una sonrisa bobalicona colgaba de los labios de Dean, y sus ojos brillaban más azules que nunca mientras le explicaba a la profesora que la abuela de Sebastian había sufrido un ictus y que sería necesario que él se quedara en el horario extraescolar durante toda la semana, e incluso, quizá de forma permanente.

—Oh, siento mucho oír eso —comentó ella, frunciendo el entrecejo con un gesto atractivo—. Sé que Sebastian quiere muchísimo a su abuela.

Sebastian dejó caer la cabeza. Le había hablado a la señorita Ashworth de su abuela un par de veces, pero no recordaba haberle dicho nada de que la quisiera muchísimo. Dean respondió con unos cuantos tópicos de cortesía sobre que toda la familia estaba muy afectada y cosas similares, pero parecía estar tomándose mucho más tiempo del necesario en decir todas aquellas cosas. ¿No tenía que ir al trabajo? ¿No se estarían preguntando sus compañeros dónde se encontraba? Sebastian deseaba darle una patada en la espinilla y echarle de allí. Pero no, su padre no tenía ni la menor intención de terminar aquella reunión de forma prematura y, fuera lo que fuera lo que estuviera diciendo ahora, lo estaba haciendo de un modo tan tranquilo e ingenioso que, al escucharlo, la señorita Ashworth emitía un suave ronroneo, como el de un gatito satisfecho.

—No se preocupe. Me aseguraré de que haya plaza para Sebastian en el horario ampliado —le dijo—. De hecho, le llevaré yo misma.

Normalmente, aquella perspectiva le habría resultado especialmente grata al niño, pero ahora, la idea le dejó indiferente, y se levantó para ir a sentarse a su pupitre. Desde allí, todavía oía a su padre y a la señorita Ashworth charlando con tal nivel de intimidad y calidez que comprendió que aquello no podía ser otra cosa que una traición. Apoyó la cabeza encima de la mesa y pensó en su madre cuando llegaba pronto del trabajo, llevando uno de sus contrahechos vestidos de poliéster con un chaleco a juego que apenas le cerraba sobre el estómago. Pensó en sus regordetes dedos, en lo hinchados que se le ponían los ojos cuando estaba cansada, y en las canas de sus sienes que aparecían y desaparecían misteriosamente cada pocas semanas. Su madre jamás podría competir con alguien tan perfecto y hermoso como la señorita Ashworth.

Cuando percibió que la conversación estaba llegando a su fin, levantó la cabeza y vio a su padre sacándose una tarjeta de visita del bolsillo, garabateó algo en el dorso y la colocó sobre el escritorio de la profesora. Casi como acordándose en el último minuto, se volvió para dedicarle a Sebastian un guiño amistoso.

—¡Te veo esta noche, hombrecito! —le dijo alegremente antes de abandonar el aula.

La señorita Ashworth colocó la tarjeta en el primer cajón de su mesa sin mirarla.

—Todavía quedan unos minutos antes de que suene la campana —le comentó a Sebastian—. ¿Te gustaría ayudarme a limpiar la pizarra?

El niño contempló la pizarra y se dio cuenta de que no la habían limpiado correctamente en los últimos días. Sería muy gratificante quitarle la mugre y dejarla como nueva otra vez. Pero incluso aunque no tuviera que preocuparse por que Keith se enfadara con él, Sebastian se dio cuenta de que, por primera vez, no le apetecía limpiar la pizarra.

—¿Qué te pasa, Sebastian? —le preguntó la señorita Ashworth—. ¿Te encuentras mal?

—No, es que hoy no me apetece limpiar la pizarra —le respondió, apoyando la cabeza contra la mesa de nuevo.

Instantes después, notó los suaves dedos de la señorita Ashworth apartándole el pelo de la frente. Su tacto era tan maravilloso como ella misma, y Sebastian apretó con fuerza los dientes, tratando de resistirse a sus encantos.

—Siento lo de tu abuela —le susurró—. Espero que se recupere pronto.

Sebastian asintió y mantuvo apoyada la cabeza sobre el pupitre hasta que sonó la campana y los demás alumnos entraron en clase.

Durante la pausa del almuerzo, Sebastian se quedó en clase para terminar los deberes que no había hecho el viernes. Empezó por matemáticas, mientras la señorita Ashworth ordenaba unos documentos en el armario archivador. Cuando terminó, comenzó a corregir los deberes que le habían entregado la tarde anterior, pero se detuvo bruscamente y se apartó de su escritorio.

—Tengo que ir un momento al despacho —anunció—. Vuelvo en seguida.

Sebastian asintió, sin apenas levantar la vista de sus deberes, pero cuando la profesora abandonó la clase, se levantó y se dirigió directamente a abrir el cajón de arriba del escritorio, donde encontró la tarjeta de visita de su padre descansando sobre un montón de lápices recién afilados. Sacó la tarjeta sin cambiar de orden nada más y volvió a su pupitre en cuestión de segundos. Antes de meter la tarjeta en el bolsillo delantero de su cartera, le dio la vuelta para leer la apresurada nota del dorso. «¿Quieres venir a beber algo conmigo un día de estos?», decía, pero Sebastian no estaba seguro de a qué se refería. Keith solía escribirle a Kelly Taylor notas atrevidas o cariñosas todo el tiempo que decían cosas como: «¿Quieres casarte conmigo?» o «¿Quieres tener bebés conmigo?». Lo sabía porque, de vez en cuando, la señorita Ashworth interceptaba las notas y las leía en alto antes de confiscarlas. No obstante, Sebastian sospechaba que los adultos eran más sutiles con este tipo de cosas y, fuera lo que fuese lo que su padre quería decir, seguramente guardaba poca relación con tener sed.

La señorita Ashworth regresó al aula unos minutos más tarde.

Sebastian no había avanzado demasiado con las matemáticas y todavía tenía que terminar los deberes de ortografía. La profesora le preguntó qué tal le iba, pero, como no le contestó muy convencido, ella se acercó para comprobarlo por sí misma. Se sorprendió al ver que Sebastian apenas había hecho nada.

—¿Qué te pasa, Sebastian? Esto tendría que resultarte fácil.

Él se encogió de hombros y apartó la mirada. De repente, la odiaba por su tupida melena dorada y sus faldas cortas. Detestaba su dulce sonrisa y sus muslos que hacían frufrú y también el tintineo melodioso de su risa.

—Te diré lo que vamos a hacer —le dijo la profesora, colocándole una mano sobre el hombro—. Sé que estos últimos días han sido muy duros para ti, así que te dejo que te lleves estos deberes a casa y mañana empezaremos de nuevo, ¿vale?

—Vale —murmuró él, intentando con todas sus fuerzas permanecer estoico e impasible por su amabilidad, pero cuando lo miró con aquellos hermosos ojos suyos que irradiaban simpatía, no pudo evitarlo y le sonrió.

Cuando acabaron las clases, la señorita Ashworth le pidió a Sebastian que la esperara hasta que los demás alumnos hubieran abandonado la clase para que pudiera hablarle sobre las actividades extraescolares. Sebastian había estado allí un par de veces antes cuando su abuela se había puesto enferma con la gripe, y sabía que se aburriría en un rincón haciendo alguna estúpida manualidad pensada para niños de guardería mientras contemplaba como los de su edad jugaban con el equipo deportivo en el patio. Y, para colmo, había oído a Keith diciendo que él también se quedaría en el colegio durante las próximas semanas. Solo pensar en pasar más tiempo con Keith hacía que se le revolviera el estómago y, mientras aguardaba a que las dos primeras filas abandonaran la clase, se puso a pensar en alguna forma de escaparse de aquello. Pero no se decidía por qué temía más, si pasar la tarde con Keith o desobedecer a la señorita Ashworth. Ambas cosas le producían una ansiedad insoportable.

Y, sin embargo, cuando se imaginaba a su abuela esperándole en su pequeño *bungalow*, ya no estaba en juego el miedo, sino la necesidad. Necesitaba verla. Anhelaba sentarse con ella en el porche contemplando la puesta de sol, esperando a que Terrence trajera la cena. En ese momento, aquella era la parte más significativa de su vida, la razón por la que se levantaba por las mañanas y se iba a dormir por las noches. Y entonces recordó las palabras de la anciana de pelo negro: «Tu abuela te necesita, pero vas a tener que correr ciertos riesgos». ¿Podía ser que se refiriera a esto?

La señorita Ashworth se había distraído con unos alumnos de la cuarta fila que no se estaban portando bien, así que no se dio cuenta cuando Sebastian se puso en pie y, alejándose de su pupitre, se colocó en la cola de los alumnos de la tercera fila, que esperaban pacientes a que les dieran permiso para marcharse. Y cuando finalmente la profesora les dijo que podían irse, Sebastian se escabulló de la clase con ellos.

Recorrió audazmente el patio, poniendo tierra de por medio con todo lo que conocía. Para cuando atravesó el campo de fútbol y la pista de pelota atada, ya había cruzado el umbral hacia otro mundo en el que el aire era más ligero, y las imágenes, los sonidos e incluso los olores se habían transformado en algo nuevo y extrañamente estimulante. De repente, se había convertido en un fugitivo de la mundana realidad ligada a su existencia anterior y se dio cuenta de que le recorría todo el cuerpo una insólita sensación, casi sagrada. En aquel momento notó que podría enfrentarse a cualquier cosa y conseguir que sucediera lo que se propusiera, imponiendo sencillamente su voluntad sobre el mundo y pensó en todo lo que había deseado: que su madre fuera de nuevo hermosa, como en aquellas fotografías antiguas, y que su padre la mirara del mismo modo que a la señorita Ashworth; que su hermana sacara tiempo para leerle cuentos antes de dormir, igual que antes; que su corazón estuviera sano para poder jugar al fútbol y ser el que más corriera de su clase... Pero lo que más deseaba era que su abuela se recuperara del todo.

Mientras Sebastian continuaba su camino, se preguntó si la señorita Ashworth ya se habría percatado de su ausencia. Quizá lo estaría buscando en el patio y les habría preguntado a varios de sus compañeros si le habían visto. Ellos se encogerían de hombros y le dirían que no, de un modo que también dejaría claro que, además de no saberlo, ni siquiera les importaba. Sin saber qué más hacer, la profesora volvería a su escritorio a buscar la tarjeta que Dean le había dejado para que pudiera llamarle e informarle de que su hijo había desaparecido. Incapaz de encontrarla, vaciaría el cajón hasta cerciorarse de que había desaparecido. ¿Se imaginaría que había sido Sebastian quien se la había robado mientras ella había ido al despacho del director ese mismo día? ¿Se le ocurriría que el niñito que era capaz de limpiar mejor que nadie la pizarra y que siempre se comportaba como un perfecto caballero no solo había desobedecido sus órdenes, sino que también era un ladrón?

Sebastian trató de apartar aquellos pensamientos de su cabeza porque le privaban de la maravillosa emoción que había sentido antes y quería que esta durara el mayor tiempo posible, al menos, hasta que llegara a Bungalow Haven. Una vez allí, se dejaría llevar y respiraría con más facilidad al recorrer el serpenteante sendero hasta el lugar en el que sabía que su abuela le estaba esperando.

CAPÍTULO NUEVE

Cuando Sebastian entró en Bungalow Haven, sintió que la calidez y la tranquilidad de siempre le daban la bienvenida. Saludó con la mano al señor Jones, que estaba barriendo la entrada de su casa, y el anciano le respondió con una de sus inquietantes sonrisas tan poco habituales que Sebastian interpretó como una señal de que las cosas acabarían saliendo bien al final. Aunque sus padres se pusieran furiosos con él por haberse marchado del colegio, la abuela Lola estaría encantada de verle y quizá a ella se le ocurriría alguna forma de que pudiera librarse del castigo que le iba a caer. Sin embargo, en aquel momento, no estaba demasiado preocupado por aquello, porque, al fondo del sendero, vio la casita amarilla de su abuela bañada por la dorada luz del sol. Era el final del arco iris, una estrella rutilante, y apenas pudo contener las ganas de echarse a correr el resto del camino y subir saltando las escaleras para ver a Lola.

Encontró la puerta abierta y, como de costumbre, la pantalla sin cerrar: de momento, todo iba bien. Le echó un vistazo al interior. Lola no estaba sentada en su mecedora de cara a las fotografías de la pared y no se encontraba en la cocina, pero tampoco estaba tirada en el suelo inconsciente. Sebastian supuso que lo más probable era que se encontrara en el baño o puede que hubiera ido un momento a visitar a algún vecino que tuviera curiosidad por que le contara sus andanzas en el hospital. Sabía que los ancianos charlaban de sus aventuras médicas como si hablaran de sus últimas vacaciones. Aquel, sin duda, sería el tema de conversación favorito de su abuela durante un tiempo, pero él estaba más que dispuesto a soportarlo.

Al entrar en la casa, percibió un tenue olor a sulfuro y entonces se dio cuenta de que el jarrón de las flores de plástico que solía ocupar el centro de la mesa de la cocina había sido sustituido por varias velas que ardían intensamente. Sus llamas parpadeaban alegres, de modo que el espacio alrededor de la mesa brillaba con aquella luz invitadora. A Sebastian le recorrió un escalofrío por la columna vertebral cuando comprendió que él no era el único que se había saltado las normas ese día.

Simplemente para asegurarse de que todo iba bien, Sebastian miró detrás de la encimera y exhaló un suspiro de alivio. Lo único que vio fue el cubo de la basura lleno a rebosar de velas artificiales, con sus cables colgando como serpientes muertas. Entonces, se quedó parado en seco. No era típico de Lola tirar nada que no estuviera roto.

—¡Abuela! —la llamó Sebastian—. ¡Estoy aquí, abuela!

Ella le respondió desde el dormitorio.

—Salgo en seguida, Sebastian. Me estoy peinando.

Sebastian notó que la voz de su abuela sonaba totalmente normal. En todo caso, era más alegre de lo habitual, así que el niño supuso que Lola había tenido un buen día. Sin duda, habría disfrutado encendiendo las velas, y no se podía negar que la diferencia entre las reales y las artificiales era extraordinaria. Toda la habitación estaba imbuida en una suave y temblorosa aura, como si se hallara bajo el agua o flotando en mitad de una nube.

—¡Vale, abuela! —le respondió Sebastian—. Me gustan tus velas nuevas —añadió, sintiéndose bastante osado por mencionarlas.

Instantes después, apareció Lola y, cuando Sebastian la vio, pegó un respingo y se llevó la mano al pecho. La anciana también se sobresaltó y entonces se echó a reír a carcajadas, agarrándose los costados y apretando con fuerza las piernas entre sí, como si se estuviera aguantando las ganas de hacer pis.

—¡Abuela Lola! —exclamó Sebastian, contemplándola con incredulidad—. ¿Qué te ha pasado?

Cuando Lola se recuperó de su ataque de risa, se pasó los dedos por el cabello, que había adquirido un color rosáceo, como el de la gelatina de fresa.

—¿Te gusta? —le preguntó, con una sonrisa pícara.

—¡No! —le respondió Sebastian negando con la cabeza enérgicamente—. Me gustaba más como estaba antes.

Lola meditó la opinión de su nieto durante un instante y finalmente se encogió de hombros, quitándole importancia.

—Te acostumbrarás —le dijo en tono de broma, y pasó a su lado para entrar en la cocina.

No se molestó en enchufar el hervidor de agua eléctrico que solía usar para preparar el té, sino que encendió el quemador de la cocina. Como hacía tiempo que nadie lo había utilizado, tuvo que intentarlo varias veces hasta que consiguió prender la llama.

Mientras tanto, Sebastian la contemplaba conmocionado.

—No... no me acostumbraré, abuela. Nunca podré acostumbrarme a tu pelo con ese color.

Lola volvió a encogerse de hombros.

—Bueno, eso nunca se sabe. La gente cambia —afirmó, arrugó la nariz y le guiñó un ojo, cosa que hizo que Sebastian se acobardara aún más.

Lola nunca había sido muy dada a hacer gestitos tontos como aquel. Sebastian se inclinó hacia delante para estudiarla con más detenimiento. Decididamente, aquellos eran sus ojos y aquella su nariz, su boca y sus arrugas. Pero ver ese rostro tan familiar coronado por una extraña melena de color fresa era casi tan perturbador como encontrársela tirada en el suelo.

—¿Por qué me miras con esa cara? —le espetó su abuela.

—Porque tienes un aspecto tan diferente —respondió— que ya no pareces mi abuela Lola.

La anciana lo miró con ojos entrecerrados mientras metía en remojo la bolsa del té.

—«Diferente» no significa «malo», ¿no? —comentó ella, y después lanzó la bolsa del té a la basura, pero falló y la bolsita se estrelló contra uno de los laterales del cubo y resbaló hasta el suelo.

Sebastian puso la bolsa de té dentro del cubo, donde le correspondía estar, y siguió a su abuela hasta el porche. Una vez allí, la anciana se sentó en su silla metálica y comenzó a sorber el té.

—Siempre he querido ser pelirroja —musitó—. Había una joven que vivía en el mismo bloque de apartamentos que nosotros en Nueva York que tenía la melena de color rojo llameante más hermosa del mundo. Tu abuelo no podía apartar la mirada de ella. Desde entonces, siempre me he preguntado cómo sería ser pelirrojo.

Sebastian casi no podía verle la cara a su abuela por la ondulante mata colorada que se la tapaba.

—Bueno, está claro que ahora tienes el pelo rojo, abuela —murmuró.

Una amplia sonrisa de descaro se le pintó a Lola en la cara.

—Pues me siento estupendamente —comentó—. Es incluso mejor de lo que pensaba. Tendría que habérmelo teñido hace tiempo. Creo que a tu abuelo le habría encantado.

Sebastian se volvió, sin ganas de seguir hablando del ridículo pelo rojo de su abuela. Ya era bastante malo tener que mirarlo.

Finalmente, la tambaleante figura del señor Jones apareció en el camino. Como siempre, llevaba su ruidoso bastón en una mano y una bolsa de plástico en la otra. Fue la primera vez que Sebastian realmente se alegró de verlo, pues no dudaba de que el anciano pensaría que la transformación de su abuela era escandalosa y entonces quizá le diría algo que la convenciera para cambiarse el color de pelo y ponérselo como antes.

El señor Jones avanzó por el sendero levantando la bolsa mientras caminaba, e iba a decir algo, pero cuando vio el cabello de Lola, se quedó parado en seco. Durante varios segundos dio la sensación de que no sabía si continuar hacia delante o volverse y huir lo más rápido posible. En medio de aquella confusión, dejó caer la bolsa de plástico al suelo.

—¿Qué pasa, es que no habías visto a una pelirroja antes en tu vida? —le preguntó Lola.

El señor Jones abrió la boca para hablar, pero la cerró de nuevo. Al final, tartamudeó:

—Bueno..., eh..., sí..., claro..., claro que sí —dijo, y le empezó a temblar la mano que se le había quedado libre.

—¿Y no te gustan las pelirrojas o qué? —le preguntó Lola inclinando la barbilla con un gesto provocativo.

Parecía que el anciano le iba a soltar un exabrupto cuando, de repente, apareció en su rostro una sonrisa genuinamente honrada, bondadosa y llena de vida.

—¡Me encantan las pelirrojas! —le contestó, casi en un ronroneo—. Y cuanto más fogosas sean, mejor.

Lola le señaló con su dedo nudoso, como si le hubiera pillado diciendo algo maravillosamente perverso, y comenzó a reírse a carcajadas. Y el señor Jones también se echó a reír, revelando dos filas de irregulares dientes amarillentos. Sebastian los miró a uno y a otro alternativamente, sin saber qué podía ser tan divertido. Y, además, no le gustaba la manera en la que el señor Jones estaba mirando a su abuela. No le gustaba ni un pelo.

—¿Qué me has traído hoy, Charlie? —le preguntó Lola con tono coqueto.

El anciano se dobló con una sorprendente facilidad y recogió la bolsa de plástico que había dejado caer al suelo.

—Higos —respondió—. Dulces y suculentos higos.

—¡Ooooh! —exclamó Lola, cogiéndole la bolsa y pegándosela a la cara—. Me encantan los higos, especialmente cuando son dulces y suculentos.

Y, de nuevo, ambos se echaron a reír mientras Sebastian los observaba, y sus sospechas iban en aumento.

—¿A ti te gustan los higos? —le preguntó Lola, volviéndose repentinamente hacia su nieto.

Sebastian se cruzó de brazos.

—No, no me gustan —le respondió rotundamente.

—¿Los has probado alguna vez? —le preguntó el señor Jones.

Sebastian no solo no había comido nunca ningún higo, sino que no estaba siquiera seguro de haber visto jamás uno. Se encogió de hombros sin querer admitir su ignorancia.

Lola metió la mano en la bolsa, sacó un higo y lo balanceó ante los ojos de Sebastian. El niño contempló aquella fruta de extraño aspecto y, cuando su abuela le tocó la nariz con el higo, no tuvo más remedio que cogerlo. La piel de fuera era suave y firme al tacto, pero por dentro, parecía jugoso. Una agradable fragancia floral flotó hasta su nariz cuando lo apretó, pero no se sintió muy tentado a comerse una cosa que parecía un feo adorno de Navidad.

—¡Vamos, dale un mordisco! —le animó Lola, propinándole un golpecito en el hombro.

—No te preocupes, los he lavado —añadió el señor Jones.

Sebastian tragó saliva trabajosamente, pero no hizo ademán de meterse el higo en la boca.

—¡Oh, por el amor de Dios! —exclamó Lola, quitándoselo de las manos y deleitándose al darle un buen mordisco, dejando al descubierto la jugosa carne rosácea del interior. Un hilo de líquido almibarado le resbaló por la barbilla, y ella se deshizo de placer—. Divino —murmuró—. Prácticamente saben a fresa y son tan dulces que podría jurar que les han inyectado miel.

—Me alegro de que te gusten, Lola —aseguró el señor Jones, y, con una galante reverencia, le deseó buenas noches y se fue paseando, imprimiéndole una energía distinta a sus pasos, riéndose él solo y sacudiendo la cabeza mientras caminaba.

Lola se terminó el higo sin importarle en absoluto que aquel líquido pegajoso le goteara por la cara y las manos.

—Tienes que probar uno, Sebastian —le dijo—. Están realmente deliciosos.

—No, gracias, abuela —le respondió el niño, convencido de que nunca había visto algo más desagradable en toda su vida.

Y cuando volvió a mirar su cabello del color de la gelatina roja y sus labios brillantes por el zumo de higo, comprendió que, después de todo, había perdido a su abuela. La tristeza que sintió hizo que le dolieran los huesos y levantó la mirada lánguidamente hacia el cielo crepuscular, mientras Lola sorbía ruidosamente otro higo al tiempo que suspiraba de placer.

Cuando Terrence llegó, con sus musculosos brazos cargados con la cena, era casi de noche. Mientras le esperaban, Lola comentó que lo primero que había hecho cuando llegó a casa el domingo por la tarde fue llamar al centro de la tercera edad para informarles de que ya estaba de vuelta y de que podían seguir enviándole las cenas como de costumbre.

—He echado de menos mis cenas —dijo, casi como si volviera a ser ella, y aquello le dio esperanzas a Sebastian de que quizá no todo se había perdido.

Como estaba oscuro, Terrence no se percató inmediatamente de la diferencia en el aspecto de Lola, pero se quedó encantado al verla esperándole expectante, igual que siempre.

—¡Hoy hay pastel de carne! —anunció alegremente—. Me he asegurado de ponerle una ración extragrande especialmente para usted.

—¡Magnífico! —exclamó Lola, saliendo de entre las sombras y colocándose directamente bajo la luz del porche.

Terrence volvió a mirarla y después la observó fijamente.

—Señora Lola, ¡su pelo! —exclamó, tratando de contener la sorpresa.

Al principio, Lola no comprendió por qué Terrence parecía tan perplejo, pero después se acordó y se echó a reír.

—¡Oh, es verdad! Ahora soy pelirroja. ¿Qué te parece?

Sebastian contuvo el aliento, con la esperanza de que Terrence le dijera la verdad que el señor Jones no había sido capaz de expresar, pero el repartidor simplemente le dedicó una sonrisa educada y dijo:

—Las mujeres siempre aseguran que se sienten totalmente renovadas cuando se cambian el color del pelo.

—Pues sí, exactamente —apostilló Lola, apretándole el brazo con cariño—. Yo me siento totalmente renovada, como una mariposa.

—Fíjate —comentó Terrence, dedicándole un gesto alentador a Sebastian—, después de todo lo que ha pasado tu abuela estos últimos días, es genial oírla hablar así.

Sebastian se encogió ligeramente de hombros con indiferencia.

—Supongo que sí —murmuró.

Cuando entraron en la casa, estaba oscura, y toda la estancia había adquirido un brillo inquietante que provenía de las velas sobre la mesa. Terrence miró a su alrededor, asimilando la escena, pero no pronunció palabra mientras dejaba los envases de comida.

Lola entró en la cocina, sacó los platos del armario y corrió de vuelta a la mesa. Claramente, aquella era la parte de su vida que más había echado de menos durante su estancia en el hospital, y Sebastian se sintió molesto al darse cuenta de que no era a él a quien más había añorado. Después de todo, quizá no existía una conexión especial entre ambos.

El olor que provenía de los envases le revolvió el estómago y supo que esta vez no sería capaz de comer o simular que lo hacía, aunque dudaba de que a su abuela le siguiera importando. De hecho, estaba totalmente preparado para confesarle lo horrible que pensaba que era la comida del centro de la tercera edad, pero esperaría hasta que Terrence se marchara para no herir sus sentimientos.

El repartidor acomodó su enorme corpachón en el sofá mientras Lola se sentaba a la mesa y comenzaba a abrir las cajas una a una. A medida que iba abriendo cada envase, su mirada se iba estrechando. Sin decir palabra, cogió el tenedor y probó el pastel de carne. Después, pinchó las mustias judías verdes, que se balancearon en el aire hasta sus labios, goteando. Lo siguiente fue el puré de patatas: Lola hundió el tenedor en la pálida masa pegajosa que siempre le había parecido tan rica. A medida que probaba cada cosa, fue cayendo en la cuenta de algo desagradable, que se reflejó en que todos los pliegues de su rostro se le juntaron en una mueca. Al final, dejó el tenedor a un lado, se volvió hacia Terrence y exclamó:

—¡Esto es una mierda!

Terrence abrió los ojos como platos y se sentó erguido en el sofá.

—¿Perdone?

—Ya me has oído —le dijo Lola, apartando a un lado los envases humeantes—. Ni siquiera se lo daría a mi perro, si tuviera uno.

—Siento mucho que no le guste. Yo..., usted..., hasta ahora siempre le había gustado... —Terrence se volvió hacia Sebastian—. ¿No es cierto que a tu abuela siempre le había gustado esta comida? —le preguntó, con un aspecto algo avergonzado.

Sebastian asintió. No podía creerse que acabara de oír a su abuela decir un taco, quizá no el más horrible de todos, pero era una palabrota, al fin y al cabo.

—Sí, solía gustarte, abuela —afirmó, aunque no tenía ni la menor intención de convencerla de que ahora debía ser así.

—¿Me gustaba esto? —preguntó, haciendo una mueca.

—¿No lo recuerda? —preguntó Terrence.

Lola se recolocó el suéter y se cruzó de brazos.

—Puede que no quiera acordarme —respondió—. ¿A ti te gusta esta porquería? —le preguntó a Sebastian.

—No, en realidad, no —respondió el niño.

Entonces, se volvió hacia Terrence.

—¿Y a ti?

El repartidor se encogió de hombros.

—Para serle sincero, jamás la he probado.

—Bueno, pues hazlo —le contestó ella.

—No creo que...

—¡Pruébala! —insistió Lola, tendiéndole el pastel de carne—. Deberías probar la porquería que te hacen repartir.

Terrence se echó a reír y fue hasta la mesa, sin estar muy seguro de sí mismo, cogió un pequeño bocado de pastel de carne con el tenedor. Vaciló un instante y después se lo metió en la boca y comenzó a masticar. Hizo un esfuerzo por tragar y dejó el tenedor sobre la mesa.

—Ya entiendo lo que quiere decir —murmuró.

Lola cerró los envases uno por uno, los fue apilando y los colocó de nuevo en la bolsa de plástico blanco.

—Hay un contenedor grande ahí fuera. Puedes dejarlo en el lugar que le corresponde sin ningún tipo de reparo.

—¿Pero qué va a cenar usted, señora Lola?

Obviamente, la anciana no había pensado en ello, porque pareció desconcertada.

—Cuando termine el reparto, puedo ir al supermercado por usted, si quiere —le ofreció Terrence.

—Qué amable por tu parte —le contestó Lola—. Pero la verdad

es que no tengo mucha hambre. Me he comido unos higos deliciosos justo antes de que tú vinieras y me prepararé una tostada y un vaso de leche caliente antes de ir a la cama. Y además —continuó, con los ojos centelleantes con un brillo prometedor—, mañana será otro día.

—Es cierto. Aparte, mañana hay pollo asado, uno de sus favori... —Terrence dejó la frase inacabada y murmuró—: Bueno, ya veremos qué tal va.

El repartidor se quedó un rato más. Le preguntó a Lola por su experiencia en el hospital, pero ella se mostró reacia a hablar del asunto, así que Terrence le contó que últimamente había hecho unas cuantas actuaciones con su banda, aunque no habló con la misma facilidad y franqueza que antes. Parecía como si estuviera tratando de encontrarse cómodo, pero cada vez que se fijaba en Lola y su pelo color fresa titubeaba un poco, como preguntándose si debía contarle aquellas cosas a una mujer a la que no sabía si seguía conociendo. No obstante, Lola escuchaba con tanta atención como siempre, y finalmente sus preguntas hicieron que Terrence volviera a hablarle con confianza.

Las llamas de las velas crecieron más y más, y las sombras que creaban bailotearon alrededor de ellos. Cuando las velas ya casi se habían consumido hasta la mitad, la agradable fragancia de la cera derretida inundaba la habitación y, mientras Sebastian estaba contemplando fijamente a su abuela bajo la luz titilante, ella se transformó ante sus propios ojos. Yendo y viniendo en el tiempo, vio el rostro de su madre y, a veces, el de su hermana y su tía y, cuando entrecerró los ojos, no estaba seguro, pero pensó que incluso veía la imagen de alguien a quien no había visto nunca antes, una mujer extraordinariamente sabia y hermosa.

Pero el hechizo se rompió cuando la puerta de pantalla se abrió de un golpe, y la madre de Sebastian entró en la casa. Vaciló junto a la puerta mientras sus ojos se acostumbraban a la oscuridad y a la luz de las velas. Cuando por fin fue capaz de ver, se echó las manos a la cabeza totalmente desconcertada. Hasta hacía unos segundos estaba firmemente decidida a regañar a su hijo por su desobediencia en el colegio, pero perdió la confianza en sí misma de un plumazo, pues se olvidó por completo de lo que iba a decir. Apartó la mirada de Lola para fijarse en las resplandecientes velas que descansaban sobre la mesa. Chisporroteaban y saltaban como si la estuvieran provocando.

Terrence se puso en pie y se aclaró la garganta.

—Creo... creo que me voy a marchar, señora Lola —dijo, recogiendo la bolsa de plástico llena de comida para llevársela—. Volveré mañana con su cena.

Diciendo esto, le dedicó una sonrisa a Sebastian, pasó junto a Gloria y salió por la puerta mientras tarareaba en voz baja para sí mismo.

—¿Qué significa esto, mami? —preguntó Gloria en el momento en que recobró la voz.

—¿Qué significa el qué? —replicó Lola, sacudiendo con descaro la cabeza.

—Sabes exactamente a qué me refiero: las velas, el color de tu pelo...

—Me gustan las velas de verdad —sentenció Lola—. Y con respecto a mi pelo, necesitaba un cambio.

Gloria avanzó lentamente y tomó asiento en la silla que Terrence acababa de abandonar.

—¿Acaso esto es algún tipo de juego extraño? —preguntó.

Lola contempló fijamente a su hija, que le estaba dedicando una mirada temible, y se sentó aún más erguida en su asiento.

—Simplemente, he encendido unas cuantas velas y me he teñido el pelo. Eso no es ningún crimen.

—Lo prometiste.

—¿Qué prometí exactamente?

—Después del incendio acordamos que podrías quedarte aquí siempre que... —Se detuvo al ver la expresión de perplejidad de Lola—. No finjas que no te acuerdas, porque sé que sí lo haces —al ver que Lola no respondía, Gloria suspiró y se volvió a continuación hacia su hijo—. Tu profesora me ha contado lo que ha pasado hoy. ¿Por qué hiciste caso omiso a sus instrucciones?

Sebastian sabía que no se había portado bien, pero también sintió un cosquilleo de satisfacción cuando supo que, gracias a su intervención, la señorita Ashworth había llamado a su madre y no a su padre.

—Quería ver a la abuela Lola —respondió, mirando hacia su abuela—. Eso no es ningún crimen.

Gloria golpeó con fuerza la mesa con la mano, y las llamas de las velas chisporrotearon y casi se apagaron.

—No voy a permitir que te marches del colegio sin permiso. Esto no va a volver a pasar nunca más, ¿lo has entendido?

Sebastian dejó caer la cabeza y asintió casi imperceptiblemente.

—¡Mírame! —le ordenó, y él levantó la vista para mirarla a los ojos—. ¿Lo has entendido? —repitió con más firmeza.

—Sí, lo he entendido —rezongó.

Gloria suspiró y se apartó de la mesa. Después, dio la luz de la cocina, y Lola y Sebastian parpadearon para acostumbrarse a aquel agresivo y sorprendente resplandor. Entonces, la propia Gloria se encargó de apagar las velas una por una, y los tres contemplaron como surgía una voluta de humo gris de sus mechas, inundando la habitación con una agradable fragancia.

—Venga, vámonos, recoge tu cartera —le ordenó Gloria a su hijo—. Tenemos que llegar a casa para que hagas tus deberes, y quiero que los termines antes de cenar. Y después vas a escribirle una carta de disculpa de una página entera a la señorita Ashworth antes de irte a la cama.

Lola se inclinó hacia delante y murmuró audiblemente:

—En realidad, unas disculpas demasiado largas pueden llegar a ser un aburrimiento total. Procura ser breve.

—Esto no tiene absolutamente nada que ver contigo, mami —le espetó Gloria.

Lola se encogió de hombros y se dirigió a Sebastian de nuevo, con un brillo prometedor en los ojos.

—Mañana cuando vengas, tendré una sorpresa...

—Mañana, Sebastian se quedará en la clase de actividades extraescolares, como se suponía que tenía que hacer hoy —sentenció Gloria—. Y si sabe lo que le conviene, no volverá a cometer el mismo error por segunda vez.

Sebastian recogió su cartera y se encaminó hacia la puerta detrás de su madre. Se moría por saber qué sorpresa estaba planeando Lola, pero sabía que si le preguntaba por ello, su madre se enfadaría aún más. No obstante, antes de salir, se volvió para mirar a su abuela sentada a la mesa de la cocina observándolos y, cuando sus ojos se encontraron, Lola volvió a dedicarle un guiño. Esta vez, sin embargo, a Sebastian le resultó la cosa más natural del mundo que su abuela podía hacer en ese momento.

CAPÍTULO DIEZ

Cuando llegaron a casa, Sebastian se fue directamente a su habitación para empezar con los deberes. Su madre había ido conduciendo absorta durante todo el camino, pero el niño sabía que no era porque estuviera enfadada con él, sino porque se sentía preocupada por el extraño comportamiento de Lola y su aspecto aún más extraño. Cuando su padre llegó a casa del trabajo, Sebastian, desde su habitación, logró oír la mayor parte de la conversación que sus padres mantuvieron abajo en la cocina.

—No sé cómo interpretarlo —comentó Gloria—. No la he reconocido, y no es solo por su pelo, es... es por todo. Las palabras que salen por su boca, la expresión de su cara e incluso su manera de moverse son diferentes.

—¿Has llamado a su médico? —le preguntó Dean.

—Es lo primero que pienso hacer mañana por la mañana, y también voy a llamar a Mando y a Gabi. Cuando Mando se entere de esto, va a querer meter a mami en una residencia inmediatamente.

—Supongo que sí. ¿Y qué ha pasado con Sebastian? ¿Has dicho que su profesora te ha avisado? ¿Cómo se llamaba...?

Sebastian aguzó el oído cuando escuchó su nombre y salió a hurtadillas de su habitación hasta el descansillo para poder escucharlos con más claridad.

—Es la señorita Ashworth —respondió Gloria—. Y me ha llamado al trabajo esta tarde para decirme que Sebastian se había marchado de la clase justo después de que ella le pidiera explícitamente que la esperara.

—Qué extraño...

—Lo he mandado a su habitación en cuanto hemos llegado a casa, y se supone que está haciendo los deberes y escribiendo una carta de disculpa a su profesora. Debería ir a ver cómo va.

Sebastian salió pitando hacia su habitación y cerró la puerta. Tiró la cartera sobre la cama y empezó a buscar las hojas de deberes que la señorita Ashworth le había dado, pero no estaban donde él recordaba que las había puesto. Vació el contenido de la cartera para que, por lo menos, diera la sensación de que estaba haciendo un esfuerzo sincero por encontrarlos, pero cuando su madre entró en la habitación instantes después, se decepcionó al ver que ni siquiera había empezado.

—¿Qué estás haciendo, hombrecito?

—Estoy buscando mis deberes, pero no los encuentro —le respondió, y revolvió entre las cosas aún con más energía.

—Mira —dijo su madre, ayudándole a buscar—. Aquí hay un bolsillo en el que todavía no has buscado.

Antes de que Sebastian pudiera decir nada, ella abrió la cremallera del bolsillo delantero de la cartera y dejó caer su contenido. Lápices y gomas de borrar, palos de polo antiguos, recibos de la cafetería y trozos de papel arrugado cayeron sobre la cama y, encima de todo ello, la tarjeta de visita de Dean. Su madre no tardó más que un instante en reconocer la letra de su marido, cogió la tarjeta y le dio la vuelta. Mientras tanto, Sebastian no se atrevió a parpadear y vio que se hacía más profunda la arruga que cruzaba transversalmente la frente de su madre. Los peores temores del niño residían en aquella grieta oscura y cavernosa entre los ojos de su madre y, cuando los levantó para mirarle, sintió que se le comprimía el pecho.

—Sebastian —dijo con frialdad—, ¿de dónde has sacado esto?

El niño tragó saliva con dificultad.

—Es la tarjeta de visita de papá.

—Ya sé lo que es —respondió ella, y su voz sonaba tranquila y suave como la seda—, lo que quiero es saber dónde la has encontrado.

Sebastian contempló el inquisitivo rostro de su madre, y un temor angustioso comenzó a presionarle la garganta, casi ahogándole. De ninguna manera podía decirle de dónde la había sacado. Si se lo decía, tendría que contarle todo lo que sabía sobre cómo brillaban intensamente los ojos de su padre cuando miraba a la señorita Ashworth, que aquellas extrañas sonrisas distantes, esas miradas que se dedicaban y esas vibrantes palabras que se intercambiaban estaban cargadas de un significado y un deseo misteriosos que él no lograba descifrar, pero que sabía que no estaban bien porque le hacían sentir fatal.

—Háblame, Sebastian —le insistió Gloria—. No estoy enfadada contigo, lo único que quiero es saber dónde has encontrado la tarjeta de visita de tu padre.

En aquel momento, Dean apareció en el umbral de la puerta.

—¿Hay algún problema? —preguntó, con sus ojos azules tan alegres como siempre.

En respuesta a su pregunta, Gloria levantó la tarjeta delante de él. Dean se la quitó de las manos y palideció cuando le dio la vuelta.

—Le estoy preguntando a Sebastian dónde la ha encontrado, pero parece habérsele olvidado —le informó con una nota de sarcasmo en su voz.

Dean adoptó un aire compungido.

—Creo que deberíamos hablar en otra habitación —masculló.

—¿Por qué? —le preguntó Gloria—. Esta tarjeta se encontraba en la cartera de Sebastian, y quiero saber de dónde la ha sacado. Por el amor hermoso, Dean —exclamó, respirando con dificultad esta vez—, ¿en qué demonios te has metido?

—¡En nada! —respondió él negando con la cabeza enérgicamente—. De verdad, yo... —Se volvió hacia Sebastian, con la mirada cargada de una profunda aprensión. Detestaba hacer pasar a su hijo por algo así, pero en aquel momento no se le ocurría otra manera de salir del asunto—. Dile a tu madre dónde la has encontrado, Sebastian.

El niño negó con la cabeza. Notó que le faltaba el aire y que le resultaba difícil hablar.

—Se lo puedes decir, hijo —le insistió su padre con delicadeza—. Todo irá bien.

Sebastian se apretó el corazón y pudo notarlo latiendo con fuerza contra la palma de su mano. Esperó unos segundos hasta que el ritmo se atenuara.

—La encontré en el escritorio de la señorita Ashworth.

—¿De tu profesora? —preguntó Gloria—. ¿Y qué estabas haciendo tú trasteando en el escritorio de tu profesora?

Sebastian miró a Dean, que le dedicó un gesto de asentimiento para que continuara, pero el niño sabía, por la expresión de sus ojos, que su padre ya se encontraba a un millón de kilómetros de distancia, resignado ante la catástrofe que se le venía encima.

—Vi que papá le daba la tarjeta esta mañana cuando me dejó en el colegio, pero no quería que ella la tuviera, así que se la quité cuando tuvo que ir al despacho del director. Lo siento, sé que no debería haberla robado.

El rostro de Gloria se puso en tensión, a medida que meditaba las palabras que su hijo acababa de pronunciar. Pero independientemente de cómo las separara y las volviera a reunir, su significado no cambiaba en ningún caso.

En ese momento, Dean sugirió que continuaran la conversación en otro lugar, y ella aceptó y le siguió por el pasillo hasta el dormitorio de ambos. Pero incluso con la puerta cerrada, Sebastian podía oír sus voces apagadas a través de la fina pared que separaba su cuarto del de sus padres. Había escuchado muchas de sus peleas a lo largo de los años. Normalmente, discutían por dinero y por proyectos que era necesario emprender en la casa, y otros asuntos domésticos y familiares que él no siempre comprendía. Esta vez suponía que sería aún peor y estaba en lo cierto.

—Ha sido una idiotez por mi parte —dijo Dean, en un tono casi suplicante—. No sé qué se me pasó por la cabeza. Yo... yo... supongo que me sentí bien porque una mujer volviera a sonreírme de nuevo, no pensé...

—¿De verdad esperas que me crea lo que vayas a decirme?

—Es la verdad. Te juro que nunca he hecho algo así antes.

Gloria soltó una amarga carcajada.

—¡Y resulta que la primera vez que lo intentas te pilla tu propio hijo! ¡Menuda coincidencia!, ¿no?

—Ya sé que es difícil de creer...

—Solo un imbécil se lo tragaría.

—Gloria, tienes que escucharme...

—No, no tengo por qué hacerlo.

—Pero solamente si tú...

—¿No me has oído? —le gritó Gloria.

—Sí, ¡claro que te he oído! —le gritó Dean aún más fuerte—. Yo siempre te escucho, pero tú no has escuchado ni una palabra de lo que yo he dicho durante los últimos diez años. Y además, soy invisible para ti. Todos y todo somos invisibles para ti. Todo excepto Sebastian, él es lo único por lo que te preocupas.

—Está enfermo y yo soy su madre —respondió Gloria más suavemente—. ¿Qué esperabas?

—Pues está claro que no esperaba que vivieras como si Sebastian y tú fuerais las dos únicas personas sobre la faz de la Tierra. Por si acaso se te ha olvidado, también tienes un marido y una hija.

Hubo una larga pausa, tras la cual Gloria habló en un tono cargado de sarcasmo:

—Supongo que es todo culpa mía y que tendría que estar pidiéndote disculpas. Bueno, pues deja que te suplique que me perdones. Perdóname por obligarte a ligar con la profesora de tu hijo en la primera oportunidad que has tenido. No tendría que haberte dejado llevarle al colegio. Debería haber sabido que mi absurda devoción por nuestro niño enfermo te incitaría a hacer algo así. ¿Tendrás corazón para perdonarme alguna vez, Dean? Por favor, di que lo harás o no creo que pueda vivir con ello.

Tras varios segundos en silencio, Dean dijo:

—Hace tiempo que comprendí que la mujer de la que me enamoré ya no existe. Desapareció después de que Sebastian naciera...

Sebastian se apartó de la pared hacia su cama y se tumbó entre todas las cosas que aún seguían desparramadas a su alrededor. Se puso la almohada sobre la cabeza para no tener que escuchar nada más y sintió una pesadez en el corazón mucho peor que la debilidad palpitante a la que tan acostumbrado estaba. Sin embargo, independientemente de lo fuerte que se apretara la almohada contra los oídos, no podía quitarse de encima la sensación de haberse dado cuenta de que sus padres, su familia y todas las demás personas a las que conocía estarían muchísimo mejor si él no hubiera nacido.

Jennifer llegó a casa de su entrenamiento con las animadoras un par de horas más tarde. Como no encontró a nadie en la cocina, subió las escaleras y fue directamente a la habitación de Sebastian. Su hermano estaba ocupado trabajando en los deberes extraviados, que al final había encontrado metidos dentro del libro de matemáticas, y estaba decidido a empezar la carta de disculpa a continuación. Confiaba en que las cosas mejorarían si sus padres le veían trabajando duro, aunque no había oído ni un ruido desde hacía bastante rato.

Jennifer se dejó caer sobre la cama de Sebastian.

—¿Qué ha pasado? —le preguntó—. Mamá se ha encerrado en su habitación y el coche de papá no está. No me digas que se han vuelto a pelear —dijo, poniendo los ojos en blanco—. La última vez que tuvieron una pelea estuvimos una semana entera comiendo únicamente sándwiches de mantequilla de cacahuete.

Sebastian se preguntaba si debía contarle a Jennifer lo que había sucedido, porque, a veces, la frustración de su hermana y la manera que tenía de reprender a sus padres lo único que hacían era empeorar las cosas. Sin embargo, comprendió que sería cuestión de tiempo que se enterara por sus propios medios, así que decidió contárselo todo, empezando por el momento en el que su padre le puso los ojos encima a la señorita Ashworth al principio del curso y después todo lo que había pasado ese día hasta hacía un par de horas. En realidad, se sintió mejor al desahogarse.

—¡Mierda! —exclamó Jennifer, golpeando con el puño la cama—. ¡Mierda, mierda, mierda!

Las lágrimas le recorrieron las mejillas, y se las secó furiosamente con las manos.

—Lo siento. No debería haber robado la tarjeta de visita de papá —dijo Sebastian.

—No es culpa tuya —le respondió su hermana bruscamente.

—La culpa es de la señorita Ashworth, por llevar faldas cortas y...

—¡No! —le cortó Jennifer, dedicándole a su hermano una fría mirada ofendida—. Tu profesora no puede evitar ser bonita. ¿Qué se supone que tiene que hacer, pasarse el resto de la vida con la cabeza metida en una bolsa? Es culpa de papá. Nunca debería haber escrito esa nota. Ha sido algo de muy mal gusto y asqueroso.

Sebastian enmudeció por la contundencia de las palabras de su hermana, y lo único que pudo hacer fue contemplarla mientras se rascaba el esmalte verde oscuro de las uñas del dedo gordo y el índice.

—¿Y qué hacemos ahora? —le preguntó finalmente a su hermana mayor.

—Nada —le respondió ella en tono seco—. Venga, vamos abajo y te preparo un sándwich de mantequilla de cacahuete. Espero que por lo menos tengamos mantequilla de cacahuete y pan de molde —añadió, profiriendo una risotada cínica.

De camino hacia las escaleras, Sebastian se atrevió a pedirle una cosa a su hermana. Sabía que tenía pocas posibilidades de que se lo concediera, pero se trataba de lo único que se le ocurría para aliviar el terror que notaba dándole vueltas en lo más profundo del estómago.

—¿Me puedes leer un cuento esta noche hasta que me quede dormido? —le preguntó.

—No, tengo que levantarme mañana muy temprano, y me tendrás despierta hasta tarde.

—¿Y si solo me lees quince minutos?

Pasaron junto a la puerta del dormitorio de sus padres, y Jennifer vaciló, preguntándose si debía llamar, pero decidió no hacerlo. Sabía por experiencia propia que tras las peores peleas, lo mejor era dejar a su madre suficiente tiempo para que se calmara, y esta era la peor a la que se habían enfrentado hasta ahora.

—Bueno. ¿Y si solo son diez minutos? —le preguntó Sebastian.

—Te he dicho que no —respondió Jennifer con más firmeza, y

comenzó a bajar las escaleras—. De todos modos, ya eres demasiado mayor para ese tipo de cosas.

Aquel fue el día de colegio más largo que Sebastian podía recordar. Le había prometido a su madre cuando lo llevó por la mañana que esta vez la obedecería e iría a las actividades extraescolares. Gloria tenía un aspecto tan triste y desamparado, tan enfermizo que Sebastian temía que se derrumbaría si a él se le ocurría añadir algo más. ¿Qué sucedería si supiera que durante una milésima de segundo realmente había pensado en cómo sería tener a la señorita Ashworth de madre en lugar de a ella? Se sintió terriblemente culpable por pensar en algo así, pero no pudo evitar preguntarse si la vida sería un poquito más interesante con una madre hermosa que sonriera con facilidad y que ondeara el cabello solo por diversión. Pero no contempló esa idea durante mucho tiempo, porque la tristeza que sintió cuando pensó en que su madre se quedaría sola sin él lo hizo sentirse enfermo. Perderla sería como perder un brazo o una pierna, o incluso la vida.

Sebastian no había visto a su padre en toda la mañana, pero no tenía ni la menor duda de que él también querría que su hijo se quedara en el horario ampliado. Y, aun así, el niño anhelaba contarle a su abuela todo sobre la pelea de sus padres de la noche anterior, porque sabía que ella lo tranquilizaría como había hecho otras veces en el pasado, y el deseo de regresar a su casa era más fuerte que nunca. Le corroía las entrañas y hacía que le resultara difícil concentrarse en las clases. Aquello y su interés por evitar a Keith provocaban que aquel sentimiento fuera irresistible.

La señorita Ashworth se comportó de un modo algo reservado con Sebastian durante todo el día. Cuando le entregó su carta de disculpa, ella la aceptó sonriendo, pero aquella no tenía nada que ver con las radiantes sonrisas que normalmente le dedicaba. Sebastian sabía que la profesora había dejado de pensar en él como en el dulce niñito enfermo de ojitos saltones que haría todo lo que ella le pidiera sin preguntar, cosa que le hizo sentir triste y alegre al

sonrisita burlona—. ¡Oh, claro, había olvidado que el niño mono no sabe correr!

—¡Sí sé correr! —respondió Sebastian.

—¿Y entonces, cómo es que nunca te he visto hacerlo? Siempre estás sentado, o andando, o ahí de pie, como un imbécil.

—Sé hacerlo, pero no puedo.

—¿Y por qué no puedes? —preguntó Keith.

Aquello era lo más parecido a una conversación educada que habían mantenido nunca, y Keith no parecía excesivamente cómodo, pero tenía demasiada curiosidad como para aguantarse.

—Tengo enfermo el corazón —le explicó Sebastian—. Si corro, me explotará.

—¡Qué gilipollez! —soltó Keith mirando hacia la profesora ayudante para ver si lo había oído, pero estaba totalmente ocupada con los de primer grado, con los que estaba jugando en el otro extremo de la sala—. Todo el mundo dice que tienes problemas de corazón, pero yo creo que no eres más que un mentiroso, uno tan grande como la copa de un pino.

En respuesta a eso, Sebastian se desabrochó los tres primeros botones de la camisa y la abrió para revelar el tercio superior de la cicatriz que le recorría todo el centro del pecho. Era brillante y abultada, como un espagueti incrustado bajo una capa de piel. Keith abrió los ojos como platos al verla.

—¡Joder! —murmuró, sinceramente impresionado e incapaz de apartar los ojos, incluso cuando Sebastian volvió a abrocharse los botones—. ¿Y qué pasa si te explota el corazón?

—Pues sería como si me estallara una granada dentro del cuerpo. Y después me desangraría y moriría —respondió con tanta naturalidad que casi le hizo parecer valiente.

En ese momento se acercó Sean, el amigo de Keith. Él era uno de los que habían formado parte del corro y habían aplaudido unos días antes mientras Sebastian hacía su bailecito estúpido.

—¡Eh! ¿Qué pasa con el niño mono? —preguntó.

Keith le tiró el dibujo a Sebastian y le dio un empujón a Sean en el hombro.

—¡Gilipollas! —masculló, y se marchó.

Sean lo siguió, sin estar muy seguro de a quién estaba insultando Keith.

Sebastian dobló el dibujo y lo colocó en el bolsillo delantero de su cartera. Miró hacia donde se encontraba la profesora, que todavía estaba atendiendo a los alumnos más pequeños, y abandonó la sala sin hacer ruido.

CAPÍTULO ONCE

Sebastian miró detenidamente las sombras que le acechaban entre las casas y los árboles y a la vuelta de cada esquina junto a la que pasaba. Sentía que la oscuridad reinante estaba viva y cargada de misterio y le provocaba un millón de pequeños temores que se dispersarían con una sola chispa de raciocinio. Aunque en ocasiones le asustaba la oscuridad, en aquel momento estaba en paz con ella, pues era un fantasma solitario que le recordaba que él había bailado una vez con la muerte y que quizá tendría que volver a hacerlo.

Pensó en la anciana de pelo negro del hospital. Ahora solo existía en las sombras, pero a veces la notaba cerca de él, observándolo, guiándolo cuando no estaba seguro de adónde se dirigía. Tal vez le enseñaría a su abuela el dibujo que había hecho para que ella pudiera ver por sí misma aquel pálido rostro con la extraña mata de pelo negro que lo coronaba. Puede que le hablara sobre la curiosa conversación que habían mantenido en el hospital. La anciana de pelo negro le había dicho que su abuela lo necesitaba a él más que a ninguna otra persona, pero Sebastian quería saber para qué exactamente. Contempló la oscuridad aún con más fijeza y apretó el paso.

De pie en el porche de su abuela unos minutos más tarde, supo instantáneamente que la extraña transformación de Lola había ido más allá y se había agravado, enroscándose alrededor de su mundo como una gruesa y espinosa enredadera, ahogando lo poco que quedaba de normalidad. Percibió el brillo intenso de las velas a través de la ventana y vio una miríada de cajas y de papel de embalar esparcida por el porche, cosa que daba la sensación de que su abuela había ido de compras, o bien se estaba preparando para hacer una mudanza. Olfateó el aire y se dio cuenta de que el aroma delicioso que había detectado junto al buzón era más intenso que nunca. Entró en la casa y se encontró con que la mayor parte del suelo también estaba cubierto por más cajas y papel de embalar. La mecedora, donde antes Lola se había pasado sentada la mayor parte de su tiempo, estaba llena hasta arriba de cajas y papel, y prácticamente en todas las superficies planas había velas de todos los tamaños imaginables ardiendo alegremente: velas achaparradas de color naranja sobre la mesa de centro y gruesos cirios blancos como columnas en los alféizares de las ventanas. Encima de la mesa de la cocina ardían intensamente unas velas rojas y finas, y la cera derretida que se resbalaba por ellas parecía espesas lágrimas de sangre.

Sebastian sintió que la fragante calidez lo rodeaba y lo traspasaba. Nunca antes había visto tantas velas ardiendo a la vez. La luz que producían estaba viva y se movía por el espacio como una brisa mística, como un espíritu del calor.

Lola se encontraba en la cocina, encorvada sobre una enorme olla hirviendo, y removía su contenido frenéticamente, mientras musitaba para sí misma. Nubes de vapor flotaban desde la olla, dándole en la cara y elevándose hasta el techo y, con aquel cabello rojo suyo, parecía una bruja junto a su caldero elaborando un brebaje venenoso. Estaba tan ensimismada en su labor que no se había dado cuenta de que Sebastian se hallaba de pie en la habitación contemplándola, abrumado por la escena y por el olor a comida que inundaba la estancia. Por lo que el niño alcanzaba a ver, debía de ser una especie de guiso de carne cocido con tomates y una variedad de especias que no lograba identificar, aunque se le hizo la boca agua. Por toda la encimera había desperdigada una colección de cuencos, ollas y sartenes de todos los tamaños. Sebastian nunca había visto la cocina de su abuela tan revuelta.

—Abuela, ¿qué estás haciendo? —le preguntó finalmente.

Lola levantó la vista sobresaltada. Sus gafas estaban completamente empañadas, pero no se molestó en limpiárselas.

—¿A ti qué te parece que estoy haciendo?

El niño avanzó otro paso, atraído por el apetecible aroma. Lo había percibido ya cuando estaba en la acera, pero no se dio cuenta de que provenía de la cocina de su abuela hasta que había entrado en la casa.

—Estás cocinando —concluyó.

—¡Bingo! —le respondió Lola, y siguió removiendo, cabeceando frenéticamente mientras giraba la cuchara una y otra vez.

Sebastian se acercó aún más.

—Mamá se va a poner furiosa contigo.

—¿Y qué es lo que va a hacer? —le respondió Lola con una alegre carcajada—. ¿Mandarme a la cama sin cenar? —Entonces, levantó la cuchara y esperó a que le cayeran tres espesas gotas sobre la palma de la mano. Las chupó y después frunció los labios y se los relamió. Reflexionó sobre lo que le indicaban las papilas gustativas durante un instante antes de añadir una pizca de una de las sustancias que tenía en varios pequeños cuencos que había alineado en el mostrador y, a continuación, volvió a remover la mezcla. Entonces se giró hacia Sebastian—. Prueba esta salsa y dime qué te parece —le ordenó.

Obediente, Sebastian avanzó con la mano extendida, sobre la que Lola dejó caer otras tres espesas gotas de salsa marrón. El niño observó a su abuela tímidamente antes de chuparlas y después se quedó quieto, ligeramente confuso. Nunca antes había probado algo así. Estaba rico y sabroso, dulce y salado al mismo tiempo, y los sabores permanecían en la lengua como una hermosa melodía. En resumen, estaba delicioso.

—Y bien, ¿qué te parece? —le preguntó su abuela.

—Está bueno —le contestó Sebastian, deseando comer más.

Lola se colocó las manos sobre las caderas.

—¿Eso es todo lo que tienes que decir? ¿Solo que está bueno?

—Está muy pero que muy bueno —le aseguró él, preparándose para insistir en sus cumplidos y decirle que era la mejor salsa que había probado en su vida, cuando vio algo en la encimera tras ella.

Formando un buen montón en una fuente grande había varios hermosos huesos de aspecto prehistórico, algo que los hombres de las cavernas habrían utilizado para golpear sus tambores antediluvianos.

Percibiendo su interés, su abuela le explicó:

—Eso son jarretes de cordero. Habría hecho cabrito, pero es difícil encontrarlos en los supermercados de la zona. En la isla era fácil conseguirlos, pero ahora me dicen que es casi imposible. Tendré que ir al centro y encargarlo para una ocasión especial.

—¿Cabrito? ¿Y eso se come? —preguntó Sebastian sin poder apartar los ojos de aquella carne de aspecto extraño.

—¡Claro, es el hijo de la cabra y, sí, se come! —le contestó ella.

—Tú comes... ¿cabras? ¿Esos animales que tienen cuernos y hacen «beeeeee» como las ovejas? —le preguntó haciendo el mismo sonido que Keith y sus compinches le habían obligado a hacer a él unas semanas antes.

—Pues claro. Vienes de una larga estirpe de comedores de cabras. Tu bisabuela me enseñó a cocinar cabrito. Bueno, en realidad, no me enseñó: aprendí a hacerlo del mismo modo que aprendí a andar, a hablar o a subirme a los árboles. Ya ves, allí en la isla, aprender resultaba fácil y natural. No exigía el grandísimo esfuerzo que hace falta aquí, simplemente sucedía, del mismo modo que las orquídeas crecían en la selva sin la ayuda de un jardinero.

Sebastian apartó la mirada de los jarretes de cordero para observar a su abuela a la cara.

—Pero... tú... pero... ¿de verdad que comes cabras? —le preguntó de nuevo.

Lola pareció bastante molesta por la incredulidad de su nieto.

—He comido carne de cabra toda mi vida, pero la primera vez que la probé, era aún más pequeña que tú y... —Se detuvo para contemplarle con ojos cautelosos—. No, creo que no te voy a contar esta historia. Puede que no te guste demasiado.

—¿Por qué no? —preguntó el niño.

—Porque hace falta tener un estómago resistente.

Sebastian echó los hombros hacia atrás. Después del valiente gesto de rebeldía que había demostrado en la sala de actividades del colegio, se sentía bastante fuerte.

—Podré soportarlo —le aseguró.

Tras pensárselo un instante, Lola bajó el fuego del hornillo y comenzó a contarle su historia con una voz que era tan potente y vibrante como los sabores que Sebastian aún notaba en la lengua.

—Mi hermana mayor, Tamara, que en paz descanse, se iba a casar y estábamos planeando un gran festín para celebrar su boda. Ella era la primera que encontraba marido, y mis padres debían casar a otras cuatro hijas más, así que tenían mucho interés en montar una buena fiesta. No había mucho dinero, pero encargaron un maravilloso traje de novia blanco para ella y unos bonitos vestidos amarillos para las demás. Mi madre y yo pasamos innumerables horas preparando las «capias», complicados recordatorios de encaje, hechos a mano uno a uno con la fecha de la boda y los nombres de la novia y el novio. Tuvimos que preparar suficientes como para doscientos invitados y todas las noches, después de que los demás se hubieran ido a dormir, trabajábamos en ello, a veces, hasta que el sol salía a la mañana siguiente.

»Los preparativos de la boda iban muy bien, y todo el mundo estaba muy emocionado por la gran fiesta que celebraríamos después de la ceremonia. Yo también me sentí entusiasmada hasta el día anterior a la boda, cuando descubrí a un pequeño cabritillo atado a un árbol a unos metros de la casa. Era casi un recién nacido y el pelaje alrededor de sus orejillas era tan suave que supe que aquella probablemente sería la primera vez que se separaba de su madre. Me arrodillé para acercarme a él, pero mientras yo le susurraba palabras de consuelo a mi nuevo amiguito, escuché el sonido de la hoja del cuchillo chirriando contra la piedra de afilar en la cocina.

»Cuando mi padre apareció con el cuchillo afilado, yo ya estaba convencida de que aquella era la criatura más preciosa que había poblado la faz de la Tierra y que, boda o no, debíamos indultarla. Traté de convencer a mi padre de ello con lágrimas en los ojos y rogándole por todos los santos, pero él no se conmovió. Me apartó del animalillo y después de pronunciar una breve plegaria, lo sujetó firmemente con una mano y con la otra se preparó para asestarle la cuchillada mortal.

»Yo me tiré al suelo.

»—¡No, papi!, ¡por favor, no mates a mi cabritillo! —gemí.

»—No podemos celebrar una boda y no servir nada más que arroz con frijoles —repuso él—. ¿Te imaginas lo disgustada que se iba a poner tu hermana si hacemos eso?

»—Me da igual la boda. Lo único que me importa es mi cabritillo.

»—Vete adentro —me ordenó, señalando hacia casa con la punta del cuchillo—. He pagado una buena cantidad de dinero por esta cabra, y tú no me vas a poner las cosas más difíciles de lo que ya son.

»Y tenía razón, porque entonces el cabrito forcejeó intentando soltarse y sus ojos estaban tan llenos de miedo como si finalmente hubiera comprendido lo que le iba a suceder. Sin embargo, mi padre logró volver a sujetarlo con mano firme.

»Yo me iba a meter en casa para no tener que verlo morir, pero, en ese momento, el pequeño cabritillo me miró con una expresión tan valiente y serena que no pude moverme. Sus ojos me contemplaban suplicantes para que yo aceptara su destino y me quedara con él y le diera fuerzas, para que estuviera presente y nada más.

»—Papi —le dije a mi padre—. Déjame quedarme y te prometo que no lloraré más.

»Él se lo pensó un instante, pero cuando vio que era cierto que yo estaba más calmada, me permitió colocarle la mano al cabrito en la espalda, cosa que también tranquilizó al animalillo inmediatamente. Tras una veloz cuchillada, noté que el animal se estremecía y temblaba bajo mi mano. Un espeso reguero de sangre brotó de su garganta creando un pequeño riachuelo rojo a nuestros pies. A medida que el flujo disminuía, se le doblaron las patas delanteras y tras varios minutos, se desplomó en brazos de mi padre. Quería llorar cuando lo vi tendido sin vida en el suelo, con aspecto de estar simplemente dormido, pero contuve las lágrimas.

»Al día siguiente, me cepillé el pelo, me puse mi vestido nuevo y salí al exterior, al lugar en donde estaban cocinando a fuego lento al cabrito. El aroma de la carne asada en la parrilla al aire libre resultaba embriagador, y me detuve un instante para recrearme inhalándolo profundamente. Y entonces, cuando pensé que nadie me estaba mirando, cogí un puñado de las hermosas capias que mi madre y yo habíamos elaborado y las eché al fuego. Las llamas se avivaron un instante, y las capias se convirtieron en ceniza en cuestión de segundos. Yo ignoraba que mi madre me estaba viendo desde la ventana de la cocina, y me regañó muchísimo por haber destruido algo en lo que ella y yo habíamos trabajado tanto. Me advirtió que por aquella fechoría, iba a pensárselo muchísimo antes de celebrar mi boda cuando me tocara casarme a mí. Yo lloré un mar de lágrimas, y mi madre estuvo enfadada conmigo durante un tiempo, pero mereció la pena.

Cuando Lola terminó su historia, volvió a centrar su atención en la olla cociéndose a fuego lento.

—Pero no lo entiendo, abuela Lola —comentó Sebastian—. ¿Por qué tiraste las capias al fuego? ¿Cuál era la diferencia, si el cabritillo ya estaba muerto?

—Quería agradecerle al animal su sacrificio con uno por mi parte, y el mío fue muchísimo más sencillo de hacer —explicó Lola, y espolvoreó la olla con unos cuantos condimentos más—. Nada en esta vida se consigue sin un poco de sacrificio.

Sebastian reflexionó sobre la historia que su abuela le acababa de contar, pero solo sintió tristeza cuando se imaginó al pequeño cabritillo atado al árbol esperando para morir y se dio cuenta de que, después de todo, no tenía un estómago tan resistente como creía.

Lola volvió en sí y señaló el suelo del salón.

—Le he pedido al taxista que me ayudara a meter las bolsas en casa, así que no estoy muy segura de dónde ha puesto la caja del pasapurés. Mira a ver si logras encontrarlo.

Sebastian no tenía claro qué aspecto tenía un pasapurés, pero se puso a buscar en una de las numerosas cajas hasta que encontró un instrumento de aspecto extraño con un mango en un extremo y una especie de resistente malla metálica en el otro. Lola le indicó que se lo llevara a la encimera, donde había otra olla humeante esperándole, así como un taburete con escalerilla para que le resultara fácil alcanzar la cazuela. Su abuela levantó la tapa y, a través del vapor, Sebastian contempló varias patatas peladas y cortadas en cuatro. Junto a la olla, Lola había colocado un pedazo grande de mantequilla, un envase con nata y dos cuencos llenos de sal y de pimienta.

—Mientras yo termino la salsa, tú harás el puré —le indicó a su nieto—. Por supuesto, en casa, estarías haciendo «surullitos», buñuelos de harina de maíz, pero iremos paso a paso.

Sebastian miró inexpresivamente los ingredientes que había ante él. Nunca había visto a nadie hacer puré de patata desde cero. Siempre que su madre lo preparaba, cosa que no sucedía muy a menudo, los ingredientes salían de una caja.

—Pero, abuela, yo no sé cómo hacer puré de patata —le dijo en un tono algo quejica.

—Todo lo que necesitas lo tienes delante de tus narices. Lo averiguarás rápidamente, pero ten cuidado: la olla está muy caliente.

Sebastian inspeccionó de nuevo los ingredientes y después, indeciso, metió el pasapurés en las patatas. Estaban blandas y pegajosas. Eso lo animó. Alargó la mano para coger la nata, pero vaciló, pensando que quizá debía añadir primero la mantequilla. Había otro recipiente lleno de un líquido con aspecto turbio, pero no tenía ni idea de qué hacer con él.

—¡Vamos! —le animó Lola, dedicándole un gesto alentador con la cabeza—. Échalo sin más, no va a explotar.

Sebastian vertió lentamente la nata y la observó mientras anegaba las patatas. A continuación, echó la mantequilla en la olla. Era maravilloso ver cómo se fundían y formaban remolinos los trozos dorados de mantequilla, desapareciendo entre la nata caliente y las patatas, casi como por arte de magia. Cogió el pasapurés y comenzó a meterlo y sacarlo de la olla cada vez con más decisión y confianza. El aroma que desprendía la mezcla le hacía la boca agua, así que cogió el pasapurés con ambas manos y comenzó a machacar aún con más ímpetu.

—No te dejes llevar por el entusiasmo —le advirtió Lola—. Las patatas podrían ponerse chiclosas y perder su textura cremosa. —La anciana inspeccionó la mezcla y añadió un poco del líquido turbio. Después, apartó el pasapurés y, en su lugar, le entregó a Sebastian un cucharón metálico—. Ahora lo puedes remover con esto. Siempre reservo una taza o dos de agua de la cocción por si acaso las patatas están muy secas.

A Sebastian no le gustó tanto remover como aplastar, pero no había duda de que la textura de la mezcla iba mejorando con cada vuelta que le daba. De vez en cuando se detenía y colocaba la nariz sobre la olla para inhalar la fragancia de las patatas recién cocidas, de la mantequilla y de la nata, que le parecía totalmente irresistible.

—¡Pruébalo! —le dijo Lola, empujando una cuchara por la encimera—. Todo buen cocinero prueba sus propias creaciones antes de permitir que nadie más se las coma.

Sebastian hizo lo que ella le había indicado y notó que el sabor a cartón y el regusto químico al que estaba acostumbrado en el puré de patata habían desaparecido. Lo único que percibió fue lo deliciosos que estaban los diferentes ingredientes, un sabor que era pura, simple y profundamente gratificante. Le encantaba la densa y cremosa textura que había adquirido el puré y deseó meter la cuchara una y otra vez hasta que la olla se quedara vacía.

—¿Está bueno? —le preguntó Lola.

Sebastian asintió entusiasmado y con la boca llena.

—Pues espérate a probar el cordero —le dijo ella—. Pensarás que has muerto y estás en el cielo.

Sebastian miró con recelo los jarretes de cordero y dudó mucho que fuera verdad lo que acababa de asegurarle su abuela, pero se contentaría con cenar solamente puré de patata aquella noche y todas las siguientes si era necesario. De repente, recordó lo que había estado preocupándole a lo largo de todo el día y la noche, y volvió a poner en su sitio la tapa de la olla.

—Mamá y papá tuvieron ayer otra pelea —le dijo a su abuela.

Lola dejó la cuchara y se limpió las manos en el delantal. Hacía tiempo que Sebastian no mencionaba los problemas entre sus padres, pero Lola ya se imaginaba que las dificultades no habían desaparecido, sino que simplemente la tempestad había amainado.

—¿Qué ha pasado? —le preguntó.

Sebastian le contó a su abuela todo lo que había sucedido con la señorita Ashworth y la nota, y como su padre había acusado a su madre de desaparecer.

—No entiendo por qué papá dijo eso. ¡Mamá no ha desaparecido!

Lola pensó en cómo podía explicárselo a su nieto y entonces le atrajo a su lado mientras introducía uno por uno los huesos carnosos en la olla. Cada uno de ellos caía al fondo y todos quedaban cubiertos por el líquido oscuro.

—Los jarretes de cordero todavía se encuentran ahí —le explicó—, pero están cubiertos por la salsa y ya no los vemos. Lo mismo pasa, a veces, con la gente. A lo largo de los años quedan cubiertos por la tristeza, los enfados y por tantas desilusiones que ya no logramos verlos, pero todavía están ahí. Creo que es eso a lo que se refería tu padre —le explicó Lola.

Sebastian contempló la espesa salsa marrón cociéndose a fuego lento y se preguntó qué es lo que estaría causándole tanto dolor a su madre como para estar hundiéndose. Quería preguntarle a su abuela más cosas sobre aquello y sobre qué podían hacer ellos para sacar a su madre a flote cuando Terrence asomó la cabeza por la puerta; esta vez, con las manos vacías.

—¡Eh, hola! Solo quería asegurarme de que todo iba bien por aquí.

—¡Oh, Terrence! —exclamó Lola, un poco nerviosa—. ¿Has recibido mi mensaje?

—Me han dicho que ha cancelado usted el pedido de hoy y todos los próximos pedidos, si es a eso a lo que se refiere.

—Sí, pero también les dije que, aun así, quería que tú siguieras viniendo a visitarme.

—Bueno, verá, señora Lola, no quieren que me dedique a visitar a la gente, a menos que venga a entregar un pedido, así que no me puedo quedar mucho rato —le explicó el repartidor echando un vistazo a la habitación—. ¿Qué ha pasado aquí?

—Sebastian y yo hemos estado cocinando; has llegado justo a tiempo. Serás nuestro conejillo de Indias.

Lola abandonó la cocina y rápidamente cogió a Terrence del brazo, tirando de él por entre las cajas hasta la mesa. Perplejo, se sentó en la silla que ella le ofreció y, cuando miró hacia Sebastian, no lo tranquilizó la expresión dubitativa del niño. Sebastian podía responder por el puré de patata, pero respecto a aquella carne de aspecto extraño prefería no poner la mano en el fuego.

Lola tarareaba una cancioncilla mientras servía una generosa ración de puré de patata en el centro de un plato. Encima del puré colocó uno de los huesos carnosos y vertió un cucharón de salsa sobre todo ello. La suculenta salsa había adquirido una textura tan espesa como el sirope. Lola caminó hacia la mesa con el plato humeante entre ambas manos y lo colocó delante de Terrence, que lo observó con recelo.

—No digas una palabra todavía —le indicó, entregándole un tenedor—. Pruébalo primero y luego me dices qué te parece.

Terrence reunió una generosa porción de puré y carne con el tenedor. A medida que masticaba, su expresión iba suavizándose por la sorpresa, y antes de que hubiera tragado, ya estaba llenando el tenedor de nuevo.

—Este es el mejor cordero que he comido en toda mi vida.

—¿De verdad? —preguntó Lola, arrugando encantada su delantal entre las manos—. Ha pasado tanto tiempo desde la última vez que lo hice que temía que se me hubiera olvidado cómo prepararlo.

—Pues está claro que no ha sido así —murmuró Terrence con la boca llena.

—Sebastian ha sido el que ha hecho el puré de patata —anunció Lola, y Terrence levantó los pulgares de ambas manos en dirección al niño.

Viéndolo comer, Sebastian se sintió tentado a probar la comida él también. Quizá no era tan espantosa como parecía. Adelantándose a los deseos de su nieto, Lola le sirvió un plato más pequeño que el que había preparado para Terrence, aunque, aun así, seguía siendo la cantidad de comida más grande que le habían puesto delante en toda su vida, y le dio la sensación de que el trozo de carne que tenía ante sus narices era casi tan ancho como su propio brazo.

Reuniendo una pizca de valor, rescató del plato un trocito minúsculo de carne y se lo metió en la boca. No estaba malo en absoluto, pero no era suficiente como para evaluarlo correctamente, así que pinchó un trozo grande, tierno y jugoso. Y entonces la intensidad de los sabores explotó en el interior de su boca al mismo tiempo. Se trataba de una mezcla embriagadora de condimentos con una reminiscencia dulce a tocino y pasas, y la firme textura sedosa de la carne resultaba suculenta más allá de todo lo que había experimentado jamás. Entremezclada con todos aquellos sabores, notó una deliciosa aspereza que le bailoteaba sobre la lengua. Igual que Terrence, no tardó ni un segundo en meterse otro trozo en la boca.

Lola se sirvió un plato para ella y cerró los ojos experimentando un obvio placer. Hacía años que no probaba su propia cocina, y era incluso mejor de lo que recordaba. Los tres se sentaron juntos a la mesa, disfrutando de la comida mientras la luz de las velas parpadeaba a su alrededor. Y Lola, con su cabello rojo intenso con las puntas hacia fuera, era la llama más brillante de todas.

Casi habían terminado de comer cuando Gloria entró en el *bungalow* y se quedó helada junto a la puerta. Al principio, dudó de haber entrado en el lugar adecuado. La escena, con tantas velas ardiendo por todas partes, la mareaba, y el olor de la comida le resultaba tan embriagador como familiar. Todo aquello hizo que sus sentidos se volvieran locos, como si la hubieran transportado a otro lugar y otra época. De repente, volvía a ser una cría en la isla y percibía el cálido abrazo de la brisa tropical y el sabor de la dulce corriente de cariño y sensación de pertenencia que siempre había experimentado estando allí. Deseaba saborearlo durante un momento más, pero no podía dejarse llevar por demasiada nostalgia cuando tenía asuntos más urgentes de los que preocuparse.

Desembarazándose de aquella percepción ilusoria, centró la vista en la escena que se estaba desarrollando ante sus ojos. Contempló alternativamente a su madre y a su hijo sin saber por dónde empezar ni cómo solucionar aquella doble traición. Apartó con el pie de su camino un par de cajas, pero se le empezó a nublar la vista y tuvo que sentarse en la silla más cercana, la que tenía brazos como gruesos pergaminos, y se agarró a ellos para tratar de recuperar el aplomo. Le dio la sensación de que aquella era la primera oportunidad que tenía en semanas, en meses, puede que en años, de sentarse. Ya no le quedaban energías para enfadarse más, para intentar poner las cosas en orden, para evitar que las paredes de su vida se derrumbaran a su alrededor.

Lola se puso en pie abandonando la mesa y fue hasta ella.

—Tu padre solía sentarse en esta silla después de un día duro.

—Lo recuerdo —murmuró Gloria.

Lola acercó su mecedora y se sentó en ella.

—He preparado fricasé de cabrito, pero no he podido encontrar ningún cabrito, así que lo he hecho con cordero.

—Huele que alimenta, tal como lo recordaba.

—Cómete un poco, nena —le dijo Lola.

Gloria negó con la cabeza y cerró los ojos firmemente. Escuchar a su madre llamarla *nena* le produjo una oleada de dulce tristeza que la embargó por completo.

—No puedo comer —murmuró.

—Pues claro que puedes —respondió Lola, comenzando a mecerse lentamente en su mecedora.

—No —respondió Gloria, con los ojos aún cerrados—. Me siento enferma, mami. Me siento enferma y lo noto en el estómago.

—Me parece a mí que lo que tú tienes es mal de amores.

Gloria abrió los ojos y levantó bruscamente la cabeza para ver qué estaba haciendo Sebastian. Su hijo seguía sentado a la mesa comiendo con Terrence.

—¿Qué es lo que te ha contado Sebastian? —preguntó, con cuidado de decirlo en voz baja para que su hijo y Terrence no pudieran oírlo.

—No tendría por qué haberme contado nada. Puedo ver el dolor en tus ojos.

Gloria se cubrió el rostro con ambas manos. Había estado aguantándose las lágrimas durante toda la noche anterior y todo el día, pero no pudo contenerlas durante más tiempo. Se sintió bien al dejarse llevar en la silla de su padre. No había pensado en él en años, pero, de repente, fue como si pudiera sentir la áspera piel de sus manos acariciándole las mejillas y oler el aroma a césped recién cortado que se le quedaba en la ropa cuando volvía a casa del trabajo. Lo que más echaba de menos era su risa y la manera que tenía de desembarazarse de lo peor de los problemas de la vida como si no fueran más que un abrigo viejo.

Gloria dejó caer la cabeza y preguntó en voz baja:

—¿Alguna vez papi te dejó por otra mujer?

—No, tu padre nunca haría una cosa así —le contestó Lola—. Además, habría sido un imbécil si me hubiera dejado. La situación con Dean es muy diferente.

Gloria levantó la cabeza para mirar a su madre.

—¿Qué quieres decir, mami?

Aún balanceándose en la mecedora, Lola le respondió:

—Dean estaría loco si se quedara contigo.

CAPÍTULO DOCE

A Sebastian nunca le habían sacado más rápido de ninguna parte en toda su vida. Incluso cuando el doctor Lim hablaba sobre planear otra intervención quirúrgica, su madre lograba permanecer dentro de la consulta durante uno o dos minutos para evitar ser maleducada. Pero cuando Lola trató de explicarse, Gloria se levantó de un salto de la silla, con los brazos rígidos a ambos lados del cuerpo.

—Recoge tus libros, Sebastian —le ordenó.

—Pero si no he acabado de cenar, y está muy...

—Haz lo que te he dicho —le instó Gloria, casi incapaz de evitar que le castañetearan los dientes.

—Pero he sido yo el que ha preparado el puré de patata y...

—¡Ya me has oído, Sebastian!

—Será mejor que te vayas —murmuró Terrence, y Sebastian salió disparado a recoger su cartera.

Lola meneó la cabeza con pesadumbre.

—Nunca serás capaz de soportar que te diga la verdad, ¿no es así?

—No necesito escuchar tu versión de eso que llamas *la verdad*.

—¿Cuánto tiempo más vas a vivir con la cabeza enterrada en el suelo, nena? Más tarde o más temprano se te va a terminar el aire.

—No me hables, mami. Por favor, no vuelvas a hablarme nunca más.

—La verdad es que, por la manera en la que tratas a tu marido, cualquiera pensaría que es un perro y no un hombre, y, claramente, no el padre de tus hijos —comentó Lola en tono grave.

El rostro de Gloria se contorsionó en una mueca.

—¿De verdad esperas que vaya a escucharte ahora? —exclamó, levantando los brazos en el aire—. Mira este lugar, mírate a ti misma. ¿Cómo puede alguien tomarte en serio en estos momentos?

Sebastian nunca había visto a su madre tan nerviosa. Incluso cuando discutía con su padre estaba más tranquila, y eso al niño le produjo terror. Prefería de lejos la versión desapasionada y moderada de su madre, la mujer sensata que era capaz de idear la solución de cualquier problema y superar cualquier obstáculo sin parpadear.

Una vez que Sebastian hubo recogido su cartera, le agarró de la mano y tiró de él bruscamente hacia la puerta que estaba a su espalda.

—Voy a llamar a Mando y a Gabi inmediatamente para contarles lo que está sucediendo aquí.

—Por favor, hazlo —le respondió Lola—. Les iba a llamar yo misma. Hay suficiente comida para todo el mundo.

Gloria condujo a todo gas de camino a casa y, una o dos veces, Sebastian escuchó los frenos chirriando cuando tomaba alguna esquina. Desde el asiento trasero contemplaba las luces de las farolas y los edificios arremolinándose a la velocidad a la que iban, mucho mayor de lo habitual. Se relamió los labios en los que todavía persistía el sabor del apetitoso cordero y la sabrosa textura del puré. A pesar del disgusto de su madre y del castigo que sabía que le caería, sintió una satisfactoria calidez en el interior del estómago, que se le expandía por el torso y las extremidades en suaves espasmos, de modo que incluso los dedos de las manos y de los pies le cosquilleaban por aquel bienestar.

En el instante en el que llegaron a casa, Gloria no perdió ni un segundo. Primero llamó a su hermano Mando, aunque tuvo que hablar con varias secretarias y ayudantes antes de poder localizarlo.

—El estado de mami está empeorando —le informó—. Ha llenado la casa de velas encendidas, y hay papel y cajas por todas partes.

Creo que el riesgo de que provoque un incendio es altísimo. Parece que se ha gastado una fortuna en un montón de cosas nuevas para la cocina y se ha teñido el pelo. —Hizo una breve pausa tras haberle proporcionado a su hermano aquella última información, cosa que también le permitió recuperar el aliento—. Sí, sí, me has oído bien. Y yo diría que más o menos es del color de... de...

—De la gelatina de fresa —terminó la frase Sebastian por ella.

—Exacto. Es exactamente del color de la gelatina de fresa.

A continuación llamó a su hermana Gabi y comenzó a explicarle la situación prácticamente del mismo modo que lo había hecho con su hermano, pero se detuvo en mitad de una frase.

—No te rías, Gabi. No tiene ninguna gracia. Cuando veas lo que mami se ha hecho vas a querer llorar, te lo aseguro. Y además, está ese extraño tipo negro allí todo el tiempo. Está claro que a mami le gusta, pero no tengo ni idea... —Se volvió hacia Sebastian, que estaba decidido a quedarse cerca—. ¿Quién es ese hombre, Sebastian?

—Es Terrence, del centro de la tercera edad —le respondió él—. Es el repartidor de comida, pero también toca en una banda de jazz. La abuela Lola dice que algún día llegará a ser rico y famoso.

Cuando Gloria terminó la llamada, jadeaba con fuerza y se sentía aún peor que antes. Sus hermanos no habían respondido como ella esperaba. Como de costumbre, Gabi no se había tomado el asunto lo bastante en serio y Mando estaba demasiado preocupado con su propia vida como para encargarse de ninguna otra cosa. Y para colmo, no podía quitarse de la cabeza las palabras que su madre le había dedicado aquella tarde: «Dean estaría loco si se quedara contigo». Aquello le daba ganas de coger lo primero que tuviera a mano y estrellarlo contra la pared. Pero logró recobrar la compostura y le indicó a Sebastian que tomara asiento a la mesa de la cocina.

—¿Dónde está papá? —le preguntó su hijo—. ¿No debería estar ya en casa?

Gloria se tomó un instante para ordenar sus pensamientos. Los músculos del rostro le temblaban imperceptiblemente y la hinchazón alrededor de sus ojos era más pronunciada que nunca. Inspiró profundamente de nuevo y asintió.

—Tu padre se va a quedar en otro lugar durante algún tiempo, pero vendrá los martes y los fines de semana a veros a ti y a Jennifer, así que no tienes que preocuparte por eso.

—¿Por qué se va a quedar en otro lugar? ¡Pero si él vive aquí! —protestó Sebastian, deslizándose hasta sentarse en el borde de la silla, dominado por el pánico.

—Sí, eso es cierto —dijo ella asintiendo de nuevo, tomándose su tiempo para encontrar las palabras que comunicarían aquellas difíciles noticias de la manera menos triste posible—. Pero tu padre y yo hemos pensado que lo más recomendable es que nos separemos una temporada para que podamos... —otro gesto de asentimiento—, para que podamos aclarar las cosas.

—¿Vais a divorciaros? —preguntó Sebastian, con el corazón en un puño.

Con las manos cruzadas tranquilamente sobre el regazo, su madre le contestó:

—Todavía no hemos decidido nada.

—Pero entonces, ¿por qué papá no puede dormir en el salón? De todos modos, se queda dormido allí la mayor parte de las noches...

—Porque, a veces, los adultos necesitamos darnos tiempo y espacio para aclarar las cosas. —Se inclinó hacia delante, cogió entre sus manos heladas las de su hijo y las presionó, y Sebastian se estremeció—. Quiero que sepas que absolutamente nada de esto es por culpa tuya. E independientemente de lo que suceda, Jen y tú vais a estar bien. Tu padre y yo siempre os querremos. Eso no va a cambiar nunca.

Sebastian se echó hacia atrás en la silla. Deseaba desesperadamente creer lo que su madre le estaba diciendo, que nada de aquello era culpa suya, que todo iba a salir bien, pero no podía olvidar la pelea que había oído entre ellos la noche anterior. Y la tristeza en los ojos de su madre en aquel momento confirmó lo que él más temía: que el problema entre sus padres y en su familia no tenía arreglo. Le hubiera hecho un millón de preguntas sobre dónde se iba a quedar su padre y exactamente cuánto tiempo y espacio necesitaban los adultos para aclarar las cosas. Sin embargo, de repente se sintió muy cansado y sin aliento, y lo único que deseó fue irse arriba y meterse en la cama.

—Ya sé que esto tiene que resultar muy desazonador para ti, Sebastian, pero todavía tenemos que hablar sobre lo que ha pasado hoy —le dijo Gloria, irguiéndose y adoptando su habitual confianza materna—. Esta mañana me prometiste que ibas a quedarte a las actividades extraescolares y no has ido.

—¡También he ido! —le respondió Sebastian, alterando su tono de voz para igualarlo al de ella—. Pero después me he marchado a casa de la abuela Lola. No me dijiste que no pudiera ir a verla.

—Quería que te quedaras en el colegio hasta que yo hubiera terminado de trabajar y pretendía recogerte allí y no en casa de tu abuela. Tú sabías que era eso lo que yo quería decir, ¿verdad?

Sebastian asintió abatido.

—¿Y entonces, por qué me volviste a desobedecer? —le preguntó.

—Traté de obedecerte, mamá. De verdad que lo intenté, pero quería ver a la abuela y... —Miró a su madre a los ojos y comprendió que deseaba escuchar algo que le permitiera perdonarle y dejar el asunto en paz. Igual que él, ella no deseaba nada más que subir las escaleras, meterse en su habitación e irse a dormir para que aquel difícil día por fin se terminara. Y de repente, se le ocurrió qué decir—. Y... y está ese chico que va a las actividades extraescolares que se porta mal conmigo.

Gloria aguzó los oídos.

—¿Quién es ese niño? ¿Te está haciendo daño?

Sebastian negó con la cabeza. La verdad era que Keith jamás le había pegado, ni siquiera había intentado ponerle la mano encima. Pero casi lo habría preferido.

—¿Y entonces por qué se porta mal contigo? —le preguntó Gloria.

—Me obliga a hacer ruidos de animales y me llama niño mono.

Gloria hizo una mueca, sin entender exactamente lo que su hijo le estaba contando.

—No lo entiendo. ¿Cómo te obliga a hacer ruidos de animales?

—No lo sé —respondió Sebastian, retorciéndose las manos—. Pues él me dice que los haga, y yo los hago.

—¿Y haces algo más?

Sebastian asintió avergonzado.

—A veces tengo que bailar —murmuró rápidamente—. Me hace sentir el niño más tonto del mundo, mamá, y no quiero ir a las actividades extraescolares con él nunca más.

—Entonces, tú y yo tenemos que hablar con tu profesora sobre este asunto.

A Sebastian se le cayó el alma a los pies. Lo último que deseaba en el mundo era que la señorita Ashworth se enterara de lo estúpido que era. Eso haría que su humillación fuera aún más insoportable.

—¡No, por favor, no le cuentes esto a la señorita Ashworth, mamá! ¡Por favor, no se lo cuentes!

—¿Por qué no, Sebastian? Tu profesora debería estar al corriente de lo que pasa entre sus alumnos.

—Porque no arreglará nada, lo único que hará será empeorar las cosas. Por favor, mamá, yo puedo arreglármelas.

—¿Y cómo pretendes arreglártelas exactamente? —le preguntó su madre.

Sebastian apartó la mirada de ella sintiéndose repentinamente indignado. ¿Qué es lo que diría ella si él le preguntara algo similar? «¿Qué vas a hacer con papá? ¿Cómo pretendes arreglártelas con esta situación?»

Sin embargo, el niño permaneció en silencio.

—Estoy esperando —le instó Gloria—. Si no quieres que hable con la señorita Ashworth, vas a tener que convencerme de que eres capaz de arreglártelas.

—Voy a ignorarle —le respondió Sebastian, recordando que ese era el típico consejo que solía darse para tratar con matones—. Y voy a mantenerme lo más lejos que pueda de él; por eso sería mejor si fuera a casa de la abuela Lola después de clase.

Tras discutirlo durante un rato más, Gloria aceptó que el mejor plan de momento era permitir que Sebastian fuera a casa de su abuela hasta que encontraran otra solución. Por muy preocupada que estuviera por la situación con Lola, no podía soportar la idea de que su niñito experimentara estrés o incomodidad a manos de un abusón.

De momento, él dejaría de hacer aquellos ruidos de animales, y la avisaría si la situación persistía o empeoraba.

—Si te tumbas en el suelo, la gente te pisoteará —le advirtió Gloria a su hijo—. Tienes que levantarte y mantener la cabeza bien alta. ¿Entiendes lo que te digo, Sebastian? Nadie puede hacer eso por ti; es algo que tú tienes que aprender por ti mismo.

Una vez que su madre le dio permiso para marcharse a su habitación, Sebastian subió las escaleras arrastrando los pies y se fue directamente a la cama. Se sentía abrumado y exhausto, y solo pensar en que su padre no dormiría esa noche bajo el mismo techo que su familia disipaba totalmente la alegría que había sentido esa tarde en casa de su abuela. Su único consuelo era que su madre había decidido no castigarle por desobedecerla por segunda vez. Quizá comprendía que la situación en la que se encontraban ya era suficiente castigo. Sí, a juzgar por la desventurada expresión de sus fatigados ojos, sabía que eso era lo que su madre pensaba.

Sebastian se tumbó en la cama y escuchó el viento que soplaba entre las ramas de los árboles y que arañaba suavemente los vidrios de las ventanas. A veces, por la noche, oía a las ardillas correteando por las ramas y refugiándose entre las hojas. Aquella noche hacía mucho viento, por lo que no lograba oírlas, pero se imaginó una familia de ardillas acurrucada en algún lugar cálido y seco justo encima de su propia cabeza. Estaba casi dormido cuando su hermana entró en el cuarto sigilosamente.

—Sebastian, ¿estás despierto? —le preguntó Jennifer en un susurro irritantemente alto.

—Más o menos —contestó él, guiñando los ojos hacia la luz que entraba por la puerta abierta.

Jennifer se puso en cuclillas junto a su cama.

—¿Te ha contado mamá lo que ha pasado?

Él asintió con gesto hosco.

—No me lo puedo creer. Mamá y papá se han separado, así sin más, de un día para otro.

Sebastian levantó la cabeza de la almohada, totalmente despierto ya.

—Mamá dice que todavía no han decidido nada.

Jennifer puso los ojos en blanco.

—Sí, claro, eso mismo me ha dicho a mí, pero así es como empieza la cosa. Créeme, lo sé. Prácticamente todos los padres de mis amigos están divorciados y ahora nosotros vamos a ser exactamente igual que ellos. Detesto ser como todo el mundo.

Sebastian trató de encontrar algo positivo que decir, pero el agotamiento pudo con él y dejó caer la cabeza sobre la almohada.

—¿Es verdad? —preguntó Jennifer—. ¿Es cierto que la abuela Lola se ha teñido el pelo de color rojo chillón?

Sebastian asintió. Le resultaba curioso que entonces ya no le pareciera tan extraño. Quizá en un par de días ni siquiera le llamaría a atención.

—Creen que se está volviendo loca, igual que cuando murió el abuelo Ramiro. Temen que vaya a provocar otro incendio.

Sebastian miró fijamente a su hermana con enormes ojos redondos como platos.

—Aquel incendio fue un accidente. La abuela Lola estaba cocinando frijoles, se quedó dormida y se olvidó de apagar el fuego.

—Eso es lo que le cuenta a todo el mundo, pero, en realidad, nadie la cree. Ella quería morirse en aquel incendio, Sebastian. Deseaba morirse para poder estar con el abuelo Ramiro.

En el momento en que aquellas palabras salieron por su boca, Jennifer recordó que sus padres siempre procuraban no compartir aquella sospecha con Sebastian, pero ahora que todo estaba desmoronándose, parecía importar más bien poco.

Sebastian no podía creerse una cosa así de su abuela. Sin previo aviso, se sintió totalmente desprotegido hasta los huesos y comenzó a tiritar aunque le cubrían dos mantas bien gruesas.

—La van a mandar a una residencia de ancianos, ¿no te lo ha dicho mamá? —le dijo Jennifer.

Sebastian lo había supuesto a partir de las conversaciones telefónicas que su madre había mantenido antes y tenía toda la intención de advertir de ello a su abuela en la primera oportunidad que tuviera.

—Pues no irá —masculló.

Ahora que habían intercambiado toda la información básica, Sebastian esperaba que su hermana se marchara a su habitación y le dejara descansar. Ya había escuchado suficientes cosas por un día, puede que por una vida entera. Se sorprendió al enterarse de lo que había pasado con la abuela Lola, pero, tras unos minutos, decidió que Jennifer debía de estar equivocada. Sebastian conocía a su abuela mejor que nadie y estaba bastante seguro de que jamás habría iniciado un incendio a propósito. Cuando llegó a esa conclusión, dejó de temblar.

Por mucho que deseara que su hermana se marchara, Jennifer se quedó donde estaba, balanceándose adelante y atrás sobre sus talones, perdida en sus pensamientos. Era obvio que no tenía ni la menor intención de marcharse.

—Eh, hombrecito, ¿quieres que te lea un cuento esta noche? —le preguntó.

Sebastian no deseaba otra cosa que irse a dormir, pero comprendió que, en aquella ocasión, era Jennifer la que no quería quedarse sola.

—Claro, por supuesto —le dijo, alargando la mano para encender la luz.

Jennifer encontró un libro sobre el sistema solar en la estantería de Sebastian y le alborotó el pelo cariñosamente, cosa que no había hecho en años.

—Pase lo que pase, tú y yo estamos juntos, ¿de acuerdo, hombrecito?

—Vale —le respondió él frotándose los ojos.

Aquellas atenciones por parte de su hermana eran algo extraño y poco habitual, e independientemente de lo que las hubiera provocado, estaba dispuesto a disfrutarlas.

—Y no tienes que preocuparte por que yo vaya a casarme, porque nunca haré una cosa tan estúpida como esa. Probablemente me iré al Tíbet y me haré monja budista o algo así, y tú puedes hacerte monje. De hecho —añadió Jennifer, tomándose un instante para contemplar la dulce carita y los ojos enternecedores de su hermano—, seguramente serías un monje excelente.

—¿Y si, en lugar de eso, nos fuéramos a Puerto Rico? La abuela Lola dice que es un lugar muy bonito, donde los niños pueden jugar en la selva durante todo el día y subirse a los árboles y cosas así. Y hay un lugar especial arriba, en la cima de la montaña, en el que parece que estés en el borde del cielo, y en las ocasiones especiales comen cabras.

—Eso suena un poco asqueroso —comentó ella haciendo una mueca.

—Eso mismo pensé yo, pero la abuela dice que es delicioso y que nosotros provenimos de una larga estirpe de comedores de cabras.

Resultaba extraordinariamente consolador hablar sobre algo que no tuviera que ver con sus problemas familiares, y Sebastian se sintió bastante contento de haber dejado que Jennifer se quedara.

Le hizo hueco en la cama junto a él y, aunque estaba demasiado cansado como para prestar mucha atención a lo que su hermana le leía sobre que los planetas orbitaban alrededor del Sol a diferentes velocidades y en distintos ángulos, le gustó el tono monótono y relajante de su voz. El olor del papel y la tinta que le daba en la cara cuando Jennifer pasaba las páginas resultaba aún más tranquilizador que el sonido de las ardillas correteando afuera. Se sintió seguro y satisfecho de momento, así que cerró los ojos y se quedó profundamente dormido apoyándose en el hombro de su hermana.

CAPÍTULO TRECE

Cuando Sebastian llegó al *bungalow* de su abuela la tarde siguiente, se encontró con que la situación era más o menos la misma que el día anterior, excepto porque todo estaba aún más desordenado. Claramente, Lola había vuelto a salir de compras, pero no se había molestado en colocar lo que había comprado en su excursión del día anterior. El sofá y todas las superficies de las sillas y la mesa se hallaban cubiertas de más cajas, bolsas y papel de embalar. A Sebastian le recordó las fotografías que había visto tras un terremoto, cuando todo se derrumbaba sobre el suelo en desordenados montones de desechos.

Lola se encontraba en la cocina, concentrada en preparar algo en la encimera. Su cabello rojizo le cubría parcialmente los ojos, pero cuando levantó la mirada y vio a su nieto de pie en mitad de la habitación, le dedicó una sonrisa cálida y cordial.

—¿Qué estás preparando hoy, abuela? —le preguntó olfateando el aire, aunque aquella vez no olía a nada.

—Me alegra informarte de que tú y yo, los dos, vamos a elaborar algo tan básico como el aire y el agua, e igual de esencial para la vida —le contestó ella.

El niño frunció el entrecejo. Aire y agua no eran cosas que sonaran precisamente apetecibles.

—Pero antes de que empecemos —le dijo su abuela—, tengo que contarte la historia que se esconde detrás de este plato y, cuando la conozcas, te proporcionará un extra que no puede describirse, solo degustarse.

Intrigado, Sebastian dejó caer su cartera junto a la puerta y se abrió paso hasta la cocina, despejando el caminillo por donde pasaba. Se subió al taburete con escalerilla, que se encontraba exactamente donde él lo había dejado el día anterior, y apoyó los codos sobre la encimera. Tras secarse las manos en el delantal, Lola contempló a su nieto con curiosidad, como si estuviera evaluando si estaba o no preparado para lo que le iba a relatar.

—Me he dado cuenta de que te he contado muchas cosas sobre Puerto Rico —comenzó—, pero ¿alguna vez te había dicho que hay más mujeres hermosas en la isla que en ningún otro lugar del mundo?

—No, abuela, nunca me lo habías dicho —le respondió Sebastian.

Lola asintió con la cabeza moviendo su colorada melena.

—Es como si Dios hubiera decidido guardar sus joyas más preciosas en un hermoso cajetín, pero para aquellas de nosotras que no éramos tan afortunadas eso representaba un desafío bastante grande. Verás, yo comprendí muy pronto en la vida que si quería encontrar un marido decente tendría que depender de otra cosa más allá de la belleza. Puede que Dios no me hubiera concedido una voluptuosa figura, pero me había dado otra cualidad —aclaró, señalándose la cabeza y sonriendo—. Me había concedido una mente incansable. Y eso es algo aún más poderoso que la belleza, porque no solo permite que la mujer encuentre el amor, sino que consiga conservarlo.

Sebastian observó a su abuela con una expresión ligeramente desconcertada. No estaba muy seguro de a qué se estaba refiriendo, pero lo que tenía claro era que quería escuchar el resto de su historia.

—Es igual —dijo Lola, comprendiendo que debía continuar—. Nunca había esperado que me estrechara entre sus brazos un guapo príncipe azul y me llevara a su castillo en el aire. Era demasiado práctica como para creer en ese tipo de disparates de cuento de hadas. Lo único que deseaba era un hombre honrado y trabajador que me tratara bien y cuidara de mis hijos. Pero la primera vez que puse los ojos sobre tu abuelo en la plaza del pueblo y vi su hermoso rostro moreno y su cuerpo fornido, no pude evitarlo: por primera vez en mi vida comencé a creer en los cuentos de hadas. —Lola profirió una risita—. Eso también será lo que el amor haga contigo, Sebastian. Te hará creer que puedes volar si agitas los brazos o que eres capaz de respirar bajo el agua si te concentras lo suficiente. Es un sentimiento extraordinario, pero, en mi caso, también suponía un problema, porque muchas jóvenes muy hermosas también se habían fijado en tu abuelo. En todas las reuniones del pueblo flirteaban con él, exhibiéndose desvergonzadamente ante él y compitiendo por su atención siempre que se les presentaba la oportunidad.

»Pero yo no me desanimé. Mientras ellas flirteaban, yo me apartaba, contemplando y esperando. Estudié su comportamiento, lo que le hacía sonreír o enfadarse, quiénes eran sus amigos y con quién evitaba relacionarse. En muy poco tiempo, me sabía de memoria la mayoría de las cosas que le gustaban y le disgustaban, y pronto me enteré de que su plato favorito desde que era niño era el arroz sazonado y de que estaba totalmente convencido de que nadie podía prepararlo mejor que su propia madre.

»No perdí ni un minuto e inmediatamente me puse manos a la obra para perfeccionar mi receta. Durante semanas, experimenté con una gama de distintas verduras y carnes, e innumerables condimentos para darle al plato el sabor perfecto. Cuando terminé, no hubo ni una sola persona que no dijera que aquel era el mejor arroz sazonado que habían probado en su vida y, en el fondo de mi corazón, supe que si Ramiro lo probaba, tal vez tendría alguna oportunidad con él. Aun así, no podía ponerme delante de él con un plato de arroz sin más y obligarle a comérselo. Tendría que esperar la ocasión adecuada y, si estábamos hechos el uno para el otro, yo sabía que acabaría por presentarse. Esperé durante más de un año y, cuando ya estaba empezando a pensar que quizá no sucedería, un día se presentó la oportunidad perfecta.

»La madre de Ramiro se puso enferma, y en nuestro vecindario era costumbre llevarles comida a los vecinos hasta que la señora de la casa se hubiera recuperado. Como puedes imaginarte, muchas jóvenes estaban deseosas de impresionar al hijo con sus platos caseros. Llegaban a la casa y le dejaban sus creaciones a quien abriera la puerta. Si era Ramiro el que contestaba, intercambiaban con él unas cuantas bromas durante varios minutos, seduciéndolo con su belleza antes de entregarle la comida.

»Pero unos cuantos minutos no serían suficientes ni de lejos para que tu abuelo comprendiera que él y yo estábamos hechos el uno para el otro, así que pensé largo y tendido qué hacer. Me costó muchísimo decidir qué ponerme y cómo peinarme. Finalmente, me decanté por un vestido rojo de mi hermana, con el que daba la sensación de que, al menos, tenía un poco de carne en los huesos, y me peiné el cabello en un moño alto. Me sentaba bien a la cara, pero, sobre todo, quería evitar el riesgo de que se me cayera algún pelo en la comida. Cuando por fin llegó mi turno, me presenté ante la puerta de casa de tu abuelo con una bolsa de ingredientes crudos y le expliqué que le llevaba arroz sazonado, pero que como más delicioso estaba, era cuando se comía inmediatamente, así que tendría que preparárselo allí y en aquel momento. Ansioso por disfrutar de su plato favorito, me invitó a pasar a la cocina de su madre sin necesidad de más explicaciones.

»—Te conozco de vista —comentó Ramiro—, pero se me ha olvidado tu nombre.

»—¡Oh! ¿En serio? ¡Qué desastre! —respondí yo frunciendo el ceño, pero sin decirle cómo me llamaba.

»—¿No me lo vas a decir? —me preguntó, y me sonrió de tal manera que me temblaron las rodillas, aunque conseguí mantener la compostura.

»—Te lo diré una vez que hayas comido y ni un minuto antes.

»—¿Y eso por qué?

»—Porque una vez que pruebes el mejor arroz sazonado de toda tu vida, nunca olvidarás el nombre de la mujer que te lo preparó.

»—¡Vaya! —me respondió él—, ahora ya no solo tengo hambre, sino también curiosidad.

»Me puse manos a la obra y, mientras tanto, Ramiro me contemplaba y me preguntaba muchas cosas sobre mi familia y mi vida, tratando de tenderme trampas para que le dijera mi nombre, pero yo era demasiado lista, cosa que le hizo sonreír todo el tiempo. Si sentía curiosidad cuando empecé a cocinar, ahora estaba totalmente fascinado. Cuando terminé con los preparativos principales, bajé el fuego al mínimo para que la media hora que le hacía falta al arroz se prolongara a más del doble.

»Finalmente, cuando la comida estaba lista, le serví una generosa ración. El arroz tenía un aspecto hermosísimo, y Ramiro sonrió de oreja a oreja mientras lo admiraba, pero, cuando lo probó, la sonrisa desapareció de sus labios.

»—No has exagerado ni lo más mínimo —me aseguró—. Sin duda, este es el arroz sazonado más delicioso que he probado en toda mi vida. —Adoptó un aspecto algo avergonzado cuando añadió—: Es incluso mejor que el de mi madre.

»—Sabía que te gustaría —le dije mientras él estaba tan absorto en la comida que, después de servirle una segunda ración, conseguí escabullirme sin decirle mi nombre.

»Aquella misma noche, llamaron a la puerta de mi casa. Mi madre me vino a buscar a la parte trasera y me dijo que había un atractivo joven preguntando por mí. Me dio un salto el corazón, pero fui tranquilamente hasta la puerta para recibirlo.

»—¿Acaso me he dejado algo en tu casa? —le pregunté, tratando de adoptar un aire confundido.

»—Sí, una promesa rota —me respondió él—. Y además, gracias a cierta muchacha sin nombre, hoy he comido bastante como para alimentar a tres personas en todo un día. Lo menos que puede hacer esa muchacha es acompañarme hasta la plaza para ayudarme a bajar un poco la comida.

»Admití que se lo debía, y caminamos juntos a primera hora de la noche por el sendero que conducía al pueblo, justo cuando las estrellas comenzaban a despuntar en el cielo. La selva se cernía en torno a nosotros, obligándonos a acercarnos más y más, e inhalábamos el perfume de las flores silvestres mientras escuchábamos el hipido de los coquíes, que para mí sonaban más alegres que nunca. Casi podía ver sus brillantes ojillos escudriñándonos desde debajo de las piedras y las hojas, y no me cabía la menor duda de que nos estaban sonriendo.

»—¿Es cierto que el mío ha sido el mejor arroz sazonado que has comido en tu vida? —le pregunté.

»—Sin duda alguna, lo ha sido.

»—Pues si te ha gustado mi arroz sazonado —le dije—, pensarás que has muerto e ido al cielo cuando pruebes mi guiso de carne.

»—Ya me siento como si estuviera en el cielo —respondió él cogiéndome de la mano, y a partir de aquel día, fue mío para siempre.

Mientras Lola contaba su historia, Sebastian intentaba imaginársela de jovencita, y se parecía un poquito a Kelly Taylor. También le echaba de vez en cuando alguna mirada al serio retrato de su abuelo colgado de la pared. Estaba claro que no parecía el tipo de hombre que se dejaría conquistar por un simple plato de comida.

—¿Y todo eso pasó por un poco de arroz? —le preguntó Sebastian.

—No era un arroz cualquiera —le respondió Lola—. Era el arroz más increíble de la isla, quizá incluso del mundo entero.

—¡Yo quiero probarlo! —afirmó el niño, repentinamente ansioso por experimentar lo que su abuelo había encontrado tan delicioso como para cambiarle la vida.

—Muy bien —asintió Lola—. Pero entonces tienes que hacer exactamente lo que yo te diga.

Lola echó una buena cantidad de tocino cortado en trozos gruesos en la olla y le indicó a Sebastian que removiera constantemente mientras se cocía. A medida que hacía lo que su abuela le había pedido, ella añadió cebollas, pimientos y ajo, todo ello picado muy fino, a la grasa que soltaba el tocino, además de una pizca de especias. A medida que los trocitos multicolores de verduras y carne comenzaron a calentarse y a chisporrotear, Sebastian inhaló el penetrante aroma y notó la embriagadora magia en el aire. Se imaginó a su abuelo cuando era un atractivo joven, inclinado sobre la encimera e inhalando aquel mismo aroma, mientras contemplaba a su novia combinando hábilmente los ingredientes como si estuviera organizando su futuro en común.

Una vez que esos ingredientes iniciales se cocieron correctamente y empezaron a dorarse, Lola añadió tomates frescos, alcaparras, pollo cortado en trocitos, una buena cantidad de caldo de carne y tres tazas llenas hasta arriba de arroz blanco. Inmediatamente, el chisporroteo se detuvo y la densa y turbia mezcla adquirió una hermosa tonalidad dorada. Cuando empezó a hervir, Lola comenzó a removerla, a medida que un brillo divino se formaba en la parte superior. Sebastian estaba deseando meter la cuchara, moverlo y probarlo y repetir esa operación varias veces más.

—Ahora tenemos que dejar que se haga solo —anunció Lola—. No podemos tocarlo más de una vez o, de lo contrario, perturbaremos la naturaleza intrínseca del plato. Ya hemos añadido los ingredientes adecuados y hemos plantado el escenario. Ellos saben lo que tienen que hacer a partir de ahora.

Sebastian se bajó del taburete y, solo entonces, se acordó de lo que había estado preocupándole todo el día. La expresión de Lola seguía siendo plácida y, a mitad de la nerviosa descripción de su nieto de las conversaciones telefónicas que había escuchado la noche anterior en relación con los planes de trasladarla a una residencia de ancianos, su abuela levantó la tapa de la olla para echarle un vistazo al arroz.

—No estoy segura, pero creo que va a salir un buen montón de *pegao*.

—¿Qué quieres decir, abuela?

—*Pegao*, *pegao* —repitió ella emocionada—. Es la mejor parte de cualquier plato de arroz que se precie; se trata de la deliciosa costra que se queda pegada a la parte inferior de la olla. Ahí es donde se concentra todo lo bueno del plato para formar una combinación de sabores insuperables. Hay quien dice que es incluso mejor que el sexo.

—¡Abuela! —exclamó Sebastian, disgustado por que su abuela no estuviera prestándole la atención adecuada a lo que él le había contado—. Tienes que dejar de hablar sobre el arroz.

—Pero no estoy hablando del arroz. Se trata del *pegao* —aclaró ella, acompañando su afirmación con un gesto de asentimiento—, y te va a encantar.

Antes de que Sebastian pudiera responder, oyeron el repiqueteo familiar de un bastón y el crujido de la puerta de pantalla abriéndose. Se volvieron para ver a Charlie Jones de pie en el umbral, con un ramo de rosas amarillas entre las manos. Sin percatarse del caos que reinaba en la casa, dio unos cuantos pasos temblorosos hacia ellos y se quitó el sombrero.

—Siento llegar tarde, pero se me había perdido esto —comentó levantando el bastón en el aire—. Y he tardado casi una hora en encontrarlo.

—¡Madre mía! ¡No me digas que lo has encontrado metido en la nevera! —exclamó Lola, contemplando el ramo de flores con curiosidad—. Parece que siempre que la gente pierde algo, ¡aparece dentro de la nevera!

—No, esta vez no —respondió el anciano con una sonrisa de orgullo—. Esta vez lo he encontrado en la ducha.

Realmente, daba gusto verle. Charlie Jones no solo se había puesto ropa nueva e iba recién afeitado con su cabello gris cuidadosamente engominado hacia atrás, sino que llevaba una reluciente dentadura nueva.

—¡Bueno, pero mírate! —exclamó Lola—. ¡Tienes un aspecto tan flamante como un penique recién hecho!

Al escuchar aquello, Charlie se irguió.

—¿Notas algo... en particular? —preguntó, ensanchando su sonrisa.

Lola se le acercó un paso y olfateó el aire.

—Pues sí, de hecho, sí. La fragancia a limón de tu colonia es absolutamente encantadora. ¿No estás de acuerdo, Sebastian?

Charlie Jones se volvió para ponerse frente a Sebastian, que no perdió ni un instante en afirmar:

—Además, llevas dientes nuevos.

—¡Es cierto! —le respondió Charlie, palmeándose la rodilla—. ¡Me he hecho con unos piños nuevos!

—En realidad —comentó Lola, haciendo un gesto de desdén con

la mano—, no me había dado cuenta, pero claro, tampoco es que antes sonrieras demasiado. ¿Esto significa que vas a reírte más a partir de ahora, Charlie?

—Pues sí, creo que sí —le respondió el anciano, y entonces, para sellar aquella promesa, le entregó a Lola las rosas, que ella aceptó con un gesto elegante y devolviéndole la sonrisa.

—Son preciosas, muchas gracias —ronroneó Lola mientras las metía en el jarrón en el que anteriormente se encontraban los tulipanes de plástico que ella misma había tirado junto con las velas artificiales—. La cena todavía no está lista. ¿Te apetece charlar un rato? —le propuso a Charlie, dirigiéndose a la sala de estar.

Sin embargo, no había espacio para sentarse, así que Lola tiró unas cuantas cajas de los sofás y las sillas mientras Charlie despejaba un caminillo por el suelo, atizando golpes con el bastón a lo que se interponía en su camino. Sebastian los contemplaba desde la encimera, fascinado y preocupado a partes iguales. Además, no podía evitar preguntarse si el señor Jones habría estado dejándole notitas románticas a su abuela dentro de las bolsas de fruta que le había estado llevando hasta ahora.

—Ven a sentarte con nosotros —le dijo Lola a su nieto, haciéndole un gesto con la mano.

Sebastian tomó asiento en la mecedora, mientras Lola y Charlie Jones se sentaron juntos en el sofá. Ella fue la que inició la conversación.

—Sebastian me estaba contando que mis hijos van a intentar llevarme a una residencia.

Charlie puso los ojos como platos sorprendido y dejó de sonreír, aunque le resultó difícil volver a cerrar la boca.

—¿Y por qué iban a hacer una cosa semejante? —preguntó, mirando alternativamente a Sebastian y a Lola—. No te has vuelto loca ni nada por el estilo. —Charlie se rascó la barbilla—. Y tampoco necesitas equipo médico especializado ni nadie que te ayude en el baño.

—Solamente tengo que tomarme tres pastillas al día —explicó Lola levantando tres dedos en el aire—. Una es para el colesterol, la otra es para la tensión arterial y una nueva que es un anticoagulante que me dieron en el hospital, pero puede que deje de tomar esa última. —Se arremangó para mostrar una multitud de pequeños moratones que le habían salido en los antebrazos—. Mirad lo que me está haciendo.

—Tienes que seguir tomándotela, Lola —le dijo Charlie con seriedad—. Si la dejas, les darás una buena razón para llevarte a una residencia.

—Quizá tengas razón —le respondió ella, recolocándose las mangas—. Entonces, ¿cuál crees que es el problema, Charlie?

El anciano intentó elaborar una respuesta a esa pregunta mientras recolocaba los labios sobre su nueva dentadura, pero no logró hacer ninguna de las dos cosas.

—¿Y tú qué crees? —preguntó Lola, volviéndose hacia Sebastian.

El niño se inclinó hacia delante en la mecedora para apoyar firmemente los pies en el suelo. Contempló la mata de pelo colorado de su abuela y después paseó la mirada por la habitación patas arriba que anteriormente había estado tan ordenada y limpia. La razón era tan obvia que no sabía cómo planteárselo a su abuela de forma delicada, pero algo tenía que decirle.

—Ellos creen... que has cambiado.

Lola se sintió muy inquieta por la afirmación de su nieto.

—Pero el cambio es parte de la vida. ¿No es cierto eso, Charlie?

El anciano sonrió, feliz por tener otra oportunidad de hacerlo, y sus dientes centellearon con el rayo de luz del sol que entraba por la ventana.

—A lo mejor es que has cambiado demasiado —aventuró Sebastian—. Lo mismo piensan que es un poquito... raro.

—Bueno, ¿y qué podemos hacer? —le preguntó su abuela.

El niño tenía preparada una rápida respuesta para aquella pregunta.

—Volver a ser como antes.

—¿Volver a ser como antes? —repitió ella con ojos horrorizados.

—Bueno, pues, por lo menos, podrías volver a cambiarte el color de pelo y ponértelo como antes.

—¿El pelo? —preguntó Lola, apartándose un mechón color frambuesa de la frente—. ¿Quieres que me cambie el color? ¿Acaso no te gusta?

—Yo lo único que digo es que si te lo vuelves a cambiar, a lo mejor no se preocupan tanto, y si dejas de cocinar...

—¿Dejar de cocinar? —repitió Lola, echándose hacia atrás y colocándose una mano sobre el pecho—. ¿También quieres que deje de cocinar?

—No, yo no quiero que lo dejes, pero se lo prometiste, abuela. ¿No te acuerdas? Después de que la casa casi se quemara les prometiste que no volverías a cocinar nunca.

Lola lo pensó durante unos instantes, sin que se notara ninguna emoción en la sombría expresión de su semblante. Entonces, de repente, se le iluminaron los ojos con una nueva idea.

—Ya sé lo que voy a hacer —anunció—. Voy a preparar una comida absolutamente fabulosa, algo que les hará olvidarse de todas esas estupideces de querer llevarme a una residencia.

—¡No, abuela! —exclamó Sebastian, poniéndose en pie con tanta brusquedad que la mecedora casi se cayó al suelo—. Tienes que cocinar menos, no más. Cuando el médico me dice que tengo que ir despacio, no corro. No debes hacer más de lo que te han prohibido.

—¿No debo hacer más de lo que me han prohibido?

—No, no debes.

Lola inclinó la cabeza hacia un lado.

—Me parece a mí que eso son demasiadas imposiciones y demasiadas prohibiciones. ¿Tú qué crees, Charlie?

El anciano asintió, y una sonrisa volvió a aparecer en su rostro.

—No debes vivir con tantas imposiciones ni prohibiciones.

—¡Oh! —exclamó ella, golpeándole juguetona con los nudillos en el hombro—. Eso ha sido muy inteligente, Charlie Jones. Eres un hombre muy ingenioso.

En el rostro de Charlie surgió otra enorme sonrisa, y Sebastian se volvió a dejar caer sobre la mecedora. Hacer frente a la separación de sus padres y las estrafalarias maneras de la abuela Lola era demasiado para él y, de repente, se sintió harto y agotado. Ahora comprendía por qué su abuela solía sentarse en la mecedora contemplando las fotografías de la pared durante horas interminables.

Lola se disculpó y fue a vigilar el arroz, pero primero le pidió a Charlie que encendiera las velas que ella había colocado previamente por toda la sala de estar. El sol se estaba escondiendo rápidamente, y el anciano se puso manos a la obra con entusiasmo, como si algo horrible fuera a suceder si caía la noche antes de que hubiera logrado encender todas y cada una de las velas.

Momentos después, Lola sirvió la comida e invitó a Sebastian y a Charlie a que se unieran a ella en la mesa. Vertió además vino tinto en copas de cristal que había sacado para ella y Charlie, y llenó de leche la copa de Sebastian.

—En Puerto Rico no bebíamos vino, sino más bien cerveza y ron, pero le cogí el gusto en Nueva York —explicó recatadamente—. Un poquito no nos hará ningún daño.

—¡En absoluto! —afirmó Charlie con ojos brillantes.

Lola pronunció una breve plegaria en español antes de la comida, algo que Sebastian nunca antes la había visto hacer. «Señor, te damos gracias y te rogamos que bendigas estos alimentos.» A continuación, cogió el tenedor, invitando a los demás a hacer lo propio. Sebastian admiró el plato antes de probarlo. Entremezclada con el esponjoso arroz, había una deliciosa variedad de verduras y riquísima carne, y trocitos que parecían minúsculos pastelillos de arroz ligeramente tostados de color marrón dorado. Comprendió que aquel era el *pegao* del que Lola le había hablado con tanto entusiasmo y se dispuso a probarlo primero. Inhaló los sabrosos aromas que se combinaban entre sí para crear algo que le parecía que tenía que estar delicioso. Apenas había ingerido el primer bocado, Sebastian ya estaba pensando en el siguiente plato que se iba a comer.

Charlie llenó con avidez el tenedor y probó el primer bocado. Batió las pestañas en pleno éxtasis mientras masticaba y tragaba. Sacudió maravillado la cabeza y levantó la copa. Profirió un elocuente discurso sobre lo deliciosa que era la comida y lo encantadora que resultaba la compañía, pero Sebastian no le estaba escuchando realmente. El niño se quedó petrificado por la expresión de los ojos de Charlie. Era como si el anciano acabara de presenciar un milagro y, de repente, hubiera comprendido cuál era el instante más importante de su vida y, por lo que le dio la sensación a Sebastian, parecía que se tratara de aquel preciso momento, ese en el que tenía la oportunidad de mirar a su abuela a los ojos y decirle: «Lola, eres una mujer extraordinaria».

CAPÍTULO CATORCE

Hacía casi una semana desde que Sebastian había visto por última vez a su padre. Sentado al otro lado de la mesa con él en una hamburguesería, el niño trató por todos los medios de hallar aquella sensación de paz que residía en la serenidad de los ojos azules de Dean, pero esta vez no lo logró. Aun así, pasar aquel tiempo con él hizo que Sebastian comprendiera lo mucho que le echaba de menos y que sería capaz de perdonarle cualquier cosa. Quería preguntarle cuándo iba a volver a casa, pero tomó la decisión de no hacerlo. Era mejor no preguntar cosas que pudieran provocar respuestas dolorosas, y se dio cuenta de que su padre también se sentía desconcertado por el modo en el que trataba de no mirarle a los ojos y por el repiqueteo nervioso de su cucharilla contra la taza de café que había pedido. Incluso los desganados intentos de Sebastian de contarle algún chiste no obtenían como respuesta más que una mueca por sonrisa.

Tal vez si Jennifer hubiera estado allí también habría sido diferente, pero diez minutos antes de que su padre fuera a recogerlos, su hermana anunció que finalmente no se les uniría para cenar, y Gloria no trató de convencer a su hija para que cambiara de opinión.

Sebastian se hallaba esperando junto a la puerta de entrada cuando Jennifer salió de camino a casa de una amiga.

—Creía que me habías dicho que tú y yo estamos juntos pase lo que pase —le espetó a su hermana.

Los ojos de Jennifer centellearon, sorprendida y enfadada porque Sebastian le plantara cara empleando sus propias palabras. Inspiró profundamente antes de responderle.

—Mira, hombrecito, estamos juntos, pero eso no significa que tengamos que andar todo el día pegados con pegamento. A veces estar juntos simplemente significa tratar de comprenderse.

—¿Por qué no quieres ver a papá? —le preguntó Sebastian.

Mientras le contestaba, Jennifer se metió la sudadera por la cabeza, cosa que amortiguó su voz.

—Porque aún estoy furiosa con él y no quiero decirle nada de lo que más tarde pueda arrepentirme.

—¿Y qué le digo yo? Papá supone que tú también vas a venir.

—Dile la verdad. No me importa —le respondió Jennifer bruscamente mientras se sacaba el pelo por el cuello de la sudadera.

Sin embargo, más tarde, cuando Sebastian se subió solo al todoterreno de su padre, no dijo ni una palabra sobre el enfado de Jennifer. En su lugar, le contó que una de sus amigas tenía una emergencia. Pensó que aquella historia era bastante buena, pues incluía montones de detalles sobre lo disgustada que estaba la amiga de Jennifer, lo amable que había sido su hermana por ayudarla y lo mucho que quería a esa chica que tenía problemas. El niño se sorprendió de que su padre no le preguntara qué tipo de emergencia era esa, porque, si lo hubiera hecho, estaba preparado para contarle que al perro de la amiga lo había pillado un coche. Sin embargo, su padre se quedó pensativo y en silencio durante todo el camino hacia la hamburguesería. Incluso mientras pedían y se sentaban a la mesa a comer, Dean apenas pronunció palabra.

Llevaban sentados varios minutos, cuando dijo:

—No estás comiendo nada, hombrecito. ¿No te gusta la hamburguesa?

Sebastian asintió, cogió la voluminosa hamburguesa con ambas manos y le dio un buen bocado. Sabía en su mayor parte a grasa y a sal, y el niño tuvo que masticar durante mucho rato antes de tragar. No le gustaba demasiado, pero por alguna razón le pareció que era muy importante que comiera todo lo posible.

Mientras comían, Sebastian contempló a la gente que esperaba en fila para hacer su pedido, cómo estudiaban el panel iluminado que mostraba los menús justo por encima de sus cabezas, como si aquella fuera la decisión más importante de sus vidas. ¿Pedirían tiras de pollo rebozado? ¿Fajitas o una hamburguesa de queso? ¿Comerían patatas fritas o aros de cebolla? ¿Se lo tomarían allí o lo pedirían para llevar? Casi todo el mundo optaba por esto último. Todos, excepto un hombre mayor con aspecto desaliñado y pantalones sucios, y una pareja de adolescentes que estaban juntos de pie con los brazos entrelazados. Únicamente los que no tenían un lugar mejor al que ir querrían quedarse a comer en un establecimiento con las mesas pegajosas y moscas muertas desperdigadas por los alféizares de las ventanas.

Dean se terminó su hamburguesa y se limpió la boca y las manos con una servilleta.

—He estado tratando de pensar en alguna manera de explicar lo que ha pasado, pero no sé qué decir —comentó—. Supongo que es porque ni yo mismo lo entiendo del todo.

Sebastian dejó su hamburguesa a medio comer sobre la mesa.

—¿Tú también necesitas tiempo y espacio para aclarar las cosas? —le preguntó.

Dean sonrió con tristeza.

—¿Eso es lo que tu madre te ha dicho que necesitaba?

Sebastian asintió.

—¿Y tu hermana también?

El niño miró a su padre a los ojos con tristeza. Tendría que haber sabido que no lograría engañarle.

—Bueno, no la culpo por estar enfadada y me alegro de que esté apoyando a tu madre en estos momentos. Creo que eso..., bueno, creo que es así como debe ser.

—Papá —le dijo Sebastian, agradecido por que su padre hubiera roto el hielo, pues necesitaba hacerle una pregunta que le había estado torturando desde que Dean se marchó de casa—, ¿te vas a divorciar de mamá y te vas a casar con la señorita Ashworth?

Dean abrió los ojos como platos y tardó un instante en contestar.

—¡Por supuesto que no! —le contestó—. Yo quiero a tu madre. No..., no..., no siento esas cosas por tu profesora.

—¿Y entonces, por qué no miras a mamá igual que a la señorita Ashworth?

—No... no estoy seguro de qué quieres decir —tartamudeó.

Sebastian se inclinó por encima de la mesa y bajó la voz.

—Cuando miras a la señorita Ashworth, como si se te estuvieran derritiendo las tripas, es igual que cuando mirabas a mamá en aquellas fotografías de la pared en casa de la abuela Lola.

—¿En serio? —le preguntó Dean poniéndose colorado.

—Sí, pero yo nunca te he visto mirar a mamá así en la vida real.

Su padre emitió una risita nerviosa.

—¡Vaya observador que estás hecho!

—¿Es porque mamá ya no es tan guapa?

—Bueno, yo no diría que...

—Porque hay que reconocer que la señorita Ashworth es muy guapa. Es tan guapa que yo, a veces, no puedo quitarle los ojos de encima. Y además, huele genial.

—El aspecto de una mujer no debería ser lo más importante del mundo, hijo. De todos modos, cuando yo conocí a tu madre, ella era..., bueno, lo creas o no, era más guapa incluso que la señorita Ashworth. De hecho, era extraordinariamente hermosa, pero esa no fue la razón por la que me enamoré de ella.

—¿Y entonces por qué te enamoraste?

El padre de Sebastian se echó hacia atrás en su asiento, y su mirada vagó más allá de la sucia ventana.

—Oh, ella era de aquella manera y tenía una sonrisa que hacía que se me volviera el mundo del revés. Me encantaba cómo se reía y, más que ninguna otra cosa, disfrutaba haciéndola reír. Pero la gente cambia, Sebastian, no hay remedio. La gente cambia.

Sebastian inmediatamente pensó en la reciente transformación de su abuela y no pudo estar más de acuerdo.

Padre e hijo salieron de la hamburguesería y se dirigieron a un parque que se encontraba al final de su calle. Se sentaron en los columpios mientras contemplaban a los niños de todas las edades jugando en el césped y en el resto del parque, saltando, rodando, retozando, empujándose y chocando unos con otros, corriendo despreocupados hasta que se caían de rodillas jadeando y riendo; quedándose sin resuello hasta alcanzar un alegre agotamiento.

—Un día llegaré a ser el niño más rápido de mi clase —le anunció Sebastian.

—¿En serio?

—Sí, después de que me operen.

Dean frunció el entrecejo.

—¿De qué estás hablando, Sebastian? ¿A qué operación te refieres?

—El doctor Lim dice que cuando esté lo bastante fuerte quiere operarme otra vez el corazón. Después, podré correr todo lo que quiera, y jugar al fútbol y marcar montones de goles.

Dean paró en seco de columpiarse.

—¿Y cuándo ha dicho eso el doctor Lim?

—La última vez que tuve revisión, aunque lo dice casi todas las veces que voy. Pero mamá no quiere ni oír hablar de eso. Siempre intenta cambiar de tema.

—Ya veo —dijo su padre—. ¿Y cuándo vas a volver a ver al doctor Lim?

—No lo sé —respondió Sebastian, fascinado con unos niños que hacían turnos para saltar sobre el tocón de un árbol. Algunos lograban hacerlo fácilmente, mientras que otros tenían que trepar hasta la parte superior como si fueran ardillas—. La anciana de pelo negro en el hospital que estaba en la cama de al lado de la de la abuela Lola me dijo que la gente que baila con la muerte puede ver cosas que otros no pueden y que eso les da valor.

—¿Qué anciana de pelo negro es esa?

—Nunca me dijo su nombre, pero era como si me conociera, papá, y después de eso, ya no me dio miedo.

Dean meneó perplejo la cabeza y le habría preguntado más cosas sobre aquella mujer, pero no podía dejar de pensar en lo que Sebastian le había contado sobre una nueva operación. Gloria solía informarle de las revisiones médicas de Sebastian, pero nunca había mencionado ni una palabra sobre aquello.

Después de pasar cerca de una hora en el parque, mientras su padre conducía de vuelta a casa, Sebastian le preguntó:

—¿Dónde estás viviendo ahora?

—Con un amigo que vive en el centro. Tiene una habitación extra y no está lejos de la oficina.

—¿Tienes suficientes sábanas y cosas para comer?

—Sí, gracias por preguntar, hijo mío.

Cuando aparcaron ante la puerta del garaje de casa, vieron que revoloteaba la cortina de la ventana de la entrada.

—¿Quieres entrar y hablar con mamá? —le preguntó Sebastian, preocupado por que su madre lo hubiera visto sentado en el asiento del copiloto.

Seguro que aquello no la haría muy feliz.

—Esta vez no, hombrecito. Quizá la próxima, pero te veré en un par de días, ¿vale?

—Vale —le respondió Sebastian, pero vaciló si salir del coche—. La abuela Lola ha roto su promesa y ha vuelto a cocinar. Mamá, el tío Mando y la tía Gabi quieren trasladarla a una residencia de ancianos, pero ella no quiere ir.

Dean suspiró con cansancio.

—Lo siento, hombrecito —le dijo—. Ya sé que debe de ser muy triste para ella, y también para ti.

Sebastian también suspiró.

—Sí, pero creo que a mí me pone más triste que a la propia abuela Lola.

Gloria estaba doblando la colada en la mesa de la cocina cuando Sebastian entró. Miró de arriba abajo a su hijo cuando le vio.

—Tienes ketchup en la barbilla —le dijo, señalándole dónde tenía la mancha.

Sebastian se limpió con la manga. Quería contarle todo lo que había hablado con su padre, pero no estaba seguro de si a ella le disgustaría escucharlo. En ese momento, su madre andaba buscando los calcetines sin pareja, cosa que la irritaba considerablemente.

—¡De verdad, no sé dónde se meten! —comentó, echando uno de los calcetines sin pareja dentro de la cesta—. Debe de haber un monstruo comecalcetines rondando por la casa. Tal vez sale por las noches y se los zampa todos mientras dormimos. Sinceramente, me daría igual si se los comiera por parejas, ¡y no así como lo hace, uno cada vez!

Puede que tampoco estuviera de tan mal humor después de todo. Sebastian se sentó a la mesa, estudiando a su madre por encima del creciente montón de ropa doblada. Esperó hasta que hubo encontrado uno de los calcetines perdidos.

—Papá está viviendo en casa de un amigo. Dice que está cerca de la oficina.

—Sí, ya lo sé —respondió ella sin molestarse en levantar la vista de su tarea, pero tampoco miró para otro lado, ni abandonó la habitación, ni cambió de tema radicalmente.

—Dice que no está enamorado de la señorita Ashworth.

La colada se le cayó de las manos a Gloria y se quedó muy quieta.

Sebastian prosiguió:

—Dice que tú eres más guapa que ella.

Gloria comenzó a mover a un lado y otro la cabeza, y la piel alrededor de los ojos y la boca se le tensó como si estuviera intentando no llorar.

—Sebastian, no quiero que te involucres en esta... esta historia entre tu padre y yo. No es tu responsabilidad.

—Solo te estoy contando lo que me ha dicho —le respondió el niño.

—¿Te ha pedido él que me digas esto? —le preguntó, mirándole con ojos escrutadores, ansiosa por confirmar su sospecha.

—No, solo estábamos hablando —le contestó Sebastian tranquilamente.

Ella continuó doblando, alisando las arrugas de la ropa con una fuerza innecesaria mientras farfullaba para sí misma.

—¿Qué has dicho, mamá? No te he oído bien.

—He dicho que sé perfectamente que no soy más guapa que la señorita Ashworth. Como si eso importara. De hecho, no importa una mierda.

Sebastian miró a su madre con ojos como platos. Nunca la había oído decir palabrotas y le asustó un poco, pero también comprendió que estaba hablando con más sinceridad que nunca.

—Pues yo sí que creo que eres guapa, mamá —le dijo—. Sobre todo cuando estás dormida, porque estás igualita que en las fotos de la pared de la abuela, y es como si nunca hubieras desaparecido.

Ella le dedicó una mirada perpleja y se sentó a la mesa junto a él.

—Sebastian, incluso aunque pudiera adoptar el mismo aspecto que en esas viejas fotografías, eso no arreglaría automáticamente las cosas entre tu padre y yo.

—¿Y por qué no?

Gloria meneó la cabeza y suspiró.

—Porque es mucho más complicado que eso. Cuando seas mayor lo entenderás, pero por ahora...

—Ya lo sé —la interrumpió él—. Necesitas tiempo y espacio para aclarar las cosas.

Ella asintió y le sonrió.

—Exactamente, hombrecito.

CAPÍTULO QUINCE

Lola comenzó a mezclar el ajo picado, el vinagre y los condimentos para preparar un adobo que utilizó para humedecer el pollo por todos los costados. Mientras Sebastian picaba el ajo, la cebolla y los pimientos, tal y como su abuela le había indicado, Lola salteó los trozos de pollo en aceite de maíz y los fue apartando para dejarlos escurrir sobre un pedazo de papel de cocina. Entonces, Sebastian vertió una buena cantidad de aceite de oliva en la misma sartén y comenzó a saltear la verdura hasta que adquirió un color ligeramente dorado. A esto le añadió orégano, sal, pimienta negra y una lata de salsa de tomate concentrado, removiendo continuamente con una cuchara de madera mientras su abuela lo contemplaba satisfecha.

Cuando todos los ingredientes se hubieron mezclado bien, Lola anunció:

—Creo que ya estamos listos.

Ante lo cual Sebastian saltó del taburete y fue ansioso hasta la nevera a por una lata de cerveza. Tiró de la anilla de la lata y vertió todo su contenido en la sartén. Resultaba emocionante ver la cerveza formar espuma hasta el borde y amenazar con derramarse antes de batirse en retirada justo a tiempo. No le cabía la menor duda de que los resultados de aquel minivolcán culinario serían deliciosos. Lo único que faltaba era añadir el pollo y el arroz a la olla, bajar el fuego al mínimo y esperar. Terrence llegó poco después, con mucho que decir sobre el delicioso olor que ya flotaba en el ambiente y sin ninguna duda sobre que su sabor sería aún mejor.

Aproximadamente cuarenta minutos más tarde, Lola sirvió el pollo y el arroz en la misma fuente. Mientras la llevaba hasta la mesa, les contó que en la isla, esa comida se quedaba en el fuego todo el día y según iba llegando la gente, la iba consumiendo, y siempre sabía a recién hecha, incluso al final del día. Y al día siguiente, si había sobrado algo, estaba aún más rico. No obstante, Sebastian no podía ni imaginarse cómo era posible que supiera mejor de lo que ya sabía ahora. El pollo estaba blandito y esponjoso, y podía notar el regusto a ajo y cebolla en cada bocado. El arroz tenía una consistencia caldosa pero firme y estaba impregnado del mismo toque delicioso que el pollo.

—Tiene usted un don, señora Lola —le dijo Terrence—. ¿Ha pensado alguna vez en abrir un restaurante?

—¡Oh, Dios mío! ¡Qué cosa tan descabellada! ¿Te imaginas?

Mientras comía, Sebastian se dedicó a contemplar a su pelirroja abuela. Aquel día, Lola había decidido ponerse una blusa verde que contrastaba considerablemente con su melena rojiza. Teniendo en cuenta todo lo que había sucedido durante los últimos días, Sebastian no pensaba que abrir un restaurante fuera una idea tan descabellada. De hecho, dudaba de que nada pudiera volver a sorprenderle.

—Ya me estoy imaginando la fila de clientes dando la vuelta a la manzana —dijo Terrence con los ojos brillándole esperanzadores.

—Eso me recuerda —respondió Lola con melancolía— que existía un sitio en la isla llamado La Lechonera. No era más que una choza a un lado de la carretera, pero cada mediodía, se empezaba a formar una fila de comensales y permanecían allí la tarde entera hasta que todo el mundo estaba servido.

—La comida debía de ser digna de mención —comentó Terrence.

—Ya lo creo. Asaban un cerdo entero, en la ventana misma, hasta que adquiría un color dorado y delicioso. De niños solíamos entretenernos contemplándolo dar vueltas mientras se nos hacía la boca agua. La piel del cochinillo estaba divina, tan deliciosa y crujiente que nadie era capaz de hacerla mejor. El secreto estaba en el sofrito con el que frotaban todo el cerdo y en la manera de cocinarlo, lenta y uniformemente.

—¿Qué es el sofrito? —le preguntó Sebastian.

—Una mezcla de cebolla, ajo, cilantro y pimiento, todo ello frito en aceite de oliva. Digamos que si no empiezas por un buen sofrito, ningún boricua que se precie se molestará en comer lo que prepares. Pero había otro factor por el que la gente acudía allí —continuó Lola—. Si querías saber qué se cocía en el vecindario, tenías que ir a La Lechonera, y dejadme deciros que, a veces, los cotilleos eran aún más jugosos que el propio cochinillo. —Sonrió al acordarse de aquello—. No había nada más satisfactorio que sentarse fuera, a la fresca, bajo el cielo azul, con un plato de cochinillo asado en el regazo mientras escuchabas a algún amigo poniéndote al día de quién tenía una aventura con quién, o quién se había marchado de la isla para siempre. Más tarde o más temprano, aparecía la persona de la que estábamos hablando, porque la única manera de asegurarse de que no eras el «plato fuerte del día» era pasarse por allí con relativa frecuencia.

Terrence profirió una risita.

—Sé de lo que habla, señora Lola. El club en el que yo toco los fines de semana no es muy diferente. A los parroquianos les gusta tanto cotillear que, a veces, creo que ni siquiera escuchan nuestra música.

—Oh, estoy segura de que sí lo hacen, y les encanta —replicó Lola, y después se inclinó hacia delante como si, de repente, se sintiera inspirada—. Yo también me los estoy imaginando haciendo cola, pero están esperando para escuchar la maravillosa música de Terrence Brooks, el extraordinario cantautor.

—Usted y yo formaríamos un magnífico equipo, señora Lola. Con su comida y mi música, nuestros clientes no querrían marcharse nunca de nuestro local.

—¿Y qué pasa conmigo? —preguntó Sebastian emocionado—. Yo también quiero hacer algo.

—Veamos... —dijo Terrence, rascándose la barbilla—. Necesitaremos a alguien que les dé la bienvenida oficialmente a nuestros clientes. Con tu personalidad y donaire serías el perfecto anfitrión.

Sebastian sonrió por el cumplido.

—Y además, encenderé todas las velas —añadió—. Y lo llamaremos La Nube, porque todo el mundo se sentirá como si estuviera flotando en el cielo.

—¿Qué te parece, Terrence? —le preguntó Lola—. ¿Qué te parecería tener tu propia nube?

—¡Perfecto! —le respondió él—. Absolutamente perfecto.

Mientras comían, fueron añadiéndole más detalles al restaurante de sus sueños. Para mantener la temática del nombre, el comedor estaría pintado con motivos celestes, con paredes de color azul claro y esponjosas nubes blancas flotando por el techo y las paredes. Terrence tocaría en la esquina junto a la ventana durante la puesta de sol y Lola serviría sus comidas de inspiración casera en sencillos platos blancos.

De repente, se abrió la puerta de pantalla, y las llamas de las velas temblaron por la corriente que se formó. Se volvieron para ver a Mando de pie en el dintel, y sus hombros eran casi tan anchos como para ocupar el marco de la puerta de lado a lado. Llevaba su habitual traje oscuro, y en el rostro tenía pintada una expresión aún más sombría que el color de su traje. Sebastian se estremeció. No lograba recordar la última vez que había visto a su tío en casa de su abuela... Puede que nunca.

—¡Mira quién está aquí! —exclamó Lola con los ojos centelleantes—. ¡Mi hermoso hijo ha decidido hacerme una visita!, ¡y ni siquiera es el día de la Madre! ¿Has tenido un buen día hoy, Mando? ¿Has ganado mucho dinero?

Mando entró, se cruzó de brazos y miró a su alrededor.

—Gloria no estaba exagerando, ¿verdad? —comentó, meneando la cabeza.

—Gloria nunca exagera. Sabes tan bien como yo que siempre es extremadamente precisa en sus palabras. Por otra parte, tu hermana, ya sabes, puede llegar a ser..., bueno, ya sabemos todos cómo se pone...

—¿Y cómo se pone exactamente? —preguntó Gabi, entrando detrás de su hermano.

Lola se llevó la mano a la boca sorprendida, pero en los ojos le bailaba una mirada de placer al verla a ella allí también.

—¡Pensaba que todavía estabas fuera de la ciudad! —exclamó.

—Después de lo que Gloria me contó que estaba sucediendo decidí volver antes a casa —le respondió Gabi, aparentemente conmocionada cuando paseó la mirada por toda la habitación, aunque su semblante carecía de la sombría desaprobación del de Mando.

—Sí, claro, después de que Gloria os contara que yo había perdido la cabeza no tuviste otra opción que volver antes a casa. —Lola les hizo un gesto de bienvenida para que se acercaran a la mesa—. Pero no importa por qué hayáis venido, estoy contenta de que estéis aquí y hay comida de sobra para todos. Voy a por más platos y serviré uno para Gloria también. Estoy segura de que tendrá hambre. Pobrecita mía, todo el día en pie trabajando, al final termina agotada.

Mando y Gabi se intercambiaron una mirada de preocupación mientras Lola iba al armario a por los platos. Cuando regresó, Mando se hallaba observando a Terrence con desconfianza.

—Oh, no os he presentado a mi amigo —dijo Lola mientras ponía los platos sobre la mesa—. Este es Terrence. Es un músico extraordinario y, justo ahora mismo, estábamos hablando de abrir juntos un restaurante. Él entretendría a nuestros clientes con su hermosa música y mientras ellos se deleitarían con mi deliciosa comida casera.

—Y yo seré el que les dé la bienvenida a los clientes —declaró Sebastian, aunque se aseguró de mirar a su tía mientras decía aquello, pues sabía que a su tío no le divertiría lo más mínimo.

—Eso está muy bien, cariño —comentó Gabi profiriendo una risita nerviosa.

Mando recogió una de las cajas que tenía más cerca y leyó la etiqueta.

—Parece que últimamente te has tomado muy en serio lo de ir de compras, mami —comentó con indiferencia, y después se giró para dirigirse a Terrence, como si estuviera interrogando a un testigo poco colaborador en el estrado—. ¿Esto ha sido idea suya?

—¿El qué? —le respondió a su vez Terrence algo sorprendido.

—Comprar todas estas cosas nuevas... ¿Quizá eran para el restaurante?

—No, señor —repuso Terrence, levantándose de la mesa y echándose a reír—. Ni yo mismo tenía la menor idea de que la señora Lola era tan buena cocinera hasta hace unos días. Y con respecto a lo del restaurante... Bueno, solo estábamos soñando despiertos, ¿verdad, Sebastian?

Sebastian asintió, aunque se sintió un poco decepcionado al escuchar que solo era una fantasía.

—¡Por Dios santo, Mando! —exclamó Lola, arrancándole la caja de las manos—. Puede que sea buena cocinera, pero ni siquiera yo puedo crear algo de la nada. Hace años me deshice de todas mis cosas y necesitaba reabastecer mi cocina, eso es todo.

—¿Cuánto te has gastado en todo esto?

Lola cruzó los brazos sobre el pecho.

—Eso no es asunto tuyo en absoluto. Es mi dinero y puedo gastarlo como me dé la real gana.

Terrence llevó su plato al fregadero.

—Gracias por la deliciosa comida, señora Lola. Creo que me voy ya para que pueda usted disfrutar de la visita de su familia.

—¡Pero si no te has tomado el postre! —protestó Lola frunciendo el ceño.

—Guárdeme una ración —le contestó Terrence dedicándole una sonrisa a ella y un guiño a Sebastian—. Encantado de conocerles —dijo en dirección a Mando y Gabi.

Esta última lo contempló con interés. Tal y como su hermana lo había descrito, se imaginaba que Terrence iba a ser un tipo grosero y peligroso, pero, por lo que había visto, sin duda resultaba encantador. Una vez que Terrence se marchó, Gabi avanzó varios pasos tras su hermano para echarle un vistazo de cerca al pelo de su madre.

—¡Guau! ¡Te has pasado un poco! ¿No, mami? Quiero decir, que no te lo has pensado dos veces, ¿eh?

—A mi edad no puedo dedicarme a darle vueltas a las cosas —le espetó Lola—. Ahora, venid aquí y sentaos los dos antes de que se os enfríe la cena.

—No hemos venido a comer —dijo Mando—, sino a hablar contigo de algo muy importante.

—Sí, por supuesto —le contestó Lola con dulzura—. Pero ¿por

qué no hablamos de eso tan importante mientras disfrutáis de un delicioso plato de arroz con pollo?

Gabi se volvió hacia su hermano en busca de orientación, y él se encogió de hombros mientras contemplaba con nostalgia la comida sobre la mesa. El arroz aún humeaba, y varios de los dorados trozos de pollo brillaban a la luz de las velas. Lola aprovechó la oportunidad para verter una cucharada de salsa por encima del plato, cosa que le daba un aspecto aún más tentador.

—Imagino que podemos hablar en la mesa igual que en cualquier otro sitio —reconoció Mando—, pero yo creo que paso del arroz con pollo. Susan y yo tenemos una cena con unos clientes más tarde.

Justo cuando se estaban sentando a la mesa, Gloria entró a toda prisa con un aspecto algo agitado, pero suspiró aliviada al ver que esta vez Mando había venido sin su esposa. Le pidió a Sebastian que esperara fuera en el porche mientras los adultos discutían algo que no tenían por qué escuchar los niños. Su madre no había vuelto a utilizar aquella frase desde que él tenía aproximadamente cinco años, y le molestó un poco, pero cogió su plato de arroz con pollo y abandonó la habitación sin decir palabra. Si quería seguir visitando a su abuela después del colegio, sabía que tenía que portarse bien.

—¿Estaba aquí el tipo ese llamado Clarence cuando habéis llegado? —Escuchó que preguntaba su madre según él salía al porche.

—Se llama Terrence —le respondió tía Gabi ligeramente a la defensiva—. Y parece muy buena persona.

Sebastian se sentó en la silla de metal con el plato apoyado en las rodillas y contempló la fila de pequeños *bungalows* que tenía ante él. Bajo la luz mortecina, sus colores pastel se desteñían para convertirse en grises, y la única cosa que le llamó la atención fue el cálido brillo amarillo que brotaba de sus ventanas, creando parches de luz aquí y allá por todo el serpenteante sendero. En instantes de tranquilidad como aquellos, Sebastian solía pensar en su padre. ¿Qué estaría haciendo y adónde iría ahora que no podía regresar a casa? ¿Cómo sería capaz de dormir en una cama que no era la suya y cómo podría soportar el dolor provocado por la soledad? Sebastian conocía aquel sentimiento mejor que la mayoría de la gente, y pensar en su padre padeciéndolo le hacía sentirse peor que si lo tuviera que sufrir él mismo.

Sin embargo, ni siquiera aquellas preocupaciones le quitaron el apetito, y se terminó hasta el último grano de su ración y lamió la salsa restante hasta que el plato quedó lo bastante limpio como para volver al armario sin pasar por el fregadero. El arroz con pollo estaba tan delicioso que se le había asentado estupendamente en el estómago. Podía notar la nutritiva calidez que le recorría todo el cuerpo. A pesar de los caóticos acontecimientos que últimamente habían puesto su vida patas arriba, había dormido más profundamente por las noches y se había levantado con más facilidad por las mañanas, y no estaba seguro, pero notaba como si también pudiera respirar mejor. En todo momento se sentía preocupado por su padre y sabía que su madre y sus tíos estaban tratando de convencer a su abuela para que dejara su casa en Bungalow Haven, pero sintió una tibia paz que le embargó de todos modos, y se acomodó en su asiento y cerró los ojos.

El sonido de la estridente voz de Gloria hizo que Sebastian se sobresaltara, y casi dejó caer el plato al suelo.

—¡No estamos aquí para discutir sobre mi matrimonio! —exclamó.

—Cálmate, nena —le respondió Lola—. No hay ninguna razón para disgustarse.

Gloria levantó la voz para llamar a su hijo:

—Sebastian, ven a recoger tus cosas y espérame fuera.

El niño entró en la casa sin hacer ruido para recoger su cartera e inmediatamente se percató de que la fuente de arroz con pollo en el centro de la mesa se hallaba casi vacía. Le hubiera gustado poder repetir.

—Escucha —dijo Gabi, en un tono tan tranquilo y razonable que, por un instante, pareció que ella y su hermana mayor se habían intercambiado los papeles—. Tendrías que habernos dicho que Dean y tú estabais teniendo problemas. Ya nunca nos cuentas nada. —Le echó una mirada a Mando—. Al menos tú nunca lo has hecho.

—A mí no me mires. Ella apenas me ha dirigido la palabra durante los diez últimos años —le contestó él mientras se hurgaba los molares con un palillo.

—No hay nada que contar —respondió Gloria.

—¿Dean te deja después de casi veinte años de matrimonio y dices que no hay nada que contar? —le espetó Gabi—. Mira, no nos tomes por tontos.

Con los brazos rígidos a ambos lados del cuerpo, Gloria se giró para volver a llamar a Sebastian y se sorprendió al ver que ya estaba allí, con la cartera en una mano y el plato limpio a lametazos en la otra.

—¿Has cogido tus cosas, como te he dicho?

Él levantó la cartera sin decir una palabra.

—Muy bien, pues ahora espérame fuera. Saldré en un momento —le dijo, pero Sebastian se quedó merodeando junto a la puerta—. Y además, Dean no me ha dejado —prosiguió Gloria—. He sido yo la que lo ha echado porque no puedo confiar en él. Y ya es que ni siquiera me resulta especialmente divertido.

—Pues eso no es justo —comentó Mando—. Puede que Dean haya cometido un error estúpido, pero tiene un extraordinario sentido del humor, por lo menos, reconócele eso.

—Estoy de acuerdo —afirmó Gabi—. Y también es un buen padre y tiene unos preciosos ojos azules, ¿no crees, mami?

—Siempre lo he pensado —respondió Lola.

Gloria se apartó de la mesa meneando la cabeza.

—No me puedo creer lo que estoy oyendo. Pillo a mi marido engañándome, o casi haciéndolo, y mis hermanos, e incluso mi propia madre, se ponen de su parte.

—Yo no me estoy poniendo de parte de nadie —apuntó Lola—. Pero creo que deberías hacer un esfuerzo por los niños, aunque no sea por otra cosa.

—No mientas, mami. El otro día me dijiste que pensabas que Dean estaba loco si se quedaba conmigo y eso es... —Golpeó con fuerza el suelo con el pie—. ¡¡¡Eso es una mierda!!!

—Hay cierto caballerete escuchando —murmuró Gabi, mirando hacia Sebastian.

Gloria se volvió hacia él sobresaltada.

—Pensé que te había dicho que me esperaras fuera —lo regañó mientras le daba unas cuantas patadas a las cajas que se interponían en su camino para llegar al otro lado de la habitación.

Sebastian colocó el plato en la silla más cercana y salió al porche a esperar.

Gabi comenzó a apilar los platos sucios mientras Mando se servía otra copa de vino. Lola fue hasta la encimera y empezó a cortar en rodajas un cremoso pastel.

—Sebastian y yo nos vamos —anunció Gloria, algo más serena, aunque todavía le temblaba la voz.

—¿No os quedáis para el postre? —preguntó Lola—. He preparado flan de coco.

—Si la conversación durante el postre se parece en algo a la de la cena, estoy segura de que me atragantaré —le espetó. Y dirigiéndose a Gabi y Mando por última vez, dijo—: Hemos venido hasta aquí a hablar con mami sobre su salud y sobre la situación actual en la que está viviendo, y vosotros habéis perdido por completo el norte. ¿Por qué no pensáis en eso mientras seguís atiborrándoos?

—Gloria tiene razón —comentó Mando, volviéndose hacia Gabi—. En realidad, no hemos hablado de ese tema, ¿verdad?

Gabi inspiró profundamente y se puso en pie para ver qué estaba haciendo su madre en la cocina.

—Si ese es para mí, es demasiado grande —le advirtió a su madre—. Yo quiero uno que sea la mitad. Dale ese a Mando.

—Estoy llenísimo —comentó él, acariciándose la barriga con cuidado. Después de todo, no había podido resistirse al arroz con pollo—. Y todavía tengo esa cena. Supongo que solo pediré una ensalada.

—¿Lo quieres para llevar? —le preguntó Lola.

—¡Qué buena idea! —le respondió él—. Y ponme también un trozo para las chicas. Siempre están pendientes de las calorías, pero estoy seguro de que harán una excepción en este caso.

Gloria sacudió la cabeza con incredulidad.

—Habéis perdido el juicio —murmuró, marchándose sin añadir ni una palabra más, balanceando los brazos enérgicamente a ambos lados del cuerpo. Sebastian se escabulló detrás de su madre, pero no la alcanzó hasta casi la mitad del serpenteante caminillo.

Lola los llamó desde la casa.

—El domingo voy a preparar mofongo. Venid a eso de las tres y decídselo a Dean. Ya sé que le gusta.

Sin embargo, Gloria ni se molestó en volverse.

En el coche, Sebastian preguntó:

—¿Qué es el mofongo?

—Abróchate el cinturón —le respondió su madre con un gesto severo.

El niño hizo lo que su madre le ordenaba.

—Mamá, ¿qué es...?

—Por favor, cállate, Sebastian —le espetó—. Me hacen falta un poco de paz y tranquilidad para escuchar mis propios pensamientos, si es que no es mucho pedir.

—Y tiempo —añadió él—, no te olvides de que también te hace falta tiempo.

Gloria exhaló un suspiro exasperado y arrancó el motor del coche.

CAPÍTULO DIECISÉIS

Aquel día el partido no estaba demasiado interesante. La pelota no hacía más que salirse del campo y no habían hecho ninguna jugada bonita. A Sebastian le gustaba seguirlos especialmente cuando alguno de los jugadores más rápidos cogía el balón al otro lado del campo y zigzagueaba entre sus adversarios a una velocidad desconcertante, apartándolos de su camino si era necesario, mientras mantenía el esférico rodando suavemente con la punta del pie como si estuviera unido a él por una cadena invisible. Si las cosas se ponían realmente emocionantes, Sebastian movía nerviosamente el pie derecho como si fuera él quien estuviera jugando, pero aquel día apenas lograba mantenerse concentrado en el partido. Odiaba admitírselo incluso a sí mismo, pero la razón por la que le estaba resultando tan aburrido era porque Keith se había pasado todo el recreo sentado en el círculo de castigados. Sebastian apenas lograba verle la coronilla color zanahoria más allá del campo de fútbol, donde la señorita Ashworth le tenía vigilado. Parecía que últimamente la profesora no estaba tan entusiasmada con su «chicarrón», y Sebastian no podía evitar sentir algo de satisfacción por ello.

Apenas quedaban unos minutos de juego cuando a Keith le liberaron de su castigo e inmediatamente se unió al partido. Cuando tomó posesión de la pelota, la señorita Ashworth le hizo un gesto con la mano a Sebastian para que se acercara adonde ella se encontraba. Aquel día había estado más simpática con él y parecía que volvía a comportarse como de costumbre. Sin embargo, dejó de pedirle que se encargara de limpiar la pizarra y, en una o dos ocasiones, Sebastian la vio haciéndolo ella misma antes de clase. No solía conseguir un buen resultado.

A medida que cruzaba el campo preguntándose qué tendría en mente la señorita Ashworth para él, Sebastian oyó que Keith le gritaba: «¡Eh! ¡Niño mono!», y tiraba la pelota hacia él. Era un tiro potente, y cuando llegó hasta donde él se encontraba, inmediatamente le propinó una buena patada para lanzarlo de vuelta, sorprendido al ver que la pelota trazaba una clara trayectoria hacia su objetivo, tal vez con más fuerza incluso que antes. Se sintió satisfecho consigo mismo, más de lo que se había sentido en mucho tiempo.

—¡No está nada mal, niño mono! —comentó Keith, sonriéndole simpático mientras paraba la pelota con el pie—. Venga, necesitamos un jugador extra.

En ese momento, Sebastian localizó a Kelly también fuera del campo con las gafas brillándole bajo la luz del sol mientras esperaba para ver qué haría él. Le echó una mirada a la señorita Ashworth, que estaba esperándolo en el borde del patio y después miró a Keith, que todavía seguía sonriendo con el pie apoyado sobre la pelota. A Sebastian nunca antes le habían pedido que se uniera a un partido de fútbol y se sintió como si estuviera de pie en el umbral de una nueva vida. Sabía que lo más sensato que podía hacer era agradecerle a Keith la oferta y marcharse, pero no pudo. La oportunidad le fascinaba porque sabía que no habría otra. Y entonces, de repente, algo se movió en su interior, como si se hubiera abierto una ventana en su alma, permitiendo que entrara aire fresco en las esquinas más solitarias, frías y húmedas de su ser. Y en ese momento, descartó la multitud de promesas que le había hecho a su madre y las incontables conversaciones que había mantenido con el doctor Lim sobre las limitaciones de su corazón. Antes de que pudiera inspirar una nueva bocanada de aire, se lanzó a caminar a buen paso, que rápidamente se convirtió en un trote lento y tranquilo.

—¡Aquí viene el niño mono! —voceó Keith—. ¡Nos va a demostrar que, después de todo, no es un completo inútil! —dijo, lanzándole el balón de nuevo a Sebastian, que logró pararlo fácilmente con el pie.

—¡Keith, no llames «niño mono» a Sebastian! —le regañó la señorita Ashworth, que prosiguió diciendo—: Sebastian, ¿qué haces dentro del campo?

Pero fue Keith quien le contestó.

—Nos va a demostrar que puede correr. Apuesto a que corre incluso más rápido que yo.

—¡No, Sebastian, no! —exclamó la señorita Ashworth, pero el niño oyó su voz muy lejana.

Puede que, en realidad, estuviera diciéndole: «¡Corre, Sebastian, corre! ¡Demuéstrales de lo que estás hecho! ¡Corre como el viento!».

Sebastian echó a correr por el campo, propinándole patadas al balón mientras lo hacía. Ya entonces, su corazón se estaba acelerando por encima del límite de comodidad razonable, pero sus piernas seguían moviéndose como pistones de alta potencia con voluntad propia. Aceleró y perdió de vista a todo el mundo, aunque todavía podía oír la aguda voz de la señorita Ashworth que lo llamaba desde algún lugar del patio.

A pesar del martilleo que notaba en los oídos, percibió que alguien corría junto a él, pero no se atrevió a bajar el ritmo para volverse a ver de quién se trataba. Supuso que era Keith, y aquello lo animó a apretar el paso aún más. Cuando ya se encontraba a mitad del campo, sintió un extraño entumecimiento recorriéndole la cara y extendiéndosele por el resto del cuerpo. Dejó de sentir el suelo bajo los pies y el viento en el rostro. Flotó por encima de las sensaciones físicas del cuerpo, y la liberación que sintió fue diferente a todo lo que conocía, como soñar con los ojos abiertos o respirar bajo el agua. Y entonces, sin previo aviso, alguien o algo tiró de él y lo derribó bruscamente haciéndole caer al suelo. El aterrizaje lo dejó sin aliento y durante varios segundos no logró ver u oír nada en absoluto. Dio varias vueltas sobre sí mismo y, cuando recobró la vista, lo único que vio fue el césped y cielo azul girando, yendo y viniendo cada vez más rápido. Cuando al final todo se detuvo, cerró los ojos y se presionó ambas manos contra el pecho. Sintió el infame martilleo de su corazón y sus pulmones a punto de explotar por la falta de oxígeno. Se imaginó que el dique de su pecho se abría de golpe y la sangre salía a borbotones como si se tratara de un río salvaje y que a su marcapasos se le saltaban los resortes y se le fundían los plomos. Así que esperó a que le llegara el final.

—¡Eres un idiota! —le gritó alguien al oído—. ¿Estás intentando matarte o qué?

Abrió los ojos para ver a Kelly Taylor sentada a horcajadas sobre él, con las gafas ladeadas y las mejillas manchadas de tierra. Keith se acercó por detrás de ella, con una sonrisa de decepción pintada en el rostro.

—¿Por qué lo has parado? Sabes que quería ver cómo le explotaba el corazón.

Kelly se puso en pie, se ajustó las gafas y volvió a adoptar aquella irresistible postura, con un pie más adelantado de lo habitual.

—¿Se ha muerto el niño mono? —preguntó alguien.

—¡Nah, qué va! Todavía está vivo —respondió Keith, claramente decepcionado.

La señorita Ashworth corrió hasta ellos y se arrodilló junto a Sebastian, pasándole las manos temblorosas por el rostro y el cabello. En ese momento todos los demás alumnos estaban de pie formando un corrillo, pero la profesora les ordenó frenéticamente que se retiraran.

—Apartaos para que le llegue el aire —les dijo—. Kelly, ve al despacho del director y pídeles que llamen a una ambulancia.

—No me hace falta una ambulancia —rezongó Sebastian, e incluso logró incorporarse apoyándose sobre los codos—. Lo único que necesito es tiempo y espacio... para recuperar el aliento.

—Parece que se va a poner bien, señorita Ashworth —comentó Kelly Taylor, y la genuina preocupación en sus ojos conmovió a Sebastian y le animó a incorporarse del todo.

Se sacudió la hierba que tenía en el pelo y, segundos después, logró ponerse en pie. Por primera vez, disfrutó de que todas las miradas se centraran en él. Y mientras se marchaba del campo de fútbol con la señorita Ashworth a su lado, se preguntó si aquello sería lo que sentirían los futbolistas profesionales cuando los lesionaban durante algún partido espectacular y eran capaces de marcharse del campo sin ayuda.

—Vamos a ir directamente a ver a la enfermera, y voy a llamar a tu madre para contarle lo que ha sucedido —le advirtió la señorita Ashworth con la voz todavía temblorosa.

Puede que Sebastian hubiera sido capaz de librarse de la ambulancia, pero sabía que no iba a poder escaparse de visitar la enfermería.

—Vale, pero ¿de verdad tiene que contarle a mi madre lo que ha pasado? Últimamente está muy estresada.

—Lo lamento, Sebastian —le respondió la profesora mientras sus muslos producían un rápido frufrú—. No tengo elección. —Y entonces le preguntó—: ¿Por qué te has echado a correr de esa manera?

Sebastian se encogió de hombros.

—Creo que quería saber si era capaz.

—Bueno, pues espero que te hayas quedado satisfecho.

—Pues, en realidad, no —le contestó el niño—. Me hubiera gustado marcar un gol.

Gloria se hallaba de pie junto a la ventana, de espaldas a su hijo. Sentado en la camilla, Sebastian volvió a acordarse de los acontecimientos del día anterior. Tras recibir la llamada de la señorita Ashworth, su madre había salido inmediatamente del trabajo y había ido al colegio a recogerlo. Se había negado a llevarle a casa de la abuela y había insistido en que se metiera directamente en la cama y descansara. Estaba enfadada y asustada, y Sebastian notaba que quería gritarle, pero se contenía porque no deseaba disgustarlo. No deseaba que experimentara más estrés del que ya había padecido.

—Ni... ni... ni siquiera sé qué decir —confesó Gloria suavemente antes de apagar la luz de la habitación de su hijo—. Todavía no me puedo creer lo que la señorita Ashworth me ha contado que ha sucedido hoy en el colegio.

—Lo siento, mamá —musitó, mirándola desde la cama.

Y era cierto que lo lamentaba sinceramente, aunque cada vez

que pensaba en cómo se había sentido corriendo, corriendo de verdad por primera vez en su vida, una sensación maravillosa le bajaba por la columna vertebral. ¿Habría sido capaz de marcar un gol si Kelly no lo hubiera detenido?, se preguntó.

—Si te pasara algo...

—He dicho que lo siento —repitió él.

Ella se dio la vuelta para que su hijo no pudiera verle la cara.

—No llores, mamá —le rogó—. No lo volveré a hacer. Te prometo que no lo volveré a hacer nunca más.

Su madre no dijo nada y guardó silencio durante el resto de la noche. Eso había sucedido casi veinticuatro horas antes, y todavía no había desaparecido el mal ambiente entre ellos. Gloria apenas le había dirigido la palabra a Sebastian a lo largo de la noche anterior y, cuando lo miraba, aunque fuera brevemente, sus ojos estaban cubiertos por un velo de desconfianza. Tal y como estaban las cosas, prefirió no mirarla él tampoco y se alegró de que, mientras esperaban en la sala de reconocimiento, se encontrara de espaldas a él. Y tampoco le importaría si en aquella cita tenían que hacerle varias pruebas dolorosas. Tal vez, si sufría un poquito, su madre volvería en sí y le perdonaría por lo que había sucedido en el patio del colegio.

El doctor Lim entró en la sala unos minutos después, y en su rostro había una sonrisa tan grande que casi no parecía él mismo.

—Estoy muy orgulloso de ti, Sebastian —anunció, dando unos emocionados golpecitos sobre el historial con el bolígrafo—. Has engordado casi dos kilos y medio desde la última vez que viniste.

—¿De verdad? —Y entonces, se acordó de que los pantalones le estaban empezando a quedar un poco justos.

—Es lo máximo que has engordado en varios meses. ¿Qué ha cambiado?

—Mi abuela me ha estado preparando la comida y es una cocinera buenísima.

—¿En serio? ¿Y qué te prepara? —le preguntó el doctor Lim.

Gloria se apartó de la ventana antes de que Sebastian pudiera responderle.

—¿Recibió usted mi mensaje? —le preguntó al médico bruscamente.

El doctor Lim dejó de sonreír.

—Sí, claro.

—Esperaba que pudiera hablar con Sebastian sobre lo que sucedió en el colegio ayer.

El doctor Lim se ajustó las gafas y se volvió hacia Sebastian.

—¿Hasta dónde llegaste en el campo de fútbol? —le preguntó, conteniendo una sonrisa.

—Pues casi hasta la mitad —respondió Sebastian—. Quería marcar un gol, pero no pude.

—¿Por qué? ¿Qué pasó?

Gloria cruzó los brazos enfurruñada y regresó a la ventana. Aquel no era el tipo de charla que esperaba, pero, momentos después, la oyeron rezongar y se volvieron para verla concentrada en algo que estaba mirando por la ventana.

—¿Ha llamado usted a casa para confirmar nuestra cita? —le preguntó al doctor Lim.

El médico pareció confundido.

—Mi secretaria llamó para confirmarla, como siempre hace —le respondió—. ¿Hay algún problema?

—Pues no lo sé —le respondió Gloria, pero lo único que hizo fue mirar hacia delante, con los brazos cruzados y tamborileando con nerviosismo sobre sus propios antebrazos.

Unos minutos más tarde, llamaron suavemente a la puerta de la sala de reconocimiento y Dean entró en ella. Su mirada se cruzó con la de Gloria durante un gélido instante de tensión, y después se presentó al doctor Lim, que pareció bastante contento por tener al padre de su paciente presente por primera vez. A petición de Dean, el médico le resumió los progresos de Sebastian hasta la fecha y se mostró entusiasta por discutir la opción de la intervención quirúrgica, que esperaba poder llevar a cabo en un futuro cercano. Dean asentía mientras escuchaba, intercalando alguna que otra palabra para demostrar que lo estaba comprendiendo. A continuación, miró brevemente a Gloria y dijo:

—Por algún motivo, siempre he tenido la impresión de que no existía la posibilidad de someter a Sebastian a otra operación.

El doctor Lim pareció preocupado al escuchar aquello.

—Lo lamento si no me he explicado con claridad. Como le he estado diciendo a la señora Bennett durante todo este tiempo, creo que esa intervención es la mejor opción para Sebastian. Y ahora que finalmente está ganando algo de peso, no encuentro ningún motivo para seguir esperando.

—Hábleme sobre esa operación —le pidió Dean, y el doctor Lim comenzó a explicarle que el objetivo de la misma era reparar las paredes del corazón que todavía no se habían fusionado, para que el órgano pudiera funcionar con una mayor normalidad.

—Por supuesto, siempre existen riesgos —concluyó el doctor Lim con un gesto deferente hacia Gloria—, pero creo que los beneficios pueden superar con creces las posibles complicaciones.

El médico habría sido más explícito sobre los riesgos de no llevar a cabo la intervención: que con el tiempo Sebastian estaría más discapacitado que entonces, pero pensó que sería mejor esperar hasta que el niño no se encontrara presente.

Gloria permaneció en silencio, taladrando con la mirada el rostro de su marido.

Dean se volvió hacia Sebastian y sonrió.

—¿Y tú qué piensas de todo esto, hijo?

Sebastian no estaba seguro de a qué se refería su padre. ¿Estaba hablando de la operación, de que se hubiera separado de su madre, de que Gloria hubiera estado ocultándole información importante sobre su salud? Sacudió la cabeza en señal de negativa, demasiado desconcertado como para hablar.

—¿Entonces no quieres operarte? —le preguntó Dean.

Ante aquello, Gloria se apartó bruscamente de la pared, incapaz de mantenerse en silencio durante más tiempo.

—Sebastian tiene diez años y es demasiado pequeño como para tomar una decisión de ese estilo.

—Pero yo no tengo diez años —le espetó Dean con la voz firme y una mirada inquebrantable—. Y tengo todo el derecho del mundo a involucrarme en las decisiones que tengan que ver con la salud y el bienestar de mi hijo.

Gloria profirió una carcajada, era la misma risa cínica que Sebastian había escuchado a través de la pared la última vez que habían discutido.

—¡Ah! ¿Resulta que ahora sí quieres involucrarte? Este es un momento estupendo, Dean. No creo que nadie vaya a cuestionar tus motivos.

—Que yo esté aquí no tiene nada que ver con nuestra separación, si es a eso a lo que te refieres.

—Bueno, y entonces, ¿por qué estás aquí? ¿Por qué has sacado tiempo de tu ocupada agenda? ¿No deberías estar yéndote a beber algo por ahí con otras mujeres u otra cosa por el estilo?

El doctor Lim carraspeó y, con el rostro totalmente colorado, dijo:

—Lo siento, no pretendo interrumpir, pero tengo otros pacientes esperando y necesito acabar de examinar a Sebastian. ¿No sería mejor que hablaran de esto fuera?

Gloria y Dean abandonaron la sala de reconocimiento para que el doctor Lim pudiera terminar de examinar a Sebastian, pero Gloria no se quedó a escuchar lo que su marido tenía que decir. Ya había oido suficiente, y estaba claro que no tenía nada más que decirle a él. Por eso, se fue directamente al aseo de señoras y se quedó allí durante varios minutos mientras Dean esperaba fuera. Sabía por experiencia que el doctor Lim no tardaría mucho en terminar y salió del baño justo cuando Sebastian apareció con la enfermera. Gloria confirmó apresuradamente la fecha de la siguiente cita y agarró a Sebastian de la mano, comportándose como si su marido no estuviera allí con ellos, como si fuera invisible.

Sin inmutarse, Dean siguió a su esposa y a su hijo fuera del edificio y a través del aparcamiento mientras caminaban rápidamente hacia el coche. Sebastian no hacía más que volverse para ver si su padre seguía estando detrás de ellos. Cuando llegaron al coche, Gloria buscó frenéticamente las llaves en el interior de su bolso y se le cayeron las gafas de sol mientras lo hacía. Dean las recogió y se las entregó.

Ella le dedicó una mirada llena de odio durante uno o dos segundos y después le quitó las gafas de las manos.

—No voy a dejar que..., no voy a dejar que tú...

—¿Interfiera en las decisiones relacionadas con la salud de mi hijo?

Gloria se quedó en silencio mientras apretaba con fuerza la mano de Sebastian.

—La semana pasada llamé a la clínica para averiguar cuándo era la siguiente cita de Sebastian, pero casi mejor que sepas que, mientras estabas en el baño, le he dicho a la secretaria que además quiero que me informen de todas las próximas citas —le anunció Dean.

El rostro de Gloria adquirió una tonalidad rojo brillante.

—¿Por qué me estás haciendo esto? ¿No has hecho ya suficiente?

Dean dio un paso atrás con una expresión dolida dibujada en la cara mientras contemplaba a Sebastian, que se hallaba entre ellos guardando silencio. No le gustaba hablar de estas cosas delante de su hijo, pero dudaba de que fuera a tener otra oportunidad en un futuro cercano.

—Puede que te cueste creerlo, Gloria, pero mi interés por venir a las citas con el médico de Sebastian tiene solamente que ver con él y nada que ver contigo o conmigo. Siento que te resulte incómodo, pero así es como va a ser hasta que pueda confiar en ti.

Gloria inspiró profundamente.

—¿Confiar en mí? —preguntó mirando con los ojos abiertos como platos a su marido—. ¿Cómo te atreves a hablar de confianza? Esto era lo último que me esperaba escuchar.

Dean contempló a su esposa con lástima y casi con ternura, pero no añadió nada más. Abrazó a Sebastian y le dijo que iría a buscarle el domingo y después se marchó.

Gloria comenzó a farfullar para sí misma mientras abría con la llave la puerta del coche, y Sebastian se soltó de ella y gritó hacia el otro extremo del aparcamiento:

—¡Mofongo!

Dean se volvió y se colocó la mano sobre la oreja.

—¡¡¡Mofongo!!! —gritó Sebastian aún más fuerte—. La abuela

Lola va a preparar mofongo este domingo y quiere que vayas a su casa a comer.

Dean sonrió e hizo un gesto con la mano.

—¡Gracias por decírmelo! —le gritó a su hijo.

Sintiéndose bastante satisfecho consigo mismo, Sebastian trepó para sentarse en el asiento trasero y se abrochó rápidamente el cinturón de seguridad.

Gloria arrancó el motor y, cuando se volvió para dar marcha atrás, se quedó mirando fijamente a Sebastian a la cara.

—Eres un bocazas. ¿Te lo han dicho alguna vez?

Sebastian no contestó, pero mientras se alejaban en el coche, por mucho que lo intentara, no podía borrar la sonrisa de su rostro.

CAPÍTULO DIECISIETE

Gloria siempre había sido muy madrugadora. Incluso los fines de semana solía estar en pie a las siete con un café y el periódico en la mano, pero eran las nueve del domingo por la mañana y todavía no se había levantado. Abajo, en la cocina, Jennifer sirvió dos cuencos de cereales.

—A lo mejor deberíamos ir a ver cómo está mamá —propuso Sebastian.

—No la molestes —le respondió Jennifer—. Mamá nunca tiene la oportunidad de dormir hasta tarde.

Mientras su hermana vertía la leche sobre los cereales, Sebastian trató de no preocuparse, pero no pudo deshacerse del temor que sentía dándole vueltas en el estómago, el miedo desesperante de que algo terrible le sucedía a su madre. El enfrentamiento con Dean en la consulta del médico la había disgustado profundamente y, en mitad de la noche unos días después, lo había despertado el sonido de sus sollozos.

Disculpándose para ir al baño, Sebastian se apartó de la mesa y subió a la planta de arriba. Llamó suavemente a la puerta del dormitorio de su madre, pero no recibió respuesta. Volvió a llamar y entonces abrió la puerta para encontrarla tumbada boca arriba, tapada hasta la barbilla por las sábanas. Se sintió aliviado al ver que su pecho subía y bajaba lentamente, y se internó unos pasos en la habitación para mirarla más de cerca. La brumosa claridad de la mañana se filtraba a través de las cortinas de encaje y bañaba su rostro con tenues rayos de luz. Su frente y sus mejillas lucían una suavidad aterciopelada y sin preocupaciones, y tenía una especie de sonrisa dibujada en los labios.

—¿Qué estás haciendo? —le preguntó Jennifer en un susurro irritantemente alto—. Ya te dije que dejaras tranquila a mamá. Necesita descansar.

—Pero puede que esté enferma —le contestó Sebastian.

Gloria se despertó al oír las voces de sus hijos y abrió los ojos, parpadeando para deshacerse del cansancio y de la confusión momentánea. Sin embargo, cuando su mirada se centró en ellos, unos minúsculos hilos invisibles de nerviosismo se apoderaron inmediatamente de ella, tensándole la frente y la comisura de la boca y dándole forma a aquellas arrugas y pliegues tan familiares que marcaban habitualmente su rostro.

—¿Qué sucede? —les preguntó.

—¿Por qué no te has levantado todavía? ¿Te encuentras mal? —inquirió Sebastian.

Gloria se incorporó, apoyándose sobre los codos.

—Por supuesto que no. Es solo que... estoy cansada.

—Ya te lo dije —remachó Jennifer, pasándole el brazo sobre los hombros a su hermano y dirigiéndolo fuera del dormitorio, pero él la apartó con delicadeza.

—No te olvides de que hoy es domingo y la abuela Lola va a preparar mofongo.

Cuando Gloria escuchó aquello, gimió y se dejó caer de nuevo sobre la almohada.

—No creo que vaya a poder ir a casa de vuestra abuela hoy —dijo.

—¡Pero mamá! —se quejó Sebastian en tono suplicante—. ¡Si va a hacer mofongo!

—¿Qué es el mofongo? —preguntó Jennifer.

Gloria se puso un brazo sobre los ojos en un gesto melodramático, como si, de ese modo, pudiera apartar de sí el mundo y todos sus agobios.

—¡¡¡Mamá!!! —repitió Sebastian—. ¿No me has oído? ¡Tenemos que ir a casa de la abuela Lola a comer mofongo!

—¿¿¿Qué diablos es el mofongo??? —preguntó Jennifer de nuevo.

Su hermano se volvió hacia ella, algo molesto.

—No sé lo que es, pero si lo hace la abuela Lola, tiene que estar bueno.

Gloria bajó el brazo y los miró con ojos entrecerrados.

—Vuestro padre vendrá más tarde a recogeros, y estoy segura de que le encantará llevaros.

—Yo no voy con él —murmuró Jennifer.

—Haz lo que quieras —le respondió Gloria, poniéndose de lado y volviendo a dormirse.

Más tarde ese mismo día, mientras Sebastian esperaba junto a la ventana a que llegara su padre, trató de convencer a Jennifer de que se les uniera.

—Escucha, Sebastian —le dijo su hermana—, ya sé que, a veces, mamá puede llegar a ser una auténtica bruja, pero eso no le da derecho a papá a hacerle lo que le ha hecho. No puedo perdonarlo. Todavía no..., necesito más tiempo.

—¿Pero no quieres probar el mofongo? —le preguntó el niño débilmente, sabiendo que aquella era una causa perdida.

Jennifer negó rotundamente con la cabeza.

—No me importa si la abuela Lola va a preparar el plato más exquisito que han probado labios humanos: no voy a traicionar a mamá.

Jennifer abandonó la casa justo cuando se oyó el estruendo del motor del todoterreno de su padre al final de la calle. Por la ventana, Sebastian lo distinguió saludándola con la mano, pero ella hizo como que no lo veía y continuó su camino. Incluso a aquella distancia, Sebastian percibió el dolor en los ojos de su padre y, para compensar el desagradable comportamiento de Jennifer, él lo esperó fuera, en la acera. Lo último que deseaba era que su padre tuviera que soportar otro difícil encuentro con su madre, que no tenía ninguna gana de ser amable. Al final, Gloria había salido de la cama, pero todavía estaba de un humor de perros mientras leía el periódico y se tomaba el café del desayuno en la cocina. Al tiempo que se alejaban en el coche, Sebastian miró atrás para ver si su madre los había estado contemplando por la ventana, pero, esta vez, las cortinas permanecieron totalmente inmóviles.

—¿Y qué vamos a hacer hoy? —preguntó Dean, haciendo un gran esfuerzo por sonar alegre, aunque la decepción por el comportamiento de Jennifer se le instaló como un nudo en la garganta e hizo que le saliera una voz extraña.

—La abuela Lola va a preparar mofongo. ¿No te acuerdas de que te lo había dicho?

—¡Ah, es verdad! —le contestó su padre con indiferencia. La verdad es que no se había olvidado, pero esperaba que Sebastian sí lo hubiera hecho, pues no tenía demasiadas ganas de enfrentarse a su familia política tan pronto—. Pero vas a casa de tu abuela todos los días. He pensado que, en su lugar, podríamos ir a la playa. Hoy parece que va a hacer buen día.

—Prefiero ir a casa de la abuela Lola y comer mofongo —repuso Sebastian.

Su padre se encogió débilmente de hombros.

—Bueno, vale, si eso es lo que quieres, hijo...

Cuando llegaron a Bungalow Haven, el aroma del ajo y la cebolla friéndose en aceite de oliva los atrajo hacia la casita amarilla al fondo de la urbanización.

—¡Para el carro! ¿A qué viene tanta prisa? —exclamó Dean mientras seguía a su hijo por el serpenteante sendero.

—No quiero quedarme sin nada —le respondió ilusionado el niño sin aliento.

Dean soltó una risita.

—Conociendo a tu abuela, estoy seguro de que habrá preparado comida para cincuenta personas.

Cuando la casita amarilla apareció ante sus ojos, Sebastian se percató inmediatamente de que las cosas habían seguido evolucionando desde su última visita. En el porche ya no había ni rastro de las cajas y los papeles que lo habían cubierto durante los últimos días, y las sillas metálicas habían sido sustituidas por dos asientos de mimbre con cojines de flores. Había una pequeña mesita también de mimbre entre ellos con la vela de rigor en el centro, que todavía se hallaba apagada.

—Veo que tu abuela ha estado haciendo algunos cambios —observó Dean mientras subían los escalones del porche, pero cuando entraron en la casa, Sebastian se quedó boquiabierto al contemplar el cambio más grande de todos.

La pequeña mesa de la cocina en la que no había sitio más que para cuatro personas había sido sustituida por una nueva, y esta era tan enorme que no solo ocupaba una zona de la cocina, sino también la mayor parte del salón. El sofá había sido relegado a la esquina más lejana de la habitación para hacer sitio a la mesa, y doce elegantes sillas de respaldo alto la rodeaban. Varias de ellas ya estaban ocupadas. Mando, Susan y Cindy se encontraban allí, y también Gabi, que se había sentado junto a Terrence. Charlie Jones también había llegado ya y, sin perder ni un instante, esbozó una enorme y blanquísima sonrisa cuando vio que se les unían dos comensales más.

Enfrascada en el trabajo ante la encimera de la cocina, Lola levantó la mirada y también sonrió.

—¡Oh, gracias a Dios que estás aquí, Dean! —exclamó, limpiándose las manos en el delantal—. Estamos a punto de empezar, pero ¿dónde se han metido Gloria y Jennifer? ¿Todavía están en el coche?

Dean se había quedado tan atónito por todos aquellos cambios que apenas supo qué decir. En su lugar, fue Sebastian el que contestó, tirando de la mano de su padre.

—No van a venir, abuela.

—Pero ¿por qué? ¿Tu madre todavía sigue enfadada conmigo? Esa niña no sabe dejar estar las cosas. Nunca ha sabido. ¿Y qué pasa con Jennifer?

Ante aquello, Dean se aclaró la garganta y dijo:

—Creo que Jennifer siente que ahora mismo debe quedarse con

su madre... para apoyarla... y todo eso... —Si hubiera sido totalmente sincero, habría añadido que también era porque en el instante en que Gloria hubiera puesto los ojos sobre Susan, se habría dado media vuelta y se habría marchado.

—Ya veo —comentó Lola, apoyándose las manos en las caderas—. Jennifer te culpa de todos los problemas de vuestro matrimonio, ¿verdad?

Dean se sonrojó intensamente.

—Yo..., bueno..., en realidad..., no lo sé.

—Mami, ¿por qué dices cosas así? —le preguntó Gabi—. Lo único que consigues es hacer que la gente se incomode.

—Puede que así sea, pero, si a mi edad me dedico a andarme por las ramas, casi mejor sería que cavara un hoyo bajo el árbol y me tirara dentro.

Al escuchar aquello, Terrence comenzó a reír, y su estruendosa explosión de risa llenó la habitación, aligerando inmediatamente la incómoda tensión que estaba empezando a crearse.

—Tu madre tiene algo de razón —le comentó a Gabi, todavía riéndose.

—Supongo que sí —le respondió ella, con ojos brillantes.

El único hombre que había conocido que podía despejar el ambiente gracias a su risa y no dejar nada más que alegría en el aire era su padre, y se dio cuenta de que, en ese momento, se le había conmovido un poquito el corazón.

Mando se levantó y sacó una silla.

—Siéntate, Dean. Sea lo que sea lo que esté pasando entre Gloria y tú, nos alegra que estés hoy aquí.

—Gracias —murmuró Dean, mientras Sebastian se dirigía directamente a su taburete para ver qué estaba haciendo su abuela.

Había un mortero y una mano de buen tamaño sobre la encimera, y Lola estaba cortando unos plátanos de aspecto extraño en rodajas de poco más de un centímetro de grosor. En una olla hervía una densa mezcla con salsa de tomate y, más allá, en la encimera, sobre una fuente, descansaba una pila de brillantes camarones crudos.

—Háblame sobre el mofongo —le pidió Sebastian.

Lola le sonrió cariñosamente.

—Me alegra ver que estás desarrollando un sano apetito no solo por la buena comida, sino también por las historias que hay detrás de ella. Por supuesto, te contaré todo lo que quieras saber. Y déjame comenzar diciendo que este es un plato que aúna los sabores y la historia de la isla mejor que ningún otro. Si deseas probar el alma y el corazón de tus raíces, Sebastian, eso es el mofongo.

—Me temo que mami ha desarrollado últimamente el gusto por lo dramático —le dijo Gabi a Terrence, tocándole ligeramente el brazo.

—¿Acaso dudas de mi palabra? —dijo Lola a modo de respuesta.

—No, lo único que digo es que puede que sea una pequeña exageración, mami, eso es todo.

Lola golpeó la encimera con la mano del mortero.

—¿«Una pequeña exageración»?

Mando le dedicó a su hermana una mirada de censura.

—En realidad —confesó—, yo siempre me he sentido así con respecto al mofongo.

—Sí, yo también —afirmó Susan, esbozando una sonrisa incómoda—. Siempre he pensado que era el plato más delicioso de todos.

Molesta por el tono condescendiente de su hijo y su nuera, Lola rodeó precipitadamente la encimera y se quedó de pie en la cabecera de la mesa mirando con desprecio a Mando y a Susan.

—Supongo que, como soy vieja, pensáis que también soy estúpida, ¿verdad?

—Por supuesto que no —negó tío Mando—. Vamos, mami, no te disgustes otra vez.

Querría haber añadido: «... como en el hospital», pero prefirió no hacerlo, pues sabía que su madre se enfadaría aún más si lo hacía.

Sin embargo, fue Cindy quien lo dijo con lágrimas en los ojos:

—Me asusta muchísimo cuando todos os peleáis como en el hospital.

A continuación, Lola se dirigió a Cindy, con un tono de voz grave:

—A veces la gente se enfada, Cindy. Solo porque tengas una cara bonita y vengas de una buena familia no significa que el mundo te vaya a ahorrar una buena dosis de realidad de vez en cuando.

Cindy contempló a su abuela con incredulidad, y Susan le susurró algo a su marido, que asintió. Era cierto que su madre repentinamente había vuelto a ser casi como la mujer obstinada que él recordaba en su juventud, aunque no había visto ni rastro de aquella mujer desde que murió su padre, excepto por el incidente en el hospital, claro. Mando se apartó de la mesa y comenzó a levantarse de su asiento.

—Nos vamos a ir ya, mami. Es obvio que te estamos disgustando y está claro que no queremos...

—¡Vuelve a sentar tu culo ahora mismo en la silla! —le ordenó Lola, señalando a su hijo con el dedo manchado de plátano—. Voy a decir lo que tenga que decir y, si os queréis marchar después de que termine, os podéis ir, ¿de acuerdo?

Mando se dejó caer en el asiento y le hizo un gesto a Susan para que hiciera lo mismo.

Lola se inclinó hacia delante contra la mesa, con un aspecto imponente.

—Seguro que recuerdas a tu bisabuelo, ¿verdad, Mando? Con aquellos ojos claros suyos y su pelo color miel, podrías pensar que acababa de bajarse de un barco proveniente de Europa, pero no era así. Es cierto que tenía antepasados alemanes, pero su madre era la hija de un esclavo negro —añadió, señalando a Cindy después de decir eso último—. En aquella época, España había perdido la mayor parte de sus colonias en el Caribe, y los españoles pensaban que se debía a que había demasiada mezcla de razas. Ellos mismos se estaban mezclando con los indios y, cuando llegaron los africanos, tampoco pudieron dejar de revolcarse unos con otros, así que para «blanquear» un poco las cosas, España aprobó un decreto real para animar a los europeos de otros países a ir también a Puerto Rico. Vinieron de Alemania, de Italia y de Francia, y también de muchos otros países. Lo que los españoles no habían previsto es que aquellos europeos recién llegados encontrarían a los boricuas tan irresistibles como ellos mismos. Ellos también mezclaron las razas y tuvieron montones de hijos. Y en pocos años, todos eran tan nativos como el árbol de la ceiba.

Lola volvió a ponerse tras la encimera, donde tenía listos los ingredientes. Cogió el mortero y lo levantó para que todo el mundo lo viera:

—Tenemos que agradecerles el mortero o pilón a los indígenas taínos, un inteligente invento que no falta en ninguna cocina criolla. —A continuación señaló el ajo y el aceite de oliva—. Ese es un legado de nuestros antepasados españoles. —Y finalmente, cogió el plátano de aspecto extraño que había estado partiendo en rodajas—. Y nuestros ancestros africanos nos enseñaron cómo cocinar los plátanos macho y cómo freírlos en lugar de quitarles el sabor cociéndolos, tal y como hacían los europeos por entonces. Cuando lo combinas todo, tienes el mofongo: una asimilación culinaria, una irresistible alquimia de sabores y cultura que ni siquiera el poder de la corona española pudo vencer. Y gracias a Dios que todavía hoy sigue con vida y goza de buena salud. Es una mezcla criolla, y cuando como mofongo, se me alboroza la sangre africana, taína y europea que corre por mis venas.

Cuando Lola terminó, se limpió las manos en el delantal y se sentó junto a Charlie a la mesa.

—¡Guau, mami! —exclamó Gabi—. Nunca antes te había oído hablar así.

—Este mofongo tiene que estar muy bueno —comentó Terrence.

—Si se parece en algo a lo que yo recuerdo, no os decepcionará —les dijo Dean—. Siempre ha sido mi favorito.

—El mío también —añadió Susan—. El mofongo es mi favorito sin duda alguna.

Lola se puso tensa cuando oyó aquello y entonces se inclinó hacia Charlie y le susurró algo al oído. Charlie sonrió mientras miraba fijamente a Susan.

—¿Qué sucede? —preguntó Susan—. ¿No lo he pronunciado bien?

—Oh, no, lo has pronunciado perfectamente —le contestó Lola, tratando de aguantarse las ganas de esbozar una sonrisa. Pero entonces Charlie comenzó a reírse entre dientes, cosa que provocó que Lola le diera un golpe con los nudillos en el hombro—. No empieces o me la contagiarás y no seré capaz de parar.

—Mami, estás siendo terriblemente maleducada —le advirtió

Mando—. Cuando éramos niños siempre nos regañabas por cuchichear en la mesa y mírate ahora.

Lola recobró la compostura de inmediato:

—Tienes toda la razón. Además, insistía en que, todo lo que estuvierais cuchicheando, teníais que compartirlo con el resto de los comensales. Así que adelante, Charlie, cuéntales lo que te he dicho.

—¿Estás segura? —le preguntó Charlie adoptando un aspecto algo horrorizado.

—Totalmente. No debería haber secretos entre familia y amigos.

—Sí, pero, a veces, es mejor...

—Por favor, Charlie —le rogó Lola.

Charlie se encogió de hombros y se volvió para dirigirse directamente a Susan.

—Lola me ha dicho que no sabe por qué dices que el mofongo es tu plato favorito cuando una vez te oyó diciéndole a Mando que tenía el aspecto de comida para perro regurgitada y que nunca jamás te meterías algo así en la boca.

Susan palideció y Mando se puso terriblemente colorado.

—Mami, ¿qué demonios...?

—Pero fue tu respuesta lo que más me molestó —dijo Lola mirando directamente a su hijo.

Mando sacudió la cabeza y trató de restarle importancia al asunto echándose a reír.

—No sabes de qué estás hablando, mami, de verdad que no lo sabes.

Lola se inclinó hacia su hijo.

—Te echaste a reír exactamente igual que ahora —le espetó—. Y entonces le dijiste a Susan que el mofongo era un plato de paletos y que, en realidad, no se estaba perdiendo gran cosa.

—Pues es cierto —le respondió él poniéndose a la defensiva—. No es más que plátanos macho machacados con un poco de ajo y tocino. No es que sea precisamente un plato de restaurante de cinco tenedores, si quieres que te diga la verdad.

Al oír aquello, Lola se inclinó sobre la mesa hacia él.

—Te guste o no, el mofongo corre por tus venas y por las de tu hija, y tú te ríes cuando tu mujer lo llama comida para perro. Piensa en lo que eso significa, Mando. Piénsalo.

—¡Ya está bien! —exclamó Mando levantándose de la silla y tirando la servilleta sobre su plato vacío—. Ahora entiendo a qué se refería Gloria cuando decía que estabas ofensiva e hiriente.

Cogió su chaqueta y le entregó el bolso a Susan. Cindy se levantó lentamente de la silla también, con aspecto conmocionado y a punto de echarse a llorar.

Susan siguió a Mando hasta la puerta, pero a medio camino se dio la vuelta, con la cabeza bien alta y los ojos brillantes por las lágrimas.

—Si lo que quieres decir es que Mando y yo nos avergonzamos de sus raíces, estás totalmente equivocada. Nosotros abrazamos la diversidad y siempre hemos educado a Cindy para que haga lo mismo.

Lola miró fijamente hacia delante y su rostro no delató ninguna emoción.

—¿De verdad nos marchamos? —preguntó Cindy cuando vio que tanto su padre como su madre se encontraban junto a la puerta.

—Sí, así es —le respondió Mando.

Cindy comenzó a seguirlos, pero entonces se dejó caer sobre la mecedora de Lola y se cubrió la cara con las manos. Susan corrió a su lado y le acarició el hombro para consolarla.

—Por favor, cariño, no hay motivo para que te disgustes. Volveremos a venir dentro de unos días, cuando tu abuela se sienta mejor. ¿Qué te parece si vamos a por sushi de camino a casa?

—Odio que todo el mundo se pelee —sollozó Cindy.

—Ya lo sé, pero todo va a ir bien, ya lo verás —le aseguró Susan mientras le apretaba suavemente el hombro a su hija.

Cindy levantó la vista hacia ella y la miró con ojos acusadores:

—Pero lo que más odio es cuando papá y tú me mentís.

Susan apartó la mano del hombro de su hija y dio un paso atrás.

—¿Por qué no me lo contasteis? —preguntó Cindy—. ¿Por qué no me dijisteis que algunos de nuestros antepasados eran negros?

—Estoy seguro de que sí te lo hemos contado —le respondió Mando—. Probablemente no lo recuerdas.

—¡Pues claro que lo hicimos! —afirmó Susan.

Cindy negó firmemente con la cabeza.

—No, no me lo habíais contado.

Sebastian había oído la historia de sus antepasados alemanes y negros tantas veces que se sorprendió al enterarse de que Cindy no se la sabía. Siempre había considerado que aquella era la particular historia de Adán y Eva de la familia. Mientras su prima esperaba a que sus padres le proporcionaran una respuesta, todo el mundo pareció avergonzado, sin saber hacia dónde mirar. Mando, que todavía se hallaba de pie junto a la puerta, aparentemente era el más incómodo de todos.

Susan sacudió la cabeza lentamente, como si se estuviera despertando de un sueño. Mientras tanto, Lola se había levantado de la silla y se había puesto a freír en aceite de oliva los plátanos macho que antes había hecho rodajas. Lo único que se oía era el chisporroteo y el siseo del aceite mientras se freían los plátanos. Cuando estaban empezando a dorarse, los sacó de la sartén y comenzó a machacarlos con ajo y unos trozos gruesos de tocino para formar una pasta en el mortero, añadiéndole una pizca de sal y, de vez en cuando, chorritos de aceite de oliva según fuera necesario para conseguir la consistencia adecuada. Lola resoplaba mientras mezclaba los ingredientes, y pronto un maravilloso aroma flotó por toda la habitación. Era penetrante, dulce y bastante apetecible como para distraer la atención de la incomodidad del momento, aunque nadie había pronunciado ni una palabra.

—Estas viejas articulaciones mías no son lo que solían, así que si queréis comer, todo el mundo va a tener que ayudarme por turnos. Susan, ¿te gustaría ser la primera? —dijo Lola, con la esperanza de que su hijo y su nuera se quedaran, a pesar del difícil aunque necesario enfrentamiento que acababan de mantener.

Si Susan decidía quedarse, no le cabía la menor duda de que Mando haría lo mismo. Puede que su hijo fuera un poderoso abogado, pero Lola sabía que en casa era Susan quien llevaba la batuta.

Su nuera permaneció inmóvil durante un largo instante, perdida en sus pensamientos. La correa del bolso se le resbaló del hombro hasta el codo y contempló a su hija, que todavía estaba disgustada, apartando la mirada de ella. Entonces, con un movimiento rápido,

Susan tiró el bolso sobre el sofá y fue a unirse a Lola detrás de la encimera, donde la abuela le entregó inmediatamente el mortero y le dio instrucciones precisas sobre cómo combinar los ingredientes y en qué proporciones. Después de que Susan estuviera mezclando los plátanos, el ajo, el aceite y el tocino durante varios minutos, ella y Lola le dieron a la pegajosa pasta forma de bolas del tamaño de huevos y midieron los ingredientes para preparar más. Iban a servir el mofongo con camarones enchilados: una receta picante. Después de saltearlos en aceite de oliva hasta que adquirieron un color rosáceo, Lola sacó los camarones de la sartén y añadió cebolla, ajo, pimiento, salsa de tomate y más aceite de oliva. Espolvoreó la mezcla con sal y pimienta y añadió un par de hojas de laurel a la sartén mientras removía, y en menos que canta un gallo, había creado una cremosa y espesa salsa de tomate que resultaba ligeramente picante: el acompañamiento perfecto para el marisco.

—¿Puedo ser yo la siguiente? —pidió Cindy, secándose los ojos e impaciente por ayudar a preparar la siguiente remesa de mofongo.

—A todo el mundo le tocará su turno —le respondió Lola, feliz de ver que Mando se había vuelto a sentar en su silla.

Tras entregarle a Cindy el mortero, Lola regresó a la mesa y susurró algo esta vez al oído de Sebastian.

—No olvides las normas —le recordó Gabi a su sobrino—. Ahora tendrás que contarnos qué te acaba de decir la abuela.

A Sebastian todavía le daba vueltas la cabeza por lo que acababa de suceder, pero se sentía especialmente aliviado de que todo pareciera ir bien por el momento.

—La abuela Lola me acaba de decir que este será el mejor mofongo que hemos hecho en la vida —le respondió Sebastian, y aquella afirmación provocó una ola de buen humor que permaneció en el ambiente durante el resto de la tarde.

Gloria y Jennifer escucharon atentamente cuando Sebastian les contó todo lo que había sucedido en casa de la abuela Lola. El mofongo que la abuela le había dado para que se lo llevara a casa se hallaba sobre la mesa de la cocina y, aunque lo habían envuelto meticulosamente en varias capas de plástico de cocina, el penetrante y dulce aroma del ajo y los plátanos flotaba denso en el ambiente. Sebastian se encargó de recalentar los camarones enchilados. Tal y como le había indicado su abuela, retiró los camarones cocinados de la sartén caliente para que no se pusieran correosos y avivó el fuego para preparar la salsa de tomate, que estaba solo ligeramente picante, pero resultaba sabrosísima, gracias al sabor en su punto de los tomates crecidos en la mata, de los dientes de ajo enteros y de los condimentos frescos. Solamente después de que la sartén estuviera caliente, volvió a introducir en ella los camarones.

Gloria, que no se había quitado el camisón, cruzó los brazos sobre el pecho y miró a Sebastian con ojos entrecerrados, sin creerse del todo lo que acababa de escuchar.

—¿Así que Susan ayudó a preparar el mofongo? ¿De verdad se dignó mancharse las manos?

—Y también comió un poco —añadió Sebastian—. Y creo que le gustó.

Jennifer comenzó a deshacer el paquete de mofongo que había sobre la mesa.

—No me puedo creer que Cindy no hubiera oído nunca la historia de Otto y Rubina. Claro que, pensándolo un poco mejor —prosiguió—, sí que me lo creo. Tiene todo el sentido del mundo.

—Cindy le pidió por favor a la abuela Lola que le hablara de ellos —les dijo Sebastian—, así que la abuela le contó la historia mientras comíamos.

—¿Y qué hizo Susan? —preguntó Gloria, dedicándole una mirada hambrienta al mofongo, que finalmente había sido liberado del plástico de cocina—. ¿Trató de sacar a Cindy de allí antes de que se enterara de la verdad sobre sus antepasados?

—No, se quedó y escuchó, como todos los demás —le respondió Sebastian—. Y ¿sabéis?, es gracioso, porque, aunque yo ya he oído esa historia un millón de veces, oír a la abuela contándola otra vez ha sido como si fuera la primera.

Jennifer colocó las bolas de mofongo en un plato.

—¿Tengo que meterlas en el microondas? —le preguntó a su hermano.

—Como mucho veinte segundos —le contestó él—. Y tápalas con un trozo de papel de cocina húmedo para que no se sequen.

—Vamos, Sebastian —le dijo Gloria—, cuéntanos la historia. Tengo curiosidad por saber si ha cambiado tanto como todo lo demás.

Y a medida que la cocina se impregnaba de la deliciosa fragancia del mofongo que los envolvía, Sebastian volvió a relatar la historia de su abuela tal y como la recordaba, pero su madre y su hermana se la imaginaron narrada con la voz de Lola.

«Cuando tu tatarabuelo Otto salió de Alemania hace aproximadamente ciento cincuenta años, dejó atrás a una muchacha con la que tenía la intención de casarse. Helga era una chica dulce y bonita con la que cualquier hombre habría sido feliz si hubiera podido tomarla por esposa, pero Otto era pobre y, en aquella época, los hombres de honor no pensaban en casarse a menos que pudieran mantener a su mujer y su familia. Cuando Otto se enteró de que existían oportunidades en el Nuevo Mundo, decidió emprender un largo viaje hacia Puerto Rico. Una vez que lograra ahorrar suficiente dinero, regresaría a casa y se casaría con Helga.

»Otto nunca antes en su vida había salido de Alemania, y cuando se encontró con la cálida y suave brisa de los trópicos y el exuberante y hermoso verdor de la isla, tuvo el presagio de que aquel era su destino con tanta certeza como notaba el calor del sol tropical. Inmediatamente escribió a Helga diciéndole que la mandaría a buscar en lugar de volver él, pues no le cabía la menor duda de que a ella también le encantaría.

»Una vez que Otto se estableció, inició un negocio de exportación de café, y las cosas le fueron muy bien. Era un trabajador tenaz y su negocio no paraba de crecer. Aunque estaba muy ocupado, no pudo evitar fijarse en lo bellas que eran las mujeres puertorriqueñas, tan variadas y pintorescas como las brillantes conchas que el mar dejaba sobre la playa. Algo en la mezcla de culturas bajo los cielos tropicales las hacía incluso más seductoras. Por muy tentadoras que fueran, Otto se resistía a sus encantos. Le había hecho una promesa a Helga y tenía toda la intención de cumplirla.

»Después de tres años de duro trabajo levantando su negocio, Otto finalmente ahorró suficiente dinero como para casarse con Helga del modo en el que él consideraba que ella se merecía. Acababa de ultimar los preparativos en el pueblo para mandar a buscarla e iba camino a casa, cuando su caballo se encabritó y lo tiró al suelo. Después, el animal se marchó rápidamente galopando de vuelta al establo, dejando a Otto tirado al borde del camino con una pierna rota. Desgraciadamente, aquella era una senda poco transitada, y Otto sabía que pasaría bastante tiempo hasta que alguien lo encontrara y que tal vez falleciera, pues no llevaba consigo comida ni agua.

»Tras varias horas, Rubina apareció a pie y, cuando Otto la vio mirándolo desde arriba, pensó que se había muerto y estaba contemplando el rostro de un ángel. Aquel ser celestial, una hermosa mujer con ojos en forma de almendra y piel color caramelo, en realidad, era la esclava de otro hombre que regresaba a casa después de hacer unos recados. Otto pesaba demasiado como para que Rubina lo llevara en brazos, así que lo ayudó a acomodarse todo lo que pudo, le dio un poco de agua y se sentó con él a esperar.

»—Quizá sería mejor que fueras a buscar ayuda —le sugirió, aunque en realidad no deseaba que ella se apartara de su lado.

»Su presencia le hacía sentir un vibrante anhelo en el corazón que era lo suficientemente fuerte como para superar la agonía producida por sus huesos rotos.

»—Pero ¿y qué pasa si el Señor te roba el espíritu mientras yo no estoy? —le preguntó ella—. Te quedarás solo, y no hay nada peor que morir en soledad.

»—¿Tú crees que estoy a las puertas de la muerte? —le preguntó a su vez Otto.

»—No estoy segura, pero si lo estuvieras, ¿querrías vivir tus últimos momentos en este mundo conmigo o sin mí?

»—Contigo, está claro que contigo —le respondió Otto, que nunca había tenido nada más claro en toda su vida.

»Mientras esperaban juntos a que viniera la muerte o un carro tirado por un caballo, lo que primero llegara, Otto y Rubina charlaron sobre sus vidas y sobre todo lo que se les fue ocurriendo para pasar el tiempo. Ambos pensaron que la conversación del otro era muy agradable y apenas notaron el paso de las horas. Cuando les entró hambre, Rubina abrió su hatillo y compartió con su nuevo amigo la comida que guardaba en él. Lo que llevaba era mofongo, y Otto pensó que era la cosa más deliciosa que había probado en toda su vida, pero aquello no le sorprendió ni lo más mínimo. No le cabía la menor duda de que todo lo que tenía que ver con Rubina era extraordinario y realmente se sintió decepcionado cuando vio la polvareda que levantaba un carro aproximándose por el camino. Sabiendo que no tendría otra oportunidad, le dijo a Rubina que quería comprar su libertad para casarse con ella tan pronto como pudiera. Por supuesto, todos en el pueblo, incluida Rubina, sabían que Otto ya estaba prometido con una muchacha alemana llamada Helga que pronto se reuniría con él en la isla.

»—¿Y qué hay de Helga? —le preguntó Rubina—. ¿No se sentirá terriblemente disgustada cuando llegue y se encuentre que el hombre al que ha estado esperando durante todo este tiempo ya está casado?

»Durante las mágicas horas que Otto había pasado con Rubina, había olvidado por completo a Helga, pero, de algún modo, convenció a Rubina de que arreglaría el problema, aunque no sabía cómo, y Rubina aceptó casarse con él.

»En la isla, no eran poco corrientes los matrimonios entre blancos y negros, pero, en este caso, la situación se complicaba porque Rubina era una esclava. El hombre al que pertenecía era conocido por su avaricia, y cuando se enteró de que Otto se había enamorado de su hermosa esclava, le pidió un altísimo precio por ella. Por suerte, Otto pudo emplear el dinero que había estado ahorrando para su boda en comprar su libertad.

»Pocos días después de que Otto y Rubina se casaran, Helga llegó a la isla. El viaje había sido difícil, y se encontraba gravemente enferma. Al enterarse de que Otto ya tenía otra esposa, estuvo a punto de morir. Sin embargo, como era una buena cristiana, Rubina no podía cerrar su corazón al sufrimiento de otros, así que insistió en que Helga se quedara con ellos y, durante las semanas y los meses siguientes, Rubina la cuidó para que recobrara la salud. Incluso después de quedarse embarazada, Rubina estuvo pendiente de Helga, y ambas mujeres acabaron siendo como hermanas. Al final, Helga no pudo culpar a Otto de haberse enamorado de una mujer tan buena. Por supuesto, también contribuyó el hecho de que ella misma finalmente también encontrara el amor. Se casó con el hermano de Rubina casi un año después de la fecha en la que llegó a la isla. Y las dos parejas tuvieron más de veinte hermosos niños criollos entre las dos.»

Gloria y Jennifer se habían zampado hasta el último resto de mofongo con camarones aproximadamente hacia la mitad de la historia de Sebastian. Tenían los labios brillantes por el aceite de oliva y, de buen grado, se habrían comido mucho más si hubieran podido.

—No recordaba la historia exactamente así —comentó Jennifer—. Creo que la abuela cambia de una vez para otra lo que Rubina lleva en su hatillo. Hubiera jurado que era otra cosa la última vez que la escuché.

—Está claro que ha cambiado —afirmó Gloria—. Pero me ha gustado, especialmente la parte en la que Rubina aparece como un ángel. Le da un toque muy bonito.

—¿Qué os ha parecido el mofongo? —les preguntó Sebastian.

—Estaba buenísimo, pero me hubiera encantado que trajeras más —dijo Jennifer.

—¿Y a ti, mamá, te ha gustado?

—¿Cómo podría no gustarme? —le contestó Gloria con una sonrisa fácil, aunque con ojos pensativos, como si hubiera un deje de pesar en su expresión.

Escuchar aquella historia le hacía sentir viejas sensaciones, una mezcla de morriña y añoranza de una época en la que la vida era más sencilla y en la que ella todavía creía en la inocencia del amor verdadero.

Sebastian se inclinó sobre la mesa hacia ella.

—Papá dice que el mofongo es su plato favorito y que siempre lo será. Después de comer, estuvo mirando las fotos de la pared de la abuela Lola durante mucho tiempo, sobre todo esas en las que estáis los dos juntos.

Gloria inmediatamente ondeó su servilleta delante de la cara de Sebastian como si así pudiera romper aquel absurdo encantamiento en el que habían caído.

—¿Quieres hacer el favor de dejar de hablar sobre esas fotografías, Sebastian? Nos las hicieron hace muchísimo tiempo y no tienen nada que ver con lo que está pasando ahora.

Suspiró, tiró el plástico del mofongo a la basura y se marchó de la cocina sin añadir ni una palabra más.

Jennifer y Sebastian escucharon las pisadas lentas y pesadas de su madre mientras esta subía las escaleras y caminaba por el pasillo hasta su habitación. Cuando oyeron que se cerraba la puerta del dormitorio, Jennifer le dijo a su hermano:

—Será mejor que te hagas a la idea: mamá y papá no van a volver a estar juntos jamás.

—¿Cómo lo sabes?

—Porque lo sé —le espetó ella, y cuando vio que las lágrimas se acumulaban en los ojos de su hermano, añadió—: No te pongas tan triste. Es que no quiero que tengas muchas esperanzas, eso es todo.

Sebastian asintió, pero el bienestar que había experimentado durante el día se había evaporado y, en su lugar, sentía un vacío que se abría paso hasta lo más hondo de su ser. Quería decirle a su hermana que se equivocaba como nunca antes en su vida, pero no logró reunir la energía ni las palabras para llevarle la contraria.

—No es el fin del mundo —lo consoló Jennifer—. La gente se divorcia todo el tiempo.

Sebastian asintió y se secó los ojos. Deseaba ser tan estoico y realista sobre aquellas cosas como su hermana, pero para él, así era precisamente cómo lo sentía: como si fuera el fin del mundo.

—Ellos no son gente cualquiera —murmuró—. Son papá y mamá.

—Eso es cierto, déjame que me corrija —le contestó su hermana—. Mamá y papá se van a divorciar, y no hay nada que tú o yo podamos hacer.

CAPÍTULO DIECIOCHO

Era estupendo volver a jugar al balompié atado y Sebastian golpeaba la pelota con la punta del pie, deleitándose con el hormigueo que le subía por las piernas y el torso. Se preparó perfectamente, le propinó otra patada y la contempló girando en torno al poste por encima de su cabeza. Más allá, vio el cielo azul. Tal vez no fuera el más brillante que había visto en su vida, pero se sintió agradecido de que hiciera una temperatura suave y de que pudiera jugar durante varios minutos sin cansarse. Mantuvo los pies listos y cerró los ojos, escuchando la sibilante vibración y el repiqueteo de la cadena en el interior del poste. No tuvo que abrirlos para saber que la pelota estaba perdiendo velocidad, así que la golpeó de nuevo, exactamente en el lugar adecuado para que subiera disparada hacia el cielo. De no ser por la cadena, se imaginó que la pelota se habría escapado por encima de las copas de los árboles perdiéndose de vista. Pasaría un buen rato hasta que tuviera que golpearla de nuevo, así que bajó los pies y esperó, reuniendo fuerzas.

Y en mitad del gemido lastimero de la cadena, adelante y atrás, de un lado a otro, un susurro mágico embargó sus sentidos, y escuchó claramente la siguiente frase: «Mantente en tu posición». De nuevo, se repitieron aquellas inquietantes palabras que se escapaban del poste repiqueteante: «Mantente en tu posición. Aunque el suelo tiemble bajo tus pies, tú mantente en tu posición».

Sebastian abrió los ojos y, entre la superficie arañada y los parches de metal, vio unos ojos penetrantes que lo contemplaban. La anciana de pelo negro dijo: «Mantente...», giró sobre la cabeza de Sebastian «en tu...» y dio otra vuelta hasta regresar formando una curva «... posición». El niño la contempló, aunque se le saltaron las lágrimas por la luz del sol y, para evitarlo, se presionó la base de las palmas de las manos contra las cuencas de los ojos. Volvió a mirar hacia aquel rostro de nuevo: ella lo desafiaba, le proporcionaba apoyo, lo animaba a ser fuerte. Se le acercaba y volvía a alejársele con cada órbita, y Sebastian bajó los pies. No podía golpear la pelota mientras la anciana estuviera en ella.

—¿Quién eres? —le preguntó, sin estar seguro de haber pronunciado aquellas palabras en alto—. ¿Cómo te llamas?

La anciana no le contestó. Simplemente, cerró los ojos y sonrió. Sebastian se imaginó que balancearse por el aire, como ella estaba haciendo en aquel momento, debía ser muy emocionante y durante un instante, la envidió.

A medida que la pelota iba disminuyendo su velocidad, la piel cuarteada y los parches rotos perdieron su magia, y la cadena dejó de gruñir y se quedó en silencio. Sebastian se preparó para volver a golpear la pelota con la esperanza de que la anciana regresara, y entonces alguien la agarró. Sean, el amigo de Keith, estaba de pie sobre él, con su peculiar sonrisa torcida en el rostro.

Sebastian se sentó y vio a Keith junto a él con otros de sus compañeros de clase. Se puso en pie, examinando el grupo en busca de Kelly Taylor, con la que podía contar para que pusiera a Keith a raya, pero entonces recordó que la niña llevaba enferma toda la semana y un miedo frío le subió desde el estómago.

—¡Eh, niño mono! —exclamó Keith, cruzándose de brazos—. ¿Por qué estás aquí tú solito?

Sebastian no contestó. Miró a su alrededor por el patio para ver si había algún profesor cerca, pero probablemente estaban vigilando el campo de fútbol y los columpios durante el recreo. El grupo se acercó aún más.

—¿Es por tu corazón a punto de explotar? —le preguntó Keith, y varios de los otros niños soltaron una risita—. ¿No tienes nada que decir? —le preguntó Keith mirándolo de arriba abajo.

Sebastian negó con la cabeza, pero las entrañas comenzaron a temblarle con violencia. Se agarró al poste para tratar de tranquilizarse.

—Ya me he cansado del rollo del mono. Hoy quiero que ladres como un perro, pero de una forma distinta —le dijo Keith, tratando de adoptar una actitud seria, casi empresarial—. Esta vez quiero que te pongas a cuatro patas y mees contra el poste mientras ladras. —Keith se sintió tan encantado con su propia idea que le resultó muy difícil seguir manteniendo la seriedad—. ¡Vamos, niño chucho! —exclamó—. Haz lo que te dice tu dueño.

—¡Niño chucho, niño chucho! —corearon los demás, y se cogieron de los brazos, creando un círculo impenetrable mientras se balanceaban a uno y otro lado.

Sebastian se agarró aún con más fuerza al poste y no hizo ningún ademán de ir a cumplir aquellas órdenes. Sean, que todavía tenía la pelota en la mano, se la tiró desde atrás y golpeó violentamente a Sebastian en el hombro, que se estremeció, pero siguió sin moverse.

—¿Qué te pasa, niño chucho? —le preguntó Keith—. ¿Ya te has meado en los pantalones? ¿Ese es el problema?

—¡El niño chucho se ha meado en los pantalones! —exclamó Sean, y le lanzó la pelota a la cabeza a Sebastian, pero esta vez este la vio venir y la atrapó antes de que le golpeara.

—Ya me has oído —le dijo Keith, y sus ojos amarillentos resplandecieron con un brillo amenazador—. Ponte a cuatro patas y sé un buen perro.

—¡No! —le respondió Sebastian—. No soy ningún perro.

Keith apretó los puños:

—Oh, claro que lo eres —respondió el matón—. Eres un niño chucho.

—¡No lo soy! —le contestó Sebastian.

Keith avanzó varios pasos hacia él, y los demás alumnos se quedaron callados. Nunca le había puesto la mano encima a Sebastian, pero el niño percibía que hoy sería diferente. Durante el silencio posterior, a Sebastian no le cupo la menor duda de que todo el mundo podía oír su corazón palpitando como una taladradora. Y, a continuación, recordó las palabras de la anciana de pelo negro: «Mantente en tu posición», pero le dio la sensación de que el suelo bajo sus pies se movía a una velocidad alarmante, y si se hubiera abierto en dos formando un abismo que se lo hubiera tragado entero, no le habría importado ni lo más mínimo.

A apenas unos centímetros de él, Keith le ordenó:

—Dame la pelota.

Sebastian vaciló y entonces se la entregó. La cadena profirió un sonido metálico antes de que el matón la cogiera.

—¡Haz lo que te he dicho! —le ordenó Keith de nuevo.

—No lo voy a hacer —le respondió en voz baja Sebastian.

—¡¡¡Ponte a cuatro patas, maldito niño chucho de mierda!!! —chilló Keith.

Sebastian casi pegó un brinco, pero después volvió a recuperar el equilibrio y le respondió con tranquilidad:

—No, no lo haré.

Keith lanzó la pelota, que comenzó a dar vueltas lentamente alrededor del poste. El matón se acercó aún más a Sebastian, y sus ojos eran dos rendijas brillantes sobre su pecoso rostro. El grupo que los rodeaba era cada vez más numeroso, y algunos de los niños se tenían que poner de puntillas para ver qué estaba sucediendo. A pesar de todo, a cierta distancia, parecería que no hacían nada más que jugar una partida muy emocionante de pelota atada.

Cuando la pelota pasó cerca de Sebastian, la cogió y la sostuvo en alto para que todo el mundo pudiera verla y, con una voz clara para que lo oyeran todos por encima del clamor, dijo:

—Juega conmigo una partida de balompié atado y quien pierda tendrá que ponerse a cuatro patas y ladrar como un perro.

Un murmullo recorrió la multitud y, a continuación, reinó el silencio mientras todos aguardaban para escuchar la respuesta de Keith, que permaneció callado, fulminando con la mirada a Sebastian.

Este tragó saliva con dificultad y le preguntó:

—¿Qué pasa? ¿Tienes miedo o qué?

Se oyeron unas risitas, y Keith tensó los hombros y taladró con la mirada a los presentes para que se callaran.

—¡No tengo miedo! —contestó.

—Es como una partida de pelota atada normal, solo que usas los pies en lugar de las manos —le explicó Sebastian.

—Enséñame —le ordenó Keith, y dio un paso atrás para observarlo.

Sebastian se tumbó en el suelo e hizo una demostración de cómo había que colocar el cuerpo para poder golpear la pelota. Y mientras Keith lo contemplaba, la sonrisa regresó a su rostro. Él era muy bueno con los pies y tenía las piernas bastante más largas que Sebastian. Se dejó caer al suelo y adoptó la misma postura que Sebastian le había enseñado, con los codos apoyados y las caderas sujetas por las manos.

—¡Estoy listo, niño chucho! —exclamó Keith, prácticamente en un gruñido.

Sebastian inmediatamente golpeó la pelota para ponerla en juego y Keith logró devolvérsela, pero tenía dificultad para equilibrarse sobre los codos, y cuando Sebastian le devolvió la pelota, Keith se tambaleó hacia un lado y la pelota se le escapó. Sebastian se mantuvo en su posición y volvió a golpearla con firmeza y seguridad, no tan alto ni tan fuerte como Keith, pero sin escapársele ninguna: era extraordinariamente diestro con los pies y lograba girar sobre los codos sin apartar la mirada de la pelota mientras esta orbitaba alrededor del poste. La anciana de pelo negro volvió a aparecer, pero guardó silencio, y lo único que Sebastian vio fue su cara sonriente mientras giraba una y otra vez alrededor del poste, maniobrando por encima de los pies de Keith, hasta que la cadena fue quedándose cada vez más y más corta, y finalmente, con un pequeño toque, Sebastian colocó la pelota alrededor del poste y ganó.

Estalló una ovación y Sebastian se puso en pie de un salto, con el corazón palpitándole con fuerza, pero no por el cansancio, sino por la euforia. Había ganado a Keith limpiamente y ahora estaba de pie ante él, mirando su cuerpo retorcido que aún se encontraba en el suelo, con más aspecto de gusano que de otra cosa. Aturdido, Keith se levantó y se sacudió la parte trasera de los pantalones.

Inmediatamente, todo el mundo comenzó a gritar:

—¡Ladra, niño chucho, ladra!

Pero esta vez todas las miradas se dirigieron hacia el matón. Algunos de los presentes dejaron flojas las muñecas como si fueran patas de perro y sacaron la lengua y jadearon mientras gritaban:

—¡Ladra, niño chucho, ladra!

Keith apretó los puños con fuerza y se volvió lentamente, con los ojos húmedos por la rabia. Entonces, dejó escapar un grito que helaba la sangre y cargó contra el círculo de niños, empujando y abriéndose paso a puñetazos hasta que la barrera se rompió. Corrió por el patio a toda velocidad, moviendo furiosamente los brazos y las piernas. Incluso entonces, Sebastian no pudo evitar admirar lo deprisa que se movía y no tuvo ninguna duda de que las lágrimas le recorrían la cara igual de rápido.

Una vez que Keith desapareció de la vista, los niños comenzaron a dispersarse, pero Sebastian se quedó junto a la pista de pelota atada, pendiente por si el matón volvía. Si regresaba, Sebastian sabía que esta vez no perdería el tiempo con sonidos de animales o partidas de balompié atado. Pero Keith no volvió y, cuando la campana sonó y los alumnos se reunieron junto a la puerta de la clase, todo el mundo se dio cuenta de que no se encontraba entre ellos. Sebastian conocía mejor que nadie el amargo sabor de la vergüenza y estaba convencido de que Keith no podría soportarlo. Sin duda, estaría escondido en el cuarto de baño de los chicos o en la enfermería para poder lamerse las heridas en privado.

Cuando entraron en la clase, Sebastian se sentó en su asiento habitual y abrió el libro de ejercicios de ortografía, como siempre hacía después de comer para prepararse para la clase, pero se sintió como si estuviera mirando el mundo con otros ojos totalmente diferentes. Como si, por vez primera, estuviera viendo los tablones de colores brillantes, las amplias ventanas panorámicas y los alegres trabajos manuales expuestos por toda la clase. De hecho, el mapamundi que él mismo había coloreado con sumo cuidado unos días antes estaba colgado junto al escritorio de la señorita Ashworth. Probablemente llevaba allí días, pero fue entonces cuando se dio cuenta de que se encontraba expuesto.

Finalmente, sus ojos se posaron sobre la pizarra. Últimamente, otros alumnos habían disfrutado del privilegio especial de limpiarla, pero nadie lo había hecho bien durante varios días, y había zonas de las esquinas superiores que estaban sucísimas.

—Sebastian —le dijo la señorita Ashworth cuando percibió su interés—. ¿Me harías el favor de limpiar la pizarra cuando termines los deberes de ortografía?

—Sí, gracias —le respondió él sin vacilación, e inmediatamente se puso manos a la obra con la ortografía.

CAPÍTULO DIECINUEVE

—Los frijoles llevan en remojo toda la mañana —explicó Lola—. Así, cuando les añadamos el resto de los ingredientes, tardarán mucho menos tiempo en cocerse.

Sebastian acababa de terminar de picar la cebolla y el ajo y, a continuación, iba a empezar con los pimientos.

Lola prosiguió:

—Hay gente que echa la verdura directamente en la olla mientras los frijoles se están cociendo, pero a mí me gusta saltearla primero en aceite de oliva y añadir los condimentos secos directamente en el aceite caliente para que liberen su sabor. Es algo muy sencillo, pero que marca totalmente la diferencia.

Lola le indicó a Sebastian que echara el sofrito en la cacerola, donde se estaba calentando el aceite de oliva. Al hacerlo, brotó de la cacerola una explosión de fragante vapor que le llenó la nariz al niño. Si había algún olor que pudiera definir a su abuela, era aquel: cebolla, ajo y pimientos friéndose en aceite de oliva. Y a él le gustaba más que ningún otro. Lola entonces añadió sal, pimienta, vinagre y una pizquita de azúcar. A medida que la removía, la mezcla comenzó a tomar consistencia y los aromas se hicieron más complejos. La anciana tocó con la cuchara la palma de su mano y lo probó, satisfecha por el resultado.

—Ahora podemos añadir los frijoles —anunció, señalando con la cuchara de madera hacia la olla grande en la que estaban en remojo las legumbres.

Pesaba bastante, pero Sebastian logró arrastrarla hasta donde se encontraba su abuela. A continuación, Lola vertió un cucharón de frijoles y líquido dentro de la cacerola caliente con los demás ingredientes y los mezcló con energía, explicándole a su nieto que, de esa manera, capturaría todo el sabor de la salsa. Sebastian notó que el líquido en el que los frijoles habían estado en remojo se había quedado tan negro como las propias legumbres. Cuando Lola terminó, volcó todo el contenido de la cacerola a la olla grande de los frijoles. Aquel caldero que estaba utilizando era lo bastante grande como para dar de comer a cincuenta personas, pero la anciana no tuvo ninguna dificultad en llevarlo al quemador más grande.

—¿No crees que a lo mejor estamos preparando demasiado? —le preguntó Sebastian.

—Pues precisamente me preocupaba que quizá no estuviéramos haciendo suficiente —le respondió Lola subiendo el fuego—. Ya lo verás, siempre que preparo frijoles, la gente tiende a salir hasta de debajo de las piedras, como si fueran cucarachas.

Las únicas personas que Sebastian se imaginaba que aparecerían para comer frijoles aquel día eran Terrence y Charlie Jones. Quizá su madre se quedaría un ratito de camino a casa desde el trabajo, pero lo dudaba.

Lola apoyó las manos en las caderas y estudió a su nieto durante un par de segundos.

—Últimamente he notado algo diferente en ti —comentó—. Pero no logro saber qué es exactamente.

—He engordado —le respondió Sebastian alargando la mano hacia los pimientos—. El doctor Lim se puso muy contento la última vez que fui a verlo.

Lola asintió.

—Sí, te estás poniendo tan rellenito que da gusto, pero veo algo más, algo que te brilla en los ojos.

Era maravilloso saber que su abuela podía percibir lo que sentía en su interior, y se irguió y cortó los pimientos con más ímpetu, sintiéndose más él mismo de lo que se había sentido en toda su vida. Tal vez aquel era buen momento para volver a sacar el tema de la operación, pero siempre que pensaba en ello le asaltaba la dura realidad sobre la creciente animosidad entre sus padres. Dudaba de que volvieran a ponerse de acuerdo jamás sobre ningún tema, y menos aún sobre su operación.

—Jennifer dice que papá y mamá se van a divorciar, y que no hay nada que nosotros podamos hacer —confesó, observando a su abuela mientras trabajaba, pero ella apenas se inmutó.

—Tu hermana siempre tiene opiniones muy rotundas sobre las cosas —comentó Lola—. ¿Tú qué crees?

—No lo sé —respondió Sebastian, de repente, sintiéndose muy tonto—. Mamá dice que necesita espacio y tiempo para aclarar las cosas, así que puede ser que solo le haga falta un poco más.

—Sí —asintió Lola—. A todos nos vendría bien un poquito más de espacio y de tiempo, ¿no crees?

Sebastian pensó en ello, pero, por lo que a él respectaba, el tiempo se estaba agotando y no era cuestión de desperdiciarlo. Y lo que es más, le asustaba pensar que si su madre se tomaba más espacio del que ya tenía acabaría por desaparecer por completo y no lograrían volver a encontrarla. No sabía muy bien cómo expresar todas aquellas cosas que sentía y pensaba, así que murmuró de nuevo:

—No lo sé. —Y luego le preguntó—: Abuela, ¿tú crees que a veces la gente puede ver cosas que otros no ven?

—¡Por supuesto! —le contestó ella—. De hecho, creo que eso sucede más a menudo de lo que nos damos cuenta.

—¿A ti te pasa? —le preguntó, levantando la mirada de lo que estaba haciendo, sintiéndose repentinamente animado.

—Pues claro. Te voy a contar una historia sobre tu tío Mando que puede que te sorprenda —le anunció mientras tamizaba los frijoles para asegurarse de que no había en ellos ninguna piedrecilla—. Con lo seguro de sí mismo y triunfador que es ahora, nunca se te ocurriría pensar que cuando tenía aproximadamente tu edad sentía un miedo aterrador por la oscuridad y era muchísimo más miedica que tu madre o tu tía. Incluso se negaba a levantarse en mitad de la noche para ir al baño, cosa que no ayudaba precisamente a que resolviera su problema de hacerse pis en la cama —dijo Lola, riéndose entre dientes, y entonces señaló con el dedo a Sebastian—. ¡No le digas a tu tío que te he contado esto o se enfadará muchísimo conmigo!

—No lo haré —prometió Sebastian, y, repentinamente, se sintió bastante orgulloso por no tener miedo a la oscuridad y por no haberse hecho pis en la cama desde que estaba en segundo grado.

—Pero no era solo a la oscuridad a lo que Mando le tenía miedo —prosiguió Lola—. Nos decía que cuando se despertaba en mitad de la noche y miraba hacia las esquinas más oscuras de su habitación, veía a gente que quería matarlo. Siempre que esto ocurría, gritaba con todas sus fuerzas para que tu abuelo lo salvara y despertaba a todo el mundo con sus gritos. Tu abuelo lo traía a nuestra cama para que, durante el resto de la noche, se mantuviera tranquilo.

»Esto se prolongó a lo largo de varias semanas, pero cuando ya estábamos todos hartos de aquellas noches en vela, a tu abuelo se le ocurrió un plan muy ingenioso: decidió no esperar hasta que tu tío Mando se despertara gritando en mitad de la noche, sino que lo acompañó cuando se fue a la cama. Le dijo a Mando que quería ver con sus propios ojos a esa gente que se le aparecía en la habitación.

»Mando pensó que aquella era una maravillosa idea y gustosamente le cedió una buena parte de su estrecha cama a su padre. Aquella fue la primera vez que tu tío no se despertó gritando, y la noche siguiente la durmió de un tirón sin problemas. De hecho, no volvió a despertarse gritando y aparentemente se curó por completo de su miedo a la oscuridad.

—¿Y qué hizo el abuelo Ramiro?

—Bueno, te lo voy a contar —le respondió Lola con ojos brillantes—. Aquella primera noche, Mando se despertó aterrado, como de costumbre, y le dijo a tu abuelo que había un hombre y una mujer de pie en la esquina de la habitación con un enorme machete entre ambos.

»—¿Tú también los ves, papi? —le preguntó—. Nos van a matar.

»—Sí, los veo —le respondió Ramiro con tranquilidad—. Pero no han venido a matarnos, hijo. Son ángeles que están aquí para protegernos del mal. A partir de ahora, si los ves, no te quepa la menor duda de que no corres peligro. Y cuando no los veas, eso significa que no hay nada que temer.

»Mando se convenció de lo que su padre le había dicho, así que cerró los ojos y se durmió inmediatamente.

Sebastian lo pensó un momento, un poco confundido.

—Pero ¿era verdad que el abuelo Ramiro veía a la gente con el machete o solo hizo como que los veía para que el tío Mando se sintiera mejor?

—Bueno, no estoy segura —le respondió Lola con las manos muy quietas mientras trataba de recordar—. Pero, en realidad, poco importa, ¿verdad? Mando se curó y todos logramos dormir mucho mejor después de aquello gracias a tu abuelo.

Sebastian se preguntó si aquella extraña gente que su tío veía en mitad de la noche sería algo parecido a la anciana de pelo negro. Por supuesto, a él se le aparecía en cualquier momento del día o de la noche. Hubiera preferido con creces que viniera a la misma hora todas las noches, porque entonces se habría sentido más preparado para recibirla.

Percibiendo la preocupación de su nieto, Lola preguntó:

—¿Qué has visto que te tiene tan preocupado, Sebastian?

El niño fue hasta su cartera, sacó el dibujo que había hecho y lo sostuvo en alto para que su abuela lo viera.

—Veo la cara de esta anciana. La vi por primera vez en el hospital cuando tú estabas enferma. Al principio, me asustaba, pero después fue como si me conociera de toda la vida, así que se me quitó el miedo.

Lola dejó de darle vueltas a la comida para mirar el dibujo y rápidamente apartó la mirada.

—¿Y qué pasó con ella? —le preguntó.

—No estoy seguro, pero creo que se murió el mismo día que tú te despertaste —le respondió el niño—. Pero... —Se calló, seguro de que su abuela pensaría que estaba loco si le contaba el resto.

—Pero ¿qué? —le preguntó Lola con delicadeza.

—A veces la sigo viendo y oigo su voz, que me dice cosas. No siempre la entiendo, pero creo que está intentando ayudarme.

—¿Qué tipo de cosas te dice? —le preguntó Lola.

—Una vez me animó para que me escapara de las actividades

extraescolares y viniera a verte, y hoy me ha dicho que me mantenga en mi posición.

—¿Y lo has hecho?

—Creo que sí.

—¿Y después qué ha pasado?

Sebastian se encogió de hombros sin saber cómo explicarlo.

—Ese chaval que siempre se ríe de mí ha dejado de meterse conmigo y creo que no va a volver a burlarse de mí nunca más.

Lola asintió con complicidad y después centró su atención en la olla de frijoles. Se puso a remover con tanta energía que parte del líquido le saltó al delantal.

—¿Esa señora es un fantasma? —le preguntó Sebastian, pero entonces lo pensó un poco más y rectificó—: O, a lo mejor, es un ángel como los que protegían a tío Mando cuando era pequeño.

Lola levantó la mirada con las gafas empañadas, por lo que Sebastian apenas pudo verle los ojos.

—No lo sé, pero me parece a mí que te está dando buenos consejos, así que deberías escucharla.

—Pero ¿quién es, abuela? —le preguntó.

—No lo sé —le respondió Lola, pero algo en la manera tan solemne en la que lo dijo, sin mirarle a los ojos, hizo que Sebastian pensara que su abuela quizá sabía quién o qué era la anciana de pelo negro, pero no quería decírselo.

A lo largo de los años, Sebastian había ido dándole a su abuela dibujos que hacía en el colegio para que ella pudiera guardarlos a buen recaudo en una carpeta. El niño volvió a doblar el dibujo de la anciana de pelo negro y lo puso encima de la mecedora para que su abuela pudiera guardarlo con los demás, y no añadió nada más sobre aquel asunto.

Los frijoles estuvieron listos aproximadamente una hora después, y Lola sirvió un poco en un cuenco para que Sebastian los probara. Se sorprendió al ver lo negra que era la sopa, casi del color y la consistencia del alquitrán, aunque la textura resultaba cremosa y firme, y el sabor era dulce y perfectamente equilibrado. El niño metió la cuchara en el cuenco una vez más, maravillado por la profundidad del sabor de una comida tan sencilla. Lola también había preparado arroz en la vaporera y le aseguró que estaría delicioso con los frijoles, pero Sebastian pensó que ya estaban realmente deliciosos y sabrosísimos por sí solos.

—Estaba cocinando una gran olla de frijoles el día que la casa se incendió. Jamás pensé que volvería a prepararlos después de aquello, y sin duda, no contigo —comentó Lola.

Sebastian levantó la mirada de su cuenco. Su abuela no había sacado el tema del incendio en varias semanas, y aquello lo sobresaltó. Se preguntó si debía interrogarla sobre lo que su hermana le había contado, pero, justo en ese momento, oyeron unos pasos que provenían del porche delantero. Era demasiado temprano como para que Terrence hiciera acto de presencia, así que Sebastian supuso que sería Charlie Jones, que se había pasado por allí casi todas las tardes por «la deliciosa comida y la encantadora conversación», como él mismo reconocía. Se quedaron asombrados cuando vieron a Cindy de pie en el porche haciéndose sombra en los ojos mientras miraba a través de la puerta de pantalla.

Lola inmediatamente salió de detrás de la encimera para abrirle la puerta.

—Cindy, ¿qué te trae por aquí?

La niña sacudió la cabeza, tan desconcertada de verlos como ellos de verla a ella.

—Tenía cita en la peluquería cerca de mi casa, pero, en vez de eso, he venido aquí. He venido andando desde el colegio.

—¡Pero eso está a varios kilómetros de distancia! —exclamó Lola—. ¿Sabe tu madre que estás aquí?

—No, pero no me echará de menos durante el próximo par de horas. De todos modos, tenía que verte, abuela Lola. He estado pensando muchísimo sobre Otto y Rubina y estoy tan enfadada con papá y mamá por no contármelo que no he podido probar bocado durante varios días.

—Probablemente no ha sido más que un descuido —le dijo Lola, y le pasó el brazo por la cintura a Cindy, conduciéndola hasta la mecedora.

Cindy levantó la mirada hacia su abuela con una expresión solemne en el rostro.

—He decidido que no voy a volver a ir a la peluquería nunca más. Probablemente no lo sabías, pero cuando no voy, se me oscurece el pelo y se me pone muy ondulado. Seguramente eso me viene de Rubina, ¿verdad?

—Podría ser —le contestó Lola—. Y tus ojos tienen claramente forma de almendra, que es un rasgo taíno. No te olvides de que también te corre sangre taína por las venas.

Cindy asintió, visiblemente fascinada por aquel importante dato que había pasado por alto.

—La abuela Lola y yo acabamos de preparar unos frijoles, ¿quieres? —le preguntó Sebastian.

Su prima le hizo pensar en un díscolo viajero que hubiera regresado a casa tras un largo y peligroso viaje. Sintió la extraña tentación de estrecharla entre sus brazos para darle la bienvenida.

—Es una antigua receta familiar de hace mucho tiempo —comentó Lola.

—¿Una receta de Rubina? —preguntó Cindy con esperanza.

—Puede que sí —le respondió Lola, y fue a la cocina para sacar más cuencos y cucharas.

Todavía no había regresado a la mesa cuando apareció Charlie Jones en la puerta con una hogaza de pan recién hecho y una resplandeciente sonrisa. Minutos más tarde se presentó Gabi. Comentó que estaba yendo a hacer ejercicio en un gimnasio a unas manzanas de allí, que no sabía por qué no se le había ocurrido antes que podía pasarse de camino a casa para tomar un tentempié y que pensaba hacerlo más a menudo a partir de entonces.

Momentos después, Terrence subió trotando los escalones de la entrada trayendo con él a un amigo, un hombrecillo con barba y una larga coleta que se llamaba Gary y a quien presentó como otro de los miembros de su banda. Terrence le había hablado sobre él a Lola y sobre lo mucho que le gustaba la comida criolla, y Lola le sugirió que la próxima vez que viniera se trajera a Gary con él para que pudiera probar un poco de buena comida puertorriqueña casera. Terrence tomó asiento junto a Gabi e inmediatamente se pusieron a charlar como viejos amigos.

Una agradable conversación circuló por toda la mesa mientras Sebastian ayudaba a Lola a distribuir los cuencos y a colocar la hogaza de pan en la mesa, junto con el arroz que Lola había preparado y las pequeñas empanadas rellenas de sabrosa carne de pollo y cerdo compradas en una panadería cercana. Acababan de empezar a comer cuando se recortó la silueta de dos personas más en la puerta. Eran la madre y la hermana de Sebastian. Jennifer nunca antes había ido a Bungalow Haven entre semana, pero después de enterarse de lo que se había perdido el día del mofongo, decidió que se pasaría por allí más a menudo. Corrió a abrazar a su abuela y a examinar su nuevo cabello rojo. Tras un par de comentarios de aprobación, tomó asiento ansiosa a la mesa, como si fuera una de las habituales. Gloria vaciló junto a la puerta al ver a Cindy, pero cuando se dio cuenta de que Susan no se encontraba allí con su hija, entró para unirse a ellos.

—Hoy no tienes excusa, Gloria —le dijo Lola, consciente de cuál era la razón de la aprensión de su hija—. Quédate un rato. He preparado una olla grande de frijoles —añadió con un guiño a su nieto.

—Supongo que podemos quedarnos un ratito —le respondió Gloria sacando la silla que estaba junto a la de Jennifer.

La hermana de Sebastian se comportó de forma inusitadamente amable con su prima cuando se enteró de que Cindy había decidido dejar de teñirse el pelo. E incluso fue aún más cordial cuando Cindy le dijo que esperaba que pronto su cabello se pareciera al suyo. La hermana de Sebastian le aconsejó a su prima cuáles eran los mejores productos para el pelo ondulado y Cindy se emocionó tanto al oír aquello que se apuntó en la palma de la mano con un bolígrafo lo que Jennifer le estaba contando.

Más tarde, los tres primos salieron al porche mientras los adultos charlaban y tomaban café dentro. La escandalosa risa de Gabi se oía por encima de las de los demás. Incluso Terrence tenía dificultades en igualarla.

—Parece como si la tía Gabi se hubiera tragado una hiena —observó Jennifer con cinismo.

—Creo que le gusta Terrence —comentó Cindy con una sonrisa pícara.

—Oh, está claro, está loca por él —afirmó Jennifer—. Pero después de divertirse con él, lo soltará como si fuera una patata caliente, ya lo verás.

—¿Tú crees?

Jennifer asintió y apoyó los pies en la barandilla.

—La tía Gabi es una jugadora. Necesita variedad para que la vida le resulte interesante. Por eso es por lo que no está casada y con niños, como la mayoría de la gente de su edad. Probablemente se aburriría si lo hiciera.

—Eso es un poco triste —dijo Cindy.

—En realidad, no —respondió Jennifer con la seguridad de alguien que habla desde la experiencia.

Se quedaron en silencio durante un momento, y Sebastian se estiró, tumbado boca arriba en el suelo del porche, reflexionando sobre lo maravilloso que resultaba que aquel día pudiera considerarse fácilmente como el mejor de su vida. Lo único que lo habría mejorado hubiera sido que su padre estuviera allí con ellos y que Kelly Taylor hubiera sido testigo de los milagrosos acontecimientos que habían tenido lugar en la pista de pelota atada ese mismo día.

—Eh, ¿a ti qué te parece, hombrecito? —le preguntó Jennifer.

—¿El qué?

—¿A ti qué te parece eso sobre tía Gabi y Terrence?

Sebastian estiró los brazos por encima de la cabeza y dijo:

—Yo creo que se van a casar y van a tener un montón de hijos, igual que Otto y Rubina.

—¡Eso es una locura! —se burló Jennifer—. ¡Pero si todavía ni siquiera han salido juntos!

Sebastian estiró las piernas, percatándose de que tenía los músculos un poco entumecidos.

—Lo sé, pero eso es lo que creo. Y tú también te vas a casar y vas a tener hijos.

—¿Y eso quién te lo ha dicho? —le preguntó Jennifer, aunque parecía algo intrigada por la idea.

El atardecer cayó sobre Bungalow Haven y, más allá del silencio de la noche, escucharon el sonido del agua corriente y de los platos entrechocando en el fregadero. Jennifer encendió la vela que había sobre la mesita de mimbre con unas cerillas que encontró junto a ella, y la llama chisporroteó durante un momento y después ganó bastante fuerza y creció como una columna de luz, lo suficientemente brillante como para iluminar el porche entero.

—Me encantaría poder venir todos los días después del colegio —dijo Cindy—. Qué suerte tienes, Sebastian.

El niño asintió, sabiendo que era afortunado por tener a su abuela más o menos para él solo, aunque algo le dijo que eso también iba a cambiar.

CAPÍTULO VEINTE

La premonición de Sebastian acabó siendo cierta. La mayoría de los días, en torno a la mesa de Lola, se congregaban familia y amigos que se pasaban sin avisar y, normalmente, se instalaban allí durante largas visitas, sobre todo, después de olfatear lo que se estaba preparando en la cocina. Charlie Jones ya era uno de los habituales, pero muchos otros vecinos también hacían acto de presencia. La señora Abbot, vecina de Bungalow Haven, se había pasado por allí, igual que su hija Belinda, que parecía casi tan vieja como su madre. Cindy venía dos o tres veces por semana y Jennifer procuraba pasarse todo lo que podía, aunque Gloria y Susan nunca se dignaban aparecer al mismo tiempo. Lograban evitarse mutuamente durante los días de diario, y los domingos, sus respectivas familias se alternaban para ir a comer en reuniones que podían prolongarse durante toda la tarde y bien entrada la noche.

En aquellas ocasiones Lola solía permanecer detrás de la encimera, poniendo su granito a la conversación lo mejor que podía mientras removía y picaba, sazonaba y mezclaba, y volvía a remover. Sebastian disfrutaba trabajando junto a su abuela y ella confiaba en él para tomar la medida de los ingredientes o picar la verdura necesaria para el omnipresente sofrito que, para entonces, el niño era capaz de preparar hasta en sueños. Incluso después de darse una larga ducha, notaba el olor a ajo y cebolla en la punta de los dedos, algo que no le resultaba nada desagradable.

A medida que Sebastian adquiría más soltura en la cocina, Lola le iba asignando tareas cada vez más difíciles. A veces, el niño se concentraba tanto en lo que tenía entre manos que perdía el hilo de la conversación que se desarrollaba en el salón, pero Lola, que trabajaba afanosamente junto a él todo el tiempo, nunca se perdía ni una palabra y siempre era capaz de meter baza con una frase o comentario, dejando claro que había estado escuchando atentamente durante todo el tiempo. Pero había algo de lo que Sebastian estaba segurísimo: nunca, en ningún momento de aquellas conversaciones, nadie dijo ni una palabra de trasladar a Lola fuera de Bungalow Haven. El cabello de su abuela seguía siendo rojo, aún encendía una multitud de velas cuando el sol se ponía, y en pocas ocasiones los hornillos de su cocina estaban apagados. Y, sin embargo, sus hijos parecían haberse olvidado por completo del asunto, y Sebastian se preguntó si realmente estaría funcionando la idea de su abuela de hacer más de lo que tenía prohibido.

A veces, Sebastian se imaginaba que la casita amarilla en la que se reunían no se encontraba en Bungalow Haven, sino en las exuberantes montañas verdes de Puerto Rico; que la brisa que entraba flotando por las ventanas abiertas venía templada por las cálidas aguas del Caribe y que las verduras que él estaba picando no las habían comprado en el pequeño supermercado del final de la calle, sino que habían crecido en el jardín trasero o las habían adquirido en la plaza del mercado de la aldea más cercana. Cuando el sol se ponía, lo único que tendrían como diversión serían la luz de las velas y la conversación, y las ardientes ascuas de la parrilla brillarían durante toda la noche por si alguien quería tomarse un café tardío o simplemente un lugar donde calentarse las manos, pues recordaba que la abuela Lola le había contado que, incluso en las islas tropicales, podía hacer frío por la noche, allá arriba, en las montañas.

—La cocina es el corazón de un hogar —le había repetido Lola en muchas ocasiones—. Cuando el hogar cuenta con una cocina cálida y ajetreada, puedes estar seguro de que la familia que vive en él es sana y fuerte.

Aquella tarde en especial estaban preparando guiso de carne con patatas, tostones y ensalada de aguacate y cebolla. Cuando llegó Sebastian, el guiso ya llevaba horas cociéndose a fuego lento en una abundante salsa de vino, pero Lola le asignó a su nieto la preparación de los tostones, asegurándole que él los hacía mejor que nadie que conociera. Sebastian disfrutaba enormemente con la preparación de aquella receta. Comenzaba cortando en rodajas los plátanos pelados y friéndolas en aceite hirviendo, dándoles la vuelta cuando estaban calientes, pero sin llegar a dorarlas. Cuando ya había frito una buena tanda, cogía un plato y se preparaba para su parte favorita: machacar cada rodaja hasta que adquiría el aspecto de una tortita pequeña. A continuación, devolvía ese lote a la sartén para freírlo por última vez, y cuando habían adquirido un color dorado oscuro, espolvoreaba con sal gorda los tostones terminados. Se tardaba un rato en hacer suficientes para todos, pero cuando terminó, ya se había reunido el grupo de los días de diario, que variaba de una vez a otra.

Sebastian se hinchó de orgullo mientras colocaba los tostones en una fuente y los llevaba a la mesa, con la cabeza bien alta.

—¡Hombrecito! —exclamó la tía Gabi, dándole un pellizquito cariñoso en el hombro—. ¿Todos esos son para mí?

Antes de que Sebastian pudiera contestar, Terrence dijo:

—Puede que tu tía tenga corazón y nos deje uno o dos a los demás.

—¡Pues claro! —le respondió Gabi, dedicándole una sonrisa de complicidad—. A ti puede que te ceda hasta tres o cuatro.

Aunque las conversaciones de las cenas podían tratar sobre muchos temas, desde la amenaza de la guerra nuclear hasta las diferentes curas del hipo, durante aquella comida, Jennifer y Gabi monopolizaron la conversación hablando sobre sus tiendas favoritas a las que les gustaba ir cuando salían de compras. Esperaban expectantes unas rebajas que tendrían lugar durante el fin de semana en un exclusivo establecimiento del centro y planeaban ir juntas. Sebastian ya había acabado de comer, así que las escuchó a medias desde la cocina mientras preparaba más tostones.

—¿Por qué no vienes con nosotras? —le propuso Gabi a su hermana.

—¡Sí, ven con nosotras, mamá! —exclamó Jennifer—. ¡Hace tantíííííísimo tiempo que no vamos juntas de compras!

—Ya sabes que a mí no me va mucho eso, Jen.

—Sí, pero no deberías comprarte toda la ropa de esos catálogos tuyos por correo. De vez en cuando es bueno salir y ver qué novedades hay.

Gloria suspiró, como hacía siempre después de un largo día de trabajo. La verdad es que odiaba ir de compras. Por supuesto, no siempre se había sentido así. Años atrás, cuando estaba más delgada y la vida resultaba más sencilla, se podía pasar el día entero de tiendas, e incluso aunque no tuviera dinero para comprar demasiadas cosas, se lo pasaba bien. En más de una ocasión había llegado hasta a ir acompañada por Susan. En aquella época, Cindy todavía era un bebé y Jennifer, que no tenía más de cuatro años, insistía en empujar el cochecito de Cindy por todo el centro comercial diciéndole: «Ya soy una niña mayor» a todo aquel que intentara quitárselo.

—¡Oh, venga, mamá! —insistió Jennifer—. Juraría que te he visto puesta esa falda lo menos una docena de veces este mes.

—Y me la pondré otra docena de veces más el mes que viene —le respondió Gloria con un gesto brusco—. Esta es mi ropa del trabajo, y si me pongo todos los días de la semana algo diferente, no me quedará dinero para compraros ropa a vosotros o pagar las facturas a fin de mes.

—Bueno, y entonces, ¿por qué no te compras ropa nueva para fuera del trabajo? —le propuso Gabi con una sonrisa pícara.

Gloria desechó la idea haciendo un gesto desdeñoso con la mano.

—¿Qué hay de postre, mami? —preguntó.

Ante aquello, Sebastian aguzó el oído. Llevaba un rato contemplando la bolsa de la pastelería que descansaba sobre la encimera y antes les había echado un vistazo a las delicias que contenía. De hecho, ya estaba bastante aburrido de toda aquella conversación sobre compras.

—Tenemos pastelitos de guayaba para el postre —anunció Lola, pero no hizo ningún ademán de ir a cogerlos y entonces cerró los ojos. Mientras tanto, Sebastian se imaginó los hojaldrados y ligeros pastelillos rellenos de la dulce pasta de guayaba y se le hizo la boca agua. Para él, aquel relleno era mil veces más delicioso que la mermelada de fresa.

—¿Qué sucede? —preguntó Charlie, pero Lola no le contestó.

—¿Te encuentras mal, mami? —le preguntó Gabi.

—Quizá deberíamos llamar a una ambulancia —propuso Terrence levantándose de la mesa.

—No, no seas tonto —murmuró Lola, aunque todavía tenía los ojos cerrados y respiraba pesadamente por las aletas hinchadas de la nariz. El único que no se preocupó fue Sebastian, porque había visto a su abuela adoptar aquel gesto antes, cuando estaba tratando de acordarse de algo—. Creo que no os he hablado nunca sobre la tía María —comenzó.

—¡Oh, no, ya empezamos! —protestó Gloria—. ¡La última vez que nos contaste una de tus historias, no salimos de aquí hasta las diez de la noche y mañana es día de colegio!

Lola prosiguió:

—Era una mujer hermosísima con una espesa melena negra y cintura de avispa. Hubiera podido tener al hombre que quisiera, y es cierto que jugueteaba con unos cuantos, pero nunca dejaba que la cosa se pusiera demasiado seria.

Gloria suspiró y cruzó los brazos delante del pecho.

—Supongo que el postre tendrá que esperar —murmuró.

—Las únicas veces en las que yo vi pasión en sus ojos era cuando salía a cazar mariposas. Tenía una extraordinaria colección que etiquetaba cuidadosamente y que había ordenado en una caja con tapa de cristal. Era bastante impresionante ver todas aquellas delicadas alas extendidas sobre el papel, un arco iris de colores sedosos, azules vibrantes, amarillos y naranjas, e intrincados dibujos que parecía como si estuvieran pintados a mano. Y también impresionaba ver a mi tía en el jardín o caminando por la selva, moviendo a su alrededor su ondulante red blanca y saltando a veces en el aire, adoptando ella misma el aspecto de una mariposa.

—Parece que la tía María era una compradora compulsiva —comentó Gloria, dedicándole una sonrisa burlona a su hermana.

—Cállate, mamá —la reprendió Jennifer—. Continúa, abuela, no le hagas caso.

Lola prosiguió:

—La afición de la tía pronto se convirtió en tal obsesión que eclipsó todo lo demás en su vida. No le interesaba trabajar, ni aprender a cocinar o a cuidar de niños. No le importó hacerse vieja, ni que su pelo fuera encaneciéndosele... Lo único por lo que se preocupaba era por sus mariposas. Y, a decir verdad, probablemente encontró todas las especies que poblaban la isla. Solo había un espécimen muy raro que no conseguía, y le dijo a todo el mundo que si lograba encontrar aquella última mariposa, que tenía las alas color lavanda, sería una señal de que Dios deseaba que sentara la cabeza y prosiguiera con su vida.

»Y entonces, una tarde, yo vi algo que no entendí y que sigo sin entender —narró Lola con los ojos muy abiertos—. La tía no sabía que yo la estaba mirando cuando sacó de su bote una mariposa que acababa de atrapar. Tenía unas grandes alas de color lavanda que brillaban como si estuvieran espolvoreadas por minúsculas piedras preciosas. No me cupo la menor duda de que era la mariposa que tanto había buscado y pensé que se trataba de una de las criaturas más hermosas que había visto nunca. Pero entonces, mi tía encendió una cerilla y la acercó a las bellísimas alas del insecto hasta que no quedó nada, salvo un montoncito de ceniza del tamaño de un dedal, que barrió sin pensárselo dos veces.

Lola tamborileó suavemente con los dedos sobre la mesa con el rostro atribulado al acordarse de aquello que había sucedido hacía tanto tiempo.

—¿Por qué diablos haría algo así? —preguntó Gabi.

Todo el mundo se quedó en silencio, y la pregunta permaneció flotando en el aire. Sebastian había estado escuchando atentamente, como hacía con todas las historias de su abuela, pero no pudo comprender por qué alguien destruiría algo tan hermoso que valoraba tanto. Contempló a su madre para ver si ella lo sabía, pero, por la expresión amarga de su rostro, lo único que el niño interpretó fue que no le estaba gustando demasiado aquella historia sobre mariposas.

Jennifer fue la primera que habló.

—Bueno, es obvio que la tía María no quería proseguir con su vida.

—Pero ¿por qué? —preguntó Lola—. ¿A qué le tenía tanto miedo?

—Quizá alguien le había roto el corazón y no quería enfrentarse a otra situación en la que volvieran a hacerle daño —aventuró Terrence mientras observaba fijamente a Gabi, que estaba momentáneamente perdida en sus pensamientos, aunque, cuando percibió que él la estaba mirando, le devolvió la mirada y sonrió.

Charlie se aclaró la garganta y dijo:

—Bueno, no sé a qué le tendría tanto miedo tu tía, pero te puedo asegurar que yo podría llenar esta casa de mariposas desde el suelo hasta el techo si quisiera.

—¿Qué quieres decir, Charlie? —le preguntó Lola.

—Excusas —le respondió él con tristeza—. Todas las excusas que me he puesto para no vivir mi vida como verdaderamente deseaba. Finalmente, todas mis mariposas se convirtieron en pesares. —El anciano se animó un poquito—. Supongo que todos tenemos nuestras mariposas y siempre son hermosas, con alas de color lavanda. No nos seducirían tanto si fueran feas como cucarachas, ¿verdad?

—¡Dios santo, Charlie! —exclamó Lola mientras lo miraba como si realmente lo estuviera contemplando por vez primera—. Es cierto que a veces me sorprendes.

Gloria se aclaró la garganta.

—Ha sido una historia muy interesante. Y las mariposas parecen verdaderamente preciosas y todo eso, pero ¿no estábamos hablando sobre el postre?

—De hecho —comentó Gabi con una sonrisa sardónica—, estábamos hablando sobre ir de compras, pero está claro que tú tienes un montón de excusas preparadas.

—Es cierto, mamá —afirmó Jennifer arqueando las cejas—. No me había dado cuenta de que tú también eres una gran coleccionista.

Gloria sacudió la cabeza, totalmente perpleja.

—¿Soy yo la única que tiene ganas de tomarse el postre?

Sebastian levantó la mano con indecisión, como hacía en clase, aunque la moraleja de todo aquello se le escapaba por completo.

—¡Oh, por el amor de Dios, nena! —exclamó Lola, bajándole el brazo a Sebastian—. ¿Necesitas que te caiga un ladrillo sobre la cabeza? Olvídate del postre y vete de compras con tu hija y tu hermana. Cómprate ropa nueva y quizá unos zapatos, uno para cada pie. Te sentirás mejor contigo misma si lo haces.

Más tarde, en la cocina, cuando Sebastian estaba seguro de que solamente su abuela lo escucharía, le preguntó:

—¿Qué le pasó a la tía María? ¿Siguió coleccionando mariposas para siempre?

—¡Oh, por Dios, no! —le contestó Lola—. Al final tuvo que dejarlo porque era demasiado vieja para salir a buscarlas. Pero apenas unos días después de que pusiera la mariposa de alas color lavanda junto al resto, le robaron toda la colección en mitad de la noche mientras dormía y nunca encontraron al ladrón, ni tampoco las mariposas. ¿Te lo puedes creer?

—Lo mismo se le escaparon —aventuró Sebastian, imaginándose cientos de mariposas volviendo a la vida, rompiendo el cristal de la vitrina y echándose a volar, con sus alas escarchadas llenando el cielo nocturno como un arco iris de colores.

—¿Sabes, Sebastian? —le susurró Lola, dándole un pequeño achuchón—. Creo que eso fue exactamente lo que sucedió.

CAPÍTULO VEINTIUNO

La nota de papel, cuidadosamente doblada, aterrizó en el pupitre de Sebastian justo cuando la señorita Ashworth estaba escribiendo en la pizarra los deberes para ese día. Se sintió sobresaltado y confuso al verla. Sebastian se había ganado algo de respeto entre sus compañeros de clase desde su reciente enfrentamiento con Keith, pero, aun así, estaba convencido de que le habían pasado aquella nota para que él la pasara a su vez, en lugar de ser para él. A pesar de todo se sintió halagado, porque participar en pasar una nota llevaba asociado cierto prestigio, pero, cuando vio su nombre claramente escrito en la parte delantera del papel, casi no pudo creérselo. Se giró hacia la izquierda y se quedó aún más estupefacto cuando vio a Kelly Taylor sonriéndole y animándolo para que la abriera.

Sebastian comenzó a desdoblar la nota con dedos temblorosos. A pesar de la impaciencia, tuvo cuidado, e instintivamente fue levantando la mirada de cuando en cuando hacia la señorita Ashworth para asegurarse de que no lo viera. Aunque era nuevo en este tipo de menesteres, había visto a demasiada gente pillada con las manos en la masa como para saber que el sonido del papel crujiendo era lo primero que lo delataría. Terminó la delicada tarea de abrir la nota mientras mantenía los ojos fijos en el rostro de la señorita Ashworth, que estaba hablando sobre la siguiente tarea. Únicamente cuando la profesora se volvió hacia su escritorio durante un instante, Sebastian bajó la mirada hacia la nota y leyó: «¿Me enseñas a jugar al balompié atado en el recreo?».

Al niño se le hinchó el pecho de orgullo y deseó poder gritar con todas sus fuerzas: «¡¡¡Sí!!! ¡Te enseñaré! ¡¡¡Te enseñaré todo lo que tú quieras!!!».

Sin embargo, Kelly Taylor le estaba observando para ver qué haría, y tuvo que luchar contra el impulso de colocarse la mano sobre el corazón, que le estaba latiendo furiosamente. Tardó un instante en recobrar la compostura y recuperar el aliento.

Cuando se sintió más tranquilo, garabateó las palabras: «Sí, te enseñaré» al final de la nota de ella y la envió de vuelta. No tenía ni la menor idea de si estaba cumpliendo correctamente las normas de etiqueta para pasar notas, pero pensó que aquello le provocaría mucha menos ansiedad que asentir o mantenerle la mirada a la niña, que se encontraba al otro lado de la clase.

Después de que sonara la campana que anunciaba el primer recreo de la mañana, les dieron permiso para salir, y Sebastian se encaminó directamente a la pista de pelota atada, como todas las mañanas. Sin embargo, se sentía demasiado nervioso como para volverse y comprobar si Kelly Taylor iba detrás de él. Tal vez había cambiado de opinión o Keith le había dicho que estaba loca por querer pasar el rato con el «niño mono» cuando podría estar haciendo algo infinitamente más divertido con él. Sí, seguramente se trataba de una locura transitoria que se había apoderado de ella y ahora ya habría vuelto a sus cabales. Aquel pensamiento, por decepcionante que fuera, realmente contribuyó a que Sebastian se relajara un poquito.

No obstante, cuando ya estaba llegando a la pista de pelota atada, escuchó pasos detrás de él y se volvió para ver a Kelly Taylor corriendo hacia él, con sus trenzas flotando al viento y los calcetines altos arrugados en los tobillos. Tenía un aspecto desordenadamente atractivo, como un pájaro exótico, y al verla, se le cortó la respiración.

Jadeando ligeramente tras la carrera, la niña dobló la cintura y se apoyó las manos en los muslos para recobrar el aliento. Sebastian se sintió tan abrumado por la presencia de Kelly que temió no ser capaz de enseñarle nada de nada. Y entonces se le ocurrió que la estaba contemplando con la misma distraída expresión de adoración con la que su padre miraba a su madre en aquellas fotos y rápidamente apartó la mirada.

—¿Es difícil jugar? —le preguntó Kelly.

Sebastian negó con la cabeza y cogió la pelota.

—Yo creo que no —dijo él, aliviado de haber podido responder como era debido a la primera duda de ella.

—¿Qué tengo que hacer? —le preguntó la niña con las manos en las caderas, y Sebastian percibió en la concentrada expresión de sus ojos que sinceramente deseaba aprender.

Lo único que podía explicar aquello era que la niña se había enterado de lo que había sucedido entre él y Keith en la pista de pelota atada mientras ella estaba enferma, y a Kelly Taylor no le gustaba que la dejaran al margen de nada, sobre todo si se trataba de un juego nuevo.

Inmediatamente, Sebastian se tumbó en el suelo y le enseñó la postura que debía adoptar. Entonces, manteniendo la pelota en equilibrio con la punta de los pies, le propinó una patada, con cuidado de no hacerlo con demasiada fuerza para no golpear a la niña. Si hubiera querido, le habría dado con más ímpetu y hubiera demostrado su fuerza, aunque temía que eso pudiera desanimarla.

Ella lo imitó, ajustándose la falda en torno a las piernas, aunque siempre llevaba pantalones cortos debajo. Sebastian le tiró la pelota suavemente de nuevo. En las primeras intentonas, la niña tuvo dificultades para devolvérsela, pero rápidamente logró tocarla con seguridad y mantener el ritmo.

—¡Muy bien! —la felicitó Sebastian—. Ahora intenta darle un poco más fuerte. Si te apoyas en los codos, te resultará más fácil.

Kelly asintió y aceptó la sugerencia. De hecho, logró golpear la pelota con más firmeza y, en poco tiempo, se la empezaron a lanzar el uno al otro a buen ritmo. Sebastian jugaba con delicadeza, sin esfuerzo, cuidándose de ponerla solamente un poquito a prueba para que no se sintiera frustrada, porque si hubiera querido le habría ganado la partida sin ningún problema.

—¡Qué divertido! —comentó Kelly mientras golpeaba el balón

con más fuerza una y otra vez—. Es como si nos estuviéramos lanzando el sol.

Sebastian nunca se lo había planteado de aquella manera, pero era verdad que, con el telón de fondo del cielo azul, la pelota dando vueltas sobre sus cabezas parecía realmente un apagado sol cubierto por nubes.

—Sí. —Fue lo único que se le ocurrió decir como respuesta—. Creo que la cadena golpeando el poste suena como el ruido de un tren —añadió unos segundos más tarde.

Después de escucharlo durante un rato, Kelly comentó:

—Tienes razón. Suena igual que un tren sobre las vías.

Sebastian también podría haberle contado que a veces oía palabras en el gemido de la cadena y que le hacían sentirse reconfortado, aunque no siempre las comprendía, pero eso sería demasiado que confesar. Kelly Taylor probablemente pensaría que estaba loco si le decía aquello. Seguro que se pondría en pie de un salto y saldría corriendo, apartándose de él lo más rápido que pudiera. Y mientras Sebastian se distraía con estos pensamientos, ella golpeó la pelota lo suficientemente bien, lo bastante fuerte como para que se le escapara al niño entre los pies y viajara alrededor del poste.

—¡Eso ha sido genial! —exclamó Sebastian, pero decidió firmemente que no dejaría que volviera a pasar y le propinó una patada a la pelota aún más fuerte que antes.

Esta pasó zumbando entre los pies de Kelly, que se echó a reír.

—Estabas jugando flojito conmigo, ¿verdad? —le preguntó.

—Solo un poco —le respondió Sebastian avergonzado.

—No lo hagas más —le pidió ella—. Quiero que juegues lo mejor que sepas.

—Pero entonces no será divertido.

—¡Vamos! —lo animó Kelly—. Me las apañaré.

Sebastian golpeó la pelota una y otra vez lo mejor que supo, sorprendiéndose incluso a sí mismo del control y la habilidad de sus propios pies. Y cada vez que lo hacía, el tiro se le escapaba a Kelly entre las piernas y se enrollaba en torno al poste y, en menos de treinta segundos, Sebastian había ganado la partida.

Se dejó caer al suelo.

—¿Entiendes ahora a qué me refería? —le dijo en tono de disculpa.

—¡Eres bueno! —le respondió ella quedándose humildemente en silencio, cosa que le puso al niño la piel de gallina.

Muchos otros compañeros se habían ido congregando a su alrededor para ver el final de la partida y también le pidieron a Sebastian que les enseñara a jugar. Les mostró la postura y cómo debían golpear la pelota y se puso en pie para que ellos pudieran practicar por su cuenta. De repente, el balompié atado se había convertido en la nueva moda, algo a lo que todos querían jugar. A esas alturas, solo la mitad de sus compañeros de clase estaban en el campo de fútbol al otro lado del patio, y Keith se encontraba entre ellos. Sebastian paseó hasta el banco bajo el sauce y se sentó a mirar mientras recuperaba el aliento. Kelly lo siguió, pero no se sentó.

—Creo que es superguay que te hayas inventado ese juego —le dijo, colocando el pie en su irresistible ángulo recto.

—¡Gracias! —le contestó él, notando que se le ponían coloradas las orejas.

—¿Lo has hecho por tu problema de corazón? —le preguntó la niña.

Nunca se lo había planteado de esa manera y se sorprendió de la perspicacia de Kelly.

—Supongo que sí.

—Qué mala pata que tengas el corazón enfermo —comentó ella—, porque si pudieras jugar al fútbol de verdad serías el mejor futbolista de la clase.

Dicho esto, se alejó del sauce para unirse a los otros en la pista de pelota atada. Abrumado por las palabras que Kelly Taylor acababa de dedicarle, Sebastian los miró jugar bajo la sombra del árbol, apretándose el corazón con la mano.

De camino por el patio al salir de clase aquella tarde, Sebastian se retrasó porque algunos de sus compañeros lo desafiaron a que jugara con ellos al nuevo juego. Habían estado practicando durante el recreo de la hora de comer y estaban seguros de que entonces serían capaces de ganarle. Era verdad que habían mejorado, pero solamente haciendo un poquito más de esfuerzo, Sebastian logró ponerlos en su sitio, aunque sintió un poco de lástima al ver lo decepcionados que se quedaron. Sean era el que más disgustado estaba de todos. Después de perder, se puso en pie de un salto, apretó los puños y golpeó enérgicamente la pelota atada hasta que se le agotaron las fuerzas. Después se quedó simplemente allí, con la cabeza colgando y gesto de derrota.

—Sigue practicando —le recomendó Sebastian—. Y muy pronto conseguirás ganarme.

—¿Tú crees? —le preguntó Sean, levantando la vista con ojos esperanzados.

Sebastian asintió, recogió su cartera y se marchó a casa de su abuela una hora más tarde de lo habitual. Sin embargo, cuando vio la casita amarilla, no logró recordar cómo había llegado hasta allí. Había recorrido el camino habitual, pero, por mucho que lo intentara, no conseguía acordarse de por dónde había cruzado la calle o de qué esquinas había doblado. Pensó en lo que su abuela le había dicho de que, cuando te enamoras, te sientes como que puedes volar y respirar bajo el agua. Y eso era exactamente lo que él notaba, y el sentimiento de rendición total que le provocaba le dio ganas de echarse a reír y llorar al mismo tiempo. Incluso su nombre tenía algún poder especial, y cuando murmuraba: «Kelly Taylor, Kelly Taylor» para sus adentros, sentía una extraña paz interior. Quería hacerla feliz, verla reír y, por muy tonto que pareciera, se imaginaba a sí mismo corriendo cogiéndola de la mano junto a la orilla del mar durante una espléndida puesta de sol. Y aquella imagen resplandeció en su corazón durante todo el camino hacia casa de su abuela.

Sebastian abrió la puerta y se encontró que las velas ya estaban encendidas y que la casita brillaba con una titubeante luz dorada. Dejó caer la cartera junto a la puerta y se reunió con su abuela tras la encimera de la cocina. Cuando Lola levantó la vista, juntó las manos.

—Hoy vamos a preparar algo nuevo. Creo que te va a gustar.

Sebastian estaba decidido a ayudar a su abuela con la cena, como de costumbre, pero todavía se sentía extasiado por los acontecimientos de la jornada y no quería deshacerse de aquella sensación tan rápidamente.

—¿Quién viene esta noche, abuela? —le preguntó distraído.

—Oh, no lo sé —respondió ella encogiéndose de hombros—. Puede que nadie, puede que todo el mundo.

Desenvolvió un paquete grande de carne picada de ternera y le indicó a Sebastian que empezara a preparar el sofrito mientras ella organizaba el resto de los ingredientes.

—Hoy vamos a preparar picadillo —anunció Lola contemplando con curiosidad a su nieto, que estaba cortando las cebollas, los ajos y los pimientos a cámara lenta—. Solíamos prepararlo en la isla cuando nos estábamos quedando sin dinero. La carne picada es barata y sabrosa, y podíamos estirarla todo lo que nos hiciera falta.

Sebastian continuó cortando la verdura y, en poco tiempo, se puso a saltear el ajo en aceite de oliva con una pizca de sal, pero aún seguía perdido en sus pensamientos. Unos minutos más tarde, un amargo olor inundó la cocina, y Lola fue a vigilar qué estaba haciendo su nieto. Vio que había empezado a sofreír el ajo antes que ninguna otra cosa, algo que ella le había dicho que no hiciera nunca. Además, no se había molestado en añadir las demás verduras, cuyo jugo habría evitado que se quemara el ajo.

Lola se volvió hacia Sebastian, que todavía tenía aquella expresión ausente y soñadora en la cara mientras seguía removiendo distraído los trozos de ajo calcinados por toda la sartén con la cuchara. Rápidamente, se la quitó de las manos y bajó el fuego, que además, estaba demasiado alto.

—¡Mira lo que has hecho, Sebastian! —exclamó, estudiándolo con algo de preocupación.

Sebastian bajó la mirada hacia el revoltijo requemado de la sartén.

—Lo siento, abuela —se disculpó—. Me parece que no estaba prestando suficiente atención.

La verdad era que estaba pensando en Kelly Taylor y en lo bien que se lo habría pasando enseñándole a cocinar. Quizá le gustaría tanto como jugar al balompié atado.

—Ya lo veo —respondió Lola mientras retiraba los trozos quemados de ajo y aceite con un trozo de papel de cocina.

Cuando devolvió la sartén al fuego, esta vez, Sebastian añadió todas las verduras y prestó mucha más atención a lo que estaba haciendo. Nunca había quemado nada y no iba a dejar que aquello volviera a suceder.

Lola agregó la carne picada y una lata de salsa de tomate a la sartén, con un chorrito de ketchup. Al mismo tiempo que removía, agregó unas aceitunas picadas y también un puñado de pasas doradas. Trabajaron en silencio el uno junto al otro durante un rato, Sebastian removiendo el picadillo, cuyos ingredientes se estaban mezclando muy bien, y Lola preparando el arroz. Mientras medía dos tazas de arroz blanco, le explicó a su nieto que servir el picadillo sin arroz era como dar los buenos días sin sonreír.

Sebastian levantó la mirada de su labor, incapaz de aguantarse durante más tiempo.

—Hoy ha pasado algo en el colegio, abuela.

—Ya me imaginaba que algo había —le respondió ella.

—Está esa chica, que se llama Kelly Taylor, y me ha pedido que le enseñara a jugar a un juego durante el recreo. Les gusta a todos los niños del colegio, pero ha sido a mí a quien le ha pedido que le enseñara —explicó Sebastian orgulloso.

—¡Qué maravilla! —respondió Lola—. Y estoy segura de que has sido muy buen profesor.

—Creo que sí —reconoció Sebastian. Resultaba emocionante decir aquellas palabras en alto y saber que eran verdad, y aquello lo animó a contarle aún más a su abuela—. A mí también me gusta, pero —y solo de pensarlo se desanimó— no quiero que tenga lástima por mí. Solo porque no puedo correr, porque soy pequeño... Preferiría que me odiara a que me tuviera lástima.

Lola se quedó desconcertada por aquellas inesperadas palabras de su nieto cargadas de pasión y no supo qué responder. Sebastian continuó removiendo el picadillo y su abuela le añadió más condimentos, entre los que se incluían un sobrecito de achiote y mucho orégano seco. Inhalaron el delicioso aroma y entonces, echándole una mirada a Sebastian, Lola añadió también una pizca de ají y dijo:

—Un poquito de intensidad es algo muy bueno. A veces es lo único que se necesita para dotar a un plato de vida y color. Demasiada lo sobrecargaría, pero la cantidad exacta lo hará cantar.

Justo en ese momento, Charlie Jones subió pesadamente los escalones del porche y empujó la puerta con el bastón. Iba limpio y arreglado, y con el jovial humor que últimamente lo caracterizaba. Sin embargo, por primera vez, venía con las manos vacías. Se deshizo en disculpas por ello, explicando que se había levantado con un tirón en la espalda y no le había apetecido ir al supermercado.

—No te preocupes —comentó Lola—. Hoy estoy preparando algo que te hará olvidar tu dolor de espalda y te volverá a cargar las pilas.

—Entonces, repetiré dos veces y no pararé de comer hasta que pueda volver a bailar —le respondió él con una carcajada.

—¿Solías bailar en tus años mozos, Charlie? —le preguntó Lola mientras tapaba el picadillo para que se hiciera a fuego lento.

—¡Pues claro que sí! —le contestó él con una modesta reverencia—. El foxtrot era mi favorito. Tendrías que haberme visto moviéndome por la pista de baile. Era como una piedra volcánica sobre el hielo.

—Me hubiera encantado verte bailar así —comentó Lola, y en su cara se dibujaron cientos de arrugas en forma de sonrisa—. ¿A ti no, Sebastian?

El niño estudió la encorvada postura del anciano y la multitud de arrugas y pliegues que le recorrían el rostro y la garganta. No parecía posible que Charlie Jones hubiera sido joven alguna vez. En realidad, Sebastian no lograba imaginárselo caminando sin su bastón y mucho menos deslizándose por la pista de baile como una piedra volcánica sobre el hielo. No obstante, sonrió y afirmó que a él también le hubiera encantado verlo.

—¿Y tú, Lola? —preguntó Charlie—. No me cabe la menor duda de que tú tenías que ser una bailarina extraordinaria en su momento. Incluso ahora haces las cosas con ese ritmo y esa gracia...

Lola se echó a reír por el cumplido y negó con la cabeza.

—¡Oh, Dios santo, no! Yo era una bailarina terrible y además, en la isla, la gente se tomaba el baile muy en serio. A mí me consideraban poco menos que una inválida. Gracias a Dios, mi querido Ramiro era muy paciente conmigo. De hecho, creo que me tenía lástima —confesó Lola, dedicándole un pequeño guiño a Sebastian.

—Estoy convencido de que un hombre podría sentir muchas cosas por ti, pero nunca lástima —le contestó Charlie Jones.

—¡Oh, pues estás totalmente equivocado, Charlie! —replicó Lola con los ojos tiernos llenos de añoranza—. Poco después de conocernos, Ramiro solía invitarme a ir a bailar con él, pero yo siempre declinaba la invitación porque no quería que supiera lo mala que era. Pero él disfrutaba tanto bailando que yo sabía que finalmente tendría que acabar acompañándolo o me arriesgaría a perderlo.

»La primera vez que acepté, me llevó a un club a unos kilómetros del pueblo, cerca del océano. Era una hermosa noche templada y agradable, y corría una brisa suave que hacía que las hojas de las palmeras se balancearan como si ellas también estuvieran bailando. Escuchamos el tintineo de los vendedores ambulantes en la calle que vendían cocos, mangos y papayas frescos. Ramiro se ofreció a comprarme algo de comer, pero yo estaba demasiado nerviosa como para aceptar. En su lugar, nos bebimos un café en una pequeña cafetería cerca del club y, como me temblaban tantísimo las manos, la taza repiqueteaba sobre su platillo. Ramiro me tomó el pelo diciéndome que sonaba como unas maracas y que aquello le indicaba que yo sería excelente llevando el ritmo. Por supuesto, lo único que hizo su comentario fue hacerme sentir peor, porque estaba convencida de que se decepcionaría tanto al verme bailar que no volvería a invitarme jamás.

»El club era bellísimo. Las mesas tenían manteles blancos y jarrones con flores frescas. Había una hilera de parpadeantes lucecillas blancas a lo largo del techo y, por supuesto, la banda era buenísima. Tocaban las tradicionales plenas, y ya sabéis lo que se dice, que si no te entran ganas de moverte cuando escuchas una plena, es porque estás muerto; y, sin embargo, yo me pasé bastante rato pegada a la pared. Menos mal que Ramiro tuvo mucha paciencia. Se quedó a mi lado, hablándome en voz baja y tratando de convencerme de que no me moriría de vergüenza solo por intentarlo. Cuando le confesé que no tenía ni un solo hueso con ritmo en todo el cuerpo, se echó a reír y me cogió de la mano. Poco a poco fue separándome de la pared hasta que nos encontramos más o menos al borde de la pista de baile. Entonces, me pasó el brazo por el hombro y nos balanceamos de un lado a otro al compás de la música.

»—¿Sientes el ritmo? —me preguntó—. ¿Lo notas fluyendo a través de tu cuerpo como un río?

»—No, no siento nada de nada —respondí, segura de que todo el mundo en la estancia nos estaba mirando, comentando qué pareja tan desigual hacíamos.

»—Cierra los ojos —me dijo, y yo obedecí—. Ahora olvídate de todos los que están aquí e imagínate que estamos tú y yo solos. No hay nadie más en el mundo aparte de ti y de mí. ¿Puedes hacerlo?

»Me sentí encantada de poder hacer tal cosa. Era un placer pensar que, en todo el planeta, no estábamos más que Ramiro y yo. Sin chicas preciosas intentando robármelo, sin nadie haciéndome preguntas sobre dónde había estado y con quién. De golpe, sentí que la música fluía por mi interior como un río, tal y como él me había dicho, y comencé a moverme sin ni siquiera pensarlo.

»—¡Excelente! —me susurró Ramiro—. Eres aún mejor de lo que yo pensaba.

»Me cogió entre sus brazos y bailamos sin parar, y le hice prometerme que si seguíamos juntos, bailaríamos todos los días de nuestras vidas.

La olla de picadillo comenzó a repiquetear sobre el fuego, rompiendo por completo el hechizo. Y entonces Charlie Jones murmuró algo ininteligible, e inclinándose pesadamente sobre su bastón, se levantó de la mesa. La expresión de su rostro carecía de la alegría que lo había poseído últimamente y su tono de voz sonó sorprendentemente serio.

—Tengo que irme —anunció con un gesto rígido.

—¡Pero si acabas de llegar! ¿No te quedas a cenar? —le preguntó Lola.

—El telediario es a las nueve —respondió él—. Necesito ponerme al día de lo que pasa en el mundo.

—¡Pero si apenas son las cinco! —le espetó Lola.

Charlie sacudió la cabeza en señal de negativa, como si le irritara terriblemente la demora. Recogió su sombrero y se lo puso en la cabeza con tanta fuerza que el ala le dobló las orejas ligeramente hacia delante.

Lola lo acompañó hasta la puerta.

—Bueno, mañana cuando vengas...

—No puedo venir mañana —repuso él sin apenas mirarla—. Cita con el médico.

Y se marchó sin mediar palabra. Lola volvió a la mesa algo desconcertada por el repentino cambio de humor de Charlie.

—Creo que el señor Jones hoy no se siente demasiado bien —comentó Sebastian—. A lo mejor es por culpa de su espalda.

—Puede que sí, pero es más probable que a Charlie Jones le haya mordido el monstruo de ojos verdes —repuso Lola con una expresión divertida y a la vez decepcionada al caer en la cuenta de aquello—. Debería haber sabido que mi cabello tendría este efecto en él. Casi ningún hombre puede resistirse a una pelirroja.

—¿Qué es el monstruo de los ojos verdes? —preguntó Sebastian, intrigado al imaginarse a un monstruo de brillantes ojos verdes que asaltaba a ancianos desaliñados.

—Charlie Jones está celoso —reveló Lola asintiendo con firmeza.

—¿Pero de qué está celoso?

—Del pasado —respondió Lola—. Los hombres pueden llegar a ser muy tontos, Sebastian. Independientemente de lo mayores que sean.

Juntos comenzaron a poner la mesa y, mientras lo hacían, Sebastian pensó en el estúpido comportamiento de su padre con la señorita Ashworth. Estúpido o no, Sebastian lo echaba de menos y deseaba no tener que esperar hasta el fin de semana para poder verlo. Quizá él hubiera podido darle algún consejo que le sirviera con Kelly Taylor. Cuando el niño comenzó a colocar las cucharas, preguntó:

—Abuela, ¿tú crees que el abuelo Ramiro te tenía lástima por ser tan mala bailarina?

—Supongo que sí —le respondió Lola con nostalgia. Suspiró y miró con tristeza hacia Charlie Jones, que justamente en ese momento estaba entrando en su casita azul. Cuando terminaron de poner la mesa, la anciana aprovechó la oportunidad de hablarle a Sebastian sobre el amor tal y como ella lo entendía, que era una mezcla rica y complicada de diferentes emociones, un misterio de deseos y anhelos que tenía un poco de todo. Dada su naturaleza divina, se escapaba a la comprensión humana—. El amor viene de Dios —concluyó— y es un objetivo en sí mismo.

Mientras Sebastian removía el picadillo, reflexionó sobre lo que su abuela le acababa de contar, especialmente sobre la parte de que el amor venía de Dios. Nunca antes había pensado realmente en Dios y se preguntó si el Señor se preocuparía por él y, si lo hacía, por qué le habría dado aquel corazón tan malo. Quizá era para que Kelly Taylor le tuviera un poquitín de lástima y lo quisiera tanto como él a ella.

CAPÍTULO VEINTIDÓS

Contemplaron el cochinillo asado que descansaba sobre la fuente como si esperaran que en cualquier momento fuera a abrir los ojos y salir corriendo y chillando por la encimera. Por muy dorado y delicioso que pareciera, no se podía negar que también era adorable, y adorable y delicioso son dos conceptos que no tienen por qué ir necesariamente juntos.

Anteriormente, habían visto cómo lo preparaba Lola. Había masajeado el cochinillo con una mezcla de sal, pimienta, orégano, ajo y el zumo de unas naranjas amargas hasta que relucía cada milímetro de su piel. A medida que se asaba lentamente en el horno, se intensificaron los deliciosos aromas, provocando que alguno de los adultos comentara de tanto en tanto lo riquísimo que estaría y lo mucho que todos deseaban hincarle el diente. Estos comentarios recibían una oleada de murmullos de aprobación y animaban la discusión sobre la comida.

Lola estaba demasiado ocupada friendo plátanos macho como para prestarle excesiva atención a la ambigua reacción de sus nietos ante el plato principal. El arroz con gandules ya estaba preparado, y lo único que tenía que hacer era hervir los tubérculos que previamente Sebastian le había preparado. Lola llevaba un delantal nuevo y había puesto la mesa con más esmero de lo habitual, con servilleteros y copas para el agua junto con otras para el vino. Sebastian pensaba que la mesa estaba bastante bonita, con las copas, la vajilla y la cubertería formando un patrón que se repetía a lo largo de la mesa y que le hacía sentir una feliz expectación solo con mirarla.

Gloria, algo torpe, estaba ayudando a Lola en la cocina, aunque iba muy arreglada con el nuevo vestido que se había comprado la última vez que había ido de tiendas con Jennifer y Gabi. También se había pintado ligeramente los labios. Sebastian pensaba que nunca había visto a su madre tan guapa y lamentaba que su padre no estuviera allí para presenciarlo. Incluso aunque no estuviera tan preciosa y despreocupada como aparecía en las fotografías de la pared, aquel día nadie podía dudar que era ella. Quizá no había desaparecido totalmente después de todo.

—Nena, ¿qué estás haciendo? —le preguntó Lola con las manos en las caderas.

Gloria inmediatamente dejó caer la cuchara.

—Remover el arroz, ¿qué es lo que parece que estoy haciendo?

Lola meneó la cabeza, consternada como siempre por la falta de habilidad de su hija en la cocina.

—No remuevas el arroz. ¿Quién diablos te habrá dicho que hagas tal cosa?

Lola y Sebastian intercambiaron una mirada, como diciéndose: «¿Puedes creerte tamaña ignorancia culinaria?».

—Lo siento, mami —respondió Gloria—. Bueno, y entonces, ¿cómo puedo ayudarte?

—Hay una barra de pan recién hecho sobre la encimera —le dijo Lola—. ¿Por qué no la cortas en rebanadas y las untas con mantequilla?

—Eso sí puedo hacerlo —afirmó Gloria, y se puso inmediatamente manos a la obra.

—Quería decirte que hoy estás muy guapa. Me gusta tu vestido nuevo.

Gloria pareció satisfecha al oír aquello.

—Gabi lo escogió por mí. Yo nunca habría elegido algo así para mí misma.

—Acentúa tu figura y además te hace parecer más delgada.

Gloria se encogió de hombros, claramente incómoda con todas aquellas cosas que su madre estaba comentando.

—¿Tú crees que ya he cortado suficiente pan, mami? —preguntó, ansiosa por cambiar de tema.

Poco después llegaron Gabi y Terrence. Aunque todo el mundo sabía que ambos estaban saliendo juntos, nadie se atrevía a hacerle demasiadas preguntas a Gabi sobre cómo iban las cosas entre ellos. Gabi siempre había sido muy reservada sobre su vida sentimental y todos sabían que seguramente ella revelaría mucho más cuanto menos le preguntaran. Así las cosas, nadie esperaba realmente que aquella relación con Terrence se convirtiera en algo serio. Si se prolongaba durante unos meses, ya habría durado más que la mayoría de las relaciones de Gabi.

Momentos después, Charlie Jones subió pesadamente las escaleras del porche, tan contento como desde que había adquirido la dentadura nueva. Lola le había comentado a Sebastian que durante aquella semana Charlie y ella habían mantenido una seria conversación y que el monstruo de ojos verdes había regresado a su cueva.

—Vale, Sebastian, estamos listos —anunció Lola, y el niño fue corriendo hasta la cocina para recoger una fuente sobre la que había un montón de aperitivos: surullitos, sabrosos buñuelos de harina de maíz y empanadillas rellenas de langosta.

Se le hizo la boca agua cuando los llevó hasta la mesa. Lola le había asignado a Jennifer la labor de servir la bebida, así que comenzó por preguntarle a todo el mundo si querían vino o cerveza como si fuera una camarera profesional.

Cuando Jennifer hubo servido a todos sus respectivas bebidas, Gabi, que estaba reclinada en el sofá junto a Terrence, puso los pies sobre la mesa de centro y admiró el cochinillo sobre la encimera.

—Hace años que no comemos cochinillo asado, mami, ¿a qué se debe la ocasión?

—La ocasión especial es que este es el séptimo domingo seguido que llevo preparando la comida para mi familia y amigos, y quiero celebrarlo.

Levantó la copa y todo el mundo hizo lo mismo, pero Sebastian sintió que le embargaba la pesadumbre cuando se preguntó si su padre estaría comiéndose de cena una grasienta hamburguesa con queso o conduciendo su todoterreno por toda la ciudad en busca de algo que hacer o alguien con quien hablar. Contempló a su madre, que parecía pensativa mientras bebía un sorbo de vino. Esa misma semana, cuando Lola le comentó por primera vez sus planes de organizar una comida ese domingo, había dejado bastante claro que ella no acudiría si su marido se encontraba allí. Y amenazó con no volver nunca más si Susan aparecía.

Durante varios días, a Lola se le presentó el dilema de qué hacer. Había invitado a todo el mundo a su comida especial y no le cabía en la cabeza tener que retirarle la invitación a nadie. La disyuntiva se resolvió cuando Mando le informó de que Susan y él estarían fuera de la ciudad ese fin de semana y no podrían asistir. Lola sospechó que Susan habría presionado por su parte cuando se enteró de que Gloria estaría allí. Por muy decepcionada que se sintiera, Lola le deseó a su hijo un agradable fin de semana y le hizo prometer que iría a verla la semana siguiente.

—¿Por qué no puedes dejar eso atrás, nena? —le preguntó Lola a su hija—. Ese asunto entre Susan y tú tuvo lugar hace tanto tiempo que apenas puedo recordar de qué se trataba.

—Yo recuerdo «ese asunto», como tú dices, muy bien —le espetó Gloria—. Y no quiero hablar más de ese tema.

—A veces, olvidarse de las cosas puede ser una bendición —repuso Lola, y Sebastian, que estaba escuchando entre bastidores, se estaba muriendo por preguntar qué era «ese asunto» del que hablaban, pero sabía que era inútil intentarlo.

A su abuela no le gustaba hablar sobre ello y, siempre que le preguntaba a su madre, ella le respondía que se lo contaría cuando fuera mayor y más capaz de comprenderlo. Ni siquiera Jennifer pudo aclarárselo. Lo único que su hermana sabía era que, fuera lo que fuese «aquel asunto», había tenido lugar poco después de que Sebastian naciera, y ella era demasiado pequeña como para acordarse.

Los surullitos y las empanadillas eran ligeros y sabrosos, y Sebastian se colocó cerca de la fuente y se metió uno tras otro en la boca. Se estaba llenando, pero también tenía la firme intención de comerse una buena ración del plato principal con la esperanza de que, la próxima vez que acudiera a su reconocimiento médico, el doctor Lim le dijera que había engordado otros dos kilos y medio más y volviera a mencionar el tema de su operación de corazón, y esta vez no quedara otra posibilidad que abordar el asunto.

Como si le hubiera leído la mente, Lola comentó:

—El peso que Sebastian ha ganado le sienta realmente bien.

—¿Sabes qué, mami? —dijo Gabi—. Yo estaba pensando exactamente lo mismo. Estás estupendo, hombrecito, y ya no eres tan pequeño. ¿Cuánto has engordado?

—Como mínimo, dos kilos y medio —respondió él con la boca llena, y todo el mundo se echó a reír.

—Pues yo creo que además ha crecido un poquito —añadió Terrence. —Ven aquí —le dijo, y Sebastian se separó de los aperitivos para ir hasta Terrence, que lo miró de arriba abajo y le apretó los hombros con ambas manos como para probar la fuerza de sus músculos y se quedó impresionado—. Definitivamente, estás echando carnes. En pocos años no me sorprendería que llegaras a ser tan alto como yo.

A pesar de todos los ánimos, Sebastian sintió un poquito de lástima por sí mismo. Quizá era porque echaba de menos a su padre o porque temía tener demasiadas esperanzas con respecto al futuro. Cualquiera que fuera la razón, las palabras se le escaparon antes de que pudiera contenerse:

—No creo que vaya a vivir tanto como para saberlo —dijo, y todos se quedaron en silencio.

Gabi fue la primera en hablar.

—No deberías decir cosas así, hombrecito. Tú nos sobrevivirás a todos.

—Pues claro que sí —afirmó Terrence.

—Estoy bastante seguro de que le quedan unos cuantos años más que a mí —añadió Charlie Jones con una carcajada, pero todos los demás se quedaron callados, y cuando Sebastian levantó la vista hacia su madre, ella estaba mirando su copa de vino como perdida en una ensoñación.

Lola se enderezó en el asiento, comprendiendo que aquella era la oportunidad que había estado esperando. Se aclaró la garganta y dijo:

—El médico cree que Sebastian está casi listo para otra operación, ¿verdad, Sebastian?

El niño estaba a punto de contestar cuando Gloria plantó la copa firmemente sobre la mesa.

—No quiero hablar de la operación de Sebastian en este momento, mami.

—Tú nunca quieres hablar de nada —le espetó Lola con decisión.

Gloria dio un golpe sobre la mesa con la mano abierta.

—Pues eso es porque no quiero escuchar la opinión de todo el mundo sobre lo que debo hacer y por qué.

—Mírate, ya estás disgustándote otra vez —le dijo Lola, haciéndole un gesto con la mano—. Y ni siquiera estábamos hablando de ti.

—Sí, pero ya sé adónde va a parar esto.

—¿Y se puede saber adónde va a parar? —preguntó Gabi.

Gloria giró bruscamente la cabeza para mirar a su hermana y después a todos los demás que se encontraban en la habitación, salvo a Sebastian.

—De todas maneras, ya sé lo que todos pensáis —rezongó—. Y no necesito que me lo volváis a repetir.

—¡Oh! ¿En serio? —exclamó Lola—. ¿Por qué no nos dices lo que pensamos para que sepamos qué es lo que se nos pasa por la cabeza?

Gloria miró a su madre con ojos entrecerrados.

—Esto no es un juego, mami. No es algo con lo que puedas jugar, como el color de tu pelo. Es la vida de mi hijo. —Vació la copa de vino y la dejó sobre la mesa de nuevo—. La última vez que os hice caso casi lo perdí.

—¡Gloria, por favor! —murmuró Gabi.

—Fue la segunda operación la que más lo perjudicó. Pero todo el mundo insistió en que teníamos que pasar por ello, que era la única solución, y Dean fue el cabecilla de la jauría. Le escuché, aunque en lo más profundo de mi ser sabía que no debíamos hacerlo, que solamente saldrían más desgracias de aquello. Y yo era la que llevaba la razón.

—El «cabecilla de la jauría», como tú lo llamas, es el padre de Sebastian —puntualizó Lola.

Gloria pegó un bote en la silla.

—¡Y yo soy su madre y sé que si se somete a otra operación...! —se detuvo abruptamente y se quedó callada un instante mientras miraba fijamente con ojos feroces el mantel. Sebastian se temía que volviera a marcharse furiosa otra vez y lo arrastrara con ella, pero Gloria se aclaró la garganta y dijo con una voz mucho más contenida—: Yo sé lo que es mejor para mi hijo.

Lola no añadió nada más, pero más tarde, cuando ella y Sebastian se encontraban en la cocina, le susurró:

—No te preocupes, Sebastian, no hemos acabado todavía.

Al principio, Sebastian pensó que se refería a la comida que estaban preparando, pero entonces se dio cuenta de que Lola estaba hablando de la operación. Trató de parecer convencido por el bien de su abuela, pero dudaba de que Lola lograra que su madre cambiara de idea sobre absolutamente nada y mucho menos sobre su operación. Y, por primera vez, se sintió algo inquieto al pensar en someterse a otra intervención quirúrgica. Nunca antes había oído hablar a su madre con tanta vehemencia sobre el tema. Ni siquiera cuando discutía con el doctor Lim le brillaba tantísimo el miedo en los ojos.

—¿Quieres que prepare más tostones? —le preguntó el niño a su abuela.

Después de la comida todo el mundo se apartó un poco de la mesa para hacer hueco a sus hinchadas barrigas. La carne estaba jugosa y llena de sabor, pero a Sebastian lo que más le gustó fue la crujiente piel del cochinillo, pues le parecía que la concentración de grasa, los condimentos y la textura eran exquisitos.

—Es casi como en casa, ¿verdad? —preguntó Lola.

Gloria asintió satisfecha. Sebastian se sintió aliviado al ver que parecía más calmada. Él sabía mejor que nadie que los disgustos de su madre podían prolongarse durante días e incluso semanas.

—Y, aun así, no es exactamente lo mismo —comentó Lola—. Nunca lo ha sido. Incluso aunque haya preparado el cochinillo igual que como lo hacía en la isla, nunca es lo mismo.

—Ya sé que yo solo tenía cinco años cuando nos marchamos, pero para mí está tan bueno como siempre —dijo Gabi.

—Mami tiene razón —afirmó Gloria con nostalgia—. Comer al aire libre en una de las lechoneras de las colinas... Hay algo en estar allí que hace que la comida sepa de algún modo mejor.

—El mejor cochinillo que he probado en mi vida fue el día antes de que nos fuéramos de Puerto Rico —les contó Lola.

—¿Y por qué se marcharon, señora Lola? —preguntó Terrence.

—Oh, por muchas razones —le respondió ella haciendo un gesto con la mano—. Mi marido, que en paz descanse, llevaba años queriendo ir a Nueva York. No hacíamos más que oír que allí había muchas oportunidades, y lo sencillo que era conseguir trabajo, y las cosas no se nos estaban poniendo nada fáciles en la isla. Finalmente, se nos acabaron las excusas y nos rendimos. —La expresión de Lola se ensombreció después de decir aquello, y pareció que no iba a añadir nada más.

—Nos estabas hablando sobre el mejor cochinillo que has comido en tu vida —le recordó Sebastian, ansioso por escuchar la parte de la historia relacionada con la comida.

—Sí, es verdad —le respondió su abuela, animándose un poco—. Mi madre quería dar una gran fiesta de despedida para nosotros, la primera celebración de verdad que había organizado en años. La gente iba a venir de todos los rincones de la isla para decirnos adiós y, por supuesto, ella quería asar el cochinillo más grande que pudiera conseguir. Ese normalmente era trabajo de hombres, pero incluso cuando mi padre estaba vivo, ambos disfrutaban cocinando hombro con hombro. Así que me pasé la mayor parte del día fuera con ella, mientras atizaba el fuego y rociaba el cochinillo con su propio jugo, porque nunca lo dejaba desatendido una vez que había empezado a asarse.

»—Cuando nos instalemos en nuestra nueva casa, podrás venir a visitarnos tantas veces como quieras —le dije mientras el humo dulzón hacía volutas a nuestro alrededor.

»Mi madre no pronunció palabra mientras avivaba las brasas con un palo largo. Nunca había vuelto a ser la misma desde que mi padre murió, y yo suponía que siempre que se quedaba ensimismada era porque estaba pensando en él.

»Sin levantar la mirada, preguntó:

»—¿Recuerdas lo último que comimos antes de que tu tío Jorge muriera en aquel accidente?

»¿Cómo podría haberlo olvidado? Murió el día de Navidad, cayéndose de la parte trasera de un camión cuando iba de camino a casa, y en la cena de Nochebuena siempre comíamos cochinillo.

»—¿Y qué hay de lo que comimos antes de que tu padre falleciera?

»Habíamos celebrado el bautizo del nuevo bebé de Angélica y, en esas ocasiones siempre asábamos un cerdo. Mi madre levantó la mirada, con los ojos irritados por el humo, y me pareció tan frágil en aquel momento que quise abrazarla, pero me contuve. No le solían gustar las demostraciones de afecto.

»—No he vuelto a asar un cerdo desde entonces —me confesó—, pero he pensado que merecía la pena correr el riesgo.

»No supe a qué se refería, pero dos semanas después del día en el que abandonamos Puerto Rico ella falleció, y yo lo comprendí todo perfectamente.

Toda la habitación se quedó en silencio durante un par de segundos, cada cual intentando asimilar la historia de Lola lo mejor posible.

—¡Por Dios, mami! —exclamó Gabi rompiendo el silencio—. ¡Está claro que sabes cómo aguar una comida!

—Es la verdad. ¿Preferiríais que me inventara una mentira piadosa? —preguntó Lola.

—¡Vamos, abuela!—exclamó Jennifer cruzándose de brazos—. Me encantan tus historias, pero no esperarás que nos creamos esta, ¿verdad? Quiero decir, toda esa gente se hubiera muerto de todos modos, por mucho que hubieran comido cerdo asado, pollo a la barbacoa o nada en absoluto. Fue solamente una coincidencia.

—Las coincidencias no existen —le respondió Lola con gravedad—. Todo sucede por alguna razón. Incluso aunque al principio no entendamos cuál es, al final siempre lo hacemos.

—Pero algunas cosas ocurren de forma casual —insistió Jennifer—. No significan nada, simplemente, pasan.

—¿Como qué? —preguntó Lola—. Dame un ejemplo de alguna cosa que haya sucedido en tu vida al azar.

—Vale, te pondré uno —accedió Jennifer, aceptando el reto con un gesto brusco de la cabeza—. Cuando piensas en los miles de millones de familias en las que podría haber nacido y en que es esta en la que al final lo he hecho..., bueno, eso fue el azar, simplemente sucedió, pero no significa nada.

Al escuchar aquello, Lola echó la cabeza hacia atrás y se rio con ganas.

—No te rías de mí, abuela —le dijo Jennifer, ofendiéndose.

Sin embargo, Lola no podía parar y se tuvo que quitar las gafas y secarse los ojos antes de lograr calmarse. Finalmente, le dijo a su nieta:

—Perdóname, Jennifer, pero has ido a elegir el ejemplo menos aleatorio de todos.

Aquella noche, Sebastian no pudo dormir al pensar en lo que su abuela les había contado sobre el cochinillo asado y las muertes que inevitablemente tenían lugar al cocinarlo. Siguió desvelándose, seguro de que alguien lo estaba observando mientras dormía. En un momento dado pensó que era Jennifer, que estaba en cuclillas junto a él, pero cuando abrió los ojos no había nadie allí. Si no se hubiera sentido tan asustado, habría saltado de la cama para llamar a la abuela Lola y asegurarse de que se encontraba bien, pues no le cabía la menor duda de que ella era la más vulnerable de todos. Y de camino al colegio a la mañana siguiente, le pidió a su madre que pasaran por casa de su abuela para comprobar que todo iba bien antes de dejarlo a él.

—Ayer por la noche estaba perfectamente sana, estoy segura de que se encuentra bien.

—¡Por favor, mamá, vamos allí y así nos aseguramos!

Gloria estudió el preocupado rostro de su hijo por el espejo retrovisor.

—Esto es por esa historia del cerdo que ayer nos contó tu abuela, ¿verdad? —le preguntó frunciendo el ceño—. Eso es una estúpida superstición, Sebastian. La gente inteligente no permite que las supersticiones controlen sus emociones. El cochinillo no simboliza que se vaya a morir nadie. ¿Lo has entendido?

Sebastian asintió.

—Vale, pero ¿no podemos pasarnos por casa de la abuela Lola por si acaso?

Gloria suspiró y se volvió para decirle algo más, pero en la fracción de segundo en la que apartó los ojos de la carretera, el semáforo se puso en rojo y un grupo de niños comenzó a cruzar la intersección. Únicamente cuando Sebastian exhaló un grito, su madre dio un brusco frenazo y ambos experimentaron una violenta sacudida hacia delante en sus asientos y no atropellaron a aquellos niños por muy poco.

—¿Estás bien? —preguntó Gloria temblando, pero intentando parecer tranquila por el bien de su hijo.

Sebastian asintió muy serio, con la mano sobre el corazón, comprendiendo que la historia del cerdo casi había estado a punto de cumplirse una vez más. Aun así, Gloria se negó a pasar por casa de Lola de camino al colegio.

Después de clase, Sebastian habría corrido todo el camino hasta casa de su abuela si hubiera podido. Se dijo a sí mismo que si algo le hubiera pasado a Lola le habrían llamado del despacho del director para que saliera de clase, como siempre hacían cuando la gente tenía «emergencias familiares». Pero entonces se acordó de que la vez anterior fue él quien encontró a su abuela tendida en el suelo de la cocina y que, si algo malo había sucedido, sería él quien volvería a encontrarla. Mientras jugaba al balompié atado, esperaba ver el rostro de la anciana de pelo negro, pero esta vez no se le apareció. No fue capaz de concentrarse en las tareas del colegio y, cuando Kelly Taylor le sonrió después de que contestara bien cuál era la capital de Noruega, se hallaba tan preocupado y absorto en sus pensamientos que apenas pudo devolverle la sonrisa.

Lo único en lo que podía pensar mientras caminaba a paso ligero hacia Bungalow Haven era en que el cochinillo del día anterior aún le pesaba como un yunque de plomo en el interior del estómago. Cuando llegó a la urbanización, se sentía tan agotado que necesitó un instante para recuperar el aliento. El rápido paseo le había pasado factura; aquello y el temor que sentía corriéndole por las venas. Sin embargo, ya casi había llegado y, cuando viera de nuevo a su abuela, todo volvería a la normalidad.

Sebastian subió los escalones del porche y ya entonces supo que algo andaba mal. La puerta principal estaba cerrada con llave. Durante todos los años en los que él había estado yendo a casa de su abuela después del colegio, nadie había cerrado con llave jamás la puerta principal. Comenzó a golpearla con el puño.

—¡¡¡Abuela Lola!!! —gritó—. ¡Soy yo, Sebastian! ¡Por favor, abuela, abre la puerta!

No hubo respuesta, así que dio la vuelta a la casa rápidamente y miró por las ventanas, pero las cortinas estaban echadas y no logró ver el interior. Mientras regresaba a la entrada principal se dio cuenta de que la ventana del baño se hallaba abierta, aunque se encontraba demasiado alta para que pudiera llegar hasta ella desde el suelo. Se apresuró a volver al porche para coger una de las sillas de mimbre, seguro de que, si se subía a ella, sería capaz de alcanzar la ventana del baño y deslizarse hacia el interior.

Empezó a arrastrar la silla fuera del porche, cuando oyó una voz que le dijo:

—¿Qué estás haciendo con mi silla?

—¡Abuela! —exclamó Sebastian—. ¡Estás viva!

—Pues claro que estoy viva, y tú llegas pronto —le respondió ella mirando el reloj—. Como mínimo, cinco minutos.

—Estaba tan preocupado que he salido del colegio lo más pronto que he podido y he andado a toda velocidad para llegar hasta aquí.

Lola subió lentamente los escalones del porche. Tenía un aspecto especialmente demacrado mientras se sentaba en una de las sillas para buscar las llaves de casa. Parecía preocupada y enferma. Tenía los ojos hinchados y la nariz roja, como si se la hubiera estado sonando todo el día. Encontró las llaves, pero no hizo ademán alguno de levantarse para abrir la puerta. Sebastian se sentó junto a su abuela y esperó a que le dijera algo, cualquier cosa que le transmitiera que todo iba bien, pero ella permaneció en silencio e inspiró profunda y lentamente varias veces. Quizá le parecía que la luz filtrándose entre las hojas de los árboles era especialmente agradable y deseaba tomarse un instante para disfrutarla y escuchar los trinos de los pájaros.

Finalmente, Sebastian le preguntó:

—¿Qué vamos a cocinar hoy, abuela?

Ella cerró los ojos y contestó:

—Hoy no vamos a cocinar nada, Sebastian.

—¿Por qué no?

—Porque no me apetece —le respondió ella con gravedad.

—¿Ya no vas a volver a cocinar nunca más? —le preguntó el niño, nuevamente alarmado—. ¿Terrence va a traerte la comida otra vez?

Lola sacudió la cabeza en señal de negativa.

—No, pero hoy no voy a cocinar. Puede que lo haga mañana. Ya veremos.

Sebastian se echó hacia atrás en su silla y esperó. Estaba seguro de que era mejor no hacer más preguntas, y saber que su abuela estaba sana y viva le proporcionaba la paciencia que necesitaba en aquel momento.

Unos minutos más tarde, Lola masculló:

—No deberíamos haber preparado el cochinillo.

—¿Por qué no? —preguntó Sebastian, y el temor volvió a apoderarse de él.

Lola abrió los ojos y le anunció:

—Charlie Jones ha muerto esta mañana temprano. Me han dicho que falleció en paz, pero murió solo, el pobrecito. Murió solo.

—Eso no ha sido más que una triste coincidencia —aseguró Gloria mientras llevaba a Sebastian al colegio a la mañana siguiente—. El señor Jones ha tenido una larga vida, y su fallecimiento ayer no tiene nada que ver con el cochinillo que nos comimos el día anterior.

—La abuela Lola dice que las coincidencias no existen y que todo pasa por una razón.

—A veces eso es cierto, pero no siempre. A veces pasan cosas malas sin ninguna razón en absoluto. No es justo y no hay derecho, pero nadie puede hacer nada para cambiarlo. —Gloria inspiró profundamente—. De todos modos, no deberías pensar más en ello. Dedica tus pensamientos a otra cosa.

—¿Como a qué?

—¿Y qué hay del colegio? ¿Qué has aprendido esta semana?

—Capitales —respondió Sebastian aburrido, y se distrajo momentáneamente con las hojas de los árboles que veía a través de la ventanilla y que parecían manos diciendo adiós.

«¡Adiós, señor Jones! —decían, saludando al anciano de camino al cielo—. Ha sido un placer conocerle. Y además, su dentadura nueva no estaba nada mal. De hecho, era hasta simpática.»

—¿De países o de estados?

—De países —le respondió Sebastian, apartando la vista de la ventana.

Resultaba extraño pensar que no volvería a ver nunca más a Charlie Jones, con su sombrero y su bastón. ¿Cómo era posible que un día estuviera allí y al día siguiente ya no? ¿Cómo podía ser que la vida y la muerte tuvieran lugar tan deprisa? Y lo peor de todo, ¿qué pasaría si la maldición del cochinillo todavía no se había agotado?

—Sebastian —dijo Gloria—, no me estás escuchando. ¿Cuál es la capital de Francia?

Sebastian bostezó.

—París. Esa es fácil.

—Vale, ¿y la de Corea?

—¿Corea del Norte o Corea del Sur?

—Dime ambas si las sabes.

—Piongyang y Seúl.

—¡Eres bueno! —exclamó Gloria, realmente impresionada.

Se quedaron en silencio durante un rato, y entonces Gloria preguntó:

—¿Qué tal te trata últimamente el chico ese, Keith?

—Ya no me ha vuelto a molestar —respondió Sebastian—. Desde que le gané una partida de balompié atado me ha dejado en paz.

—¿Qué es eso del balompié atado?

—Es un juego que me he inventado en el recreo. Yo lo practico mientras todos los demás juegan al fútbol y así me imagino que yo también estoy jugando con ellos, solo que sin cansarme.

Gloria se quedó en silencio durante el resto del viaje hasta el colegio.

CAPÍTULO VEINTITRÉS

La señorita Ashworth se puso delante de la clase sosteniendo un gran sobre sellado, como siempre hacía cuando se preparaba para anunciar quién sería el siguiente alumno del mes. El elegido era el que hubiera hecho el mayor esfuerzo para aprender y cumplir las normas: el niño o la niña que hubiera sido más amable con sus compañeros y que menos hubiera faltado a clase. Aparte del prestigio general que todo aquello le confería al ganador o ganadora, él o ella sería el primero o la primera en salir de clase al final del día durante todo el mes. Y por si no fuera suficiente, también recibiría un vale de diez dólares para el McDonald's. Aquello convertía automáticamente al ganador en el niño más popular de la clase, pues diez dólares eran suficiente como para comprar hamburguesas para dos, y todos anhelaban que el alumno del mes los invitara a ir con él a McDonald's.

Dadas sus frecuentes citas con el médico, Sebastian faltaba mucho a clase, así que siempre le había sido imposible ganar ese premio. Se quedó asombrado cuando la señorita Ashworth abrió el sobre y dijo su nombre en alto para que todos lo oyeran.

Todo el mundo empezó a aplaudir y a ovacionarle mientras Sebastian se agarraba al borde de su pupitre para tranquilizarse.

—Por favor, Sebastian, ¿puedes venir hasta aquí? —le pidió la señorita Ashworth, sonriéndole de tal manera que demostró, tanto a él como a todos los demás, que se sentía especialmente satisfecha de que él fuera el ganador de ese mes.

Las orejas y las mejillas se le pusieron intensamente coloradas mientras avanzaba hacia la parte delantera de la clase, donde la señorita Ashworth le indicó que se diera la vuelta para mirar a sus compañeros.

—Me gustaría decir unas palabras sobre Sebastian, y lo que le hace ser un alumno excepcional, y aquellos que queráis añadir algo, por favor, levantad la mano para hablar. —Colocándole una mano en el hombro, continuó—: Este mes he seleccionado a Sebastian porque deseaba concederle esta distinción a un alumno que ha demostrado valor frente a algunos desafíos bastante difíciles. Todos sabemos que Sebastian padece determinadas limitaciones físicas que no le permiten correr y jugar como el resto de vosotros, pero se ha adaptado muy bien, nunca se queja y es un alumno excelente. Por esta razón, he decidido dejar a un lado el requisito de las faltas de asistencia solamente durante este mes. —Le puso a Sebastian el medallón del alumno del mes, que se parecía mucho a una medalla olímpica, mientras añadía—: Gracias por tu valentía y tu amabilidad, y por ser un ejemplo tan inspirador para los demás.

—De nada —farfulló él mientras pasaba la mano por el medallón que descansaba sobre su pecho.

Pesaba más de lo que había supuesto.

—Y ahora, ¿quién quiere compartir lo que piensa de Sebastian con él y el resto de la clase? —preguntó la señorita Ashworth.

Sebastian, seguro de que nadie querría decir nada más, estaba listo para escabullirse hasta su pupitre cuando unas cuantas manos se levantaron al fondo de la clase.

—Primero Melanie y después tú, Mia —les indicó la señorita Ashworth.

—Me gusta que te sepas las capitales mejor que nadie —dijo Melanie.

Y Mia añadió:

—Y dibujas muy bien.

Se levantaron varias manos más, y los cumplidos, como si fueran pétalos de flores, cayeron sobre él. «Eres bueno en caligrafía», «Me gustan tus zapatos», «Cumples las instrucciones muy bien», «Te quedas en silencio cuando se supone que debes hacerlo», «Nunca gritas ni dices palabrotas», «Eres simpático», «Tienes los ojos grandes y brillantes». Y a medida que sus compañeros compartían alegremente con él sus cumplidos, su antigua timidez se transformó en un agradable y cálido sentimiento resplandeciendo en su interior. Si la señorita Ashworth no hubiera mantenido la mano sobre su hombro, Sebastian habría flotado como un globo hasta el techo. Y justo cuando pensaba que había oído todo lo bueno que podía escuchar sobre sí mismo, Kelly Taylor levantó la mano.

La señorita Ashworth dijo el nombre de la niña, y Keith, que había estado enfurruñado, rascándose las costras de las manos desde que la profesora había anunciado quién era el alumno del mes, levantó la cabeza con cara de incredulidad.

—Creo que Sebastian es...

—Acuérdate de hablarle a Sebastian directamente —le recordó la señorita Ashworth.

—¡Oh, se me había olvidado! —dijo Kelly con una risita—. Sebastian, creo que eres el niño más simpático y más inteligente de la clase...

—Gracias —le respondió Sebastian aturdido y abrumado.

—Todavía no he terminado —le contestó Kelly—. Creo que eres simpático porque, aunque la gente se burla de ti, tú no les pagas con la misma moneda. Y creo que eres inteligente porque te has inventado un juego nuevo. Y nunca antes había conocido a nadie que se hubiera inventado un juego.

Sean gritó:

—¡Oooooh! ¡A Kelly le gusta Sebastian!

Y muchos otros alumnos comenzaron a silbar y a gritar.

—¡Ya está bien, calmaos! —les ordenó la señorita Ashworth en un tono que dejó entrever que a ella era a la que más gracia le estaba haciendo de todos—. Sebastian, ¿te gustaría contestar?

Sabía que se suponía que solamente debía decir «gracias», pero pensó que los comentarios de Kelly merecían mucho más que eso.

—Kelly Taylor —dijo, deleitándose al decir el nombre—. Eres la niña más simpática y más guapa del mundo entero.

Asombrados por la atrevida declaración de Sebastian, todos se sumieron en un momentáneo silencio, tras el cual fue tal el estallido de silbidos, maullidos, carcajadas y risas que la señorita Ashworth tuvo grandes dificultades para hacerlos callar. Sebastian sintió que la energía de la clase lo extenuaría y, a pesar del bochorno, disfrutó del momento, y parte de su ser no quería que acabara nunca. A continuación, la señorita Ashworth le entregó a Sebastian el vale de descuento, y el niño regresó a su pupitre con la impresión de que no era la misma persona que se había puesto en pie un momento antes. Una trémula presencia de ánimo que no había sentido nunca anteriormente lo estaba embargando y, cuando inspiró profundamente, aquella sensación palpitó en su interior con un renovado vigor.

Cogió el lápiz, pues había comenzado la siguiente clase, y se volvió hacia su izquierda. Kelly Taylor lo estaba observando directamente, sonrojada por la vergüenza también, pero con tal sonrisa en la cara que Sebastian no pudo evitar devolvérsela cuando la vio, y no le importó que los demás se fueran a meter con él.

Sebastian se sentía encantado de que todas las tardes durante las cuatro semanas siguientes, él sería la primera persona que tendría permiso para marcharse al final de la jornada. Aquel privilegio le habría sido mucho más útil cuando la situación con Keith era tan difícil, pero, aun así, se sintió agradecido cuando la señorita Ashworth le comunicó que podía irse. Cogió la cartera y salió medio bailando del aula con su vale de descuento bien guardado en el bolsillo delantero de la camisa. Hubiera estado bien llevar a Kelly Taylor a McDonald's, pero se le ocurrió que era mejor ir a ver si a la abuela Lola le apetecía cocinar ese día. Si no, la llevaría a ella, aunque no tenía ni la menor idea de si le gustaban las hamburguesas.

A medio camino hacia casa de su abuela se detuvo para cambiarse la cartera de hombro, cuando alguien surgió repentinamente de entre los arbustos y casi lo hizo caer al suelo. Entonces sintió una tremenda fuerza que le arrancaba la cartera del hombro.

—¡Dame eso! —gruñó Keith. Sebastian contempló con horror

como el matón arrojaba todo el contenido de su cartera al suelo, lanzando sus cosas a un lado y otro—. ¿Dónde está? —preguntó, levantando la mirada, moviendo de acá para allá los ojos desorbitados.

Esta vez no venía acompañado de ninguno de sus amigos. Estaban solos.

—¿Dónde está el qué?

—El vale de descuento —le respondió Keith, levantando la mano en el aire y chasqueando los dedos impaciente—. Dámelo.

Sebastian inspiró profundamente e irguió los hombros.

—No es tuyo —le respondió.

—Me importa una mierda —le espetó Keith, dando un paso hacia él—. Será mejor que me lo des, niño mono.

—Ya no soy un niño mono —le contestó Sebastian.

—¿Por qué? ¿Porque has ganado ese estúpido premio? —Una sonrisa siniestra apareció en el rostro de Keith—. Lo has ganado porque la señorita Ashworth te tiene pena. Sabe que dentro de nada te vas a morir.

Se acercó tanto a él que Sebastian percibió su olor corporal, un rancio efluvio pestilente que lo hizo marearse. Entonces, el matón lo agarró por el cuello de la camisa con una mano y le metió la otra en el bolsillo delantero y agarró el vale. Cuando Sebastian lo vio con él en la mano, notó que le crecía la ira en su interior y se lanzó sobre Keith, casi derribándolo, pero Keith no perdió el equilibrio más que un segundo. Fácilmente contuvo a Sebastian, se inclinó hacia atrás y le asestó un fuerte puñetazo en el rostro. Tras recibir aquel potente golpe, Sebastian se tambaleó como un borracho sobre la acera, pisoteando todos los lápices y gomas que se hallaban desperdigados por el suelo.

Se le nublaron momentáneamente los sentidos, y no vio que el apretado puño de Keith volvía a separarse de él, preparado para propinarle un segundo golpe aún más fuerte. El matón lo mantuvo en alto, esperando el mejor momento para atacar mientras contemplaba a Sebastian jadeando y moviendo los brazos como aspas en un esfuerzo por recuperar el equilibrio. Tenía un aspecto tan patético que Keith no se decidió a golpearlo de nuevo, por lo que aflojó el puño y bajó el brazo.

Sebastian se recuperó justo a tiempo de ver a Keith corriendo calle abajo, con sus musculosas piernas como pistones mientras giraba a la derecha en el semáforo hacia el McDonald's que se encontraba a unas manzanas de distancia. Sebastian se limpió la cara en la camisa. Se le manchó de sangre y notó la cabeza hinchada como un melón, pero recogió sus cosas lo mejor que pudo y continuó su camino hacia casa de su abuela. Cuando llegó a Bungalow Haven, se dio cuenta de que todavía llevaba puesto el medallón de alumno del mes y fue directamente a la parte trasera de la urbanización, se lo quitó del cuello y lo tiró a la basura.

Sebastian se quedó atónito por la fuerza bruta que su abuela demostró mientras lo arrastraba de la muñeca calle abajo hacia el McDonald's. Y, durante todo el camino, el niño le fue rogando que se detuviera y pensara en lo que estaba haciendo. Lola se estaba embarcando en una peligrosa situación. Era una auténtica locura intentar plantarle cara a Keith, que probablemente se trataba de una de las personas más malvadas de todo el planeta.

—Si te crees que tengo miedo de ese mierdecilla —le dijo Lola— es que no me conoces bien. Soy una jíbara, no lo olvides, y sé cómo arreglar estas cosas.

—¡Por favor, abuela! Me da igual el vale de descuento. Las hamburguesas ni siquiera me gustan demasiado.

Sin embargo, Lola no frenó, en todo caso, apretó el paso.

—Nadie le pega a mi nieto y se va de rositas.

Sebastian no pudo hacer nada aparte de trotar junto a ella, convencido de que aquel magnífico día acabaría por convertirse en la peor desgracia que había vivido hasta entonces.

Cuando entraron en la hamburguesería, se encontraron una larga cola de gente frente al mostrador. La mayoría eran niños que acababan de salir del colegio, pero también había algunos adultos. Varias personas se volvieron a mirar el rostro ensangrentado de Sebastian y a la extraña anciana de cabello rojizo que lo sostenía firmemente por la muñeca.

—¿Cuál de ellos es? —le preguntó Lola.

Sebastian localizó a Keith nada más entrar. Se encontraba cerca del mostrador, detrás de la persona que estaba pidiendo en ese momento. Por suerte, se hallaba tan ocupado estudiando el menú que no se había percatado de su presencia.

—No está aquí —le respondió Sebastian—. Seguro que ha pedido la comida para llevar.

—Me estás mintiendo —le espetó Lola—. Voy a decir su nombre en alto y voy a montar una escena aún peor.

—No, por favor, abuela, es el que está pidiendo ahora.

—¿El niño de las pecas?

Sebastian asintió mientras se le caía el alma a los pies. Solo entonces, Lola le soltó la muñeca. Se dirigió directamente al principio de la cola, como si fuera la dueña del establecimiento.

—¿Tú eres Keith? —le dijo, dándole un ligero codazo en el hombro.

—Sí —respondió él, reaccionando lentamente al ver quién le estaba hablando.

—Devuélvele a mi nieto lo que le has robado.

Keith puso una mueca y le hizo un gesto de desdén con la mano.

—No sé de qué me está hablando, señora.

El joven tras el mostrador interrumpió:

—¿Vas a pedir algo o qué? Tienes a la gente esperando.

—Sí, deme una hamburguesa y un...

—No, él no va a pedir nada —le cortó Lola—. El vale de descuento con el que pretende pagar se lo ha robado a mi nieto y le ha dado una paliza. Y ahora mismo se lo va a devolver.

Keith giró la cabeza y soltó:

—Está usted como una puta cabra si piensa que...

Pero antes de que pudiera terminar la frase, Lola torció la muñeca y le golpeó con fuerza en la boca.

—¡No te atrevas a utilizar ese lenguaje conmigo! —le espetó.

—¡Muy bien hecho, señora! —comentó un hombre al final de la cola.

Keith se quedó conmocionado, tocándose los labios con la punta de los dedos para ver si le había hecho sangre. Lola contempló primero las manos de Keith y después su rostro, y se le dulcificó la expresión durante un instante, pero rápidamente retomó su actitud dura como una piedra y se volvió hacia el empleado de la hamburguesería y le dijo:

—Llame a la policía. Quiero denunciar un robo.

Ante aquello, Keith le tiró el vale, que aterrizó en el suelo.

—Olvídelo. No merece la pena ni de coña —soltó, y se apartó rápidamente de Lola, con los ojos dilatados por el temor cuando se dio cuenta de que había dicho otro taco y tal vez se habría ganado otra bofetada. Salió corriendo del establecimiento sin echar la vista atrás.

El hombre que estaba esperando en la cola recogió el vale del suelo y se lo entregó a Sebastian, que se encontraba a varios metros deseando que se lo tragara la tierra.

—Esto debe de ser tuyo —le dijo el hombre, e insistió en que él y Lola se pusieran delante de él en la cola.

Nadie se atrevió a protestar.

Decidieron comerse allí mismo las hamburguesas, y Lola comentó que no se había dado cuenta antes de lo ricas que estaban y agradeció a Sebastian que la hubiera invitado.

—De nada —farfulló él, sin acordarse de que realmente lo hubiera hecho.

Lola apoyó su hamburguesa sobre la mesa.

—Tienes que comprender que no podía permitir que ese niño te robara. Tenía que ponerle en su sitio.

—No, abuela, eres tú la que no lo entiende. Las cosas me estaban yendo mejor en el colegio y ahora todo el mundo se va a enterar de que mi abuela ha tenido que defenderme y va a ser aún peor que antes.

—Nadie se va a enterar —le aseguró Lola, picoteando sus patatas.

—Keith se lo contará. Le dirá a todo el mundo qué clase de cobarde soy.

—En primer lugar —repuso Lola, señalando a la cara a su nieto con una patata frita—, tú no eres ningún cobarde. Y en segundo lugar, ¿de verdad piensas que Keith le va a contar a todo el mundo cómo ha logrado mangonearle una vieja?

Sebastian reflexionó sobre aquello y sonrió a pesar del disgusto.

—Pero ¿sabes una cosa? —le dijo Lola—. Ese chico me recuerda a alguien. ¿Alguna vez te he contado algo sobre ese al que llamábamos el niño mono?

Sebastian casi se atragantó con una patata frita cuando escuchó aquello.

—¿Por... por qué lo llamabais así? —preguntó.

—Porque vivía en las montañas, como un mono salvaje —respondió Lola—. Se decía que su madre era humana y su padre un mono, y que él no era ni lo uno ni lo otro. Pensábamos que si nos tocaba, nosotros también nos convertiríamos en medio monos. Oh, todo el asunto era muy entretenido. Durante el día jugábamos a juegos de pillar al niño mono corriendo por la selva y escondiéndonos detrás de los árboles. Y por la noche, cuando nos habían mandado a la cama y únicamente escuchábamos el parloteo de los coquíes en el exterior, nos contábamos historias sobre él, sobre cómo se colgaba de las ramas como Tarzán en busca de alguna pobre y desvalida muchacha a la que estuviera planeando convertir en niña mona para que le hiciera compañía.

»De tanto en tanto, el niño mono salía sigilosamente, abandonando la protección de la selva, y recorría a hurtadillas las aldeas para robar comida. Yo solamente lo vi una vez de cerca, cuando se coló por la ventana de nuestra cocina para robarnos unas empanadas de carne de cerdo recién hechas. Sin darme cuenta de que era él, lo agarré de la mano y él dejó caer la comida y huyó tan rápido como los monos patas en honor de los que recibía su mote. Pero lo único que vi en su cara aquel día fue hambre y una soledad profundamente dolorosa que nunca olvidaré mientras viva.

—¿Y qué le pasó a... al niño mono después de eso? —le preguntó Sebastian.

—Varios meses después lo encontraron muerto a la orilla del río

—respondió Lola con tristeza—. Una crecida repentina lo había pillado desprevenido y la gente comentó que no era ninguna sorpresa, porque todo el mundo sabe que los monos no saben nadar. Finalmente, nos enteramos de la verdad sobre aquel niño misterioso. Se llamaba Javier y se había escapado de casa porque su padrastro le pegaba terribles palizas y había amenazado con matarlo si se le ocurría quejarse. No me sorprendió enterarme de aquello porque su inquietante mirada me lo dijo todo. —Lola suspiró profundamente—. Y eso es exactamente lo que he visto hace un rato en los ojos de ese niño, Keith. De hecho, durante un instante, podría haber jurado que estaba de vuelta en mi antigua cocina contemplando al niño mono huir hacia la selva. —Lola volvió a suspirar—. Siempre he lamentado que no se llevara aquellas empanadas con él y siempre me he imaginado el festín que le hubiera preparado si hubiera tenido otra oportunidad.

Sebastian trató de pensar en Keith como un hambriento y solitario marginado social, pero lo único que él había experimentado en sus propias carnes eran la ira y la crueldad de aquel chaval. No, no veía ningún vínculo entre aquella historia y el presente. Era una anécdota, una increíble coincidencia, y nada más.

—A veces, Keith me llama niño mono —rezongó Sebastian.

Lola abrió los ojos como platos por la sorpresa, pero entonces adoptó una expresión perspicaz, prácticamente como si se lo hubiera estado esperando.

—¿Y por qué te llama así?

—Para burlarse de mí —respondió Sebastian, y se sintió tan amargado que no pudo añadir nada más. Odiaba a Keith con toda su alma y todo su corazón.

Lola se quedó pensativa mientras terminaba sus patatas fritas y entonces le dijo:

—Dile a Keith que quiero verlo de nuevo. Invítalo a comer.

Sebastian no podía creer lo que estaba oyendo. Independientemente de lo increíble que fuera la historia del niño mono, no justificaba lo que su abuela le estaba pidiendo que hiciera.

—¿Estás loca, abuela? Después de lo que acaba de pasar, estoy seguro de que Keith preferiría tirarse por un barranco antes que ir a tu casa.

—Ya veremos —repuso ella.

—No, no lo vamos a ver porque no voy a invitarlo —le respondió Sebastian con una beligerancia que no era típica de él.

—¿Por qué no le preguntas a la anciana de pelo negro para ver qué dice ella?

Sebastian levantó la vista hacia su abuela aún más incrédulo que antes.

—No funciona así: no puedo preguntarle cosas cuando me apetece. Es ella la que me habla a mí cuando le da la gana.

—¿Estás seguro? ¿Lo has intentado alguna vez?

Sebastian tuvo que reconocer que nunca había intentado preguntarle nada a la anciana de pelo negro, probablemente porque prefería pensar que, en realidad, no existía, que aquella mujer no era más que un producto de su imaginación o uno de esos momentos de *déjà vu* que todo el mundo ha experimentado alguna vez, pero que nadie entiende realmente.

—Pero ¿quién es esa anciana, abuela? —le preguntó.

Lola sacudió la cabeza y comenzó a recoger los restos de su comida.

—Tú pregúntale —le dijo simplemente.

Cuando Sebastian llegó a casa aquella noche, se fue directamente a su habitación y se tumbó. Le dolían la cabeza y el estómago y se sentía preocupado. Había supuesto que su madre se disgustaría cuando le viera el ojo hinchado, pero no creía que fuera a perder los papeles totalmente. Lo único que la abuela Lola pudo hacer fue evitar que su hija saliera corriendo de su casa para plantarse directamente en la comisaría más cercana. Si hubiera sabido dónde vivía Keith, habría ido directamente a su casa y tenía toda la intención de presentar una queja formal en el colegio al día siguiente. Y por si aquello no fuera suficiente, llamó al padre de Sebastian desde casa de Lola para contarle lo que había pasado y, por lo que Sebastian comprendió, su padre estuvo de acuerdo en que había que hacer algo más.

Sebastian cerró el ojo bueno (el otro ya lo tenía cerrado por la hinchazón) y trató de imaginarse a la anciana de pelo negro en su mente. Tal vez si se concentraba lo suficiente en su rostro, sería capaz de preguntarle sobre Keith, y ella le respondería. Y si contestaba a su primera pregunta, puede que también le dijera quién era. No le costó ningún trabajo imaginársela. Tenía una cara tan inconfundible, con aquellos ojos penetrantes, la larga nariz torcida y esa expresiva boca. Y entonces pensó en su áspera voz ronca y en sus contundentes palabras.

—¿Quién eres? —murmuró—. ¿Eres un ángel o un fantasma? ¿Por qué te me apareces?

Sebastian escuchó un golpe lejano, aunque reconoció rápidamente el origen del sonido momentos después, cuando la puerta de su habitación se abrió de golpe.

—¡Papá está aquí! —anunció Jennifer, sin aliento después de haber subido las escaleras de dos en dos—. Mamá y él están hablando en la cocina.

Sebastian se levantó de un salto de la cama. Su padre no había puesto un pie en la casa desde que se marchó varias semanas antes. Jennifer contempló el rostro de su hermano pequeño.

—¡Hombrecito! —exclamó—. ¿Qué te ha pasado?

—Me he metido en una pelea —le respondió Sebastian, y le gustó bastante cómo sonaba aquello.

Jennifer sacudió la cabeza con incredulidad y dijo:

—Debe de ser por eso por lo que ha venido papá.

Su hermana le indicó que la siguiera al pasillo para que pudieran escuchar juntos desde el descansillo al final de las escaleras.

—No puede seguir así, Gloria, ¿por qué no lo comprendes?

—Todos los niños se meten en peleas, y ese Keith parece ser el típico abusón. Siempre hay uno así en cada clase.

—Eso es cierto, y todos ellos siempre la toman con el niño más débil, el que no puede defenderse. ¡Dios mío! ¡Nuestro hijo no puede echarse a correr sin desmayarse! ¿Has visto la cara que pone cuando ve a los otros niños jugando y corriendo? Se le rompe el corazón, Gloria, necesita esa operación.

A continuación, hubo un largo silencio.

—No tienes que pasar por esto sola, cariño. Yo estaré contigo en todo momento.

Gloria tosió y su voz sonó llorosa y tensa cuando habló:

—¿Cómo puedo fiarme de lo que me estás diciendo? ¿Cómo puedo volver a fiarme de ti?

—Por el bien de nuestros hijos te ruego que lo intentes.

—Y si yo no estoy de acuerdo, tú no dejarás estar el tema, ¿verdad?

—¿Qué quieres decir?

—La operación de Sebastian. No dejarás el tema en paz hasta que no te salgas con la tuya. Por eso no quería que te enteraras en primer lugar, porque sabía que lo liarías todo... ¡Maldito seas, Dean!

—¿No te das cuenta de lo que estás haciéndole?

—Estoy tratando de mantenerlo con vida.

—Tu miedo lo está matando, Gloria.

—No. Te has equivocado antes y te equivocas ahora.

A aquellas palabras les siguió otro silencio, durante el cual Jennifer trató de llevar a Sebastian de vuelta a su habitación, pero él no se lo permitió.

—Daría mi vida por que Sebastian estuviera sano y estoy seguro de que tú también lo harías. Pero si eso no es posible, ¿realmente crees que sacrificando nuestro matrimonio lo vas a salvar? —le preguntó Dean.

—No sé de qué me estás hablando.

—Quiero volver contigo, Gloria. Te quiero y quiero a mi familia. Dame otra oportunidad y te prometo que ni tú ni los niños lo lamentaréis.

Sebastian no había rezado jamás en su vida, pero en ese momento se dejó caer de rodillas, apretó las manos y le rezó a Dios y a los ángeles, a Jesús y a todos los santos y a quienquiera o lo que fuera que estuviera dispuesto a escuchar su plegaria.

—Haz que diga que sí. Por favor, que diga que sí —murmuraba una y otra vez.

Se oyó el ruido de las sillas de la cocina rozando contra el suelo de baldosas, y Sebastian se imaginó a sus padres abrazándose y besándose apasionadamente. Entonces, su madre dijo:

—No me puedo creer que no hayas pasado todo tu tiempo libre escribiéndole notitas a todas las mujeres hermosas que se hayan cruzado en tu camino. Te perdono por lo que ha pasado. —Hizo una pausa—. Aun así, no puedo continuar con nuestro matrimonio, por lo menos, no ahora, y tal vez nunca pueda. Algo dentro de mí murió hace mucho tiempo, y tratar de fingir que todavía está vivo es más difícil que aceptar sencillamente que se ha ido para siempre.

Tras varios minutos en silencio, lo único que se oyó fue la puerta trasera abriéndose y cerrándose, y después el ruido sordo del motor del todoterreno de Dean en la entrada del garaje.

Jennifer se quedó de pie, enfurecida en lo alto de las escaleras. Miró hacia su hermano pequeño, que aún estaba arrodillado con las manos apretadas ante él. Pensó en las numerosas peleas que sus padres habían mantenido a lo largo de los años, en el tono displicente de su madre y en la mirada perdida y herida en los ojos de su padre. Se acordó de sus estúpidas bromitas y se dio cuenta de que su padre no sabía qué más podía hacer para subirle el hundido ánimo a su familia. La mayor parte de las veces no solía funcionar demasiado bien, pero, por lo menos, lo intentaba.

De repente, algo en el interior de Jennifer hizo clic, y corrió escaleras abajo a la cocina, dejando a Sebastian arrodillado en el descansillo.

—¡Eso ha sido lo más estúpido que has hecho en toda tu vida, mamá! —exclamó—. ¿Quién te crees que eres, la Virgen y la reina Isabel todo en uno?

—Estábamos manteniendo una conversación privada, jovencita.

—Me importa un pepino qué tipo de conversación fuera. También es mi vida. ¿Acaso te has parado a pensar en ello?

—¿No entiendes que...?

—Lo que entiendo es que papá acaba de disculparse y se ha puesto a tus pies, y tú le has dicho no sé qué pamplinas de que algo se moría en tu interior.

—Es verdad, y algún día cuando seas mayor...

—Y algún día cuando tú seas una anciana solitaria, echarás la vista atrás y recordarás este día y lo lamentarás. Te lo juro, mamá, en tu lecho de muerte le rogarás a Dios haber sido capaz de perdonarlo.

—Jennifer...

—Tú te crees que eres la única que sufre. Pero todo el mundo lo hace, mamá, y algunas personas sufren incluso más que tú.

Dicho aquello, Jennifer salió corriendo a la calle tras su padre.

Todavía arrodillado en el descansillo, Sebastian dejó caer las manos a ambos lados del cuerpo. Podía oír a su madre llorando en la cocina y se sintió mal por ella, pero no tuvo ganas de ir abajo a consolarla. Anhelaba un poco de paz y la comodidad de su cama, así que se puso en pie y regresó a su habitación, donde permaneció el resto de la noche.

CAPÍTULO VEINTICUATRO

A la mañana siguiente, Gloria cumplió su promesa de informar a la dirección del colegio sobre todo lo que había sucedido entre su hijo y Keith. Lo explicó todo con su persuasiva autoridad habitual y dejó clarísimo que Keith era un abusón y una amenaza, y que no permitiría que su vulnerable hijo siguiera exponiéndose a un peligro así. Huelga decir que la dirección se tomó muy en serio la preocupación de Gloria, y además el ojo de Sebastian se había inflamado durante la noche hasta convertirse en una impresionante hinchazón negra y azul, lo cual le daba aún más peso a sus argumentos. Les aseguraron tanto a la madre como al hijo que, a partir de ese momento, no tendrían que preocuparse más por Keith y que convocarían inmediatamente a sus padres a una reunión.

Gloria se marchó más o menos satisfecha, y a Sebastian lo enviaron a clase casi con una hora de retraso. Su ojo a la virulé provocó una gran conmoción, pues nadie se hubiera esperado nunca que un niño como él se metiera en una pelea. La señorita Ashworth ya había sido informada del altercado del día anterior, pero, aun así, se preocupó cuando vio el ojo de Sebastian. Se disponía a llamarlo para que se acercara a su mesa cuando sonó el teléfono. Mientras escuchaba, contempló a Keith, que había adoptado una expresión petulante. La profesora colgó, escribió una nota de permiso para andar por el pasillo y le ordenó a Keith que se dirigiera de inmediato al despacho del director.

Keith se acercó despreocupadamente a la mesa de la señorita Ashworth, cogió la nota que la profesora le entregó y abandonó la clase entre una cacofonía de gritos y aullidos de los demás alumnos.

—¡Ooooooh, Keith se ha metido en un lío! —exclamaron, pues todo el mundo dio por hecho que lo habían llamado al despacho del director a causa del ojo negro de Sebastian.

Finalmente, los alumnos se calmaron y comenzó la primera clase del día, pero, cuando llevaban apenas veinte minutos, la señorita Ashworth recibió otra llamada y escribió otra nota de permiso. Esta vez le pidió a Sebastian que se acercara y también le indicó que se dirigiera al despacho del director. El alboroto que se produjo se escuchó por todo el pasillo mientras Sebastian abandonaba el aula para ir al despacho del director de mala gana.

Lo único que deseaba era dejar atrás todo aquel asunto. Ya no estaba enfadado con Keith, sino que simplemente se sentía nerviosísimo y se le ocurrió que quizá podría escaparse y correr hasta casa de su abuela y nadie notaría su ausencia hasta que estuviera a medio camino. Pero sabía que eso no haría más que empeorar las cosas. Si se marchaba ahora, el disgusto de su madre alcanzaría tal nivel que sus anteriores enfados serían del tamaño de un guisante.

A medio camino hacia el despacho del director, oyó un extraño sonido que resonaba al ritmo de sus propios pasos y se paró en seco. No lo escuchó más, pero había un murmullo que reverberaba por todo el pasillo, y notó un extraño hormigueo en la planta de los pies. Únicamente cuando comenzó a andar de nuevo fue cuando percibió una poderosa vibración que ascendió desde el suelo, le subió por los pies y las piernas, y entonces oyó la voz de la anciana de pelo negro en su interior, como si emanara del centro mismo de su corazón.

—Todo irá bien —susurró con voz ronca—. Invita a Keith a casa de tu abuela. Todo irá bien.

Sebastian anhelaba recibir su consejo más que nunca, pero, esta vez, no pudo evitar ponerla en duda.

—Pero Keith es el niño más malo del colegio y seguro que del mundo entero. ¿Y si me vuelve a pegar?

—Todo irá bien —le susurró de nuevo la anciana de pelo negro.

Sintiéndose más confuso y nervioso que nunca, Sebastian entró por la puerta del despacho del director e, inmediatamente, la secretaria lo hizo pasar a la sala de conferencias. Estaba ocupada con varias cosas a la vez y le explicó apresuradamente que el señor Grulich, el director, no tardaría en hablar con ellos. Se disponía a acompañar a Sebastian al interior de la sala cuando sonó el teléfono, y le indicó que podía entrar por su cuenta, asegurándole que ella iría tan pronto como pudiera.

De mala gana, Sebastian empujó la pesada puerta de la sala de conferencias para abrirla apenas una rendija e introducirse en el interior. Durante la reunión de aquella mañana, el señor Grulich había prometido que llamaría a los padres de Keith tan pronto como fuera posible para hablar del asunto. Sebastian esperaba que el director se olvidara del tema. Pero, aunque no lo pasara totalmente por alto, el niño no se imaginaba que fuera a suceder nada ese mismo día y claramente no antes del recreo, pero, sentados a la mesa junto a Keith, había dos adultos que lo flanqueaban y que Sebastian supuso que serían sus padres. A la mujer ya la había visto antes, al principio del curso. Era delgada y llevaba el cabello rubio peinado de forma irregular hacia la coronilla, cosa que le producía un bulto asimétrico. De no ser por su gesto de hastío y su postura encorvada, habría sido bastante guapa. Adoptó una expresión compasiva cuando vio el ojo de Sebastian.

El niño avanzó indeciso por la estancia. Le resultaba insoportable hacerles frente a Keith y a sus padres al mismo tiempo, y se sintió entumecido por el temor. Oyó un ruido seco que provenía de la puerta a sus espaldas y volvió la cabeza, deseando desesperadamente que la secretaria hubiera terminado de hablar por teléfono y viniera para unirse a ellos, pero no era más que el sonido de la puerta al cerrarse.

—¿Este es el niño al que has pegado? —preguntó el padre de Keith.

Era un hombre de aspecto fornido con muñecas tan gruesas como vigas. Resultaba impresionante ver aquella versión adulta de Keith, pues también tenía ojos amarillos, pecas y el cabello de color rubio rojizo. Y aunque la voz de Keith era bastante imponente, la de su padre era como un trueno, e hizo que a Sebastian le temblaran las rodillas.

—Contéstame, chico —ordenó el hombre, dándole un empujón en el hombro a su hijo—. ¿Es este?

Keith farfulló algo ininteligible.

—¿Qué diablos has dicho?

—Sí, es él —afirmó Keith con los ojos fijos en la mesa ante él.

El padre de Keith entrecerró los ojos mirando a Sebastian y lo estudió de pies a cabeza durante al menos veinte segundos. Mientras tanto, Sebastian sintió como se le deshacían las entrañas y se le ponían las orejas coloradas.

—Nunca pensé que llegaría el día en el que mi hijo le pegaría una paliza a un enano —gruñó el hombre.

—No es un enano —repuso Keith, pero su voz y la expresión de su rostro eran tan planas como la superficie de la mesa.

Resultaba extraño verle tan apagado, cuando en clase siempre era el alma de la fiesta y estaba tan animado que apenas podía quedarse quieto. Sebastian casi no lograba reconocerlo.

—Este niño —sentenció el padre de Keith, señalando con un grueso dedo a Sebastian— es un maldito enano.

Y entonces su rostro se encendió y apretó los puños formando dos bolas enormes de carne y golpeó la mesa con una de ellas. Keith y Sebastian pegaron un bote, mientras que la madre de Keith, que estaba buscando algo en su bolso, levantó la vista sobresaltada, tras lo cual sacó un paquete de cigarrillos.

—Juro por Dios —murmuró iracundo el padre de Keith— que si te expulsan por esto, te voy a dar una buena lección de cómo no darles palizas a lisiados. Desearás no haber nacido, chico.

Keith le dedicó una mirada de horror a su padre, pero rápidamente apartó la vista.

—Estás exagerando, Willard —comentó la madre de Keith—. Todavía no sabemos qué ha pasado, ¿verdad?

Y, en aquel momento, fijó sus ojos hundidos en Sebastian y le dedicó una extraña sonrisa helada que le provocó un escalofrío. A continuación, sacó un cigarrillo del paquete y lo golpeó ligeramente sobre la mesa. Cuando Keith la vio haciendo aquello, palideció y empezaron a temblarle las manos. Sebastian se preguntó por qué Keith reaccionaría así ante algo aparentemente tan inofensivo.

El director, un hombre alto y calvo que llevaba un traje gris, entró en la sala de conferencias unos instantes después, se presentó a los padres de Keith y le pidió a Sebastian que tomara asiento. Sebastian optó por sentarse cerca del director y lo más lejos posible de Keith y sus padres. El señor Grulich empezó a explicar que había tenido lugar un incidente el día anterior fuera del colegio entre ambos chicos y entonces repitió casi palabra por palabra lo que Sebastian y su madre le habían contado aquella misma mañana. Keith había abordado a Sebastian después del colegio de camino a casa de su abuela, le había quitado por la fuerza el vale de descuento de McDonald's y después le había dado un puñetazo para mayor seguridad. Mientras tanto, Sebastian contemplaba como el padre de Keith iba frunciendo cada vez más y más su aterrador ceño hasta convertirlo en una mueca de odio.

Y, a medida que el director continuaba hablando, Sebastian pensó en todo lo que había sucedido entre él y Keith desde el principio del curso. Keith se había comportado de forma desmedidamente cruel. Lo había humillado en incontables ocasiones e incluso había tratado de orquestar su muerte para diversión de los demás. A Sebastian no se le ocurría que pudiera odiar a nadie más que a Keith. Y entonces pensó en la historia que su abuela le había contado y se imaginó a un solitario niño asustado viviendo como un animal en la selva, muerto a la orilla del río... —aquel niño mono a quien todo el mundo le tenía tanto miedo y al que nadie conocía realmente—. Vaya coincidencia que lo llamaran así.

Si la verdad pudiera revelarse por sí misma, resonaría como una poderosa campana desde la torre más alta en la montaña más imponente, pero, a veces, la verdad merodea como un fantasma en los lugares más inesperados, susurrando a los oídos de aquellos que tienen el valor de escucharla. «Las coincidencias no existen», murmuraba, y Sebastian sintió el corazón latiéndole con fuerza dentro del pecho y comprendió que la vida de otro ser humano dependía de él.

Le daba vueltas la cabeza y pensó que iba a vomitar encima de la mesa, pero se agarró con fuerza a los brazos del asiento y repentinamente se puso en pie.

—Siéntate, Sebastian —le ordenó el señor Grulich—. Todavía no he terminado.

Sin embargo, Sebastian se quedó de pie, con aspecto bastante sobresaltado y aturdido.

—¿Qué sucede? —preguntó el señor Grulich, percatándose de su atormentada expresión—. ¿Necesitas ir al servicio?

—No —le contestó Sebastian en voz baja.

—Bueno, pues entonces, ¿qué ocurre?

—En realidad, eso no fue lo que pasó ayer —anunció Sebastian, como si su voz fuera un fino junco mecido por el viento.

—¿Cómo puede ser, si lo único que estoy haciendo es repetir lo que tu madre me ha contado esta misma mañana?

—Ya lo sé —reconoció Sebastian, y el corazón le latió con tanta fuerza que apenas logró escuchar su propia voz, y comprendió que probablemente estaba gritando, o a punto de hacerlo—. Le mentí a ella y a usted también, señor Grulich. Lo siento.

—Bueno, pues entonces —repuso el director, cruzándose de brazos y dedicándole a Sebastian una dura mirada—, ¿quieres hacer el favor de contarme la verdad sobre lo que ocurrió ayer después de clase?

Sebastian inspiró profundamente y se colocó la mano sobre el corazón para tratar de tranquilizarse. Sabía que tenía un aspecto patético, pero esta vez no pudo evitarlo.

—Keith no me robó el vale de descuento, yo se lo di.

—¿Y por qué ibas a hacer una cosa así? —le preguntó el señor Grulich con recelo.

—Porque no me gustan las hamburguesas —respondió Sebastian, poniendo una mueca para mayor credibilidad—. Las odio. Nunca me han gustado.

—No conozco a muchos chicos que odien las hamburguesas, pero supongamos que tú eres uno de los pocos. Según tú, le diste a Keith tu vale de descuento y entonces ¿qué pasó? —preguntó el director, que claramente no estaba muy convencido.

Sebastian miró a todo el mundo alrededor de la mesa con los ojos como platos y ellos le devolvieron una mirada similar. Los ojos de Keith eran los más abiertos de todos.

—Fui corriendo hacia Keith y lo empujé. Quería hacerle mucho daño.

—¿Por qué querías hacerle daño? —preguntó el director—. ¿No nos acabas de decir que tú mismo le diste tu vale de descuento?

Ante aquello, Sebastian se quedó en blanco. Este asunto de mentir era mucho más complicado de lo que había esperado, y no podía pensar tan rápido como el señor Grulich, que, obviamente, tenía mucha más experiencia con este tipo de cosas. Si no se le ocurría una buena razón por la cual había deseado hacerle daño a Keith, nada en su historia tendría ni el más mínimo sentido. Sebastian sintió que se le ponían los ojos calientes y húmedos. No tenía ni la menor idea de qué hacer o decir. Se volvió para mirar a Keith, que parecía tan preocupado como él mismo. Y entonces oyó otro susurro que le provocó un escalofrío por la espalda. «El monstruo de ojos verdes —decía—. Háblales sobre el monstruo de ojos verdes.»

El señor Grulich se apartó de la mesa; se le estaba terminando la paciencia.

—¡El monstruo de ojos verdes! —exclamó Sebastian.

—¿Perdona? —le preguntó el director.

—Me mordió el monstruo de ojos verdes —dijo Sebastian sin aliento—. Por eso quise hacerle daño a Keith.

El señor Grulich mantuvo la seriedad a duras penas.

—Haz el favor de explicarte, Sebastian. ¿Qué tiene que ver ese monstruo de ojos verdes con todo esto?

—Keith me dijo que iba a invitar a Kelly Taylor a ir al McDonald's —respondió Sebastian.

—Ya veo —comentó el señor Grulich—. ¿Y tú te sentiste celoso?

—Nos gusta a los dos —declaró Sebastian con un gesto solemne hacia Keith—. Bueno, en realidad, Kelly Taylor les gusta a todos. Es que ella es genial.

—¿Y después, qué pasó? —preguntó el señor Grulich con un brillo de esperanza en los ojos.

—Seguí... seguí empujándolo —respondió Sebastian con mucha más confianza. Parecía que había intercambiado la verdad por una mentira mucho mayor de lo que había previsto—. E intenté pegarle, pero no pude acercarme lo bastante, así que le puse la zancadilla y él se cayó al suelo y siempre que intentaba levantarse, yo lo empujaba una y otra vez, pero paré cuando parecía que se iba a poner a llorar y entonces, al final, se puso de pie y fue cuando me pegó el puñetazo —afirmó Sebastian encogiéndose de hombros—. Supongo que me lo merecía.

Todo el mundo digirió aquella nueva versión durante un momento, y Sebastian se percató de que la cara del padre de Keith había vuelto más o menos a adquirir un color normal, y ya no tenía sus enormes puños firmemente apretados. Keith ya no parecía asustado, sino asombrado y confuso, y se enderezó en el asiento, esperando para ver qué pasaría a continuación.

El señor Grulich meneó la cabeza, pero esta vez no era incredulidad por lo que Sebastian había contado. En su lugar, recordó lo entrañables e impredecibles que podían llegar a ser los niños, y aquello lo aplacó y aumentó considerablemente su compasión. Cuando los padres de Keith habían llegado exigiendo ver al niño que había acusado a Keith de pegarle, se sintió preocupado por que la situación pudiera complicarse, pero las cosas estaban saliendo mejor de lo que él había esperado y ya podía concebir una solución rápida y justa para aquella reunión.

—Esta es una historia muy interesante —comentó el señor Grulich, y se volvió hacia Keith—. ¿Qué tienes que decir ante esto, jovencito? ¿Por qué estabas tan dispuesto a cargar con las culpas por algo que no habías hecho?

Keith miró a Sebastian y farfulló:

—Me... me daba vergüenza que él me hubiera pegado, por eso no he dicho nada.

—¿Y no tienes nada más que añadir?

Keith bajó los ojos hacia la mesa y negó con la cabeza, pero entonces le dirigió una mirada de admiración a Sebastian y añadió:

—Es más fuerte de lo que parece.

En aquellas circunstancias, el señor Grulich decidió que, aunque ninguno de los dos chicos merecía ser expulsado, ambos serían castigados y se pasarían todo el recreo en el círculo de castigados durante el resto de la semana: Sebastian, por haber empezado la pelea en primer lugar, y Keith, por haberlo golpeado.

Los padres de Keith abandonaron el colegio relativamente satisfechos de que su hijo no fuera el principal culpable esta vez. El padre de Keith pareció apaciguarse momentáneamente, pero antes de marcharse se aseguró de decirle al director que, si a su hijo se le ocurría poco menos que parpadearle a otro niño, no avisaran a su esposa, como normalmente hacían, sino que le llamaran a él para que pudieran encargarse del asunto mediante sus propios métodos. El señor Grulich se quedó impresionado por la buena disposición del padre de Keith para implicarse en la disciplina de su hijo.

—Desearía que hubiera más padres involucrados como usted —comentó.

La señorita Ashworth se sorprendió al enterarse de que tanto Sebastian como Keith pasarían el resto de la semana en el círculo de castigados durante el recreo. Los llevó ella misma y les dijo que se sentaran lo más alejados el uno del otro que pudieran. No podían hablar entre sí ni a ninguna otra persona a lo largo de su castigo. Si lo hacían, tendrían que pasar un recreo extra en el círculo de castigados durante la semana siguiente. La profesora se quedó algo extrañada de que ambos niños se mostraran tan dispuestos, casi alegres, de aceptar aquella sanción.

Una vez que la profesora se marchó, Sebastian se sacó una nota del bolsillo que había escrito previamente en clase. Impaciente por obedecer a la anciana de pelo negro, de quien prometió no volver a dudar jamás, lanzó el papel hacia el extremo del círculo de castigados ocupado por Keith. En la nota ponía: «Si quieres, hoy puedes venir conmigo a casa de mi abuela después del colegio». Y después, como si lo hubiera pensado en el último minuto, añadió: «Mi abuela cocina muy bien». Keith agarró la nota y se la metió en el bolsillo sin leerla.

Aquella tarde, Sebastian se encontraba a medio camino de casa de su abuela cuando oyó pasos a sus espaldas. Se volvió y vio a Keith a aproximadamente diez metros de él, con una expresión impasible en el rostro, tratando de simular que simplemente pasaba por allí. Sin embargo, cuando Sebastian se detuvo, Keith hizo lo propio, y cuando reemprendió la marcha, Keith se echó a andar también, manteniendo siempre la misma distancia entre ellos. Sebastian notó que se le aceleraba el pulso con una mezcla de expectación y temor. Durante el resto del camino hacia casa de su abuela, se fue volviendo de vez en cuando para ver si Keith todavía le seguía, y todas las veces lo encontró allí. Sebastian había prometido que no volvería a dudar de la anciana de pelo negro, pero, aun así, las dudas lo atenazaron. No pudo evitar sentir que algo terrible sucedería si Keith lo seguía todo el camino hasta casa de su abuela, pero ya no había vuelta atrás.

Sebastian vaciló cuando llegó a Bungalow Haven y entonces prosiguió su camino lentamente por el serpenteante sendero, consciente de que Keith le pisaba los talones. Aún le parecía imposible que Keith, la persona más malvada que Sebastian había conocido en su vida, hubiera entrado en su santuario, y que él realmente lo hubiera conducido hasta allí y que pronto fueran a llegar a casa de su abuela.

Sebastian subió las escaleras del porche y abrió la puerta, pero Keith no avanzó más allá del buzón.

—Puedes entrar si quieres —le dijo Sebastian—. No pasa nada.

Keith negó con la cabeza y se metió las manos en los bolsillos. Por primera vez parecía realmente avergonzado de sí mismo.

Cuando Sebastian entró en la casa, se encontró a su abuela en la cocina y, por lo que parecía, había estado trabajando mucho. La encimera se hallaba repleta de comida. Había un cuenco grande de arroz con frijoles, caldo de pollo, y salchichas y queso cortados en rodajas. Y había también otro plato que Sebastian no había visto nunca. Era un pastel de forma cuadrada, horneado con un perfecto color tostado. Lola ya había cortado una porción y Sebastian vio que estaba relleno de huevo, salchicha, pimientos y cebolla, y una carne que parecía pollo o algún tipo de pescado.

—¡Justo a tiempo! —exclamó Lola cuando vio a su nieto—. ¿Ha venido Keith contigo?

—Está fuera, pero no quiere entrar —le contestó Sebastian—. Ya le he dicho que no pasaba nada, pero creo que no hay manera —añadió, tratando de echarle un vistazo mejor a aquel pastel.

—Eso ya lo veremos —le respondió Lola limpiándose las manos en el delantal.

Sebastian dio un paso hacia ella.

—Ten cuidado, abuela. Puede llegar a ser muy malo.

—Tendré cuidado —le prometió ella asintiendo solemnemente.

Sebastian miró desde el interior de la casa mientras Lola salía a encontrarse con Keith, que seguía de pie junto al buzón. El chico permitió que la anciana se le acercara aproximadamente un metro y medio antes de retroceder. Lola habló con él durante unos minutos y dio un paso hacia él. Esta vez, Keith no retrocedió. A pesar de todo, siguió sin decir palabra, con la cabeza gacha y las manos flojas a ambos lados del cuerpo. Lola dio otro paso hacia él, alargó la mano y le tocó el hombro. Keith no se acobardó ni le apartó la mano, y entonces ella le pasó el brazo por los hombros, lo condujo hasta la casa y lo sentó a la mesa.

Los tres tomaron juntos la cena, pero la mayor parte del tiempo guardaron silencio. Comieron frijoles, sabroso caldo de pollo y deliciosa empanada española. Keith ingería los alimentos metódica y vorazmente, con la cabeza gacha y el puño cerrado en torno al tenedor, como si fuera la herramienta de un obrero con la que estuviera rellenando un pozo sin fondo. Aunque opinara que la comida estaba buena, no dijo ni palabra. A Sebastian lo invadió una inesperada sensación de tranquilidad mientras comían. Ya no le daba la impresión de que Keith fuera tan malo. De hecho, había momentos en los que parecía asustado o preocupado por que alguien pudiera quitarle la comida de delante de sus narices.

Cuando prácticamente habían terminado de comer, y Lola vio que Keith estaba disfrutando, comenzó a charlar alegremente sobre cómo había preparado la comida, centrándose principalmente en la empanada, de la que Keith ya se había comido dos raciones. Comentó que el relleno estaba hecho con pollo y chorizo, y sazonado generosamente con pimentón dulce para que adquiriera aquel distintivo sabor tan característico. Había preparado la masa ella misma y la había amasado hasta obtener una pasta bastante gruesa para que soportara bien el relleno húmedo. De postre Lola había confeccionado un bizcocho de ron, un delicioso pastel con sabor a ron y a miel. Les contó que en la isla, aquel siempre había sido el postre favorito de su hermano mayor y que ella se lo preparaba cada vez que se enfadaban, cosa que sucedía a menudo.

De vez en cuando, Keith levantaba los ojos del plato mientras Lola hablaba y estaban llenos de gratitud. Cuando se sació totalmente y ya no pudo comer ni un bocado más, se enderezó y dijo:

—Me tengo que ir ya a casa.

—Bueno, pues vete —le dijo Lola—, pero recuerda que siempre habrá sitio para ti en mi mesa.

Keith mascculló unas palabras de agradecimiento, le dedicó una mirada de soslayo a Sebastian y se marchó. Después de aquello, abuela y nieto se sintieron extraños, como si acabaran de pasar la tarde con un ser de otro planeta. Sebastian seguía sin poder creerse que Keith hubiera estado allí, sentado a la mesa con ellos, disfrutando de la comida que su abuela había preparado con tanto cariño. Y a él no le había dedicado ni una palabra desagradable, provocadora o desdeñosa... ni una sola vez.

Mientras Lola comenzaba a recoger la mesa, Sebastian le preguntó:

—¿Qué le has dicho cuando estabais al lado del buzón?

—Te lo diré después, pero primero tienes que contarme tú cómo has conseguido traerlo hasta aquí.

Sebastian le contó a su abuela todo lo que había sucedido ese día en el despacho del director, las cosas que el padre de Keith había dicho y cómo había reaccionado Keith cuando su madre sacó los cigarrillos del bolso. Incluso entonces, Sebastian no comprendía qué significaba todo aquello, pero supuso que Keith se sentía agradecido hacia él por haber mentido y haberle ahorrado una paliza de su padre. A medida que Lola escuchaba, asentía comprensivamente, sin sorprenderse lo más mínimo al oír todo lo que su nieto le estaba contando.

—Y además, tenías razón sobre lo que me dijiste de la anciana de pelo negro —concluyó Sebastian—. Le pregunté sobre Keith, y me dijo que lo invitara a tu casa y que todo saldría bien, justo como tú habías dicho.

Lola se mordió el labio y apartó la mirada de su nieto para que no pudiera ver que se le estaban acumulando las lágrimas en los ojos.

—¡Abuela! —exclamó Sebastian, con los ojos como platos cuando pensó en ello—. Le he dicho una mentira al director. Pensaba que no iba a poder. ¿Tú crees que he hecho mal?

—No —le respondió ella, y se secó apresuradamente los ojos con la servilleta—. Ha sido la cosa más noble y valiente que podías hacer, y cada segundo que pases dentro del círculo de castigados será un símbolo del triunfo de tu buena acción. —Suspiró y se levantó de la mesa—. Y ahora, hay algo que tengo pendiente.

Lola llamó a la policía, y entonces la pasaron con otro departamento donde denunció lo que sospechaba que estaba sucediendo entre Keith y sus padres, asegurándose de mencionar específicamente las pequeñas costras redondas que Keith tenía en las manos y los cigarrillos de su madre. Le garantizaron que un asistente social lo investigaría y que, si Keith estaba en peligro, se tomarían las medidas necesarias para protegerlo. Cuando Lola regresó a la mesa, le prometió a Sebastian que lo ayudaría a explicarle a su madre lo que había pasado, porque, sin duda, Gloria habría recibido una llamada del colegio informándola de lo que había sucedido durante el encuentro con los padres de Keith, incluyendo el hecho de que Sebastian hubiera admitido su mentira y su castigo de una semana durante el recreo.

A continuación, Sebastian le preguntó:

—Entonces, ¿qué le has dicho a Keith al lado del buzón?

—Le he dicho que sabía que estaba sufriendo y le he prometido que si aprovechaba la oportunidad y compartía la cena con nosotros, comenzaría a pasársele.

—¿Tú crees que ya se le está pasando, abuela?

Lola lo pensó durante un instante y respondió:

—Sí, a todos se nos está pasando.

CAPÍTULO VEINTICINCO

Hacía un día cálido y maravilloso, así que Dean llevó a Sebastian y a Jennifer de paseo en coche por la costa, algo que llevaba queriendo hacer desde hacía bastante tiempo. A Sebastian no le importó cederle el asiento delantero a su hermana. Estaba tan contento de que hubiera decidido ir con ellos que habría ido montado sobre la baca del coche si eso la hubiera hecho feliz. Dean también estaba contento. No hacía más que reírse entre dientes de sus propias bromas, mirando de vez en cuando hacia su derecha, como si quisiera asegurarse totalmente de que era realmente su hija la que estaba sentada a su lado y no un producto de su imaginación. Por el momento, la mera presencia de Jennifer parecía compensar todo lo que no iba bien en la familia y, por primera vez desde que su padre se marchó, Sebastian tuvo esperanzas de que las cosas mejoraran. Ahora serían dos los que le dirían a su madre lo bien que iba todo con su padre y, quizá esta vez, Gloria los escucharía un poco más.

Cuando Jennifer estaba de buen humor podía hablar sin parar sobre cualquier cosa, incluso una visita al supermercado desembocaba en un monólogo sin fin, pero nunca el timbre de su voz le había parecido tan melódico a Sebastian. Dean lograba intercalar alguna que otra palabra de vez en cuando. El estruendoso rugido del motor del todoterreno impedía que Sebastian escuchara lo que estaban diciendo, pero el sonido cadencioso de su agradable conversación hacía que el niño se sintiera relajado y se contentaba con contemplar el océano y las amplias playas de arena por la ventanilla bajo el cielo, tan azul que casi dolía mirarlo directamente. Hacía mucho tiempo que no se sentía tan complacido, pero entonces se le ocurrió que tal vez no debía permitirse el lujo de disfrutar demasiado del momento. Al final del día su padre los dejaría en casa, y aquel helador sentimiento de vacío volvería a atenazarlo y desencadenaría un dolor mucho peor que cualquier dolencia física que hubiera padecido antes. Sin embargo, todavía quedaban muchas horas para que eso sucediera, así que trató de no pensar en ello.

Tras un largo paseo por la playa comieron en un pequeño restaurante a la orilla del mar en donde solamente servían pescado y patatas fritas, o tiras de pollo empanado para la gente a la que no le gustaba el pescado. Sebastian se moría de hambre, así que pidió una ración grande de pescado y patatas. Jennifer dijo que ella solamente tomaría una ensalada porque la cocina de su abuela la estaba haciendo engordar y muy pronto no lograría enfundarse su uniforme de animadora. Dean les confesó que el aire marino le había abierto el apetito a él también, así que pidió lo mismo que Sebastian.

No habían hablado sobre su madre en todo el día, aunque, cuando todos se quedaron en silencio, Sebastian sintió como si ella se cerniera sobre sus cabezas como un fantasma espía, no muy satisfecho de que su familia lo estuviera pasando tan bien en su ausencia.

Jennifer también sintió lo mismo, porque en mitad de la comida comentó:

—Papá, ¿por qué crees tú que mamá es tan testaruda?

Dean se quedó bloqueado ante la pregunta sin saber muy bien qué contestarle.

—Tu madre siempre ha tenido mucho carácter —dijo finalmente—. Esa es una de las razones por las cuales me casé con ella.

—Oh, ¡venga ya, papá!, ¡no seas condescendiente conmigo! Se está comportando como una auténtica arpía, y tú lo sabes.

Dean parpadeó una vez. Durante las semanas que había estado fuera había olvidado lo categórica que podía llegar a ser su hija, de hecho, exactamente igual que su madre.

—Por favor, no hables así de tu madre. Ella os quiere muchísimo a los dos.

—Eso ya lo sé, pero ya está bien. Llevas casi tres meses fuera y te has disculpado y todo. —Jennifer remojó una patata frita en el ketchup—. Mamá es la persona que mejor consigue mantenerse enfadada de todas las que conozco.

Dean no pudo decirle nada en respuesta, y continuaron comiéndose el pescado y las patatas fritas en silencio. Sin embargo, el alegre humor que habían compartido durante la mayor parte del día se echó a perder, y a Sebastian le ofendió que Jennifer hubiera llamado arpía a su madre, incluso aunque estuviera de acuerdo en que podía describírsela así a veces.

Después de comer, decidieron dar un paseo por el muelle. Había unos cuantos hombres pescando al final de él, inclinándose sobre la barandilla con sus cañas colocadas en diferentes ángulos dentro del agua. Estaban tan inmóviles e inertes que casi parecían estatuas, y resultaba fácil imaginarse que llevaban años esperando pacientemente a que picara un pez.

Sebastian le echó un vistazo a sus cubetas llenas de agua y vio que solamente dos de los hombres habían conseguido pescar y, aun así, nadie parecía desanimado. Disfrutaban estando allí en aquella cálida tarde y quizá realmente no les importaba no pescar nada. La pesadumbre que había caído sobre ellos tras la comida fue aligerándose poco a poco a medida que caminaban por el muelle, y Dean iba tarareando una melodía cuando llegaron al final del todo.

Mientras se inclinaban sobre la barandilla, señaló hacia el mar.

—¡Eh, mirad! Se ve la isla de Catalina clara como el agua.

La isla resplandecía en el horizonte como una corona herrumbrosa, y resultaba muy agradable estar allí de pie, bajo la luz del sol, con la brisa fresca del océano dándoles en la cara, contemplando la isla de Catalina con su padre entre ambos. Jennifer miraba al vacío, perdida en sus pensamientos. Sebastian se preguntó si se sentiría mal por lo que había dicho antes, aunque su hermana parecía bastante satisfecha de estar allí, y el niño no creía que fuera a decir nada más que pudiera estropear el momento. Entonces, Dean pasó los brazos por los hombros de sus hijos y se quedaron allí en silencio durante un rato, disfrutando del calor del sol y del bienestar del momento.

A continuación, dijo en voz baja:

—He disfrutado mucho pasando el día con vosotros dos y detesto que tenga que terminarse, pero le he prometido a vuestra madre que no os llevaría a casa demasiado tarde. Después de todo, mañana hay que ir al colegio.

Caminaron lentamente hacia el coche y Sebastian contempló la puesta de sol sobre el océano de camino a casa. Trató de conservar los agradables sentimientos que había experimentado durante el día, la sensación de esperanza y felicidad en el interior de su estómago, pero a medida que el sol iba desapareciendo paulatinamente del cielo, se sintió flaquear, y la cruda realidad de la separación de sus padres se instaló de nuevo en su interior como un bloque de hielo. Odiaba pensar que sería así para siempre y que tendría que acostumbrarse, pero estaba empezando a creer que así sería, y muy pronto la esperanza dolería más que la mera resignación.

Jennifer también estaba callada. Solo se oía el zumbido del motor y el estruendo de los trompicones del todoterreno, y únicamente se veía el suave resplandor dorado del sol poniéndose en el horizonte. Cuando desapareció por completo, una luz grisácea descendió lentamente por el cielo, cubriendo los últimos rescoldos de luz del día, poco a poco, hasta que la creciente noche acabó por disipar todos los colores diurnos.

Sebastian notó que se le secaba la garganta y contuvo las lágrimas el resto del viaje y durante el tiempo que pasó con su madre y su hermana en casa viendo la televisión antes de subir a su habitación. Las contuvo mientras se daba un baño y mientras terminaba sus deberes de ortografía, aunque notaba la bola que se le estaba acumulando y le iba creciendo en el interior de la garganta. Solo después de que su madre apagara la luz y le diera un beso de buenas noches permitió que fluyeran libremente. Sin embargo, ni siquiera entonces hizo un solo ruido para que su madre no lo oyera sollozando a través de la pared, del mismo modo que él la oía a veces a ella.

CAPÍTULO VEINTISÉIS

El reinado de Sebastian como «alumno del mes» había llegado a su fin. Aunque se había pasado una de las semanas de ese mismo mes sentado en el círculo de castigados con Keith durante el recreo, había sido un mes extraordinario. Los dos muchachos comenzaron a intercambiarse notas mientras se encontraban en el círculo de castigados y, a veces, también durante las clases, y una sincera si bien frágil amistad se empezó a fraguar entre ellos. Fue gracias a una de aquellas notas de Keith como Sebastian se enteró de que su nuevo amigo ya no vivía con sus padres, sino con una tía que residía cerca, una mujer a la que Keith describía como «aburrida pero amable».

A medida que los días pasaban, Sebastian percibió que Keith iba cambiando gradualmente. Ya no empleaba un lenguaje obsceno en el patio, aunque de vez en cuando se le escapaba alguna palabrota cuando se enfadaba mucho o se ponía muy contento por algo, y el violento brillo amenazante de sus ojos había perdido algo de intensidad. Cuando antes corría por el campo de fútbol, parecía que lo único que lo impulsaba era la rabia, mientras que ahora lo que predominaba era su agilidad y su deseo de ganar. Y siempre que marcaba un gol, cosa que ocurría con frecuencia, parecía verdaderamente satisfecho y orgulloso de su logro.

A Sebastian le gustaba mucho el nuevo Keith, igual que a todos los demás, así que, si el muchacho ya era muy popular antes, ahora era una superestrella. Tanto alumnos como profesores se apiñaban a su alrededor en cuanto tenían la menor oportunidad. Incluso en una ocasión, Sebastian vio al señor Grulich darle una palmadita con afecto paternal en la espalda a Keith al salir ambos del despacho del director, y los ojos de la señorita Ashworth siempre brillaban de admiración y compasión cada vez que lo miraba. Sin duda, tanto ella como el señor Grulich estaban al corriente de lo que Keith había padecido en su casa y sentían lástima por él, o quizá simplemente lo admiraban por haber soportado aquella situación durante tanto tiempo.

Aunque era cierto que a Sebastian le gustaba mucho el nuevo Keith, a veces sentía el monstruo de ojos verdes pisándole los talones, pero esta vez de verdad. ¿Por qué su sufrimiento no le valía para tener la misma categoría de Keith? Sebastian había odiado al antiguo Keith, pero ahora sentía una mezcla de cariño y resentimiento por el nuevo y realmente no sabía cuál de ambas emociones era peor.

Cuando llegó el día de anunciar quién sería el siguiente alumno del mes, nadie se sorprendió cuando la señorita Ashworth le pidió a Keith que se pusiera al frente de la clase. Todos los alumnos golpearon sus pupitres y saltaron y vocearon su aprobación como ningún otro mes por aquel nombramiento. Y allí de pie, con el medallón colgado del pecho, Keith parecía el rey del mundo. Y, a la hora de alabarlo, pareció que todos los alumnos de la clase levantaron la mano a la vez. Uno por uno fueron diciéndole lo maravilloso, lo buen deportista, lo fuerte y animoso que era. Le dijeron que era guapo, inteligente y el más divertido de todos. Y cuando le tocó el turno a Kelly Taylor, sus ojos brillaron cuando le dijo que sabía que llegaría a ser famoso algún día, una estrella de cine o incluso presidente. Un silencio cayó sobre el aula, y todos asimilaron las proféticas palabras de su compañera. Incluso la señorita Ashworth hizo una pausa mientras contemplaba maravillada a Keith.

La única persona que no apreció el cambio positivo de Keith fue Sean. Echaba muchísimo de menos sus turbias desventuras del pasado y solía tratar de atraer a Keith para que adoptara sus antiguos hábitos. Keith era capaz de resistirse a él la mayor parte de las veces, pero, de vez en cuando, todavía lo tentaba a empujar a algún desprevenido dentro del cuarto de baño de las chicas, y si en la cafetería había hamburguesas o perritos calientes de comida, Keith siempre terminaba zampándose doble ración, mientras que algún pobre diablo se quedaba sin comida.

Una tarde que Sebastian iba caminando por el patio del colegio, Sean lo alcanzó, lo agarró bruscamente por el cuello de la camisa y le ordenó una vez más que bailara como un mono. Le pegó un grito a Keith, que iba andando en dirección opuesta.

—¡Eh! Hace tiempo que no veo bailar al niño mono. Vamos a ver si se acuerda de cómo se mueven los monos.

Como de costumbre, el interés de Keith animó a muchos otros a acercarse, incluida Kelly Taylor, y un grupo bastante grande avanzó hacia ellos. Sebastian dejó caer su cartera, más incrédulo que asustado. Después de todo lo que había sucedido, ¿cómo era posible que se estuviera enfrentando a aquella desagradable humillación de nuevo? En esta ocasión se prometió que se enfrentaría a todos ellos y, a medida que Keith se aproximaba, Sebastian cerró los puños y apretó los dientes. Ni siquiera ver a Kelly Taylor lo disuadió. Esta vez lucharía a muerte si era necesario.

Keith fue directamente hasta Sean.

—¡Suéltalo! —siseó furioso, y le dio un fuerte empujón en el hombro.

Sean liberó el cuello de Sebastian inmediatamente y se cayó hacia atrás.

—¿Qué mosca te ha picado? —le preguntó—. ¡Es solo el niño mono!

—No vuelvas a ponerle la mano encima —le advirtió Keith—, porque si lo haces... —se interrumpió y entonces le dijo suavemente, en voz baja, en un tono cargado de furia—, si lo haces, tendré que matarte.

Sean contempló incrédulo a su antiguo amigo. No había duda de la ira que ardía en los ojos de Keith, pero Sean no era de los que se desanimaban fácilmente, sobre todo cuando había tantos niños mirando. Le dedicó una mirada feroz a Keith y se volvió hacia Sebastian con la intención de agarrarlo del cuello de nuevo, pero antes de que pudiera ponerle la mano encima, Keith ya se había echado sobre él y rápidamente dominó a Sean. Lo tiró al suelo boca abajo, retorciéndole firmemente el brazo en la espalda, de modo que era totalmente imposible que Sean se levantara. Siempre que trataba de moverse, Keith le retorcía un poco más el brazo sobre la espalda, lo que provocaba que Sean gimiera.

Apoyando la rodilla con firmeza sobre la espalda de Sean, Keith levantó la vista hacia Sebastian y le preguntó:

—¿Qué hago con él?

Sebastian sacudió la cabeza, perplejo y asombrado por lo que acababa de suceder.

—¿Debería matarlo? —le preguntó Keith—. Porque si tú quieres, le romperé el cuello aquí mismo.

Sean gimió y se revolvió bajo el peso de Keith.

Sebastian se estremeció solo de pensarlo y, sin saber qué decir, miró fijamente a Keith a los ojos.

—No estás seguro, ¿verdad? —le dijo Keith con un gesto que quería decir: «Sígueme la corriente»—. Seguro que prefieres pensarlo un poco más. Está bien, tengo todo el tiempo del mundo.

Y entonces, Sebastian comprendió que Keith no pretendía hacerle daño a Sean, solo quería asustarlo, pero, sobre todo, deseaba darle a Sebastian la oportunidad de sentirse poderoso. De repente, un subidón de adrenalina, emocionante y tentador, le corrió por las venas. Sin embargo, inmediatamente después, sintió la responsabilidad que recaía sobre sus hombros. Ante la tesitura de poder causar un gran daño, supo que deseaba hacer lo correcto, aunque el modo en el que lo hiciera marcaría totalmente la diferencia.

Sebastian sobreactuó sacudiéndose el polvo de encima y alisándose la camisa, cosa que hizo que los niños que había alrededor soltaran una risita, y Kelly Taylor fue la que más se rio de todos.

—Déjame pensar... —vaciló—. Nunca he visto cómo le rompen el cuello a alguien y podría ser interesante... —Recogió la cartera del suelo y se tomó su tiempo para colgársela del hombro—. Pero seguro que es mucho jaleo y no me gusta la sangre. Por esta vez deberías dejar que se fuera.

—¿Estás seguro? —le preguntó Keith con un tono de voz extraordinariamente decepcionado.

—Bueno..., déjame ver... —dijo Sebastian, como si se lo estuviera pensando—. Sí, estoy seguro.

—Bueno, vale, haremos lo que tú quieras —le respondió Keith, y soltó a Sean, que inmediatamente se puso en pie de un salto con la cara colorada y los puños apretados mientras contemplaba con odio a Keith y a Sebastian.

Cuando ya empezaba a retirarse, Keith le preguntó:

—¿No se te olvida algo?

Sean lo miró fijamente, estupefacto.

—No le has dado las gracias a Sebastian por salvarte la vida y eso no está bien —le recordó Keith.

—¡No está bien! —repitieron los demás niños.

Sean apretó la mandíbula con fuerza y no pareció que fuera a hacer lo que Keith le había indicado, cuando de repente gritó:

—¡Gracias por salvarme la vida..., niño mono!

Y, a continuación, se volvió y salió corriendo lo más rápido que pudo.

Como respuesta, Sebastian se puso las manos sobre la boca y le gritó con todas sus fuerzas:

—¡De nada!

La popularidad del balompié atado no había disminuido y la mayoría de los niños practicaba este nuevo juego tanto como el fútbol. Debido a ello, Sebastian pasaba la mayor parte del recreo contemplando a los demás jugar, sentado en el banco bajo el sauce. Tal y como él mismo había predicho, varios de los demás alumnos, entre ellos Sean y Kelly Taylor, habían mejorado muchísimo con la práctica y, aunque Sebastian seguía siendo uno de los mejores jugadores, ya no era el mejor de todos con diferencia. No obstante, como creador del juego, todavía era el experto incuestionable en asuntos técnicos, y cuando en ocasiones surgían disputas, sus compañeros lo buscaban a él para que hiciera de árbitro, un papel que desempeñaba bastante bien.

A veces, cuando Sebastian se sentaba en su banco bajo el sauce, Kelly Taylor se unía a él y charlaban sobre muchas cosas. Aquella era su mejor parte del día, en competencia directa con los ratos que pasaba con su abuela en Bungalow Haven. Después de un tiempo, se enteró de que a Kelly Taylor no solo se le daba bien el deporte, sino que también era inteligente y tenía sensibilidad para el arte. Coleccionaba piedras en forma de corazón y las guardaba en una caja bajo su cama. Le gustaba pintarlas de diferentes colores y le prometió a Sebastian que llevaría algunas al colegio para que él mismo pudiera ver lo bonitas que eran.

Sebastian le habló a Kelly de su abuela y de lo mucho que disfrutaban cocinando juntos, y le prometió que, algún día, cocinaría algo para ella. Tras charlar amigablemente con él durante unos minutos, Kelly dejaba a Sebastian bajo el sauce para ir a jugar al balompié atado o al fútbol, y él la seguía con la mirada allá donde fuera.

Ahora que Sebastian había pasado a ser un miembro respetado y relativamente admirado de su clase, a veces se quedaba un rato en el colegio al acabar el día. No podía participar en los juegos que se organizaban espontáneamente como el balón prisionero, el escondite o el pilla-pilla, pero solía animar entusiasmado. Además, cabía la posibilidad de que consiguiera pasar unos minutos más con Kelly Taylor y, en más de una ocasión, la niña lo había acompañado hasta el final de la calle, donde él giraba a la izquierda para ir a casa de su abuela, y ella seguía recto hacia la suya. Tal vez algún día la invitaría a ir con él. Había hablado con la abuela Lola del asunto y ella pensaba que era una idea maravillosa. Sebastian ya había decidido que prepararían arroz sazonado, y Lola se echó a reír cuando su nieto le explicó que quería prepararle el plato que había prendido la llama de su eterno romance con el abuelo Ramiro.

Una mañana, mientras ambos estaban sentados juntos bajo el sauce, Sebastian reunió el valor para pedirle a Kelly Taylor que lo acompañara a casa de su abuela después de clase al día siguiente. Se puso tan nervioso que notó el sudor de las palmas de sus manos traspasando el tejido de sus pantalones. Tranquilamente, ella le respondió que le preguntaría a su madre, pero estaba casi segura de que le daría permiso. Sebastian se emocionó tanto que le costó muchísimo calmar su corazón y apenas logró pegar ojo la noche anterior. Lola se alegró mucho al enterarse de que por fin tendría la oportunidad de conocer a la maravillosa Kelly Taylor de la que tanto había oído hablar y le aseguró a Sebastian que todo sería perfecto durante su visita.

Al día siguiente después de clase, mientras caminaban juntos por la calle hacia casa de Lola, Keith los alcanzó. Aquel día estaba especialmente de buen humor, porque cuando le habían concedido el galardón del alumno del mes, la señorita Ashworth se había quedado sin vales de descuento del McDonald's. Aquel día por fin había podido entregarle el que le correspondía y rápidamente invitó a sus amigos a que se le unieran.

—Voy con Sebastian a casa de su abuela ahora mismo —le contestó Kelly, aunque había cierta nota de pesar en su voz.

—Voy a preparar arroz sazonado —anunció Sebastian.

—¿Y qué es eso? —le preguntó Keith, poniendo una mueca.

—Es una receta puertorriqueña que lleva un montón de cosas ricas —le respondió Sebastian, y, aunque hubiera preferido que él y Kelly Taylor fueran solos, añadió—: Tú también puedes venir. A mi abuela no le importará.

—¡Naaa! —le contestó Keith con una sonrisita simpática—. De todos modos, me apetece una hamburguesa con queso.

Y con aquellas palabras, se dio la vuelta y se fue pavoneándose calle abajo. Kelly se quedó parada, contemplándolo deseosa durante unos segundos.

—Deberíamos irnos —anunció Sebastian con la esperanza de romper el hechizo en el que la niña había caído.

—¿Te importaría si voy a casa de tu abuela mañana?

—Bueno, supongo que no pasa nada, porque el arroz sazonado no es como el fricandó de pollo o el estofado de ternera, sino que está incluso más bueno al día siguiente. Solo para que lo sepas.

Sin embargo, Kelly Taylor ya no lo estaba escuchando.

—Supongo que a mí también me apetece comerme hoy una hamburguesa —le confesó, sonriéndole y bajando la mirada hacia él—. ¿Seguro que no te importa?

Aunque se le había caído el alma a los pies, Sebastian negó con la cabeza e incluso logró devolverle la sonrisa. Kelly Taylor corrió tras Keith, con sus trenzas moviéndose al viento tras ella y, mientras tanto, Sebastian los contempló echándose una carrera hasta la esquina. Una extraña parálisis lo atenazó, seguida de una agonía que dominó cada rincón de su cuerpo, llenándolo de amargura. Y entonces fue cuando recordó que al día siguiente tenía cita con el médico después del colegio. No habría mañana con Kelly Taylor en casa de la abuela Lola.

Cuando Sebastian entró en casa de su abuela y vio todos los ingredientes sobre la encimera preparados para elaborar el arroz sazonado, sintió náuseas. El monstruo de ojos verdes era más poderoso y siniestro de lo que jamás había sospechado, y los celos lo invadieron como una tormenta. Aquel era el peor sentimiento que había experimentado nunca, peor que el miedo, peor que la humillación o el odio, peor que la soledad y la tristeza todo en uno.

Le abrió su corazón a Lola y vomitó sus emociones como si fueran varios trozos irregulares de cristal. Su abuela fue recogiéndolos tranquilamente, tratando con todas sus fuerzas de recomponerlos en el orden correcto.

—Así es el amor, Sebastian. En un instante, te sientes como si estuvieras sobrevolando los cielos como un águila, y al momento siguiente, estás retorciéndote bajo tierra como un gusano. Pero antes de que te des cuenta te recompondrás, ya lo verás.

—A veces preferiría que no hubiéramos salvado al niño mono —confesó Sebastian, y, tras decir aquello, se sorprendió tanto a sí mismo que se quedó en silencio y contempló el rostro sobresaltado de su abuela.

—¿Lo dices en serio? —le preguntó a Sebastian.

El niño asintió, avergonzado, y Lola suspiró mientras se dirigía hacia la encimera para empezar a preparar la comida. Sebastian la siguió y comenzaron con el sofrito, como siempre, y el delicioso aroma tan familiar de las cebollas, los ajos y los pimientos friéndose en aceite de oliva le devolvió el aplomo a Sebastian.

—Supongo que no lo decía en serio —rezongó.

—Ya me lo imaginaba —le respondió Lola.

—Pero estoy seguro de que si Kelly Taylor probara el arroz sazonado, yo le gustaría igual que tú al abuelo Ramiro, porque es mágico —afirmó Sebastian, inspirando un poquito del aroma por la nariz—. Estamos haciendo magia, ¿verdad, abuela?

—Bueno, está claro que esa es una manera de verlo —le respondió ella pensativa—. O quizá es la magia la que nos está haciendo a nosotros.

Sebastian se detuvo para contemplar a su abuela sin entender lo que había querido decir. Lola se echó a reír al ver los ojos como platos de su nieto mirándola fijamente y lo atrajo hacia sí para darle un abrazo.

CAPÍTULO VEINTISIETE

El doctor sonreía más que nunca y andaba con paso alegre cuando entró en la sala de reconocimiento.

—¿Cómo te encuentras hoy, Sebastian? —preguntó. Saludó con la cabeza a Gloria y a Dean, que se encontraban de pie a ambos lados de Sebastian, como si estuvieran reclamando la mitad que les correspondía de su hijo.

—Bien —le contestó Sebastian con voz apagada.

El doctor Lim supuso que la causa de que su paciente no estuviera muy animado se debía a los problemas entre sus padres. Recordando el incómodo intercambio que había tenido lugar durante la última visita, decidió no preguntarle a Sebastian por su humor, por miedo a que aquello desencadenara más tensión, cosa que no le haría ningún bien a su paciente. El pobre chavalín ya tenía suficiente estrés en su vida.

Dean y Gloria se apartaron cuando el doctor Lim comenzó su reconocimiento. Mientras tanto, Sebastian examinó a sus padres, lo cerca que estaban el uno del otro, la expresión de sus rostros. ¿Estaban dispuestos a ser amables u hostiles? ¿La barrera de hielo que se interponía entre ellos acaso se había derretido un poquitín? No podía estar seguro, pero parecía como que, si su padre levantara la mano, sería capaz de tocarle el codo a su madre. Sin embargo, por el momento, él tenía las manos metidas en los bolsillos y ella había cruzado los brazos sobre el pecho.

—¿Ha seguido ganando peso? —preguntó Dean.

—Pues está claro que sí —le respondió el doctor Lim sonriendo encantado—. Otros dos kilos y medio, y ha crecido casi dos centímetros y medio. Si continúas a este ritmo, puede que tenga que ponerte a dieta.

Sebastian sintió una repentina emoción que le subió el ánimo. Sabía lo que aquello significaba y estudió las manos de aspecto casi femenino del doctor Lim mientras este escribía en su historial. Los suyos eran los estilizados dedos de pulso firme de un cirujano y, en aquel momento, a Sebastian no le cupo la menor duda de que aquellos dedos sabrían qué hacer para reparar su corazón enfermo cuando se encontrara bajo las deslumbrantes luces del quirófano. En aquel entorno estéril lleno de instrumentos relucientes, donde todas las esquinas estaban nítidamente definidas por bordes angulosos, los resultados siempre estaban claros y eran mesurados y precisos. Allí no había lugar para oscuros rincones fríos y húmedos en los que se pudieran ocultar la duda o el miedo. En el quirófano, todo siempre salía exactamente como estaba planeado, como una receta de cocina llevada a cabo al pie de la letra.

—¿Cuándo cree usted que sería conveniente planificar la operación? —le preguntó Dean.

—¡Espera un minuto! —interrumpió Gloria, dando un paso al frente.

El doctor Lim se volvió hacia ella, con el rostro plácido pero firme.

—Si vamos a hacerlo, cuanto antes mejor, señora Bennett.

—Estoy de acuerdo —afirmó Dean—. ¿Por qué esperar más?

—Porque... —respondió Gloria dedicándoles una mirada furiosa a su marido y al doctor Lim, más que preparada para vérselas con ambos si era necesario— todavía no se ha decidido nada, porque... yo soy la madre de Sebastian y no estoy convencida de que esto sea lo correcto.

—Y entonces, ¿qué propones que hagamos, Gloria? ¿Sencillamente seguir esperando solo por esperar?

—No sabemos con seguridad si otra operación mejoraría su situación —le espetó Gloria—. Y Sebastian se ha adaptado muy bien a sus limitaciones.

—Pero al menos con otra operación no tendrá que ir por la vida como un enclenque.

—¡Por el amor de Dios, Dean! ¿Cómo puedes decir algo así delante de tu hijo?

—Debería saber la verdad...

—Él no lo entiende... —dijo Gloria; continuaron discutiendo sobre si Sebastian era o no demasiado joven, demasiado vulnerable para enfrentarse a otra intervención quirúrgica.

En su desesperación, Gloria volvió a sacar el tema de lo que había sucedido cuando Sebastian nació y de cómo había confiado en Dean y en la familia, cosa que casi le había costado la vida a su hijo.

El doctor Lim palideció mientras contemplaba a su joven paciente retorcerse y acobardarse ante sus padres.

—¿Qué quieres hacer tú, Sebastian? —le preguntó el doctor Lim al final.

—¿Perdone? —le espetó Gloria, girando la cabeza hacia él.

—¿Qué quieres hacer tú, Sebastian? —repitió el doctor Lim con los ojos fijos únicamente en el niño. Apoyó el historial en la mesa y se arrodilló delante de su paciente—. Sebastian, esto es lo que puedo decirte con la mayor certeza que tengo a mi disposición. Con otra operación, es posible que seamos capaces de arreglar tu corazón para que te sientas mucho más fuerte. ¿Podrás entonces correr lo bastante rápido como para jugar al fútbol? No estoy seguro: puede que no, pero podrás hacerlo más rápido que ahora sin cansarte. Siempre hay riesgos asociados a las intervenciones quirúrgicas y existe la posibilidad de que las cosas no vayan exactamente como están planeadas. Sin embargo, si no te sometes a esa operación, es muy probable que tu corazón se debilite aún más de lo que está ahora.

Gloria comenzó a rezongar para sí misma, pero el doctor Lim levantó una mano para hacerla callar.

—Sebastian —le dijo—, ¿quieres que te opere?

—¿Cómo es posible que le pregunte a un niño algo así?

—Puede que sea todavía un niño, señora Bennett —le respondió tranquilamente el doctor Lim—, pero es de su vida y su corazón de lo que estamos hablando. Desde luego, hemos de tener en cuenta los deseos de Sebastian. —Dicho esto, el doctor Lim centró su atención de nuevo en su paciente—. ¿Qué quieres que haga, Sebastian?

Sebastian apartó la mirada del rostro del doctor Lim para contemplar a sus padres. Los tranquilos ojos azules de su padre habían perdido su habitual calma, y los músculos a lo largo de su mandíbula estaban tensos a la espera de escuchar qué contestaría su hijo. Los ojos de su madre se habían teñido de miedo y le temblaban las mejillas. Sebastian nunca la había visto tan desesperada y eso lo asustó. No obstante, sintió una energía incandescente que irradiaba de su interior y que le hizo superar el miedo y le susurró palabras claras y pausadas. En aquel momento, se sintió aún más poderoso que en el patio del recreo cuando Keith le había pedido que decidiera el destino de Sean. Era de su propia vida de lo que estaban hablando y, por primera vez, sintió que realmente le pertenecía a él.

Se volvió hacia el doctor Lim y le dijo:

—Quiero la operación.

Después de pronunciar aquellas palabras, todo se quedó en silencio durante un momento, y entonces Sebastian oyó el tintineo de las llaves de su madre, que las había sacado de un tirón del bolso, pero no se atrevió a mirarla a la cara.

—Vale, muy bien —dijo Gloria—. Pues entonces te encargas tú de él.

—¿De qué estás hablando? —le preguntó Dean.

—Sebastian puede irse a vivir contigo a partir de ahora, porque yo me niego a pasar por esto otra vez. Puedes verle morir tú solo —le espetó a su marido, y salió apresuradamente de la consulta.

Escucharon sus llaves repiqueteando mientras corría por el pasillo.

Esa noche, en el apartamento de su padre, Sebastian no podía dormir. Cada vez que empezaba a conciliar el sueño, notaba algo que lo presionaba en mitad del pecho, como una fría hoja de metal atravesándolo, y abrió los ojos por enésima vez para mirar fijamente la oscuridad.

Después de que su madre se hubiera ido corriendo de la consulta del doctor Lim, Sebastian y su padre se marcharon unos minutos más tarde y fueron a comer hamburguesas de cena. A continuación, se dirigieron directamente al apartamento de Dean. En realidad era de su amigo, pero este se encontraba fuera durante unos días. Dean sugirió que Sebastian durmiera en la otra habitación hasta que se les ocurriera algo mejor, pero Sebastian se negó. Prefería con creces dormir cerca de su padre, aunque roncara y le despertara.

Mientras contemplaba los contornos difusos de los muebles desconocidos de aquella habitación, Sebastian se metió la mano por debajo de la camiseta y colocó los dedos sobre la fina cicatriz que le recorría todo el pecho. Normalmente no notaba nada cuando la tocaba, pero aquella noche la cicatriz estaba caliente y sensible al tacto, y se imaginó el escalpelo clavándose en ella y recorriéndola, y el hilo de sangre que brotaría de ella a su paso. Visualizó su corazón como un intrincado puño cerrado de fideos, tembloroso y pálido bajo las penetrantes luces del quirófano. ¿Quién podría desenmarañar aquel revoltijo? Quizá su madre tenía razón.

Sebastian se volvió para mirar el rostro de su padre. Estaba durmiendo de lado, roncando suavemente. De repente, Dean abrió los ojos y se sobresaltó momentáneamente cuando vio otra cara a apenas unos centímetros de la suya. Se había olvidado de que Sebastian estaba allí, pero se acordó y sonrió.

—¿Estaba roncando? —le preguntó.

—No pasa nada —le respondió Sebastian.

—¿Te ocurre algo, hombrecito? —le preguntó Dean percibiendo la desesperación en la voz de su hijo.

Sebastian negó con la cabeza y se mordió el labio. Deseaba sentirse tan fuerte y seguro sobre las cosas como cuando estaban en la consulta del doctor Lim, pero ahora, en mitad de la noche, en una cama extraña y en una habitación desconocida, su valor lo había abandonado y se había convertido en una masa temblorosa y dominada por el miedo. Le empezaron a brotar las lágrimas de los ojos.

—Lo siento, papá —susurró.

—¿Por qué?

Sebastian sintió una oleada de emoción en su interior y, a continuación, comenzó a sollozar. Durante varios minutos aquella sacudida se extendió por todo su cuerpo mientras su padre lo abrazaba con fuerza.

—No pasa nada —le murmuró Dean durante todo el tiempo.

—Lo siento —repitió Sebastian, avergonzándose de sí mismo por haberse venido abajo en mitad de la noche, no dejando dormir a su padre.

Dean susurró:

—Comprendo lo asustado que debes de sentirte. Yo también lo estoy, pero el doctor Lim es un médico excelente, y sé que todo va a ir bien, ya lo verás.

Tras unos minutos, se quedaron tumbados inmóviles en la cama, completamente agotados. Dean estaba en silencio, pero Sebastian sabía que su padre todavía no se había dormido. Él también estaba pensando.

—¿Papá? —murmuró Sebastian.

—¿Sí, hombrecito?

—No voy a poder hacerlo. No quiero correr el riesgo.

No hubo respuesta durante varios segundos y Sebastian se alegró de que estuvieran a oscuras para no tener que ver la decepción en el rostro de su padre.

—Lo primero que haré mañana por la mañana será llamar al doctor Lim para decirle que cancele la operación.

Sebastian inmediatamente notó que disminuía el dolor de su pecho y cayó sobre él un suave velo de tranquilidad.

—¿Y qué pasa con mamá? —preguntó.

—No te preocupes por tu madre. Yo me ocuparé de ella —le contestó—. Ahora duérmete. Es muy tarde, y mañana hay que ir al colegio.

Al día siguiente por la tarde, Gloria llegó a recoger a su hijo a casa de Lola, y se los encontró a ambos trabajando en la cocina, como de costumbre. En aquella ocasión habían preparado funche, unas gachas al estilo puertorriqueño que podían ser dulces y saladas. Mientras estaban con las manos en la masa, Lola le contó a Sebastian que el funche era uno de los platos favoritos de los campesinos en la isla, aunque lo disfrutaba todo tipo de gente porque resultaba muy simple y versátil.

Sebastian había combinado los ingredientes él solo, sin ayuda. Empezó poniendo a hervir una olla llena de agua con sal. Después vertió la harina de maíz, batiendo constantemente para evitar que se le formaran grumos y lo puso entonces a fuego medio bajo y removió durante otros quince minutos. Tuvo que cambiar de mano para evitar que se le cansaran, pero sabía que merecía la pena para que le quedara una crema suave. Cuando la harina de maíz había adquirido consistencia, se lo pasó estupendamente añadiéndole un poco de nata líquida. Lola reconoció que, aunque así no era la forma tradicional de prepararlo, le daba al plato un acabado sabroso y muy rico. Sebastian decidió que el funche estaría aún más delicioso con unos dientes de ajo más. Los cortó en láminas muy finas, blandiendo el cuchillo grande de cocina con tanta habilidad como cualquier adulto, y los mezcló con los demás ingredientes, entre los que se incluían el sofrito y tiernos trocitos de carne de cerdo. Solo entonces quedó listo para meterlo en el horno.

Lola sacó la fuente humeante del horno unos minutos después de que Gloria llegara y la colocó sobre un salvamanteles en la encimera. La parte superior había adquirido una tonalidad dorada, y el vapor que desprendía era fragante y delicioso. Después de dejarlo enfriar durante unos minutos, lo partió en rodajas y lo sirvió en otra fuente, con un toque de aceite de oliva y pimientos asados como guarnición.

Sebastian había decidido no contarle a Lola lo que había sucedido por miedo a que ella intentara convencerle también de que se operara. Después de todo, apenas unas semanas antes le había pedido que lo ayudara a convencer a su madre, pero ahora no quería volver a oír hablar del tema. Únicamente deseaba que su vida volviera a la normalidad. Quería cocinar con su abuela y pasar los fines de semana con su padre. Quería hacer los deberes, limpiar la pizarra y jugar al balompié atado. Quería volver a dormir en su propia habitación, en su propia cama, con su madre y su hermana bajo el mismo techo. Sería mejor si su padre también pudiera acompañarlos, pero estaba empezando a comprender que, en la vida, las cosas rara vez salían exactamente como uno deseaba.

Lola abandonó la habitación durante un instante para ir en busca de una fuente que pensaba que hacía años había almacenado en el armario del pasillo, y Gloria aprovechó la oportunidad para preguntarle:

—¿Qué tal te ha ido hoy el día, hombrecito? —como si nada hubiera sucedido entre ellos.

—Bien, solo estoy un poco cansado —le respondió él.

—¿No has dormido bien esta noche?

Sebastian negó con la cabeza y la miró de reojo. Sin duda, su padre le debía haber contado los detalles de la difícil noche que habían pasado juntos.

—Yo tampoco. Creo que ha sido la peor noche que he pasado en mucho tiempo.

Él le sonrió, y ella le devolvió la sonrisa y entonces levantó los brazos hacia él. Inmediatamente, Sebastian se acercó a ella y su madre lo abrazó mientras él apoyaba la cabeza en el hombro de ella. Su madre tenía razón; se había adaptado muy bien a sus limitaciones. La vida era lo mejor que podía ser, y no había razones para pedirle más. Y aunque apenas podía admitírselo a sí mismo, la verdad era que resultaba mucho más sencillo decepcionar a su padre que a su madre. Incluso con todos los cambios que había experimentado últimamente, Sebastian dudaba de que eso llegara a cambiar en algún momento.

CAPÍTULO VEINTIOCHO

La puerta no estaba cerrada con llave, como de costumbre, y todo se hallaba tranquilo cuando Sebastian entró en casa de su abuela. Inmediatamente se percató de que Lola no se encontraba en la cocina absorta en la preparación de ningún plato. De hecho, por lo que pudo ver, no había nada en el fuego. Entonces, la localizó sentada en su mecedora, de cara a la flor de fotografías colgadas de la pared. Estaba ligeramente inclinada hacia un lado, con un bastón descansando en las rodillas. Sebastian se aproximó lentamente hacia ella, temeroso de lo que fuera a encontrarse. Se arrodilló junto a su abuela y la miró a la cara. Tenía los ojos cerrados y estaba respirando tranquilamente. Sebastian le sacudió el hombro.

—Abuela, ¡despierta, abuela! —Ella abrió los ojos y sonrió—. ¿Llevas mucho tiempo dormida?

—No, creo que no —le respondió Lola—. Me he sentado un momento a descansar y se me han cerrado los ojos.

Sebastian se dio cuenta de que el cabello blanco estaba empezando a crecerle de nuevo y que el intenso color fresa se había desteñido a un rosa pálido. En un par de semanas su aspecto sería el mismo de antes, y cuando Sebastian pensó en cómo eran sus vidas anteriormente, sintió que le embargaba una sensación de vacío. Las comidas del centro de la tercera edad, las velas artificiales, las largas tardes juntos charlando sobre nada en concreto... En el pasado, todo eso había resultado muy reconfortante, pero ahora parecía una existencia terriblemente vacua. El niño prefería con creces aquella vida multicolor que habían creado, repleta de sabores e historias que eran tan vibrantes y vivas como el fuego crepitante.

Sebastian recogió el bastón que descansaba en las rodillas de su abuela.

—No te había visto nunca usar bastón, abuela.

—¡Oh! —exclamó ella, como si fuera la primera vez que se percataba de la existencia de aquel objeto—. Es el bastón de Charlie. Nadie lo quería, así que me lo he quedado yo como recuerdo. Esta mañana me estaba molestando un poco la rodilla, una ligera artritis —aclaró, estirando la pierna derecha y frotándose la rodilla con un movimiento circular—. Ahora me encuentro mucho mejor.

—¿Estás segura? —le preguntó Sebastian.

—Sí, estoy bastante segura —respondió ella.

Sebastian miró por encima del hombro hacia la cocina.

—¿Hoy no cocinamos?

Lola inspiró profundamente.

—Supongo que hoy me siento un poco cansada —reconoció, pero al ver la angustia en los ojos de su nieto, soltó una risita—. ¿Tienes hambre?

—¡Yo siempre tengo hambre! —le respondió él, aunque aquella no fuera la razón de su preocupación.

Lola pareció complacida al oír aquello y se le iluminó la cara.

—Tengo una idea —anunció—. ¿Por qué no preparas tú hoy la cena?

—¿Yo? Pero yo no cocino tan bien como tú...

—No estoy yo tan segura. Te he estado observando. ¡Vamos! —lo animó, señalando hacia la cocina con el bastón de Charlie—, tenemos todo lo que necesitas para preparar un delicioso picadillo.

—Pero no será lo mismo si lo preparo yo.

—Puede que esté incluso mejor, y yo te guiaré desde aquí si lo necesitas.

—A lo mejor deberías llamar al médico —le sugirió Sebastian.

—¿Para decirle qué? ¿Que soy una anciana que está cansada al final del día? No hay cura para eso. De todas formas, la única medicina que necesito es la deliciosa comida que mi nieto me va a preparar. Dime, ¿cómo vas a empezar?

Sebastian se lo pensó durante un instante. Había preparado aquel plato con su abuela al menos media docena de veces y sabía que tendría que comenzar como de costumbre.

—Empezaré cortando el ajo, las cebollas y los pimientos —afirmó.

Ella asintió.

—¿Y después?

—Prepararé las demás verduras y sacaré la carne de la nevera para que no esté demasiado fría cuando la cocine.

Recobrando repentinamente la energía, Sebastian correteó hasta la cocina para organizar los ingredientes mientras Lola lo contemplaba. En un instante, el niño tuvo todo listo para empezar: la carne picada, las cebollas, los pimientos y el ajo picados, siseando al freírse en aceite de oliva, y una lata de salsa de tomate abierta sobre la encimera.

—¡No quemes el ajo esta vez! —le advirtió su abuela.

—¡No, no! —le respondió él—. Voy a preparar mucho, por si acaso viene más gente.

—Sí, muy bien —le contestó Lola cerrando los ojos de nuevo, sin llegar a dormirse. Estaba escuchando los alegres sonidos que provenían de la cocina, el chisporroteo del sofrito, el repiqueteo y el rumor de la cuchara de madera raspando el fondo de la sartén y los firmes golpes del cuchillo sobre la tabla de cortar—. ¿Alguna vez te he contado que tu abuelo murió solo?

Sebastian dejó lo que estaba haciendo para mirar a su abuela.

—No, no me lo habías contado nunca —respondió en voz baja.

—Tu abuelo y tú estabais ingresados en el hospital al mismo tiempo, tú al principio de la vida y él al final de la suya. Había muchas posibilidades de que tú te recuperaras, pero no existía ninguna expectativa para tu abuelo. Los médicos nos dijeron que el cáncer de su estómago se había extendido demasiado y que su corazón se hallaba demasiado débil para que sobreviviera a una operación. —Lola se revolvió en su mecedora y apoyó la cabeza hacia atrás, con los ojos semicerrados—. La última vez que lo vi con vida me dijo que fuera a verte. Me aseguró que tu madre y tú me necesitabais más que él, pero me prometió que me esperaría hasta que tú salieras de tu operación. —Sonriendo para sí misma, Lola añadió—: Tu abuelo podía llegar a ser muy persuasivo. Por supuesto, cuando regresé para darle la buena noticia de que habías sobrevivido a la operación, él ya se había marchado. —Lola abrió los ojos para ver a su nieto contemplándola con una expresión triste y temerosa pintada en el rostro—. Yo le fallé —rezongó—. Ni siquiera pude enterrarlo en la isla, como él deseaba. Fue imposible. No... no podía dejar a mi familia cuando más me necesitaba. Pero he estado pensando en regresar —comentó Lola, cerrando los ojos de nuevo.

—¿Adónde?

—A casa.

—¿A la isla? —preguntó Sebastian sorprendido.

Ella asintió.

—No he podido dejar de pensar en ello.

—¡Llévame contigo, abuela! —le rogó—. ¡Por favor, llévame contigo!

Ella suspiró y comenzó a balancearse lentamente en la mecedora.

—Todavía no es momento de eso, pero, aun así, te imagino perfectamente corriendo colina arriba hasta llegar a la cima, al lugar donde te puedes sentar en el borde del mundo y contemplar el océano a tus pies. Es escarpado y resbaladizo en algunas zonas, especialmente si llueve, pero con un poco de práctica lo harás muy bien.

—Pero yo no puedo correr —repuso Sebastian.

—¿En serio? ¿Y por qué no?

—Porque tengo el corazón malo, ¿no te acuerdas?

—Estoy segura de que allí sí podrías hacerlo.

Sebastian contempló el rostro de su abuela tratando de penetrar a través de la bruma grisácea que le había nublado los ojos, intentando discernir si Lola sabía realmente de qué estaba hablando. No era ella misma, pero tampoco había recuperado su antigua personalidad, y aquello lo hacía sentirse muy confuso. Lola estaba volviendo a cambiar, a encogerse, y el niño temió que estuviera perdiéndola de nuevo.

—Abuela Lola —le dijo Sebastian, dando la vuelta a la encimera para ir hasta donde se encontraba ella—, no quiero que las cosas cambien más. Y no quiero que tú cambies más.

Lola sonrió con tristeza.

—Los cambios son lo único que permanece constante en la vida. Por supuesto, algunos son más fáciles de aceptar que otros. Cuando tu abuelo murió, fue muy difícil para mí, pero ahora siento un gran consuelo al pensar que está en el cielo esperando pacientemente a que yo me reúna con él.

Sebastian recordó lo que su hermana le había contado, que la abuela Lola le había prendido fuego a su casa intencionadamente para irse con el abuelo Ramiro y, aunque casi se había convencido a sí mismo de que no podía ser cierto, todavía le rondaban ciertas dudas. Es más, quería que su abuela volviera a sus cabales, aunque eso significara hablar de algo difícil.

—Todo el mundo piensa que encendiste el fuego a propósito para poder irte con el abuelo Ramiro. ¿Es verdad? —le preguntó Sebastian—. ¿Provocaste tú el incendio?

Lola levantó la cabeza bruscamente para contemplar a Sebastian a la cara y dedicarle una mirada fría y desafiante, pero su expresión se dulcificó y pareció más avergonzada de sí misma que otra cosa. Tardó varios minutos en recomponerse y responder.

—Voy a contarte un secreto, pero tienes que prometerme que no se lo vas a decir a nadie.

—Te lo prometo —le respondió Sebastian con los ojos muy abiertos.

—Es cierto que estaba cocinando frijoles el día del incendio, pero no me quedé dormida ni me olvidé de ellos, como le he contado a todo el mundo. Ya ves, antes de empezar a cocinarlos, encendí muchas velas como preparación para llevar a cabo un ritual de purificación. Se trata de una ceremonia espiritual que celebrábamos en la isla para sanar nuestros espíritus tras una época dolorosa. No había hecho ninguno desde hacía muchos años y no recordaba cómo era exactamente, pero me sentía tan mal por haberle fallado a tu abuelo que, si tenía que encontrar las fuerzas para seguir viviendo sin él, sabía que algo había que hacer.

»Tras encender la velas, cogí un frasco de agua de Florida, que es un perfume que huele a naranjas picantes, y vertí una buena cantidad en un cuenco cerca de las velas sobre la mesa, pero había olvidado por completo lo inflamable que era y, cuando me volví apenas un instante, el mantel se incendió, y después la alfombra, las cortinas y todo lo demás. Lo único que sobrevivió fue la silla de tu abuelo y la casa, claro. Fue un milagro.

—Y tú. Tú también sobreviviste —puntualizó Sebastian.

Lola asintió, más avergonzada que nunca.

—Por supuesto, sabía que tu madre y los demás se disgustarían todavía más si se enteraban de lo que había sucedido realmente con las velas y el agua de Florida. Nunca les han gustado demasiado las viejas tradiciones. Tu tía Gabi es un poquito más comprensiva, pero, aun así, era mejor hacerles creer que me había quedado dormida. Lo que nunca podía imaginarme... —Contempló a Sebastian con expresión incrédula—. ¿Realmente creen que intenté acabar con mi vida?

Sebastian asintió, increíblemente aliviado por saber que no era verdad, pero, de repente, se arrepintió de haber sacado el tema. Puede que no fuera bueno para su abuela revivir aquellos difíciles recuerdos.

Como si le estuviera leyendo la mente, Lola suspiró y le acarició el brazo.

—Oh, bueno, todas esas cosas pasaron hace mucho tiempo, Sebastian, y ya no importan. Yo todavía sigo aquí, mientras que mi querido Ramiro me espera en el cielo. Si lo piensas, en realidad, nada ha cambiado demasiado.

Sintiéndose animado de nuevo, Sebastian le preguntó:

—¿Tú crees que de verdad hay un cielo al que la gente va cuando se muere, abuela?

—Pues claro que lo hay —le contestó ella irguiéndose en la mecedora—. Pero no creo que sea como lo describen en la iglesia o en el cine, con portones nacarados y ángeles tocando arpas doradas sobre grandes nubes de algodón y todas esas tonterías.

—¿Y entonces, cómo es?

—Te voy a contar cómo es el cielo para mí —le dijo ella—. En él, está esta misma mesa, y todos aquellos a los que quiero y he querido se sientan alrededor de ella. Damos cuenta del festín que hemos preparado juntos y nos reímos y contamos historias y, a veces, también lloramos un poquito, pero la mayor parte del tiempo nos lo pasamos estupendamente. Ese es mi cielo —le dijo sonriendo.

—¿Solo eso, gente sentada alrededor de una mesa? Me parece que eso no tiene pinta de cielo.

Lola asintió y atrajo a Sebastian hacia sí.

—Te voy a contar otro secreto si me prometes que este también quedará entre tú y yo.

—Vale —le respondió Sebastian.

—En el hospital, cuando todos pensabais que yo estaba profundamente dormida, podía oír todo lo que pasaba a mi alrededor. Las voces sonaban como si fueran ecos que provinieran de muy lejos, pero distinguía perfectamente las palabras. Al final, cuando me di cuenta de que podía moverme y abrir los ojos si quería, me quedé quieta durante un rato para que todos pensarais que aún estaba dormida.

—¡Abuela Lola! —susurró Sebastian conmocionado, pues no pensaba que su abuela fuera capaz de simular que estaba enferma.

—Ya sé que no estuvo bien, pero necesitaba más tiempo para pensar las cosas. Ya ves, cuando oí por primera vez vuestras voces a mi alrededor, todos juntos después de tantos años, habría jurado que me encontraba en el cielo. Pero, cuando comprendí que realmente me hallaba en el hospital, supe que, en cuanto me pusiera mejor, todos volveríamos a estar como antes, distantes y divididos, que seríamos familia solo de nombre. Sin embargo, entonces se me ocurrió una idea. —Lola esbozó una sonrisita maliciosa—. Pensé que si no me ponía bien inmediatamente y si todo el mundo seguía preocupándose por mí un poquito, permaneceríamos juntos exactamente como en el hospital.

—¿Por eso te teñiste el pelo? —le preguntó Sebastian—. ¿Y por eso rompiste las normas y comenzaste a cocinar de nuevo?

Lola asintió y volvió a sentirse triste.

—Sabía que estaba corriendo un gran riesgo y que, en lugar de mejorar, las cosas podían empeorar también, pero a veces hay que romper las normas para conseguir lo que quieres en la vida y, a mi edad, tampoco tengo demasiado tiempo que perder. —Lola suspiró y examinó durante un momento el bastón que descansaba sobre sus rodillas—. Y pensé que si empezaba a cocinar los platos de la isla que a todo el mundo le gustaban, les recordaría cómo solía ser cuando éramos una familia. Desgraciadamente, las cosas no han salido exactamente como yo había planeado. Tu madre y tu tía no han conseguido reconciliarse, y no he sido capaz de convencer a tu madre de que te deje operarte.

—Eso ya no me importa —le confesó Sebastian.

—¿No? —le preguntó Lola, sorprendida al oírlo.

En respuesta, Sebastian negó con la cabeza enérgicamente.

—Incluso aunque mamá y la tía Susan sigan enfadadas, las cosas sí que han cambiado, abuela. Piensa en toda la gente que ha pasado por aquí desde que te teñiste el pelo de rojo y empezaste a cocinar otra vez. Todo está mucho mejor que antes.

—Sí, eso es cierto. Y supongo que si deseo ver a todos sentados alrededor de la mesa, tendré que esperar a las bodas y a los funerales. —Lola miró los enormes ojos de Sebastian y se sintió mal por preocuparle con tantas revelaciones al mismo tiempo—. Sin embargo, no quiero que te preocupes más por que yo esté actuando a lo loco o rompiendo las normas. Hoy he decidido que lo que es suficientemente bueno para mi familia, lo es para mí.

Sebastian le devolvió la sonrisa a su abuela, pero notó, por la decepción que tantas molestias se estaba tomando en ocultar, que, en realidad, no era del todo cierto lo que le acababa de decir. Lola estaba abandonando su idea de cielo y con ella su chispa, sus energías e incluso sus ganas de vivir.

—A... a mí me gusta tu cielo, abuela —sentenció Sebastian—. Es el cielo más bonito del mundo y seguro que también de todo el universo.

Lola soltó una risita.

—Oh, no hagas mucho caso a las tonterías de esta anciana. De todos modos, tienes que volver a la cocina para encargarte de mi cena.

Sebastian estaba a punto de hacer lo que ella le había dicho, con la esperanza de que su abuela no se desvaneciera tan rápido como él se temía, y entonces ella le tocó suavemente el hombro y, cuando se volvió a mirarla, los ojos de Lola brillaron como estrellas.

—Dime, Sebastian, ¿cómo es tu cielo?

El niño lo pensó durante unos segundos y no tardó mucho en imaginarse una escena vívidamente, porque siempre estaba ahí, repitiéndose una y otra vez en su imaginación.

—En mi cielo, estoy en un campo de fútbol y corro como el viento mientras mis admiradores me jalean. Regateo a todos los del equipo contrario y, cuando llego cerca de la portería, levanto el balón con la punta del pie, hago una chilena espectacular y la pelota acaba en el fondo de la red. Los espectadores se vuelven locos y el comentarista grita ¡goooooooooooooool! con todas sus fuerzas. Después del partido, me dan una copa enorme por ser el mejor jugador de toda la historia.

—Suena estupendamente —comentó Lola echándose a reír—. Me gusta muchísimo tu cielo.

Sebastian sonrió mientras se imaginaba a sus compañeros de equipo subiéndolo a hombros y paseándolo por el campo como a un héroe, y entonces recobró la compostura y se dio cuenta de que su versión de cielo era aún más imposible que la de su abuela.

Cuando llegaron Gloria y Jennifer, Lola había abandonado la mecedora para ir a la cocina y ayudar a Sebastian a terminar la cena, aunque todavía estaba utilizando el bastón de Charlie Jones y, a veces, apoyaba todo su peso sobre él. Después de que Sebastian encendiera las velas por toda la habitación y todo titilara con el suave brillo de esa luz que solía ser tan inspiradora para compartir una buena conversación, se quedaron prácticamente en silencio mientras comían el picadillo que Sebastian había preparado. Estaba bastante bueno. Tal vez no tanto como el de Lola, pero el equilibrio de sabores era casi perfecto. Todo el mundo estuvo de acuerdo en ello.

Gloria contempló a su madre con ojos de preocupación. Se había dado cuenta de su desaliento, del cansancio que había caído sobre ella como una pesada losa sobre sus hombros.

—Hoy pareces cansada, mami —comentó.

—Me encuentro bien —le respondió su madre sonriendo—. Estoy disfrutando de una deliciosa comida con mi hija y mis nietos, y no podría ser más feliz.

Jennifer le preguntó:

—¿Te gustaría que te ayudara a teñirte el pelo otra vez, abuela? Se te ha desteñido un poquito. Ya no está rojo, sino una especie de rosa..., pero es un rosa bonito, de todos modos.

Lola se pasó los dedos por el cabello.

—¿En serio? Bueno, mientras sea bonito... —le contestó con un guiño.

—¿Cuándo vas a volver a ir al médico? —le preguntó Gloria apartando su plato vacío.

—La semana que viene —le respondió Lola—. Pero estaba pensando en cancelar la cita. Estoy segura de que hay mucha otra gente que necesita la ayuda del médico más que yo.

—Pues, en cambio, yo estaba pensando que quizá debería llevarte a que te viera mañana.

Lola se lo pensó y, a continuación, negó con la cabeza.

—Mañana no, estoy demasiado ocupada mañana.

—No seas ridícula. ¿Cómo vas a estar ocupada? Cancelaré mis citas de la tarde e iremos al médico. No es para tanto.

Lola suspiró.

—Estoy bien, nena. Déjalo estar. —Y para despejar el ambiente y cambiar de tema, comentó—: ¿Sabes? He estado pensando en hacer una redecoración aquí: tirarlo todo y empezar de cero.

—¿Qué vas a tirar? —le preguntó Sebastian, más preocupado que sorprendido.

Lola paseó la mirada por toda la habitación y se encogió de hombros.

—Todo —le contestó—. ¡Adiós a lo viejo y bienvenido lo nuevo! Siempre me ha gustado esa expresión.

—Pero tienes algunas de estas cosas desde hace años —repuso

Gloria—. Por ejemplo, la silla de papi, y siempre has dicho que ese sofá era el más cómodo que has tenido en tu vida.

Lola sacudió la cabeza en señal de negativa.

—Ya no resulta cómodo. Y en cuanto a la silla de tu padre, no me puedo sentar en ella durante más de un minuto sin que me duela la espalda.

—¿Me la puedo quedar? —le preguntó Gloria.

—Pues claro que puedes —le contestó Lola con un gesto de la mano—. Llévate lo que quieras.

—¿Qué vas a hacer con tus viejas fotografías? —le preguntó Sebastian.

—Las tiraré también. A estas alturas ya debería saber qué aspecto tenéis cada uno de vosotros.

—Pero ¿qué pasa con la tuya y del abuelo Ramiro el día de vuestra boda?

—Puede que me quede con esa —contestó Lola—, pero tiraré las demás.

—Estoy contigo, abuela —afirmó Jennifer—. A veces es bueno cambiar las cosas un poquito.

Sebastian se sintió incómodo al pensar en las fotografías de su familia descolgadas de la pared, por no hablar de imaginárselas en el fondo de un contenedor gigante con un montón de basura maloliente sobre ellas.

—¡No hay nada como el presente! —comentó Lola, y se levantó de la mesa para aproximarse a la flor de fotografías. Una por una, fue descolgándolas y echándolas sobre la mecedora, hasta que la única que quedó fue la de su retrato de boda, rodeada por nada más que desvaídos rectángulos vacíos—. Tendré que volver a pintar, claro —dijo—, pero la habitación ya parece más grande así, ¿verdad?

Gloria y Sebastian se quedaron en silencio.

—¡Mucho más grande! —afirmó Jennifer alegremente—. ¿De qué color podríamos pintarla? Oh, ¡ya lo sé! ¿Qué tal un bonito color amarillo girasol?

Mientras Lola y Jennifer charlaban sobre de qué color pintar las paredes, Gloria se puso en pie y fue hasta las fotografías que descansaban sobre la mecedora. Comenzó a inspeccionarlas y apartó un tercio de ellas, que colocó junto a su bolso. Lola la miraba de reojo mientras conversaba con Jennifer sobre la redecoración, y parecía que esta vez las cosas sí estaban saliendo exactamente como ella había planeado.

Después del postre, cogió el pequeño elefante de cerámica junto al teléfono y lo colocó delante de Sebastian.

—Tú te puedes quedar con este —le dijo—. Sé que siempre te ha gustado.

—Pero ahora ¿cómo vas a acordarte de llamar al farmacéutico sin él? —le preguntó el niño, aunque cogió entre las manos la brillante figurilla de color rojo.

Era verdad, siempre le había encantado aquel estoico elefantito.

—No te preocupes —le respondió su abuela—. Me las apañaré.

Más tarde, mientras iban para casa, Sebastian echó un vistazo a las fotografías que su madre había salvado y se alegró de ver que, junto a las de sus hijos, Gloria había escogido también una de ella con su padre sentados juntos en la playa, con el sol en los ojos y el cabello al viento. La expresión de adoración del abuelo Ramiro mientras contemplaba a su hija era aún más vívida y alegre que las propias olas del mar a sus espaldas.

Poco después de que llegaran a casa, Gloria comenzó a hacer llamadas telefónicas. Primero llamó a su hermana y, esta vez, Gabi sí se tomó la situación más en serio.

—Sí, eso es cierto —afirmó Gloria—. Y cuando descolgó todas las fotografías familiares de la pared realmente me asustó. Está dejándose vencer, igual que cuando papi murió. No creo que debamos esperar más. Mami tiene que irse a algún sitio donde cuiden de ella como es debido.

Sebastian estaba tumbado en la cama, sintiéndose más perdido y abandonado que nunca. Tal vez si le contaba a su madre cómo era el cielo particular de su abuela la salvaría de tener que abandonar Bungalow Haven, pero había prometido no revelar ninguno de sus secretos. Aquel dilema lo hacía sentirse cansado e inútil, y lo único que deseaba era dormir. En su lugar, sacó de su cartera el elefantito rojo que su abuela le había dado y se lo puso sobre el pecho para poder contemplarlo mientras escuchaba.

—Había un par de sitios que eran bastante bonitos —dijo Gloria, hablando con su hermano esta vez—. Uno de ellos no está demasiado lejos de Bungalow Haven y tiene atención sanitaria las veinticuatro horas del día y un comedor grande para los residentes.

Más tarde esa misma noche, Gloria subió a ver cómo estaba Sebastian, preocupada por que su hijo se hubiera ido a dormir mucho más pronto de lo habitual. Se lo encontró tumbado en la cama, haciendo un dibujo del elefantito rojo.

—¿Te apetece venir abajo a ver la tele un rato con nosotras? —le preguntó.

Sebastian no respondió y apenas levantó la mirada de su dibujo. Se preguntó de nuevo si merecería la pena el esfuerzo de contarle a su madre lo que sabía. Quizá si encontrara las palabras adecuadas que lograran traspasar su lustrosa coraza de sabiduría maternal y tocarle de verdad la fibra sensible...

—Mamá, ¿tú crees que se puede tener el cielo pero estando en la tierra?

Gloria frunció el entrecejo.

—No sé a qué te refieres —le respondió.

—Ya sabes —le dijo Sebastian, levantando la mirada hacia ella—. Cuando pasa algo maravilloso que compensa todo lo malo.

—¿Tiene esto que ver con tu abuela? —le preguntó Gloria contemplándolo con desconfianza.

Sebastian dejó su dibujo a un lado.

—Mamá, yo sé una cosa que puedes hacer para que todo vaya mejor y así no tengas que preocuparte por llevar a la abuela Lola a una residencia.

—Oh, ¿en serio? —comentó Gloria, cruzándose de brazos—. ¿Y se puede saber qué es?

—Lo único que tienes que hacer es sentarte a la mesa con tía Susan y tío Mando y el resto de la familia, ¿sabes? Ese es el cielo de la abuela. Ella cree que es imposible tener el cielo en la Tierra, pero no es cierto.

Gloria se puso colorada.

—Me temo que lo que me estás pidiendo es imposible —rezongó.

—Pero ¿por qué?

—Porque, a veces, la gente hace y dice cosas que están mal, y no puedes volver atrás en el tiempo y cambiarlas. Cuando seas mayor lo entenderás.

—Pero la señorita Ashworth dice que siempre que hagas o digas algo malo, lo único que tienes que hacer es disculparte y arreglarlo. Eso significa que hacer algo bueno compensa lo malo que hayas hecho.

—Sí, ya sé lo que significa —le respondió Gloria irritada—. Pero no es tan sencillo como tú piensas.

—¿Qué pasó entre tía Susan y tú, mamá? ¿Por qué estáis tan enfadadas siempre?

Gloria meneó la cabeza sin inmutarse, negándose como siempre a contestar aquella pregunta, pero no con tanta vehemencia como en el pasado. De repente, se sintió harta de todo. De hecho, vio cierto destello en los ojos de Sebastian que la animó. Puede que después de todo su hijo ya fuera lo suficientemente mayor como para comprenderlo, así que tomó asiento a los pies de la cama y comenzó a explicarle lo que había sucedido durante aquellos difíciles días cuando él nació.

—En primer lugar, quiero que sepas que tu padre y yo estábamos contentísimos de que tú nacieras, Sebastian. Contigo sentíamos que nuestra familia ya estaba completa. Pero a causa de tu delicada situación no podía fiarme de nadie aparte de mí misma para cuidar de ti, por lo que no pude trabajar durante varios meses. Desgraciadamente, el salario de tu padre no era suficiente para que saliéramos adelante. Yo nunca he sido de pedir ayuda o de que me echen una mano en ninguna situación, pero me tragué el orgullo y acudí a casa del tío Mando en persona para pedirle un préstamo. Él estaba dispuesto a ayudarnos en todo lo que pudiera, pero cuando tu tía Susan se involucró, todo cambió. Insistió en ponerse en contacto con su gestor para que él pudiera estipular por escrito las condiciones del préstamo, incluyendo el tipo de interés y las cláusulas punitivas a las que tendríamos que hacer frente si no éramos capaces de devolverles el dinero. En otras palabras, no se fiaba de nosotros.

»Por supuesto, le dije que preferiría declararme en bancarrota antes que aceptar un solo céntimo de ella y me prometí que, a partir de ese día en adelante, no volvería a pasar jamás ni un solo segundo que no fuera estrictamente necesario en compañía de Susan. Hasta ahora he mantenido mi promesa y no tengo ni la menor intención de romperla.

Sebastian se había sentado en la cama intentando entender con todas sus fuerzas lo que significaba todo aquello.

—Entonces, ¿estás enfadada con tía Susan porque no te dio el dinero que le pedías?

—Estoy enfadada porque me ofendió a mí y a mi familia —aclaró Gloria con la barbilla temblorosa por la emoción—. Nadie se mete con mi familia.

—Pero la tía Susan también es de la familia.

—Ya no —respondió Gloria, y su ira le volvió a proporcionar energía—. Aquel día decidí que Susan ya no formaba parte de mi familia y me resulta imposible verla de otro modo. Bueno —dijo, apartándose el pelo de la cara—, ¿te apetece bajar con nosotras o no?

—No, gracias —le contestó Sebastian, y cuando su madre abandonó la habitación, volvió a retomar su dibujo del elefantito.

Y mientras dibujaba, pensó en la situación entre su madre y su tía y trató de comprender cómo una cosa así podía hacer que dos personas se odiaran durante tanto tiempo. En comparación con lo que Keith le había hecho a él, el comportamiento de tía Susan no le parecía tan malo. No había obligado a su madre a bailar como un mono o a ladrar como un perro. Si existiera un círculo de castigados hecho para adultos, ambas pasarían un tiempo juntas en él y quizá encontrarían una manera de ser amigas, igual que habían hecho Keith y él.

Aproximadamente una hora más tarde, la casa se quedó en silencio y su madre y su hermana se marcharon a sus habitaciones; cuando Sebastian estaba a punto de quedarse dormido, notó que algo le rozaba la mejilla. Abrió los ojos para verla contemplándolo en la oscuridad: una sombra incrustada en otra sombra, pero que, aun así, resplandecía con una luz espectral que llegaba a las esquinas más oscuras de su habitación. Y podía sentir su calidez, tan suave y penetrante como el sol, y paladear su esperanza, más deliciosa y alimenticia que ninguna comida que hubiera probado en toda su vida.

—Nada es imposible, Sebastian —susurró la anciana de pelo negro—. Nada.

CAPÍTULO VEINTINUEVE

La pizarra se encontraba más sucia que nunca y Sebastian estaba disfrutando de lo lindo limpiándola. Y mientras lo hacía, confiaba en que más tarde la señorita Ashworth le aseguraría entusiasmada que él era el mejor limpiador de pizarras que había conocido. El niño no se cansaba de recibir cumplidos y, ahora que su turno como alumno del mes había llegado a su fin, los valoraba más que nunca. Seguía necesitando el taburete con escalerilla para llegar a las esquinas superiores de la pizarra, pero ya no le hacía falta subirse al escalón más alto y se daba cuenta de que si continuaba creciendo al mismo ritmo que durante los últimos meses, al año siguiente ni siquiera tendría que utilizar el taburete.

Por supuesto, el próximo curso estaría en una clase nueva con una profesora totalmente diferente, y su madre le soltaría su vehemente discurso sobre el corazón enfermo de su hijo y todo el proceso empezaría de nuevo. Sin embargo, independientemente de quién le tocara de profesora, dudaba de que fuera tan guapa y agradable como la señorita Ashworth. Había sido tan amable como para entregarle otro medallón de alumno del mes cuando se enteró de que había «perdido» el primero, que él guardó en el cajón de arriba de su escritorio en casa, junto con todas las notas que le habían escrito Keith y Kelly y el resto de sus compañeros. De vez en cuando, sacaba el medallón para admirarlo antes de sentarse a hacer los deberes.

—¿Va todo bien, Sebastian? —le preguntó la señorita Ashworth levantando la mirada de su escritorio, donde estaba poniendo notas.

Sin darse cuenta, la había estado contemplando fijamente con una desesperada expresión de tristeza y desamparo en su rostro.

—Sí, todo va bien —le respondió él, y reemprendió su trabajo, rociando la pizarra con el producto de limpieza y dejando que se asentara durante varios segundos antes de frotar.

Aquello siempre funcionaba perfectamente, pero ese día no podía retrasarse demasiado porque pronto tendría que marcharse a su cita con el doctor Lim. Aquella sería la primera visita desde la cancelación de la operación, así que Sebastian se sentía un poco inquieto. Quizá el doctor Lim le diría que tenía que buscarse a otro médico porque él no aceptaba tratar a pacientes cobardes. Esa posibilidad le producía más tristeza que vergüenza, pues le gustaba el doctor Lim. Incluso puede que hasta lo quisiera un poquito.

Gloria le había dicho a Sebastian que llegaría unos minutos después de que terminaran las clases, así que no merecía la pena que él fuera hasta casa de su abuela. No obstante, el niño esperaba que pudieran pasarse por allí después del médico. Lola le había dicho el día anterior que, si le apetecía, prepararía un postre especial, puede que flan de coco, que era el favorito de Sebastian, y él sabía que su abuela probablemente no lo decepcionaría.

Acababa de terminar de limpiar una mitad de la pizarra y se encontraba admirando lo bien que había quedado en comparación con la otra mitad, cuando sonó el teléfono. La señorita Ashworth solía recibir llamadas personales después de clase, y a Sebastian le gustaba escucharla, pues la profesora no se recataba en su presencia. La había oído discutiendo con los de la tintorería por un vestido que le habían estropeado, y en una ocasión, había supuesto que estaba charlando con su novio. Su voz era amable y alegre como siempre, pero mientras hablaba, se enrollaba un mechón de pelo en el dedo, y las mejillas se le tiñeron de un hermoso rubor.

Aquella conversación en concreto fue breve, y cuando colgó, le dijo:

—Tu madre te está esperando en el despacho del director. ¿Tienes paraguas? —Sebastian negó con la cabeza y ella le entregó el que guardaba bajo su mesa—. Te presto el mío.

Sebastian miró por la ventana y vio las nubes grisáceas y el asfalto resplandeciente que siempre se ponía oscurísimo cuando se mojaba. De hecho, en el patio se estaban empezando a formar charcos aquí y allá, cosa que indicaba que llevaba lloviendo un buen rato. Sebastian se sorprendió, porque a la hora del almuerzo el sol había brillado con fuerza y no recordaba haber visto ninguna nube.

—No te preocupes por la pizarra —le dijo la señorita Ashworth con una sonrisa—. Puedes terminar de limpiarla mañana.

Sebastian metió el trapo y el producto de limpieza en el armario, recogió su cartera y se dirigió a la puerta, paraguas en mano. Justo cuando estaba saliendo, se volvió para mirar a la señorita Ashworth, aún ante su escritorio, poniendo notas. Con su larga melena cubriéndole los hombros estaba tan hermosa como en una fotografía de una revista. «Gracias», murmuró Sebastian en voz baja, pero ella se encontraba tan concentrada en su tarea que no lo oyó.

Una vez fuera, Sebastian se tomó un momento para admirar la delgada cortina de agua que caía del cielo y la bruma que había transformado el patio en un paisaje onírico, como si todo estuviera flotando sobre una nube. Oyó el borboteo de la lluvia que corría por el canalón sobre su cabeza y el murmullo suave que llenaba el aire que lo rodeaba. Inspiró profundamente, percibiendo la diferencia entre la acera y la tierra mojadas, como si el suelo bajo sus pies estuviera adquiriendo vida propia, y sintió un picor agradable en la piel mientras asimilaba todas aquellas sensaciones.

No lograba recordar cuándo había sido la última vez que había llovido, y pensó en lo hermosa que estaría la urbanización de Bungalow Haven bajo aquel sombrío cielo. Sin duda, las velas ya se hallarían encendidas, y su abuela le diría que las tardes lluviosas eran perfectas para la luz de las velas, y sí, claro que lo eran. Casi podía ver ante sus ojos la deliciosa comida que le había prometido. Y entonces él la ayudaría en la cocina, seguro de que su abuela prepararía algo adecuado para el primer día lluvioso de la temporada, e intentó imaginarse de qué podía tratarse. Quizá sería guiso de carne o una enorme y sabrosa empanada, como la que había preparado para Keith. También estaría bien un caldo de pollo con grandes trozos de verdura y fideos, pero bueno, fuera lo que fuese, Sebastian tenía claro que estaría tan delicioso como siempre, y ya casi podía sentir su nutritiva calidez en el interior del estómago. Todo iría bien siempre que pudiera convencer a su madre de que fueran a casa de la abuela Lola después de la cita con el doctor Lim.

Estaba a punto de abrir el paraguas cuando vio que las nubes grisáceas se habían despejado para dejar al descubierto un trozo de brillante cielo azul justo por encima de su cabeza. La lluvia que caía por aquella ventana etérea estaba embebida de dorada luz del sol, creando aquí y allá manchas de colores, prismas filtrados de luz que lo dejaron embelesado. Y entonces, de repente, la luz se movió como un caleidoscopio a través del cielo, derramándose sobre el patio ante él. Sebastian siguió con la mirada el espectacular rastro de luz y color, hasta que vio algo totalmente inesperado.

Más allá del patio, en el centro mismo del campo de fútbol, había una pelota, un balón de reglamento que brillaba bajo la lluvia. Tendrían que haber guardado el equipo deportivo después del último recreo, pero estaba claro que alguien se había olvidado de aquel último balón.

Sebastian pensó que la señorita Ashworth se sentiría enormemente agradecida si le hacía el favor de recogerlo del campo, por lo que dejó caer la cartera y el paraguas en el sitio y salió de debajo de la cornisa del edificio hacia el campo de fútbol. Notó la refrescante humedad de la lluvia en el rostro. Se le empapó el pelo en cuestión de segundos, y lo tonificó el frescor que le recorrió los hombros y los brazos, allá donde se le estaba calando la ropa. Empezó a acelerársele el pulso al tiempo que avanzaba hacia el campo de fútbol, y el ritmo de su respiración se fue haciendo cada vez más constante mientras su mirada estaba fija en la perfección del balón blanco y negro que descansaba sobre el césped verde, como si lo hubieran colocado expresamente allí para él. No podía apartar los ojos a medida que se aproximaba hacia el balón sin parar, a un paso suelto y fácil, con los músculos en tensión.

Cuando por fin llegó junto a la pelota, escuchó un estruendo seguido de un rugido ensordecedor que pensó que había sido un trueno, pero, cuando levantó la vista, se sorprendió al ver un estadio lleno a reventar de espectadores poniéndose en pie a ambos lados y rodeándolo como una marea humana, que ondulaba como una titánica criatura de carne y hueso, cargándole las pilas e impulsándolo a continuar. Sobre su cabeza y más allá, vio el sol a través del velo de nubes, y todos los cielos que pudiera imaginarse se unieron en un único hilo cósmico. Si lograra desatar aunque fuera solo uno de ellos, los demás se liberarían, y él estaba dispuesto a sacrificarlo todo para hacerlo realidad. Aquel era el momento que había estado esperando durante toda su vida, lo que había estado soñando y anhelando desde siempre. Le embargó el asombro y le tembló el centro del pecho por la emoción, y aquel temblor se le extendió por el torso, los brazos y las piernas como si se tratara de una corriente eléctrica.

El gentío comenzó a decir su nombre al unísono: «¡Sebastian, Sebastian!», coreaban sin cesar, hasta que notó su propio nombre martilleándole los oídos, al mismo ritmo que el latido de su corazón y el pulso palpitante de la sangre corriéndole por las venas.

Sintiéndose invencible, se aproximó a la pelota, y cuando tocó con el pie el cuero brillante, la multitud se volvió loca, y comenzaron a golpear las gradas con tanta violencia que Sebastian pensó que la enorme estructura del estadio se derrumbaría formando un enorme montón de escombros. Y entonces los demás jugadores se materializaron a través de la lluvia como fantasmas y comenzaron a avanzar hacia él desde todas las direcciones, pero él arrancó a correr como un rayo, abriéndose paso en zigzag, dirigiendo el balón con pericia entre sus pies y a través de los de sus adversarios.

Se abrió paso entre sus rivales, con las piernas moviéndose sin ningún impedimento, con el corazón dirigiéndolo con sus latidos hacia la portería. Apenas conseguía distinguirla más allá de la cortina de bruma y futbolistas, y entonces la vio a ella, de pie junto a la red, con el rostro por encima del hombro del portero. No estaba sonriendo ni frunciendo el ceño, sino contemplándolo con un intenso interés que lo incitó a seguir adelante. Esto era para lo que estaba hecho, su destino, su mayor gloria, y la anciana de pelo negro no quería perderse ni un segundo de aquello.

Sebastian corrió fuera de sí, al límite de la capacidad de su corazón, y se abrió paso hasta un lugar que nunca antes había conocido o imaginado. Se transformó en un ser de luz y deslumbró a sus oponentes y esquivó los obstáculos ante él como una bala plateada en mitad de la niebla; cuando por fin tuvo la portería a tiro, adelantó ligeramente el pie y golpeó la pelota, que se elevó en el aire por encima de su cabeza, y ejecutó la chilena más perfecta jamás vista en la historia del fútbol. El balón se deslizó entre las manos del portero y chocó contra la red con un formidable golpe seco que simbolizó la victoria de la manera más innegable y gratificante posible. Sebastian lo sintió en lo más hondo de su corazón, un suave latido circular que reverberó por todo su cuerpo. Era maravilloso y definitivo, y lo mejor que podría haber hecho en su vida. Le producía una sensación aún más agradable de lo que él se imaginaba, y el asombro de que aquella vida era posible le embargó el alma, al igual que la sagrada comprensión de que nada era imposible. Había cumplido su sueño, su cielo particular.

Al terminar, se arrodilló en el suelo y levantó los brazos en el aire hacia sus fieles seguidores para recibir sus aplausos. Todo el estadio se balanceó adelante y atrás para ovacionarlo, vitoreándolo sin cesar.

La anciana de pelo negro fue la primera persona en el campo que se acercó a felicitarlo por su extraordinaria actuación. Caminó con agilidad por el terreno de juego hacia él, como si ya no fuera anciana, sino joven y llena de vida, con una alegre sonrisa en su rostro cuando le tendió la mano a Sebastian. Ya no tenía manos nudosas, sino completamente sanas y de aspecto normal. El niño se la cogió y percibió que estaba cálida, seca y era reconfortante. Volvió a mirarla a los ojos. Eran como el cielo y el océano arremolinándose en la lejanía y aproximándose hacia él. Y entonces, de repente, comprendió quién era y quién había sido todo ese tiempo.

—¿Por qué no me dijiste antes quién eras? —le preguntó atónito.

—No era el momento adecuado, Sebastian.

—¿Pero ahora sí?

—Sí, ahora es el momento ideal.

Sebastian miró al otro lado del campo de fútbol, hacia su clase. Apenas podía ver el contorno del edificio cuadrado detrás de la bruma gris que lo envolvía. Parecía muy lejano y sombrío en comparación con los vibrantes colores que lo rodeaban en el campo de fútbol. Y, más allá, vio a su madre andando por el pasillo hacia su clase. No pudo verle la cara a aquella distancia, pero sospechó que ella también se sentía inquieta por la cita con el doctor Lim.

Sebastian se volvió hacia la anciana de pelo negro y ambos caminaron por el campo de fútbol cogidos del brazo, alejándose de su madre y de la clase cubierta de neblina grisácea y dirigiéndose hacia los demás, que estaban esperando en las gradas ansiosos por felicitar a la estrella del partido.

Se encontraban casi en el borde del campo, cuando Sebastian le preguntó:

—¿Qué te ha parecido mi gol?

—Ha sido asombroso, el mejor que he visto en mi vida. Por supuesto, no me sorprende. Alguien que puede bailar con la muerte tan bien como tú está destinado a ser un atleta excepcional.

Gloria, que se preguntaba por qué Sebastian tardaba tanto en llegar al despacho del director, decidió ir a buscarlo a clase. Puede que se hubiera parado para ir al aseo y se estuviera entreteniendo porque se sentía nervioso al tener que enfrentarse de nuevo al doctor Lim. Por muy amable que fuera, el médico podía llegar a ser muy fastidioso dada su insistencia, y Gloria estaba más que preparada para proteger a su hijo de cualquier tipo de presión. No era justo que sometiera a tanto estrés a un niño tan pequeño y, solo de pensar en lo que había sucedido la última vez que estuvieron en la consulta, se sintió furiosa de nuevo.

Iba caminando enérgicamente por el pasillo cuando localizó la cartera de Sebastian tirada en el suelo y entonces percibió un destello por el rabillo del ojo que la incitó a mirar hacia el campo de fútbol. Al principio no supo quién era, porque nunca antes había visto correr a su hijo como un niño normal, con los brazos y las piernas moviéndose despreocupadamente, la cabeza alta y los hombros echados hacia atrás mientras recorría el terreno de juego suave y decididamente. Sin embargo, cuando comprendió que era él, lo dejó caer todo y echó a correr hacia él, gritándole frenéticamente para que se detuviera, pero Sebastian no la oyó. Era como si estuviera en otro mundo o en mitad de un trance y, por la manera en la que movía los pies, esquivando a izquierda y derecha, daba la sensación de que estuviera golpeando una pelota imaginaria, a pesar de que todos sus esfuerzos eran reales y la alegría de sus movimientos resultaba innegable.

Gloria perdió un zapato, así que se quitó el otro de un golpe y continuó corriendo y gritándole. Pronto, la señorita Ashworth echó a correr junto a ella. Había oído a Gloria gritar desde la clase y, cuando vio lo que estaba sucediendo, ella también se quitó los zapatos de tacón y salió disparada como una flecha hacia Sebastian, que ya se había desplomado bajo las redes de la portería. La profesora fue la primera en llegar hasta el niño y, cuando le dio la vuelta, este estaba batiendo los párpados.

—¡Sebastian! —le susurró la señorita Ashworth. Él se estremeció y puso los ojos en blanco, cosa que la hizo exhalar un grito ahogado y abrazarlo con fuerza contra su pecho—. ¡No, pequeñín, no! ¡Esto no puede estar pasando!

Segundos más tarde, Gloria se arrodilló junto a ellos. Le temblaban terriblemente las manos cuando las alargó hacia su hijo. La señorita Ashworth se lo tendió, justo cuando otra convulsión sacudió todo su cuerpecillo.

—Voy... voy a llamar a una ambulancia —anunció, y corrió hacia el despacho del director bajo la lluvia, que caía en copiosas y atronadoras cortinas de agua sobre sus cabezas.

Gloria apretó a Sebastian contra su pecho y comenzó a mecerlo de un lado otro, tratando de contener su temblor, que lo único que hizo fue empeorar, y la lluvia los empapó, y el frío les caló los huesos. Le besó la frente y susurró:

—Todo va bien, mamá está aquí y nunca dejaré que te pase nada malo, hombrecito —murmuró—. Conmigo estás a salvo.

Le acarició con ternura el rostro a su hijo y entonces se quitó el suéter empapado y envolvió a Sebastian con él, besándole la frente una y otra vez.

—Cuando lleguemos a casa te meteré directamente en un baño caliente para que no cojas un resfriado, pero no debes correr nunca más así, ¿me has entendido, Sebastian? Nunca jamás.

Contempló el rostro del niño y vio que las delicadas venillas de color salmón que le recorrían los párpados se le estaban quedando pálidas y le iban desapareciendo por completo.

—¡Contéstame, Sebastian! —suplicó—. ¡Te prometo que no me enfadaré porque hayas corrido, pero, por favor, contéstame, hombrecito!

El niño permaneció en silencio con los brazos lacios y sin vida, y la calidez del cuerpo de su madre no logró disipar el frío que había comenzado a embargarlo, y pronto Gloria empezó a tiritar por ambos mientras seguía aferrándose a su hijo. En la distancia, escucharon el aullido de las sirenas que se aproximaban y, segundos más tarde, un batallón de hombres uniformados cruzó corriendo el patio hacia ellos.

Y justo cuando los paramédicos llegaron hasta donde se encontraban, la lluvia se detuvo abruptamente. Las nubes se separaron y el sol brilló con tanta intensidad que varias columnas de vapor comenzaron a ascender desde el suelo hasta el firmamento.

CAPÍTULO TREINTA

TRES MESES MÁS TARDE

Gloria había yacido en la cama semiinconsciente y delirante durante días, que se convirtieron en semanas y, más tarde, en meses. No podía recordar demasiado sobre nada de lo que había sucedido después de que sostuviera en brazos por última vez a Sebastian. Los detalles del funeral y los amigos y familiares que llamaban sin cesar o se presentaban sin avisar para darle el pésame se perdían en una bruma de dolor más allá de la cual no lograba ver nada. Ni siquiera estaba segura de cómo había terminado en el hospital aquel último día, aunque recordaba con claridad la pequeña habitación prácticamente desnuda de muebles a la que la habían conducido. Solo estuvo allí a solas durante unos minutos hasta que Dean entró de golpe con los ojos hinchados y las manos temblorosas, que alargó hacia ella.

—Nuestro hombrecito se nos ha ido, Gloria —exclamó, con la voz ronca de tanto llorar—. Se ha marchado.

Gloria se derrumbó en brazos de su marido y, a partir de ese momento de aquel fatídico día, se sintió como un animal salvaje capturado en una trampa, desollado vivo y expuesto hasta pudrirse, un escurridizo cadáver sin alma.

La baja laboral que le correspondía por muerte de un familiar hacía tiempo que se había agotado, y sabía que, sin su sueldo, volverían a tener dificultades económicas. Trató de obligarse a salir de la cama e ir al trabajo, pero cada mañana, cuando abría los ojos y se daba cuenta de dónde se encontraba y recordaba lo que había sucedido, le rogaba a Dios que se la llevara para poder estar con su niñito. E independientemente de que tuviera los ojos abiertos o cerrados, lo único que veía era el dulce rostro de Sebastian, sus grandes ojos oscuros contemplándola desde una gran distancia, aunque con una mirada tan penetrante que se sentía como si su hijo pudiera ver a través de su alma y más allá, hasta una eternidad que ella no podía ni siquiera empezar a comprender.

Dean decidió instalarse de nuevo con ellas hasta que la situación de su esposa se hubiera normalizado. Jennifer le había suplicado que se quedara y no se volviera a marchar jamás. Le confesó que tenía miedo de quedarse sola con su madre, temía lo que pudiera hacer y no podía soportar lo vacía que se había quedado la casa sin Sebastian. Jennifer juró que a veces lo sentía cerca de ella y pensó que este tipo de pensamientos no se le habían pasado nunca antes por la cabeza, como el mundo de los espíritus y la muerte o si realmente existía o no el cielo. Todas aquellas cosas misteriosas que antes le habían parecido tan tontas anidaron en un lugar profundo y silencioso de su corazón.

Cada noche, Dean se acostaba junto a su esposa y la escuchaba gemir y lamentarse durante horas. Cuando el agotamiento podía con el dolor de Gloria y le permitía sumirse en un agonizante e intranquilo sueño, su marido, a veces, se levantaba en mitad de la noche y entraba en la habitación de Sebastian. Todo se encontraba exactamente como su hijo lo había dejado antes de marcharse al colegio aquella última mañana. La cama estaba deshecha y el cajón de su escritorio ligeramente abierto. Dean solía mirar sus pertenencias: el elefantito rojo de cerámica, el medallón de alumno del mes que descansaba sobre varias notas escritas por sus compañeros de clase... Lo conmovían profundamente aquellos recuerdos preciosos y siempre los volvía a colocar exactamente donde los había encontrado.

En ocasiones, cuando la pena le anulaba el juicio, enterraba el rostro en la ropa de Sebastian, inhalando el dulce aroma familiar que aún perduraba en ella. Llenaba los pulmones con aquella potente droga y, durante uno o dos mágicos segundos infinitos, era como si su hombrecito estuviera justo allí, contemplándolo con sus grandes ojos tristes. Y entonces, cuando aquel momento pasaba, dejándolo aún más vacío que antes, se desplomaba sobre la cama de su hijo, se colocaba en posición fetal y sollozaba. Tendría que haber insistido en que Sebastian se sometiera a aquella operación, debería haber tomado las riendas de la situación, haber sido el marido y padre firme y decidido que su familia necesitaba. Pero había fallado y ahora su hijo se había marchado para siempre.

Un día, en mitad de la noche, cuando Jennifer oyó el sonido de sollozos en la habitación de Sebastian, se apresuró a entrar en ella con la esperanza de encontrar allí a su hermano pequeño. Anhelaba verlo un instante, tocarlo, escucharlo, cualquier cosa que le indicara que Sebastian todavía existía en algún lugar en el misterio más allá de la muerte. Sin embargo, cuando entró de golpe en la habitación y vio que era su padre a quien había oído llorando, sintió una agonizante decepción. Su primer impulso fue regresar a su propio cuarto y dejarle solo con su dolor, como ella había soportado el suyo propio, pero entonces se lo pensó mejor y se agachó junto a su padre, como había hecho con frecuencia cuando Sebastian todavía vivía. Deseaba decirle algo para hacerle sentir mejor, pero comprendió que en aquel pozo frío y oscuro en el que todos ellos habían caído no podía hacer nada por él, ni tampoco él podía hacer nada por ella.

—¿Tú crees que existe el cielo, papi? —le preguntó, dándose cuenta de que no había llamado «papi» a su padre desde que tenía la edad de Sebastian.

—No lo sé —le respondió él.

—Pues yo creo que sí que existe —le dijo ella—. Al menos, eso espero.

Dean levantó la cabeza para estudiar el rostro de Jennifer. Apenas podía distinguir el brillo de los ojos de su hija bajo la mortecina luz. Estaban rodeados de tristeza y, aun así, desbordados de compasión, cosa que Dean encontraba inesperadamente reconfortante y que lo inspiró para añadir algo más.

—Si existe el cielo, estoy convencido de que Sebastian se encuentra allí.

—Necesito una señal, papi. Necesito saber que nuestro hombrecito está bien y no se encuentra solo. Recemos para recibir alguna señal —dijo Jennifer cogiéndolo de la mano.

Se apretaron las manos con fuerza y ambos rezaron en silencio.

Cuando terminaron, escucharon durante un rato en la oscuridad en medio de la quietud del cuarto de Sebastian. Oyeron las ramas arañando los vidrios de las ventanas y el profundo aullido del viento. Percibieron el sonido de su propia respiración, los ruidos del estómago de Jennifer y los crujidos de los muelles de la cama cuando Dean se puso de lado. Hacía frío y era tarde, pero, en poco tiempo, fue evidente que aquella noche no recibirían ninguna señal.

Jennifer y su padre abandonaron la habitación de Sebastian y regresaron cada uno a su cama. Dean agradeció que al menos Gloria estuviera durmiendo profundamente, y Jennifer por su parte se sintió agradecida por que apenas en un par de horas fuera a salir el sol. Las noches largas y oscuras eran las que más odiaba, pues sabía que su hermano no dormía en la habitación de al lado y que, si seguía existiendo en alguna parte, era en algún lugar que ella no podía ni imaginarse. Lo único de lo que estaba segura era de que la pequeña cama de su hermano se hallaba vacía y que permanecería así para siempre.

Gabi se presentó en la casa una tarde a última hora. Había venido de visita varias veces por semana, pero en esa ocasión acababa de regresar después de haber estado de viaje durante varios días. Mientras se encontraba fuera, había llamado todos los días para preguntar por Gloria. Dean pudo sincerarse con ella como no podía hacerlo con Lola. Le contó que Gloria no había salido de la cama en varios días, excepto para ir al baño. Él le llevaba las comidas a la cama, pero apenas probaba bocado y se negaba a ir al médico. Cada vez que Dean se lo sugería, ella le respondía indignada que no necesitaba ningún médico.

Gabi subió las escaleras con el corazón en un puño. Recordó la profunda depresión en la que Gloria había caído después de que Sebastian naciera y pudo imaginarse que aquello sería incluso peor que entonces. Es más, Dean había mencionado que estaban pasando dificultades económicas y que se enfrentaban al peligro de perder la casa. Si ella hubiera podido ayudarlos lo hubiera hecho, pero su modesto sueldo apenas le daba para cubrir sus propias necesidades.

Cuando entró en la habitación, se encontró a oscuras y notó un penetrante olor amargo y húmedo. Gabi se dirigió directamente a la ventana y abrió los postigos para dejar que entrara la luz, lo que provocó que Gloria gruñera y se tapara los ojos.

—¡Dean, te he dicho que quiero las ventanas cerradas! —farfulló.

—No soy Dean —le contestó Gabi.

Gloria abrió mínimamente un ojo, lo suficiente como para ver a su hermana de pie ante ella.

—¿Qué estás haciendo aquí? —le preguntó Gloria.

—Quería verte. No pude venir la semana pasada porque tuve un viaje de negocios fuera de la ciudad.

—No me había dado cuenta —masculló Gloria, y se dio la vuelta para no tener que mirar a su hermana a la cara, tan pulcra y compuesta.

La afligía saber que la gente continuaba con su vida como si la muerte de su hijo no tuviera la menor importancia. Además, aquello la ponía furiosa, pero ya no tenía la suficiente energía como para sentir demasiado y le molestaban todo el mundo y las situaciones que la obligaban a experimentar cualquier tipo de emoción.

Gabi caminó hasta el otro lado de la cama y se sentó en una silla de cara a su hermana.

—No puedes seguir así —le advirtió—. Tienes que levantarte y, al menos, darte una ducha. Yo te ayudaré.

—No quiero tu ayuda —farfulló Gloria—. Lo único que deseo es que me dejes en paz.

—Eso no puedo hacerlo —le respondió Gabi.

—Sí, sí que puedes. Lo único que tienes que hacer es ponerte en pie y marcharte de aquí.

—Si me levanto y me voy, será para llamar a una ambulancia.

—¡No! —exclamó Gloria, sacudiendo la cabeza y notando que una horrible agonía le subía como bilis por la garganta—. No hagas eso. Te lo ruego, Gabi, no llames a una ambulancia.

—Pues entonces, déjame ayudarte a llegar hasta la ducha. Te sentirás mejor, Gloria. Te lo prometo.

—Me sentiré más limpia, pero nunca mejor —le espetó Gloria—. Nunca jamás me sentiré mejor.

—Vayamos paso a paso entonces. Limpia y deprimida siempre será mejor que sucia y deprimida.

—No puedo —masculló Gloria.

—Sí, sí que puedes.

Gloria lo pensó durante un instante y entonces dijo en voz baja:

—No lo haré.

Gabi contempló el rostro de su hermana, sus mejillas hundidas y sus ojos apagados. Ya había pasado el momento de convencerla y sabía que si no tomaba cartas en el asunto, pronto habría otra muerte más en la familia.

—Muy bien, como tú quieras —dijo Gabi poniéndose en pie.

—¿Adónde vas? —le preguntó Gloria, levantando la cabeza.

—Voy a llamar a una ambulancia, como ya te he dicho. Acabaré yendo al infierno si me quedo aquí plantada contemplando cómo mi hermana se pudre hasta morir en su propia cama.

—Ni se te ocurra.

—Pues trata de detenerme —la desafió Gabi, y salió de la habitación.

Cuando estaba en mitad de las escaleras, escuchó a su hermana gimiendo:

—¡Me daré una ducha! ¡Maldita seas! ¡Me daré esa puta ducha!

Gabi regresó arriba y ayudó a su refunfuñona hermana, apestosa y malhablada, a salir de la cama y a meterse en el baño. Más tarde, Gloria se puso un pijama limpio, y Gabi insistió en que se acomodara en una silla durante un rato en lugar de meterse en la cama inmediatamente.

Gabi se sentó en el borde de la cama de cara a su hermana. Tenía noticias y no estaba muy segura de cómo comunicárselas, pero confiaba en que a Gloria le sentaría bien oírlas, que quizá aquello la sacaría unos cuantos centímetros del oscuro agujero en el que había caído, lo suficiente como para llenar los pulmones de aire fresco.

—Bueno, ¿te encuentras mejor? —le preguntó Gabi.

Gloria se encogió de hombros.

—Supongo que sí, pero no voy a poder mantenerme sentada durante mucho más tiempo.

—Solo unos minutos más —le respondió Gabi—. Hay algo que necesito contarte.

Gloria levantó la barbilla para mirar a los alegres ojos de su hermana mientras los suyos permanecían apagados e inertes.

—Terrence y yo nos vamos a casar dentro de unas semanas —anunció Gabi.

Gloria abrió los ojos sorprendida.

—¿Por qué tan pronto? —preguntó—. ¿No podéis esperar hasta que... —Iba a decirle «hasta que se pase esta terrible tristeza», pero se dio cuenta de que le estaba pidiendo a su hermana que aguardara una eternidad.

—Esperaríamos —le contestó Gabi—, créeme que lo haríamos, pero la cosa es que... estoy embarazada y si voy a caminar hasta el altar a mi edad, preferiría no hacerlo vestida con ropa premamá.

Gloria asintió desanimada.

—¿De cuánto tiempo estás? —le preguntó.

—Hice tres meses la semana pasada.

—¿Lo sabe mami?

—Todo el mundo lo sabe —le respondió Gabi—, pero he preferido esperar un poco antes de contártelo a ti, porque has pasado por una época muy difícil y todo eso.

Gloria volvió a asentir. Quería desearle a su hermana lo mejor, decirle todas las cosas que sabía que se esperaba que dijera, pero estaba segura de que sus palabras sonarían tan huecas y vacías como ella misma se sentía, y decidió que era mejor permanecer en silencio.

—Esta misma mañana nos hemos enterado de que vamos a tener un niño —le contó Gabi—. Terrence y yo lo hemos hablado y queremos llamarlo Sebastian.

Algo en el interior del pecho de Gloria se conmovió al escuchar el nombre de su niño, como si le hubieran pinchado en el corazón, y sintió una nueva oleada de agonía rezumando una vez más de su interior. Se llevó las manos a la cara y sollozó, pero se sintió bien al llorar, mucho mejor que el vasto desierto de extenuante agonía por el que había estado vagando durante tantos días. Y entonces dejó que Gabi la abrazara. Tras unos segundos, Gloria levantó lentamente sus pesadas manos del regazo y le devolvió el abrazo a su hermana.

Gabi se marchó con palabras de ánimo para Dean y Jennifer. Ellos se alegraron de saber que, aunque Gloria estaba de vuelta en la cama, la había convencido para darse una ducha y pasar un rato sentada en una silla en lugar de tumbada boca arriba. Había prometido comer un poquito más y parecía haberse conmovido sinceramente al escuchar las noticias sobre el bebé y la decisión de llamarlo Sebastian. Dean y Jennifer le agradecieron a Gabi su ayuda y le pidieron que volviera al cabo de un par de días si podía y que trajera a Terrence con ella. Gabi prometió que ambos pasarían a hacerles una visita muy pronto.

Un par de horas más tarde, justo cuando Dean estaba preparando un sándwich para llevárselo arriba a Gloria, llamaron a la puerta y, al abrir, encontró a Mando de pie en el umbral, con una gran fuente de cocina entre las manos. Detrás de él vio a Susan sentada en el coche, mirando hacia delante. Su cuñada giró la cabeza un instante y, cuando vio a Dean, lo saludó con la mano e inmediatamente volvió la mirada hacia el frente. Él le devolvió el saludo y entonces vaciló, preguntándose si debía invitarla a pasar.

Percibiendo el nerviosismo de su cuñado, Mando entró y le dijo:

—No te preocupes. Por supuesto, no aspiro a que Gloria entierre ahora el hacha de guerra. Además, aunque tu mujer se pusiera de rodillas y le suplicara, Susan no pondría un pie fuera del coche. Son ambas igual de testarudas.

Dean admitió que así era asintiendo con la cabeza y lo condujo hasta la cocina. Una vez allí, Mando colocó la fuente sobre la encimera.

—Susan no es la cocinera más extraordinaria del mundo, pero creo que a todos os gustará esto.

Dean detectó el olor familiar de los condimentos y, aunque últimamente él tampoco tenía demasiado apetito, se le hizo la boca agua. Entonces levantó la tapa y sonrió.

—Mofongo —susurró—. Muchas gracias, Mando, y, por favor, dale las gracias a Susan también por haberse tomado la molestia de prepararlo.

—Sí, por supuesto —le respondió Mando dándole una palmada de ánimo en la espalda a su cuñado. No pudo evitar darse cuenta de que Dean había perdido unos cuantos kilos y de que no había ni rastro de la chispa de diversión que siempre le bailaba en los ojos, haciendo que su color azul casi pareciera gris—. Quiero que sepas que si necesitáis cualquier cosa de nosotros, cualquier cosa que se os ocurra, lo único que tenéis que hacer es pedirlo. Ya sabes a lo que me refiero, ¿verdad?

Dean asintió, comprendiéndolo muy bien. Sin duda, Mando se había enterado por Gabi de que estaban pasando por dificultades económicas de nuevo. Sin embargo, sabía que Gloria nunca aceptaría su ayuda. Renunciaría a la casa y a todas sus pertenencias antes que retractarse de la promesa que se había hecho a sí misma años atrás. Dean le agradeció sinceramente a Mando su oferta y le dijo que lo avisaría si surgía la necesidad.

Cuando Mando se marchó, Dean recalentó el mofongo en el horno durante unos minutos y lo sirvió en un platito para llevárselo a Gloria arriba. Ella estaba sentada en la cama, mirando por la ventana, con los ojos medio cerrados. Con todo el peso que había perdido y el cabello suelto sobre los hombros, parecía una adolescente, y Dean la contempló durante un instante, perdido en una bruma de recuerdos y pesares. Y cuando ella se volvió para mirarlo, Dean se desembarazó de aquel aletargamiento.

—Tengo una sorpresa para ti —le dijo mientras avanzaba con la bandeja—. Creo que te va a gustar.

Le colocó la bandeja sobre el regazo y ella contempló aturdida el mofongo durante unos segundos.

—¿De dónde ha salido esto? —preguntó.

Dean inclinó la cabeza tímidamente.

—Lo acabo de traer de la cocina, si es a eso a lo que te refieres.

—No me tomes el pelo, Dean.

En ese momento le iba a mentir y a decirle que Lola lo había preparado, cuando Jennifer entró en la habitación y preguntó:

—¡Eh! ¿No eran el tío Mando y la tía Susan los que acabo de ver pasar en un coche calle abajo?

Gloria levantó los ojos hacia su marido, con una mirada iracunda.

—¿Ha sido Susan la que ha preparado esto? —preguntó.

Dean no contestó, pero no tuvo que hacerlo, porque su expresión culpable fue suficiente como para delatarlo.

Gloria apartó la bandeja.

—No tengo hambre.

—Gloria, no te vas a morir por...

—He dicho que no tengo hambre. Llévate esto y el resto y tíralo a la basura, que es donde le corresponde estar.

Sin decir nada más, Dean cogió la bandeja y se la llevó a la cocina; y Jennifer lo siguió de cerca.

—Lo siento, papá —se disculpó—. No me había dado cuenta...

—Tendría que haberlo sabido —dijo Dean sacudiendo la cabeza—. Hoy estaba mucho mejor, pero ahora me temo que volverá a empeorar otra vez.

Dean y Jennifer contemplaron la fuente sobre la encimera. Todavía estaba humeante y desprendía un olor muy apetecible.

—¿De verdad piensas que debemos tirarlo, como ha dicho mamá? —le preguntó Jennifer.

En respuesta a su pregunta, Dean sacó dos platos del armario y sirvió una generosa ración para Jennifer y otra para él mismo. Se sentaron a la mesa y comieron juntos en silencio, recordando la última vez que habían disfrutado del delicioso mofongo. Apenas había sido unos meses antes, pero se sentían como si hubiera pasado toda una eternidad.

Tres días más tarde, Gloria salió de la cama, se vistió y le dijo a Dean que necesitaba que la llevara en coche. Él se animó por su repentino cambio de comportamiento y trató de no hacerle demasiadas preguntas mientras se subían en el todoterreno por miedo a que aquello la desanimara. Mientras recorrían la ciudad, Dean supuso que su mujer quería ir a visitar la tumba de Sebastian, pero cuando pasaron por delante del colegio, Gloria le pidió a su marido que se detuviera y aparcara el coche.

—Pero este es el colegio de Sebastian. ¿Por qué quieres entrar en él?

—Quiero mostrarte algo —le dijo Gloria.

Dean se sintió inquieto.

—¿De verdad piensas que esto es buena idea, Gloria? Hoy estás mucho mejor...

—Por favor, Dean, lo necesito.

Salieron del todoterreno y Gloria lo condujo por los pasillos del colegio y hacia el exterior. Los niños todavía estaban en clase, y el campo de fútbol y el patio se encontraban vacíos. Gloria cruzó el patio y se quedó de pie ante el campo de fútbol, mirando fijamente hacia delante, en silencio. Parecía que hubiera sido ayer cuando se había encontrado allí y su hijo estaba vivo, corriendo por el terreno de juego como si no tuviera otra preocupación en el mundo. ¿Podía ser que todo se tratara de un extraño y horrible sueño? ¿Sería posible levantar el velo del tiempo y encontrar a Sebastian esperándola allí? Parecía absurdamente posible, pero Gloria saboreó ávidamente aquel momento. Absurdo o no, era lo más esperanzada que se había sentido en varios meses.

—¿Es aquí donde sucedió? —le preguntó Dean finalmente.

Tenía una cierta idea de cómo había muerto Sebastian, pero Gloria no había podido contarle demasiado, porque cada vez que lo intentaba, se desmoronaba y era incapaz de terminar.

Gloria asintió y entonces avanzó hacia el campo de fútbol, caminando sobre la hierba como si fuera tierra santa. Dean permaneció cerca de ella, preocupado e inquieto por saber qué sucedería a continuación.

—Corría tan rápido que al principio no lo reconocí —rememoró Gloria—. Lo llamé, pero no me oyó. O puede que lo hiciera, pero no le importó. Y entonces eché a correr detrás de él, pero no logré alcanzarlo porque fue como si una especie de fuerza increíble lo estuviera separando de mí. —Gloria iba a paso ligero, siguiendo el camino que Sebastian había recorrido—. Y fue justo aquí —dijo parándose a unos metros de la línea de gol—. Aquí es donde cayó. —Se arrodilló en el mismo sitio en el que su hijo había fallecido, y Dean la imitó, colocándose junto a ella—. Lo sostuve entre mis brazos y le dije que no dejaría que nada malo le sucediera, que estaba a salvo conmigo, pero no era verdad. Sebastian nunca estuvo a salvo conmigo.

En aquel momento sonó una estridente campana que los sobresaltó a ambos. Infinidad de niños salieron corriendo al patio desde las clases, ansiosos por disfrutar del recreo de la mañana. El aire se llenó del alegre vocerío de los niños riendo, chillando y gritándose unos a otros mientras se organizaban para jugar. Algunos fueron a buscar el equipo deportivo y varios corrieron hacia el campo de fútbol donde Gloria y Dean todavía se encontraban arrodillados. Ambos contemplaron a los niños que habían sido compañeros de clase de Sebastian desperdigándose por el patio, brincando, corriendo y saltando, cayéndose unos sobre otros muertos de la risa o quejándose escandalosamente.

Los niños se sintieron confusos cuando vieron a dos adultos arrodillados en su campo de fútbol y se quedaron parados en seco. Dean ayudó a Gloria a ponerse en pie y salieron del campo. Dean localizó un banco solitario bajo un sauce no demasiado lejos y condujo a su mujer hasta él. Se sentaron en el banco y contemplaron a un grupo de niños que se estaba organizando en torno a las pistas de pelota atada cercanas, tumbándose en el suelo y jugando con los pies en lugar de con los puños. Llevaban varios minutos contemplando aquel curioso juego cuando Gloria se derrumbó y dejó salir lo que llevaba semanas oprimiéndole el corazón.

—Yo lo maté —susurró—. Yo maté a nuestro hombrecito.

—¡No digas eso! —le respondió Dean cogiéndola de la mano.

—Mi miedo lo mató, exactamente como tú dijiste que sucedería, y tienes todo el derecho del mundo a odiarme por ello.

—No —susurró Dean, atrayéndola hacia él—. No vuelvas a decir algo así.

—¡Dime que me odias! —sollozó Gloria apartándolo de ella—. Dime que soy la persona más repugnante que has conocido en tu vida.

—Ya está bien... —trató de interrumpirla él, intentando cogerle las manos, pero ella siguió zafándose de su marido.

—Dime que desearías que estuviera muerta y en el infierno, que es donde debería estar.

—Te diré lo siguiente —le respondió Dean, sujetando a su mujer firmemente por los hombros—: Por mucho que quisiera a Sebastian y por mucho que ahora lo eche de menos, eso no modifica lo que siento por ti. Independientemente de lo que haya pasado, nunca he dejado de quererte, Gloria. Sebastian lo sabía.

Gloria se quedó inmóvil mientras contemplaba la apacible belleza de los ojos de su marido y entonces recordó que, en su momento, aquellos ojos azules habían sido su santuario y el lugar en el que albergaba la esperanza por todo lo bueno del mundo. Y, a pesar de sí misma, se relajó y se acurrucó junto a su marido, recibiendo con gusto la calidez y la protección de su brazo alrededor de los hombros, como no lo había hecho en años. Se quedaron sentados en el banco bajo el sauce contemplando a los niños jugar durante un rato.

En un momento dado, una niña delgada con gafas y un desaliñado cabello rubio se aproximó a ellos con cautela. Se quedó a varios metros de distancia, observando por debajo de las ramas más bajas del árbol, con una expresión triste y algo desconcertada en el rostro. Cuando satisfizo su curiosidad, se volvió y corrió ágilmente hacia el campo de fútbol para unirse a sus amigos. Había un muchacho más alto y musculoso que los demás con el pelo rojizo que corría por el campo con el balón, con la intención de marcar un gol. Claramente, era el líder del grupo y su agilidad resultaba impresionante.

Los niños estaban en mitad del juego cuando la señorita Ashworth se acercó a una de las bandas sosteniendo entre los dedos un trapo de limpieza. Preguntó en voz alta:

—¿Quién quiere ayudarme a limpiar la pizarra hoy?

Sorprendentemente, muchos alumnos interrumpieron gustosos su recreo para volver dentro y encargarse de lo que parecía una tarea de lo más aburrida, pero fue al chico deportista a quien eligió la señorita Ashworth para llevarla a cabo. Mientras ambos salían del campo de fútbol, la profesora le entregó el trapo y él lo hizo girar con tal frenesí que estuvo a punto de golpear con él a la profesora en la cara. Ella no perdió ni un segundo en quitárselo de las manos, y Dean y Gloria escucharon las alegres protestas del muchacho mientras entraba en clase con la señorita Ashworth.

Gloria y Dean permanecieron en el banco hasta que sonó la campana y los niños regresaron a sus clases. Cuando todo se quedó de nuevo en silencio, abandonaron el banco debajo del sauce y salieron del patio cogidos de la mano.

CAPÍTULO TREINTA Y UNO

Lola estaba sentada completamente inmóvil en su mecedora, de cara a la pared prácticamente vacía. No sabía cuánto tiempo llevaba allí. En ocasiones se sentía como si hubiera estado allí toda la vida, esperando a que su mundo cambiara, esperando a que sus hijos superaran sus insignificantes diferencias, esperando a que su vida llegara a su fin para poder reunirse con su querido Ramiro en el más allá. Y ahora también, para poder estar con Sebastian.

Detrás de la mesa había un enorme montón de envases de poliestireno formando una pila. No tenía energía ni interés por seguir cocinando, y el centro de la tercera edad había vuelto a enviarle la comida. A Terrence y a su banda les iban tan bien las cosas que ya no necesitaba pluriemplearse de repartidor, y Lola se alegraba de ello, ahora que él y Gabi iban a iniciar una vida en común y a tener un bebé. Pronto tendría otro nieto al que querer, pero no se sentía feliz. La profunda pena que albergaba en su corazón no dejaba hueco para mucho más.

Ya había gastado todas las lágrimas. El vacío que sentía sin su nieto era aún peor que cuando había perdido a su marido diez años antes. Sebastian era más que su nieto, para ella se había convertido en algo así como un espíritu de la resurrección, y siempre había anhelado y rogado para que su propia muerte llegara antes que la de él, pero eso no era lo que estaba escrito.

Cerró los ojos y se reclinó en la mecedora. Lo único que oía era el latido de su propio corazón, el sonido del aire viciado de la habitación cerrada entrándole en los pulmones cuando inspiraba y saliendo de ellos cuando exhalaba, recordándole que no era más que un cuerpo vacío. Su vida pendía de un tembloroso hilo unido en un extremo al centro mismo de su alma y, en el otro, a la vasta inmensidad del cielo al que tanto anhelaba ir. Lo único que tenía que hacer era alargar un dedo y cortar aquel hilo, tan sencillo como eso. Quizá esta vez sí sería capaz de llevar a cabo una acción innombrable. Quizá esta vez sus hijos no estarían equivocados con respecto a sus intenciones.

—Se acabó —masculló mientras contemplaba el retrato de Ramiro—. Tú estás mucho más cerca de Dios que yo. Dile que ahora sería un buen momento de llevarme consigo antes de que me encargue yo misma de hacerlo.

Suspiró y volvió a cerrar los ojos, esperando a que la muerte hiciera acto de presencia. Si permanecía en la mecedora durante unos cuantos días, sabía que la muerte vendría y se la llevaría. Lo único que necesitaba era ser paciente y esperar. Y, con un poco de suerte, se habría ido antes de que sus hijos la obligaran a marcharse de Bungalow Haven. La muerte de Sebastian únicamente había pospuesto lo inevitable y no tenía más energía para seguir oponiéndose a ellos.

Sin embargo, por alguna razón, sintió la urgencia de abrir los ojos. No podía explicar qué había sido, un misterioso empellón, una voz interna, un anhelo que la motivó no solo a abrir los ojos, sino a levantarse e ir a su dormitorio. En el cajón del tocador guardaba carpetas de todos sus nietos con los dibujos que habían hecho desde que eran lo bastante mayores como para sujetar los lápices de colores entre sus dedos regordetes. Pero fue la carpeta de Sebastian la que sacó. Y el primer dibujo encima de todos los demás era el último que él le había dado: la imagen de la «anciana de pelo negro», como él la había llamado. Lola recordó la angustia en los ojos de su nieto cuando le había descrito sus apariciones. La había asustado e inquietado ver aquel dibujo, porque sabía que las personas que estaban cercanas a la muerte experimentaban visiones como aquella. Entonces no quiso pensar demasiado en esa posibilidad, pero ahora..., ahora ya no había nada que perder.

Mientras contemplaba el dibujo, Lola dio un paso atrás para sentarse en el borde de la cama. Se concentró en la intensidad de los vívidos ojos negros y en la expresión que ella conocía tan bien, la nariz larga, la boca grave y la miríada de arrugas que cruzaban el rostro en todas las direcciones. Se dio cuenta entonces, igual que la primera vez que lo vio, de que aquel no era un dibujo corriente que cualquiera pudiera haber creado, sino que se trataba del retrato de una persona de verdad que existía más allá de la imaginación de un niño. Y, a medida que continuaba observando la cara, los ojos repentinamente cobraron vida, y Lola gritó, dejando caer el papel al suelo. Y entonces escuchó con total claridad unas broncas palabras:

—No desesperes, Dolores. Escúchame atentamente y haz lo que yo te diga.

Mientras escuchaba, Lola recogió el dibujo y se dejó caer de espaldas en la cama, apretándolo contra su pecho sollozando, sorprendida de que el llanto fluyera tan fácilmente cuando estaba segura de que ya no le quedaban más lágrimas.

CAPÍTULO TREINTA Y DOS

Eran aproximadamente las cuatro y media de un domingo por la tarde y Gloria se encontraba en la planta de arriba organizando y empaquetando lo que podía, mientras Dean estaba en el garaje planificando qué regalar y de qué deshacerse antes de que vendieran la casa. No había ninguna duda de que tendrían que hacerlo o declararse en bancarrota, y Gloria sabía mejor que nadie que las cosas solo podían empeorar si esperaban. No había tiempo que perder, pero todavía no habían empezado con la habitación de Sebastian. La perspectiva de revisar sus cosas era demasiado dolorosa, y solo pensar en tirar cualquiera de ellas resultaba insoportable. Gloria y Dean decidieron que, una vez que se ocuparan de todo lo demás, afrontarían juntos aquella difícil tarea.

Jennifer también estaba limpiando su armario, y la gran pila de ropa en el centro de su habitación iba creciendo sin cesar. Había decidido darlo todo, excepto sus pertenencias más esenciales. Sin pensárselo dos veces, echó al montón varias cosas de las que antes le hubiera costado muchísimo separarse.

Sonó el teléfono, y Gloria lo cogió y escuchó la voz de su madre al otro lado de la línea. Dejó caer lo que tenía entre las manos, sin poder creerse lo que estaba oyendo.

—No me hagas esto ahora, mami. Por favor, te lo ruego, no después de todo lo que ha pasado.

Gloria colgó aturdida y paralizada durante un instante y entonces gritó con todas sus fuerzas:

—¡¡¡Dean!!! ¡Dean, ven aquí!

Jennifer salió corriendo de su habitación cuando oyó a su madre gritar.

—¿Dónde está tu padre? —le preguntó Gloria presa del pánico.

—Está en el garaje.

—¡Dean! —gritó Gloria mientras trastabillaba escaleras abajo—. ¡Tenemos que irnos! ¡Dean!

Sin embargo, Dean ya estaba subiendo las escaleras a toda prisa.

—¿Qué sucede?

—¡Es mami! —le dijo Gloria retorciéndose las manos—. Me ha dicho que ha encendido un fuego por Sebastian y que esta vez nadie podrá detenerla.

Cuando Gloria, Dean y Jennifer llegaron a Bungalow Haven, los cinco camiones de bomberos ya estaban aparcados en la parte delantera, y pudieron ver el humo elevándose por encima de los árboles y el olor a quemado flotando en el ambiente. Corrieron por el sendero serpenteante hacia la casita amarilla del fondo y lo que vieron los dejó helados.

Varios bomberos se habían reunido a contemplar a Lola, que se inclinaba sobre una enorme parrilla que ocupaba la mayor parte de su pequeño patio. Había hecho una enorme hoguera con leños y carbón, y el humo que desprendía cubría prácticamente toda su casa. Colocado sobre la parrilla, había un gran asador en el cual giraba un cabrito. Lola lo estaba frotando cariñosamente con una brocha, pero se hallaba tan elevado del suelo que la anciana tenía que utilizar un taburete para llegar bien. Y había vuelto a teñirse el pelo, pero esta vez de color morado oscuro, tan brillante como una berenjena de neón.

Los bomberos se enfadaron porque les hubieran llamado por nada más que una barbacoa descomunal. Explicaron secamente que no había ninguna ley que prohibiera cocinar al aire libre en esa zona de la ciudad y, por lo que ellos habían comprobado, ninguna de las estructuras o edificios circundantes corría ningún peligro. Dicho esto, abandonaron rápidamente el lugar.

A continuación, llegaron Mando, Susan y Cindy, sin aliento después de haber corrido a toda prisa por el sendero, y, unos segundos más tarde, también aparecieron Gabi y Terrence. Parecía que todo el mundo había recibido la misma críptica y siniestra llamada telefónica.

Lola levantaba la vista de su tarea cada vez que llegaba un nuevo miembro de su familia, deleitándose visiblemente con la conmoción y la sorpresa dibujadas en sus caras.

El humo de la hoguera flotaba y formaba volutas a su alrededor, como si se estuviera moviendo al son de una música misteriosa. A veces la ocultaba y, cuando se aclaraba momentáneamente, Lola aparecía más radiante que antes, una energía ambivalente que no se sabía si iba o venía.

El humo envolvió también a su familia, y su fragancia los rodeó uno por uno, arrastrándolos, tirando de ellos. Caminaron lentamente como en trance a través del brumoso muro que los separaba de Lola, internándose en el fantástico mundo que tenían ante sus ojos.

—Parece como si todos hubierais visto un fantasma —comentó Lola, profiriendo una risita—. Y uno no muy agradable, a juzgar por vuestras caras.

—¿Qué estás haciendo, mami? —le preguntó Gloria.

—Ya te lo he dicho antes —le respondió Lola—. He encendido un fuego por Sebastian y, en él, voy a cocinar mi pequeño cabrito. Creo que le gustará muchísimo. Probablemente se convertirá en su plato favorito, igual que es el mío.

—Abuela Lola —le dijo Jennifer, preocupada por que su abuela realmente hubiera perdido la cabeza esta vez—. Sebastian ya no está entre nosotros, ¿te acuerdas?

—¡Tonterías! —le espetó Lola, haciendo un gesto de desdén con la mano—, Sebastian siempre estará entre nosotros. Y ahora, venid a ayudarme. Ya conocéis la norma, si todos vamos a comer, todos tenemos que trabajar.

Intercambiaron entre sí unas miradas de preocupación, sin saber qué hacer o cómo interpretar lo que estaba sucediendo. Por el momento, lo único que pudieron hacer fue quedarse en el sitio para ver qué pasaría a continuación. Cindy fue la primera en separarse del grupo y dar un paso al frente. Ayudó a Lola a bajarse del taburete, después de lo cual su abuela le entregó la brocha y el cuenco. Susan se acercó a la hoguera y sostuvo el cuenco mientras su hija rociaba el cabrito, tal y como había estado haciéndolo Lola un momento antes.

—Continúa humedeciéndolo hasta que se termine la salsa —le indicó Lola—. Hay más en el porche para cuando se acabe.

Mando y Terrence decidieron sacar unas sillas de la casa para que todo el mundo pudiera sentarse alrededor del fuego mientras se asaba el cabrito. Hacía una tarde preciosa y parecía que iban a pasarse allí un buen rato.

Dean y Gabi se quedaron junto a Gloria, atentos para ofrecerle cualquier apoyo que necesitara. Ella era la que más desconcertada estaba de todos y fijó su mirada en Susan y luego la apartó, como si no supiera qué hacer. Normalmente, se habría dado media vuelta y habría puesto tanta distancia con su cuñada como hubiera podido, pero se sentía totalmente confundida. Sebastian era su hijo, y Lola había dicho que había hecho aquel fuego por él. Quería marcharse y, aun así, no lograba decidirse a hacerlo.

Mientras Mando y Terrence colocaban las sillas en torno al fuego, Cindy avisó de que se estaba quedando sin salsa.

—Ayúdala, nena —le indicó Lola a Gloria, señalando la botella de adobo que descansaba sobre el porche.

Aún desconcertada, Gloria fue a hacer lo que su madre le había pedido y le llevó la botella a Susan y vertió un poco en el cuenco que ella le tendía, pero estaba tan nerviosa que derramó la mayor parte y después le dio un golpe al cuenco, tirándolo al suelo. Ambas mujeres se agacharon a recogerlo y se golpearon la cabeza al hacerlo. Se disculparon al ponerse en pie, incluso riéndose un poco por lo bajo mientras lo hacían.

Todo el mundo se quedó atónito al ver a Susan y a Gloria juntas, interactuando más o menos educadamente. Puede que el humo de la hoguera estuviera ejerciendo un extraño efecto embriagador y las estuviera devolviendo a sus cabales. Y entonces empezaron a hablar entre sí tan bajito que nadie lograba escucharlas.

—Hemos sido estúpidas —murmuró Susan.

Todavía aturdida, Gloria miró a su cuñada directamente a los ojos por primera vez en muchos años.

—¿Me estás llamando estúpida?

—Me refiero a ti y a mí. Somos un par de estúpidas testarudas y arrogantes.

Gloria dejó caer la barbilla hacia el pecho, y cuando levantó la mirada, los ojos le brillaban por las lágrimas.

—Ahora todo parece tan inútil y ridículo, ¿verdad?

—Tal vez siempre lo ha sido —le respondió Susan.

—Puede que sí —concedió Gloria, y se preparó para alejarse, cuando Susan dijo, lo suficientemente alto como para que los demás pudieran oírlo:

—Mando y yo no podemos soportar quedarnos de brazos cruzados contemplando como perdéis la casa. Queremos ayudaros.

Gloria sintió que la ira le subía de nuevo desde aquel lugar en el que le había estado ardiendo durante años y cerró los ojos con fuerza en un intento por controlarse. Se negaba a que volvieran a ponerla en una situación humillante.

—Gracias, pero no —rezongó.

Al oír aquello, Dean dijo:

—Quizá deberíamos considerar...

—¡Maldito seas, Dean! ¿Acaso no tienes un ápice de orgullo?

—Déjalo ya, mamá —le soltó Jennifer, interponiéndose entre sus padres—. No deberías faltarle el respeto así a papá.

Gloria dejó caer los hombros bruscamente cuando oyó aquello. Sabía que su hija tenía razón, pero, de repente, se sintió perdida, casi tanto como durante los primeros días tras la muerte de Sebastian.

—Déjanos ayudaros —repitió Susan.

Gloria se giró súbitamente sobre sus talones, con los puños apretados a ambos lados del cuerpo.

—¿Se puede saber por qué queréis ayudarnos tan desesperadamente? ¿Lo hacéis para poder obligarnos a firmar un montón de papeles que detallen palabra por palabra cuánto tenéis vosotros y de cuánto carecemos nosotros? ¿Lo hacéis para poder contarles a vuestros amigos esnobs lo maravillosos y generosos que sois?

—Cálmate, nena —le recomendó Lola.

—¡No me voy a calmar! —voceó Gloria con todas sus fuerzas.

Susan dio un paso al frente, con los brazos cruzados sobre el pecho y la cabeza bien alta.

—Por un instante casi me has engañado, pero ahora veo que no has cambiado ni lo más mínimo. De hecho, creo que eres aún más cabezota que hace diez años. En todo caso, la oferta sigue en pie. Mando y yo os prestaremos el dinero que os haga falta para conservar la casa, sin condiciones y sin firmar un montón de papeles.

—¡No queremos vuestro dinero! —le espetó Gloria.

—No seas estúpida —le respondió Susan—. Simplemente, acéptalo.

—No podemos.

—Sí, sí que podemos —dijo Dean.

—¡No, no podemos! —replicó Gloria, dirigiéndole una mirada de odio que habría convertido en piedra a alguien menos hombre.

—¿Por qué no puedes? —le preguntó Susan dando un pisotón en el suelo.

—Porque no —le respondió Gloria cruzándose decididamente de brazos.

—Pero ¿por qué?

—¡Ya te lo he dicho antes! ¡Porque no podemos!

—Esa no es una razón.

—Es una razón lo bastante buena para mí.

—Pero no para mí.

—¿Y qué? —exclamó Gloria, echando bruscamente la cabeza hacia atrás, igual que Susan había hecho hacía un momento—. ¿Desde cuándo tengo que justificarme ante ti?

—Eres una imbécil testaruda —le dijo Susan.

—Y tú eres una imbécil arrogante —le devolvió Gloria.

En ese momento, Mando se puso en pie y afirmó:

—Bueno, al menos todos estamos de acuerdo en ambas cosas.

Terrence se echó a reír, pero Gabi le detuvo poniéndole la mano en la rodilla.

Gloria dio media vuelta y se marchó, y Susan le gritó:

—Si sigues alejándote, se retira la oferta de encima de la mesa.

Gloria le hizo un gesto de desdén con la mano, como diciendo: «¡Hasta nunca!», y siguió caminando en línea recta.

—¡Si pasas de ese gran olmo, el segundo a tu izquierda, el trato se termina! —gritó Susan aún más alto.

Cuando Gloria alcanzó el olmo, vaciló y entonces se dio la vuelta para enfrentarse a su cuñada.

—¿Por qué quieres ayudarnos ahora? ¿Es porque te damos pena? Porque no necesitamos tu compasión.

—No os tenemos pena —le gritó Susan como respuesta—. Queremos ayudaros porque... porque... —Pero no fue capaz de continuar.

—Simplemente, dile lo que me dijiste a mí el otro día —la animó Mando, y Susan negó con la cabeza mirándose los pies, embargada por la emoción—. ¿Quieres que se lo diga yo por ti? —le preguntó él, y ella asintió sin levantar la mirada—. Escúchame, Gloria —dijo Mando, volviéndose hacia su hermana—. Todos queríamos muchísimo a Sebastian y, desde que ya no está entre nosotros, Susan y yo hemos estado pensando en lo mucho que significáis para nosotros. Sé que hemos tenido nuestras diferencias, pero eso no cambia el hecho de que, nos guste o no, somos todo lo que tenemos.

Miró a todos los que estaban reunidos alrededor del fuego, tratando de contener sus emociones lo mejor que podía. Inspiró profundamente y dijo:

—Propongo que, a partir de ahora, si alguno de nosotros cae, caigamos todos. Pero lo mejor es que, si nos mantenemos unidos, ninguno de nosotros caerá.

Aquellas eran las palabras que Gloria había anhelado escuchar durante años, pero ahora que había sucedido, no tenía ni la menor idea de cómo reaccionar. Lola le dio un codazo a Dean, que fue a reunirse con su esposa, la cogió de la mano y la trajo de vuelta al lugar en donde Susan se encontraba, todavía con la cabeza gacha. Y a medida que el fragante humo del asado formaba volutas a su alrededor, aquellas dos empecinadas mujeres que apenas se habían dirigido la palabra durante años se abrazaron.

El cabrito siseó en el asador mientras daba vueltas al fuego y, con cada vuelta, fue adquiriendo un aspecto más dorado y hermoso.

Lola se limpió las manos en el delantal.

—Las bebidas están listas dentro. Jennifer, ¿te importaría sacarlas?

Jennifer corrió hacia la casa sintiendo más energía de la que había tenido en las últimas semanas. Momentos más tarde apareció con varios vasos en equilibrio en una bandeja y una botella de vino bajo cada uno de los brazos.

Cuando todos estuvieron servidos, se sentaron juntos alrededor del fuego contemplando el cabrito dar vueltas en el asador, y Lola observó a toda su familia reunida. No estaban allí por una boda ni por un funeral y, durante un instante, no pudo creer lo que veían sus ojos. Entonces sacó el dibujo de la anciana de pelo negro del bolsillo de su delantal y lo estudió durante largo rato, sonriendo mientras lo hacía.

—¿Qué es eso, abuela? —le preguntó Cindy inclinándose para mirarlo mejor.

—Es un dibujo que Sebastian hizo hace tiempo —le respondió Lola—. Me dijo que había dibujado a una misteriosa anciana de pelo negro que había conocido en el hospital.

—¿Una misteriosa qué? —preguntó Cindy.

—Sebastian me habló de ella —afirmó Dean, inclinándose hacia delante—, pero para ser sincero con vosotros, no... no entendí realmente de qué me estaba hablando.

—Durante los últimos meses, esta, ah..., anciana ha estado visitando a Sebastian y le ha estado aconsejando y guiando —les contó Lola—. Y tengo razones para pensar que está con él ahora.

—¿Qué demonios...? —exclamó Gloria, poniéndose en pie—. Sebastian nunca me habló de una anciana de pelo negro. ¿Y cómo es posible que esté con él ahora?

Lola no le contestó, simplemente le pasó el dibujo a Gloria, que lo contempló durante mucho rato, y cuanto más lo miraba, más perpleja parecía. Pero entonces, de repente, se quedó sin aliento y lo comprendió todo. Le entregó el dibujo a Susan para que ella y Mando pudieran mirarlo y, en poco tiempo, un destello de reconocimiento se encendió en los ojos de ambos, y Mando se puso pálido. Entonces le entregó el dibujo a Gabi, que comprendió casi inmediatamente lo que ellos habían visto y se echó a llorar. Bastante preocupado, Terrence la envolvió entre sus brazos, haciendo todo lo posible por consolarla y entonces, ante el asombro de todos, Gabi dejó de sollozar y repentinamente explotó a reír. Trató de explicarse, pero era difícil hablar mientras intentaba recuperar el aliento al mismo tiempo. Lo máximo que pudo hacer fue pasarle el dibujo a Dean, que lo contempló durante un rato mientras meneaba la cabeza. Había cogido la broma al instante, pero no creía que fuera su turno de decir nada.

Al principio, Mando y Gloria no comprendieron qué le hacía tanta gracia a Gabi, pero pronto lo hicieron y no pudieron evitar sonreír e incluso reírse un poquito ellos mismos. Sí, era bastante gracioso cuando pensaban en ello, condenadamente gracioso.

—¿Qué creéis que diría él de todo esto? —le preguntó Gabi a su hermano una vez recuperada de su ataque de risa.

—No le habría gustado —respondió Mando meneando la cabeza.

—Estás siendo demasiado duro con él —le dijo Lola—. Puede que a veces fuera brusco, pero también tenía un lado muy tierno. En realidad, no es tan sorprendente que haya podido haber un poquito de confusión...

—¡Oh, venga ya, mami! —exclamó Gloria—. Sabes tan bien como yo que a papi no le habría gustado que nadie lo confundiera con una anciana, y menos su propio nieto.

Y después de que Gloria pronunciara aquellas palabras que todo el mundo estaba pensando, todos ellos estallaron en carcajadas hasta que se les humedecieron los ojos. Hacía años desde que se habían reído juntos de aquella manera, y ni siquiera Terrence, que no había conocido al abuelo Ramiro, pudo resistirse y dejarse llevar por aquella alegre oleada de purificación, más curativa que un mar de lágrimas. Y cuando terminaron de reírse, se quedaron sin aliento, aturdidos, mientras se miraban unos a otros a los ojos. Y lo que tenían delante era algo maravilloso: vieron una familia.

Un rato después, Jennifer y Cindy también tuvieron la oportunidad de examinar el dibujo, y Jennifer le contó a su prima como unos días antes había pedido una señal que le indicara que su hermano estaba bien, que no se encontraba solo. No le cabía la menor duda de que aquello era lo que había anhelado.

Cindy contempló a su prima con ojos desorbitados.

—¿Y a quién se lo pediste exactamente?

Jennifer, en realidad, no había pensado en ello, aunque supo instantáneamente la respuesta.

—A Dios —le contestó encogiéndose de hombros—. ¿A quién si no?

Aceptando la respuesta de su prima sin cuestionársela, Cindy entonces le preguntó:

—¿Y realmente piensas que el abuelo Ramiro y Sebastian están juntos en el cielo?

—Sé que lo están —respondió Jennifer, sorprendentemente cómoda con aquella nueva filosofía mística que acababa de adoptar—. Y aunque no estoy segura de cómo funciona eso de la vida después de la muerte, puedo garantizarte que Sebastian y el abuelo Ramiro están aquí con nosotros en este preciso instante.

—¿Cómo lo sabes? —le preguntó Cindy, mirando nerviosa hacia las sombras alargadas que se cernían a su alrededor.

—Lo noto —le respondió Jennifer colocándose la mano sobre el corazón, como siempre hacía Sebastian.

Cindy también se puso la mano en el corazón.

—Sí, yo también lo noto —murmuró.

Y cuando el sol se puso en Bungalow Haven, encendieron velas y sacaron el cabrito del asador para trincharlo con sumo cuidado. Aquella era la comida más deliciosa que cualquiera de ellos podía recordar haber tomado en muchísimo tiempo. Y mientras comían y bebían, contemplaron el brillo de las ascuas, y Lola se reclinó en su asiento y se pasó los dedos por el cabello púrpura. La paz y el bienestar que sentía al saber que su querido esposo y su nieto estaban juntos iban más allá de su comprensión, pero dejó que ambas sensaciones se asentaran en su alma y la embargaran por completo. Pidió que le devolvieran el dibujo para poder guardarlo y entonces, sin que nadie se diera cuenta, lo echó al fuego. En un instante, lo consumieron las llamas y el humo se elevó hacia el firmamento, retorciéndose en anillos de deliciosos vapores más allá de los árboles.

Y en el suave halo de luz que se entretejía entre las ramas de los árboles por encima de sus cabezas, Lola habría jurado que vio a Sebastian corriendo como el viento, con sus pequeños brazos y piernas impulsándose con una alegre despreocupación por el campo de fútbol hasta alcanzar el final mismo. Y entonces saltó para aterrizar en los brazos de su abuelo, que lo estaba aguardando, y ambos desaparecieron en el brillo de la luna y las estrellas y de todas las infinitas posibilidades que iluminan el cielo.

LAS RECETAS DE LA ABUELA LOLA

«Una comida preparada con amor no solo alimenta el cuerpo, sino que también nutre el alma.»

GUISO DE CORDERO

PÁGS. 147-148

—Y bien, ¿qué te parece? —le preguntó su abuela.

—Está bueno —le contestó Sebastian, deseando comer más.

Lola se colocó las manos sobre las caderas.

—¿Eso es todo lo que tienes que decir? ¿Solo que está bueno?

—Está muy pero que muy bueno —le aseguró él, preparándose para insistir en sus cumplidos y decirle que era la mejor salsa que había probado en su vida, cuando vio algo en la encimera tras ella.

Formando un buen montón en una fuente grande había varios hermosos huesos de aspecto prehistórico, algo que los hombres de las cavernas habrían utilizado para golpear sus tambores antediluvianos.

Percibiendo su interés, su abuela le explicó:

—Eso son jarretes de cordero. Habría hecho cabrito, pero es difícil encontrarlo en los supermercados de la zona. En la isla era fácil conseguirlos, pero ahora me dicen que es casi imposible. Tendré que ir al centro y encargarlo para una ocasión especial.

—¿Cabrito? ¿Y eso se come? —preguntó Sebastian sin poder apartar los ojos de aquella carne de aspecto extraño.

—¡Claro, es el hijo de la cabra y, sí, se come! —le contestó ella.

—Tú comes... ¿cabras? ¿Esos animales que tienen cuernos y hacen «beeeeee» como las ovejas? —le preguntó haciendo el mismo sonido que Keith y sus compinches le habían obligado a hacer a él unas semanas antes.

—Pues claro. Vienes de una larga estirpe de comedores de cabras. Tu bisabuela me enseñó a cocinar cabrito. Bueno, en realidad, no me enseñó: aprendí a hacerlo del mismo modo que aprendí a andar, a hablar o a subirme a los árboles. Ya ves, allí en la isla, aprender resultaba fácil y natural. No exigía el grandísimo esfuerzo que hace falta aquí, simplemente sucedía, del mismo modo que las orquídeas crecían en la selva sin la ayuda de un jardinero.

Elaboración

En una olla grande o *cocotte*, caliente el aceite y la mantequilla a fuego medio y reserve una cucharada sopera de aceite. Cuando esté caliente pero sin humear, añada los jarretes de cordero y dórelos por todos los lados. Retírelos de la olla a un plato y tápelos. Añada la cucharada sopera de aceite y saltee la cebolla durante uno o dos minutos. Añada el ketchup, el vinagre, la salsa de soja y el tomillo, y cocínelo todo a fuego medio alto durante tres minutos, removiendo constantemente. Añada el vino para adelgazar la salsa, rascando el fondo para incorporar los restos tostados. Vuelva a introducir los jarretes en la olla, añada la hoja de laurel y suficiente caldo como para cubrir la carne. Tape la olla, llévelo a ebullición y, a continuación, baje el fuego y déjelo cocer a fuego lento durante aproximadamente hora y media hasta que la carne esté tierna. Si la salsa queda demasiado caldosa, saque la carne y suba el fuego para que la salsa hierva ligeramente y se reduzca. Añada más vino o caldo si la salsa queda demasiado seca. Salpimiente al gusto una vez que la salsa haya adquirido la consistencia adecuada.

4 raciones

Ingredientes

4 Jarretes de cordero de tamaño medio, 1,5 kg aprox.
2 Cebollas picadas
¼ de taza de vinagre
1 Cucharada sopera de ketchup
2 Tazas de caldo de carne
1,5-2 Tazas de vino tinto de buena calidad
2 Cucharadas soperas de aceite de oliva
2 Cucharadas soperas de mantequilla para sofreír
2 Cucharadas soperas de hojitas secas de tomillo
1 Hoja de laurel grande
2 Cucharadas soperas de salsa de soja
Sal y pimienta al gusto

ARROZ SAZONADO BÁSICO

PÁG.
171

—Pero yo no me desanimé. Mientras ellas flirteaban, yo me apartaba, contemplando y esperando. Estudié su comportamiento, lo que le hacía sonreír o enfadarse, quiénes eran sus amigos y con quién evitaba relacionarse. En muy poco tiempo, me sabía de memoria la mayoría de las cosas que le gustaban y le disgustaban, y pronto me enteré de que su plato favorito desde que era niño era el arroz sazonado y de que estaba totalmente convencido de que nadie podía prepararlo mejor que su propia madre.

»No perdí ni un minuto e inmediatamente me puse manos a la obra para perfeccionar mi receta. Durante semanas, experimenté con una gama de distintas verduras y carnes, e innumerables condimentos para darle al plato el sabor perfecto. Cuando terminé, no hubo ni una sola persona que no dijera que aquel era el mejor arroz sazonado que habían probado en su vida y, en el fondo de mi corazón, supe que si Ramiro lo probaba, tal vez tendría alguna oportunidad con él. Aun así, no podía ponerme delante de él con un plato de arroz sin más y obligarle a comérselo. Tendría que esperar la ocasión adecuada y, si estábamos hechos el uno para el otro, yo sabía que acabaría por presentarse. Esperé durante más de un año y, cuando ya estaba empezando a pensar que quizá no sucedería, un día se presentó la oportunidad perfecta.

Elaboración

En una olla grande, fría la panceta o el tocino hasta que quede crujiente. Cuando esté hecho, retírelo y resérvelo. Fría los ingredientes del recaíto en la grasa del tocino hasta que estén tiernos, aproximadamente cinco minutos. Eche el tocino, los tomates y la salsa en la olla. Añada la carne cocida de pollo o cerdo y las verduras de su elección. Añada el arroz y el agua (la superficie del agua debe quedar unos cuatro centímetros por encima del arroz). Déjelo cocer a fuego fuerte hasta que el agua se evapore. A continuación, remueva el arroz solamente una vez y tape la olla, baje el fuego y déjelo cocer a fuego lento durante unos 35 minutos. El arroz que se pega en el fondo de la olla se llama *pegao*. Es la parte más crujiente y con más sabor del plato, la favorita de cualquier puertorriqueño que se precie, pero resulta difícil de preparar; es todo un arte.

Además de los ingredientes indicados anteriormente, puede añadir salchichas, frijoles negros o restos de otras comidas, como por ejemplo, gambas. La bondad de este plato es que se le puede incorporar una gran variedad de diferentes verduras y carnes para crear algo único y delicioso en cada ocasión.

6 raciones

Ingredientes

- 2 Tazas de arroz de grano largo
- 1 Lata de tomates cocidos italianos
- 4 Tazas de agua
- ½ Taza de salsa de tomate o achiote
- Panceta o tocino picado
- 1 Taza de carne cocida de pollo o cerdo
- ½ Taza de recaíto
- Sal y pimienta al gusto

ARROZ CON POLLO

PÁG. 191

Lola comenzó a mezclar el ajo picado, el vinagre y los condimentos para preparar un adobo que utilizó para humedecer el pollo por todos los costados. Mientras Sebastian picaba el ajo, la cebolla y los pimientos, tal y como su abuela le había indicado, Lola salteó los trozos de pollo en aceite de maíz y los fue apartando para dejarlos escurrir sobre un pedazo de papel de cocina. Entonces, Sebastian vertió una buena cantidad de aceite de oliva en la misma sartén y comenzó a saltear la verdura hasta que adquirió un color ligeramente dorado. A esto le añadió orégano, sal, pimienta negra y una lata de salsa de tomate concentrado, removiendo continuamente con una cuchara de madera mientras su abuela lo contemplaba satisfecha.

Cuando todos los ingredientes se hubieron mezclado bien, Lola anunció:

—Creo que ya estamos listos.

Elaboración

Caliente el aceite en una olla grande y dore el pollo a fuego medio o fuerte hasta que quede dorado. Añada la cebolla, el ajo, el orégano, la salsa de tomate, las latas de pimientos rojos junto con su jugo (reserve unos cuantos pimientos para decorar), el líquido de los guisantes, la sal, la pimienta, la hoja de laurel, el azafrán, el vino y el caldo. Remueva y llévelo a ebullición. Vierta la cerveza y deje hervir de nuevo. Añada el arroz, baje el fuego al mínimo, removiendo de vez en cuando hasta que se haga el arroz. Decórelo con los guisantes y los pimientos rojos reservados.

6-8 raciones

Ingredientes

- 2 Pollos cortados en cuartos
- ¼ de cucharada sopera de orégano molido
- 1 Cebolla grande picada muy fina
- 2 Latas de pimientos rojos picados muy finos
- 2 Cucharadas soperas de sal
- 1 Hoja de laurel
- 1 Lata de cerveza (a temperatura ambiente)
- 8 Tazas de caldo de pollo
- 2 Dientes de ajo picados
- ½ Taza de aceite de oliva
- 1 Lata de salsa de tomate
- 1 Lata de guisantes escurridos (se reserva el líquido)
- ½ Cucharada sopera de pimienta
- 1 Taza de vino blanco seco
- 4 Tazas de arroz de grano pequeño
- Una pizca de azafrán

SOFRITO TRADICIONAL

PÁGS. 192-193

—La comida debía de ser digna de mención —comentó Terrence.

—Ya lo creo. Asaban un cerdo entero, en la ventana misma, hasta que adquiría un color dorado y delicioso. De niños solíamos entretenernos contemplándolo dar vueltas mientras se nos hacía la boca agua. La piel del cochinillo estaba divina, tan deliciosa y crujiente que nadie era capaz de hacerla mejor. El secreto estaba en el sofrito con el que frotaban todo el cerdo y en la manera de cocinarlo, lenta y uniformemente.

—¿Qué es el sofrito? —le preguntó Sebastian.

—Una mezcla de cebolla, ajo, cilantro y pimiento, todo ello frito en aceite de oliva. Digamos que si no empiezas por un buen sofrito, ningún boricua que se precie se molestará en comer lo que prepares.

INGREDIENTES
(BÁSICOS)

1 Taza de cebolla picada muy fina

2 Cucharadas soperas de ajo, picado o en láminas

1 Pimiento morrón rojo o verde

½ Taza de aceite de oliva

Elaboración

Caliente el aceite de oliva en una sartén a fuego medio. Añada la cebolla y el pimiento. Saltee hasta que despida aroma. Añada el ajo y saltee hasta que se ablande y las cebollas se doren. En ese momento deben sacarse las verduras y reservarse o añadirse más ingredientes para completar la receta que se esté preparando.

Ingredientes
(opcionales)

Pimientos cubanelle (pimientos típicos que se emplean en Puerto Rico, pero son difíciles de encontrar fuera de la isla)

¼ de taza de aceitunas españolas, sin hueso y picadas

1 Cucharada sopera de alcaparras

1 Cucharada sopera de orégano molido

1 Cucharada sopera de cilantro fresco

FLAN DE COCO

PÁG. 200

Gabi comenzó a apilar los platos sucios mientras Mando se servía otra copa de vino. Lola fue hasta la encimera y empezó a cortar en rodajas un cremoso pastel.

—Sebastian y yo nos vamos —anunció Gloria, algo más serena, aunque todavía le temblaba la voz.

—¿No os quedáis para el postre? —preguntó Lola—. He preparado flan de coco.

—Si la conversación durante el postre se parece en algo a la de la cena, estoy segura de que me atragantaré —le espetó. Y dirigiéndose a Gabi y Mando por última vez, dijo—: Hemos venido hasta aquí a hablar con mami sobre su salud y sobre la situación actual en la que está viviendo, y vosotros habéis perdido por completo el norte. ¿Por qué no pensáis en eso mientras seguís atiborrándoos?

—Gloria tiene razón —comentó Mando, volviéndose hacia Gabi—. En realidad, no hemos hablado de ese tema, ¿verdad?

Gabi inspiró profundamente y se puso en pie para ver qué estaba haciendo su madre en la cocina.

—Si ese es para mí, es demasiado grande —le advirtió a su madre—. Yo quiero uno que sea la mitad. Dale ese a Mando.

INGREDIENTES

1 Cucharada sopera de extracto de vainilla

1 Lata de leche condensada

1 Lata de leche de coco

5 Huevos

Elaboración

Precaliente el horno a 175 grados. Mezcle todos los ingredientes con una batidora y vierta la mezcla en una flanera caramelizada, colocándola al baño maría. Eso permite que los suflés y las natillas se cuezan suave y perfectamente. Hornéelo durante 50 minutos aproximadamente hasta que se dore. Compruebe si está hecho pinchándolo con un cuchillo, que tendrá que salir limpio cuando esté listo. Sáquelo del horno, déjelo enfriar y métalo en la nevera durante un mínimo de tres horas antes de servir. Para sacarlo de la flanera, meta un cuchillo por el borde del molde para liberar con cuidado el flan y después dele la vuelta sobre un plato para que el caramelo quede en la parte superior.

Para cocinar el caramelo de la parte superior, funda una taza de azúcar a fuego lento en un cazo antiadherente. Asegúrese de que no se queme, pues solamente es necesario que se funda y se dore ligeramente. Vierta de inmediato el caramelo en una flanera metálica y extiéndalo de modo que todo el fondo y las paredes del molde queden cubiertas de caramelo. El caramelo debe enfriarse antes de verter la mezcla del flan en la flanera.

6 raciones

MOFONGO

PÁG. 223

Lola volvió a ponerse tras la encimera, donde tenía listos los ingredientes. Cogió el mortero y lo levantó para que todo el mundo lo viera:

—Tenemos que agradecerles el mortero o pilón a los indígenas taínos, un inteligente invento que no falta en ninguna cocina criolla. —A continuación señaló el ajo y el aceite de oliva—. Ese es un legado de nuestros antepasados españoles. —Y finalmente, cogió el plátano de aspecto extraño que había estado partiendo en rodajas—. Y nuestros ancestros africanos nos enseñaron cómo cocinar los plátanos macho y cómo freírlos en lugar de quitarles el sabor cociéndolos, tal y como hacían los europeos por entonces. Cuando lo combinas todo, tienes el mofongo: una asimilación culinaria, una irresistible alquimia de sabores y cultura que ni siquiera el poder de la corona española pudo vencer. Y gracias a Dios que todavía hoy sigue con vida y goza de buena salud. Es una mezcla criolla, y cuando como mofongo, se me alboroza la sangre africana, taína y europea que corre por mis venas.

INGREDIENTES

3 Plátanos macho grandes

¼ de kg de chicharrones crujientes (tocino de cerdo)

5 Dientes de ajo

Sal al gusto

¼ de taza de aceite de oliva

Grasa de cerdo o aceite vegetal para freír

Para este plato es muy importante conseguir plátanos macho. Los plátanos maduros o semimaduros estropearán el plato.

Elaboración

Pele y corte los plátanos en rodajas de 1,5 a 2,5 cm y remójelas en agua salada durante 5-10 minutos. Ponga el aceite al fuego hasta que esté muy caliente, pero sin humear. Fría varias rodajas al mismo tiempo (un máximo de 4) a fuego medio durante 10 o 15 minutos. Los plátanos deben quedar hechos, pero sin que estén crujientes o tostados. Mientras se fríen los plátanos, maje el tocino y el ajo crudo en un mortero. Sáquelo del mortero y resérvelo. Dependiendo del tamaño de su mortero, añada dos o tres rodajas de plátano frito al mortero y májelas hasta que comiencen a perder su forma. Añada poco a poco el ajo y tocino que tenía reservados y continúe machacando hasta que todos los ingredientes se mezclen bien. Vierta un poquito de aceite de oliva según sea necesario mientras maje para evitar que el mofongo se seque demasiado. Saque una cuchara y forme bolas de cinco centímetros de diámetro. Sírvalo con langostinos, pollo o cerdo asado.

También se puede emplear un robot de cocina en lugar del mortero, pero hay que tener cuidado de que la mezcla no quede demasiado pastosa o se licue totalmente. Es recomendable prepararlo en tandas pequeñas, de aproximadamente una taza, para que pueda controlar la textura, que tiene que ser consistente y esponjosa.

CAMARONES ENCHILADOS

PÁGS. 227-228

Gloria y Jennifer escucharon atentamente cuando Sebastian les contó todo lo que había sucedido en casa de la abuela Lola. El mofongo que la abuela le había dado para que se lo llevara a casa se hallaba sobre la mesa de la cocina y, aunque lo habían envuelto meticulosamente en varias capas de plástico de cocina, el penetrante y dulce aroma del ajo y los plátanos flotaba denso en el ambiente. Sebastian se encargó de recalentar los camarones enchilados. Tal y como le había indicado su abuela, retiró los camarones cocinados de la sartén caliente para que no se pusieran correosos y avivó el fuego para preparar la salsa de tomate, que estaba solo ligeramente picante, pero resultaba sabrosísima, gracias al sabor en su punto de los tomates crecidos en la mata, de los dientes de ajo enteros y de los condimentos frescos. Solamente después de que la sartén estuviera caliente, volvió a introducir en ella los camarones.

Gloria, que no se había quitado el camisón, cruzó los brazos sobre el pecho y miró a Sebastian con ojos entrecerrados, sin creerse del todo lo que acababa de escuchar.

—¿Así que Susan ayudó a preparar el mofongo? ¿De verdad se dignó mancharse las manos?

—Y también comió un poco —añadió Sebastian—. Y creo que le gustó.

Jennifer comenzó a deshacer el paquete de mofongo que había sobre la mesa.

—No me puedo creer que Cindy no hubiera oído nunca la historia de Otto y Rubina. Claro que, pensándolo un poco mejor —prosiguió—, sí que me lo creo. Tiene todo el sentido del mundo.

—Cindy le pidió por favor a la abuela Lola que le hablara de ellos —les dijo Sebastian—, así que la abuela le contó la historia mientras comíamos.

Elaboración

En una sartén grande, caliente el aceite de oliva y saltee los camarones pelados hasta que adquieran un color rosado y retírelos inmediatamente de la sartén para evitar que se quemen. En la misma sartén, añada los ingredientes del sofrito (cebolla, ajo y pimiento morrón) y saltéelos durante 2-3 minutos hasta que despidan aroma. Añada los demás ingredientes y cocine a fuego medio durante aproximadamente 30 minutos o hasta que la salsa se espese y, a continuación, apártela del fuego y pásela por la batidora (puede utilizar una manual o una normal). Vuelva a poner la mezcla al fuego y déjela cocer durante otros cinco minutos. Apártela del fuego, añada los camarones y tápelo. Deje reposar los camarones y la salsa durante 3-5 minutos antes de servir.

6 raciones

Ingredientes

1 kg de camarones de tamaño medio, limpios y sin cáscara
½ Taza de vino blanco seco
½ Taza de aceite de oliva
1 Hoja de laurel
½ Cebolla picada
2 Cucharaditas de vinagre
2 Dientes de ajo picados
1,5 Cucharaditas de sal
½ Pimiento morrón verde picado
1 Cucharadita de pimienta negra
½ Taza de perejil picado fino (un manojo)
1 Cucharadita de salsa worcestershire
170 gramos de salsa de tomate
½ Cucharadita de salsa picante de ají
½ Lata de pimientos (entre 150-200 gramos)
¼ de taza de ketchup

SOPA DE FRIJOLES NEGROS

PÁGS.
243-244

—Los frijoles llevan en remojo toda la mañana —explicó Lola—. Así, cuando les añadamos el resto de los ingredientes, tardarán mucho menos tiempo en cocerse.

Sebastian acababa de terminar de picar la cebolla y el ajo y, a continuación, iba a empezar con los pimientos.

Lola prosiguió:

—Hay gente que echa la verdura directamente en la olla mientras los frijoles se están cociendo, pero a mí me gusta saltearla primero en aceite de oliva y añadir los condimentos secos directamente en el aceite caliente para que liberen su sabor. Es algo muy sencillo, pero que marca totalmente la diferencia.

[...]

Aquel caldero que estaba utilizando era lo bastante grande como para dar de comer a cincuenta personas, pero la anciana no tuvo ninguna dificultad en llevarlo al quemador más grande.

—¿No crees que a lo mejor estamos preparando demasiado? —le preguntó Sebastian.

—Pues precisamente me preocupaba que quizá no estuviéramos haciendo suficiente —le respondió Lola subiendo el fuego—. Ya lo verás, siempre que preparo frijoles, la gente tiende a salir hasta de debajo de las piedras, como si fueran cucarachas.

Elaboración

Un día antes de servir, revise cuidadosamente los frijoles y limpie todas las piedrecitas que pueda haber mezcladas con ellos y, a continuación, ponga en remojo en una olla grande llena con 4 o 5 tazas de agua hasta que los frijoles queden cubiertos por un mínimo de dos centímetros y medio de agua. Al día siguiente, en una sartén, saltee la cebolla, los pimientos y los ajís hasta que se evapore el líquido. Añada la mitad de los pimientos rojos de lata y la mitad del aceite de oliva, hasta que se dore la cebolla. Vierta esta verdura frita en la olla con los frijoles y el agua. Salpimiente y añada también la salsa picante china y el azúcar. Déjelo cocer a fuego muy lento durante tres horas aproximadamente hasta que la sopa se espese. A continuación, añada el resto del aceite de oliva, los pimientos y el vinagre. Estos frijoles tradicionalmente se acompañan de arroz, pero también pueden servirse solos como sopa con una guarnición, como nata agria y cilantro o cebolletas picadas finas.

8-10 raciones

Ingredientes

½ kg de frijoles negros

4-5 Tazas de agua

½ kg de pimientos morrones picados muy finos

¼ de kg de ajís (anaheim o california) picados muy finos

¾ de kg de cebolla amarilla picada muy fina

1 Lata (400 gramos) de pimientos rojos picados

¾ de taza de aceite de oliva

⅛ de taza de vinagre blanco

2 Cucharaditas de sal

⅛ de cucharadita de pimienta negra

Una pizca de azúcar

Unas gotas de salsa picante china

GUISO DE CARNE CON PATATAS

PÁG. 255

La premonición de Sebastian acabó siendo cierta. La mayoría de los días, en torno a la mesa de Lola, se congregaban familia y amigos que se pasaban sin avisar y, normalmente, se instalaban allí durante largas visitas, sobre todo, después de olfatear lo que se estaba preparando en la cocina. Charlie Jones ya era uno de los habituales, pero muchos otros vecinos también hacían acto de presencia. La señora Abbot, vecina de Bungalow Haven, se había pasado por allí, igual que su hija Belinda, que parecía casi tan vieja como su madre. Cindy venía dos o tres veces por semana y Jennifer procuraba pasarse todo lo que podía, aunque Gloria y Susan nunca se dignaban aparecer al mismo tiempo. Lograban evitarse mutuamente durante los días de diario, y los domingos, sus respectivas familias se alternaban para ir a comer en reuniones que podían prolongarse durante toda la tarde y bien entrada la noche.

En aquellas ocasiones Lola solía permanecer detrás de la encimera, poniendo su granito a la conversación lo mejor que podía mientras removía y picaba, sazonaba y mezclaba, y volvía a remover. Sebastian disfrutaba trabajando junto a su abuela y ella confiaba en él para tomar la medida de los ingredientes o picar la verdura necesaria para el omnipresente sofrito que, para entonces, el niño era capaz de preparar hasta en sueños. Incluso después de darse una larga ducha, notaba el olor a ajo y cebolla en la punta de los dedos, algo que no le resultaba nada desagradable.

Elaboración

En una olla grande o *cocotte* saltee la carne en aceite de oliva a fuego medio alto hasta que se dore. Añada sal, pimienta, la hoja de laurel, el orégano, la cebolla, el ajo y el pimiento morrón y remuévalo todo hasta que los ingredientes se mezclen bien. Cuando la cebolla esté ligeramente dorada, vierta la salsa de tomate, el vino y el agua. Cocine hasta que la carne quede tierna (aproximadamente dos horas) y después añada las patatas cortadas en dados y continúe cociendo hasta que se hagan las patatas. Si la salsa no está lo suficientemente espesa, retire la carne y las patatas, suba un poco el fuego hasta que la salsa comience a hervir suavemente. Reduzca la mezcla hasta que obtenga la consistencia deseada. Si es demasiado espesa, añada agua o vino según sea necesario y salpiméntela al gusto.

6-8 raciones

Ingredientes

1 kg de carne o lomo estofado en dados
1 kg de patatas peladas y cortadas en dados
1 Hoja de laurel
1 Cebolla picada muy fina
1 Pimiento morrón picado fino
1 Cucharada sopera de pimienta
1 Cucharada sopera de sal
1 Cucharada sopera de orégano
2 Dientes de ajo picados
1 Lata de salsa de tomate
1 Taza de agua
Aceite de oliva
1 Taza de vino tinto seco

TOSTONES

PÁGS.
256-257

—La cocina es el corazón de un hogar —le había repetido Lola en muchas ocasiones—. Cuando el hogar cuenta con una cocina cálida y ajetreada, puedes estar seguro de que la familia que vive en él es sana y fuerte.

Aquella tarde en especial estaban preparando guiso de carne con patatas, tostones y ensalada de aguacate y cebolla. Cuando llegó Sebastian, el guiso ya llevaba horas cociéndose a fuego lento en una abundante salsa de vino, pero Lola le asignó a su nieto la preparación de los tostones, asegurándole que él los hacía mejor que nadie que conociera. Sebastian disfrutaba enormemente con la preparación de aquella receta.

INGREDIENTES

2 Plátanos macho

Aceite vegetal para freír

Sal gorda

Elaboración

Pele los plátanos macho y córtelos en rodajas de aproximadamente 2,5 cm de grosor. Es más sencillo pelarlos si se retira la piel longitudinalmente. En una sartén grande ponga al fuego el aceite hasta que esté caliente (185 grados). Eche los plátanos y fría tres o cuatro rodajas de cada vez hasta que comiencen a dorarse. Retírelos y déjelos secar sobre un trozo de papel de cocina. Con un mazo u otro plato, aplane las rodajas de plátano para crear una forma que sea parecida a la de una flor seca. Fríalos de nuevo en el mismo aceite durante aproximadamente 3 minutos más hasta que se doren. Déjelos secar sobre un trozo de papel de cocina y espolvoréelos con sal gorda.

Este plato puede servirse como aperitivo o como guarnición.

PICADILLO

PÁGS. 269-270

—Hoy vamos a preparar picadillo —anunció Lola contemplando con curiosidad a su nieto, que estaba cortando las cebollas, los ajos y los pimientos a cámara lenta—. Solíamos prepararlo en la isla cuando nos estábamos quedando sin dinero. La carne picada es barata y sabrosa, y podíamos estirarla todo lo que nos hiciera falta.

Sebastian continuó cortando la verdura y, en poco tiempo, se puso a saltear el ajo en aceite de oliva con una pizca de sal, pero aún seguía perdido en sus pensamientos. Unos minutos más tarde, un amargo olor inundó la cocina, y Lola fue a vigilar qué estaba haciendo su nieto. Vio que había empezado a sofreír el ajo antes que ninguna otra cosa, algo que ella le había dicho expresamente que no hiciera nunca. Además, no se había molestado en añadir las demás verduras, cuyo jugo habría evitado que se quemara el ajo.

Lola se volvió hacia Sebastian, que todavía tenía aquella expresión ausente y soñadora en la cara mientras seguía removiendo distraído los trozos de ajo calcinados por toda la sartén con la cuchara. Rápidamente, se la quitó de las manos y bajó el fuego, que además, estaba demasiado alto.

—¡Mira lo que has hecho, Sebastian! —exclamó, estudiándolo con algo de preocupación.

Sebastian bajó la mirada hacia el revoltijo requemado de la sartén.

—Lo siento, abuela —se disculpó—. Me parece que no estaba prestando suficiente atención.

La verdad era que estaba pensando en Kelly Taylor y en lo bien que se lo habría pasando enseñándole a cocinar. Quizá le gustaría tanto como jugar al balompié atado.

Elaboración

Caliente el aceite de oliva en una sartén grande a fuego medio alto. Añada la cebolla y después el ajo y la hoja de laurel, y sofríalo todo hasta que despida aroma, aproximadamente 3-4 minutos. Añada la carne y saltéela hasta que se dore, de 5 a 7 minutos. Agregue los ingredientes restantes y cocínelos a fuego lento hasta que la mezcla se espese, removiendo de vez en cuando. Salpimiente al gusto, retire la hoja de laurel y sirva.

Este plato tradicionalmente se sirve acompañado con arroz blanco.

4 raciones

Ingredientes

800 g de carne picada

¼ de taza de aceite de oliva

1 Diente de ajo

1 Taza de pasas

1 Cucharada sopera de orégano en polvo

1 Cucharada sopera de sal

½ Taza de salsa de tomate o ketchup

1 Cebolla picada muy fina

1 Taza de aceitunas picadas

1 Hoja de laurel

¼ de cucharada sopera de pimienta

¼ - ½ Taza de vino tinto

ARROZ CON GANDULES VERDES

PÁGS. 277-278

Lola estaba demasiado ocupada friendo plátanos macho como para prestarle excesiva atención a la ambigua reacción de sus nietos ante el plato principal. El arroz con gandules ya estaba preparado, y lo único que tenía que hacer era hervir los tubérculos que previamente Sebastian le había preparado. Lola llevaba un delantal nuevo y había puesto la mesa con más esmero de lo habitual, con servilleteros y copas para el agua junto con otras para el vino. Sebastian pensaba que la mesa estaba bastante bonita, con las copas, la vajilla y la cubertería formando un patrón que se repetía a lo largo de la mesa y que le hacía sentir una feliz expectación solo con mirarla.

Gloria, algo torpe, estaba ayudando a Lola en la cocina, aunque iba muy arreglada con el nuevo vestido que se había comprado la última vez que había ido de tiendas con Jennifer y Gabi. También se había pintado ligeramente los labios. Sebastian pensaba que nunca había visto a su madre tan guapa y lamentaba que su padre no estuviera allí para presenciarlo. Incluso aunque no estuviera tan preciosa y despreocupada como aparecía en las fotografías de la pared, aquel día nadie podía dudar que era ella. Quizá no había desaparecido totalmente después de todo.

—Nena, ¿qué estás haciendo? —le preguntó Lola con las manos en las caderas.

Gloria inmediatamente dejó caer la cuchara.

—Remover el arroz, ¿qué es lo que parece que estoy haciendo?

Lola meneó la cabeza, consternada como siempre por la falta de habilidad de su hija en la cocina.

—No remuevas el arroz. ¿Quién diablos te habrá dicho que hagas tal cosa?

Lola y Sebastian intercambiaron una mirada, como diciéndose: «¿Puedes creerte tamaña ignorancia culinaria?».

Elaboración

En una olla grande, caliente el aceite a fuego medio alto. Agregue el chorizo y los dados de jamón y fríalos hasta que despidan aroma. Añada el recaíto,* los gandules y la salsa de tomate. Mezcle bien y cocine durante cinco minutos aproximadamente. Añada el arroz y el agua y tápelo. Baje el fuego a medio bajo y deje cocer hasta que se absorba el agua casi por completo. Salpimiente al gusto y ponga el fuego al mínimo. Cocínelo durante otros 30 minutos, vigilándolo para que no se queme. Asegúrese de incluir la costra crujiente (*pegao*) del fondo de la sartén cuando lo sirva.

6 raciones

*El recaíto es una variación del sofrito con base de cilantro y puede prepararse con la receta del sofrito tradicional, pero añadiéndole cilantro picado.

Ingredientes

- 1 Lata de gandules verdes o una bolsa de 400 g de gandules congelados
- ¼ de taza de rodajas de chorizo
- ¼ de taza de jamón de york en daditos
- ¾ de taza de recaíto
- 2 Cucharadas soperas de aceite de annato (achiote)
- 2 Tazas de salsa de tomate
- 2 Tazas de arroz de grano corto
- 4,5 Tazas de agua
- Sal y pimienta al gusto

COCHINILLO ASADO

PÁGS.
279-280

Cuando Jennifer hubo servido a todos sus respectivas bebidas, Gabi, que estaba reclinada en el sofá junto a Terrence, puso los pies sobre la mesa de centro y admiró el cochinillo sobre la encimera.

—Hace años que no comemos cochinillo asado, mami, ¿a qué se debe la ocasión?

—La ocasión especial es que este es el séptimo domingo seguido que llevo preparando la comida para mi familia y amigos, y quiero celebrarlo.

Levantó la copa y todo el mundo hizo lo mismo, pero Sebastian sintió que le embargaba la pesadumbre cuando se preguntó si su padre estaría comiéndose de cena una grasienta hamburguesa con queso o conduciendo su todoterreno por toda la ciudad en busca de algo que hacer o alguien con quien hablar. Contempló a su madre, que parecía pensativa mientras bebía un sorbo de vino. Esa misma semana, cuando Lola le comentó por primera vez sus planes de organizar una comida ese domingo, había dejado bastante claro que ella no acudiría si su marido se encontraba allí. Y amenazó con no volver nunca más si Susan aparecía.

[...]

—¿Por qué no puedes dejar eso atrás, nena? —le preguntó Lola a su hija—. Ese asunto entre Susan y tú tuvo lugar hace tanto tiempo que apenas puedo recordar de qué se trataba.

—Yo recuerdo «ese asunto», como tú dices, muy bien —le espetó Gloria—. Y no quiero hablar más de ese tema.

—A veces, olvidarse de las cosas puede ser una bendición —repuso Lola, y Sebastian, que estaba escuchando entre bastidores, se estaba muriendo por preguntar qué era «ese asunto» del que hablaban, pero sabía que era inútil intentarlo.

Elaboración

El método tradicional para cocinar este plato es al aire libre, pero puede que no sea posible, ya que supone cavar un hoyo en el suelo lo bastante grande como para rellenarlo con ascuas calientes y colocar el cochinillo. Sin embargo, también puede prepararse asándolo lentamente en un horno convencional y obtener también un resultado delicioso. El tiempo de cocción dependerá del tamaño del cochinillo. En general, es recomendable dejarlo hacerse aproximadamente una hora por kilo de carne. El termómetro de la carne debería marcar unos 70 grados en la parte más gruesa y 77 en la paletilla.

Precaliente el horno a 175 grados. Deje el cerdo en adobo durante 12 horas o una noche frotándolo por todas partes con una generosa cantidad de sal, pimienta, ajo, orégano y zumo de naranjas agrias (puede emplearse zumo de lima o de limón en su lugar). Introduzca el cochinillo en el horno a 175 grados y dele la vuelta cada hora para que se cocine uniformemente. Aplique con frecuencia el adobo a lo largo de toda la cocción. Durante los últimos 15 minutos, suba la temperatura del horno a 250 grados para que la piel quede lo más crujiente posible. Cúbrale únicamente las orejas y el rabo para evitar que se quemen.

Ingredientes

Un cochinillo de unos 7 kg, vaciado, lavado y secado (su carnicero puede partírselo por la mitad de modo que descanse plano sobre la fuente del horno para que se haga de manera más uniforme)

Sal, pimienta, ajo, orégano y zumo de naranja agria (puede sustituirse por limón o lima)

Aceite de oliva

Sazonador Goya o similar

EMPANADA

PÁGS.
318-319

Cuando Sebastian entró en la casa, se encontró a su abuela en la cocina y, por lo que parecía, había estado trabajando mucho. La encimera se hallaba repleta de comida. Había un cuenco grande de arroz con frijoles, caldo de pollo, y salchichas y queso cortados en rodajas. Y había también otro plato que Sebastian no había visto nunca. Era un pastel de forma cuadrada, horneado con un perfecto color tostado. Lola ya había cortado una porción y Sebastian vio que estaba relleno de huevo, salchicha, pimientos y cebolla, y una carne que parecía pollo o algún tipo de pescado.

—¡Justo a tiempo! —exclamó Lola cuando vio a su nieto—. ¿Ha venido Keith contigo?

—Está fuera, pero no quiere entrar —le contestó Sebastian—. Ya le he dicho que no pasaba nada, pero creo que no hay manera —añadió, tratando de echarle un vistazo mejor a aquel pastel.

—Eso ya lo veremos —le respondió Lola limpiándose las manos en el delantal.

Sebastian dio un paso hacia ella.

—Ten cuidado, abuela. Puede llegar a ser muy malo.

—Tendré cuidado —le prometió ella asintiendo solemnemente.

Elaboración

Caliente el aceite de oliva en una sartén grande. Saltee el pollo en el aceite hasta que se haga y, a continuación, retírelo de la sartén y tápelo. En la misma sartén saltee las cebollas y el ajo en el aceite hasta que desprendan aroma. Agregue el chorizo en dados y fríalo durante 1-2 minutos. Vuelva a echar el pollo en la sartén, añada la salsa de tomate concentrada y condimente con sal, pimienta y pimentón dulce. Deje que la mezcla se enfríe antes de añadirla con una cuchara a la masa.

Ingredientes

4 Cucharadas soperas de aceite de oliva
700 g de pollo deshuesado cortado en dados
2 Cebollas grandes picadas muy finas
2 Dientes de ajo picados finos
130 g de chorizo en dados
2 Cucharadas soperas de tomate concentrado
Sal y pimienta
1 Cucharada sopera de pimentón dulce

Elaboración

Tamice la harina en un cuenco grande y haga un agujero en el centro. Agregue el vino blanco, el aceite de oliva, la mantequilla, sal, azúcar y unas cuantas cucharadas soperas de agua tibia. Amase todos los ingredientes hasta formar una pasta flexible. Deje reposar la masa en la nevera durante 30 minutos aproximadamente y, a continuación, divídala por la mitad. Amase una de las mitades sobre una superficie enharinada y cubra con ella el fondo de un molde de horno engrasado (de 23 x 36 cm aproximadamente), asegurándose de que la masa sobresalga por el borde superior del molde. Añada el relleno. Amase la otra mitad y colóquela sobre el relleno. Una ambas mitades presionando los bordes de la masa. Con una brocha frote la superficie con yema de huevo y hornee durante 30 minutos en el horno precalentado a 175 grados o hasta que se dore.

6 raciones

Ingredientes
(para la masa)

Puede emplear dos masas precongeladas y seguir las instrucciones para descongelarlas, o bien emplear la siguiente receta para elaborarlas.

4,5 Tazas de harina
Sal
1 Cucharada sopera de vino blanco
Una pizca de azúcar
1 Cucharada sopera de aceite de oliva
Harina para amasar
1 Cucharada sopera de mantequilla clarificada
Mantequilla para engrasar
Yema de huevo para glasear

BIZCOCHO DE RON

PÁG. 320

[...] De postre Lola había confeccionado un bizcocho de ron, un delicioso pastel con sabor a ron y a miel. Les contó que en la isla, aquel siempre había sido el postre favorito de su hermano mayor y que ella se lo preparaba cada vez que se enfadaban, cosa que sucedía a menudo.

De vez en cuando, Keith levantaba los ojos del plato mientras Lola hablaba y estaban llenos de gratitud. Cuando se sació totalmente y ya no pudo comer ni un bocado más, se enderezó y dijo:

—Me tengo que ir ya a casa.

—Bueno, pues vete —le dijo Lola—, pero recuerda que siempre habrá sitio para ti en mi mesa.

INGREDIENTES

125 g de mantequilla o margarina a temperatura ambiente

¼ de taza de azúcar moreno

¼ de taza de miel

2 Huevos

¼ de taza de agua

½ Taza de ron negro especiado

2 Tazas de harina de repostería tamizada

Levadura en polvo

¼ de cucharada sopera de sal

Mantequilla para engrasar y azúcar glas para decorar

Elaboración

Precaliente el horno a 175 grados. Bata la mantequilla y el azúcar moreno en un cuenco grande. Agregue miel, huevos, agua y ron. Mezcle bien. En otro cuenco, combine la harina de repostería, la levadura en polvo y la sal. Vierta sobre la mezcla líquida y bata hasta que todos los ingredientes estén perfectamente mezclados. Engrase un molde de horno redondo de 20 centímetros de diámetro y vierta en él la mezcla. Hornéela durante 30 minutos o hasta que salga limpio un cuchillo si lo pincha por el centro. Deje que el bizcocho se enfríe en el molde o en una rejilla de enfriamiento. Tamice el azúcar glas por encima para decorar.

6 raciones

FUNCHE (GACHAS PUERTORRIQUEÑAS)

PÁGS. 343-344

Sebastian había combinado los ingredientes él solo, sin ayuda. Empezó poniendo a hervir una olla llena de agua con sal. Después vertió la harina de maíz, batiendo constantemente para evitar que se le formaran grumos y lo puso entonces a fuego medio bajo y removió durante otros quince minutos. Tuvo que cambiar de mano para evitar que se le cansaran, pero sabía que merecía la pena para que le quedara una crema suave. Cuando la harina de maíz había adquirido consistencia, se lo pasó estupendamente añadiéndole un poco de nata líquida. Lola reconoció que, aunque así no era la forma tradicional de prepararlo, le daba al plato un acabado sabroso y muy rico. Sebastian decidió que el funche estaría aún más delicioso con unos dientes de ajo más. Los cortó en láminas muy finas, blandiendo el cuchillo grande de cocina con tanta habilidad como cualquier adulto, y los mezcló con los demás ingredientes, entre los que se incluían el sofrito y tiernos trocitos de carne de cerdo. Solo entonces quedó listo para meterlo en el horno.

Lola sacó la fuente humeante del horno unos minutos después de que Gloria llegara y la colocó sobre un salvamanteles en la encimera. La parte superior había adquirido una tonalidad dorada, y el vapor que desprendía era fragante y delicioso. Después de dejarlo enfriar durante unos minutos, lo partió en rodajas y lo sirvió en otra fuente, con un toque de aceite de oliva y pimientos asados como guarnición.

Sebastian había decidido no contarle a Lola lo que había sucedido por miedo a que ella intentara convencerle también de que se operara. Después de todo, apenas unas semanas antes le había pedido que lo ayudara a convencer a su madre, pero ahora no quería volver a oír hablar del tema. Únicamente deseaba que su vida volviera a la normalidad. Quería cocinar con su abuela y pasar los fines de semana con su padre. Quería hacer los deberes, limpiar la pizarra y jugar al balompié atado. Quería volver a dormir en su propia habitación, en su propia cama, con su madre y su hermana bajo el mismo techo. Sería mejor si su padre también pudiera acompañarlos, pero estaba empezando a comprender que, en la vida, las cosas rara vez salían exactamente como uno deseaba.

Elaboración

Precaliente el horno a 175 grados. En una sartén grande, lleve al punto de ebullición la leche, el agua, la sal y la mantequilla. Retírelo del fuego y gradualmente vaya añadiendo la harina de maíz, removiendo constantemente. Vuelva a ponerlo a fuego medio bajo, hasta que la mezcla se espese. Vierta el sofrito, los condimentos o la carne de su elección. Pase la mezcla a una fuente de horno y hornéela durante aproximadamente 30 minutos en el horno a 175 grados o hasta que se dore.

4 raciones

Ingredientes

1,5 tazas de harina de maíz

3/4 de cucharada sopera de sal

1,5 tazas de leche

3 cucharadas soperas de mantequilla

1,5 tazas de agua

Este plato se puede consumir como desayuno (endulzado con leche y azúcar) o como plato principal salado añadiéndole carne y otros condimentos como el sofrito. Se pueden incorporar los restos de otros alimentos para preparar una comida deliciosa y muy sabrosa.

CABRITO ASADO

PÁG. 391

El humo de la hoguera flotaba y formaba volutas a su alrededor, como si se estuviera moviendo al son de una música misteriosa. A veces la ocultaba y, cuando se aclaraba momentáneamente, Lola aparecía más radiante que antes, una energía ambivalente que no se sabía si iba o venía.

El humo envolvió también a su familia, y su fragancia los rodeó uno por uno, arrastrándolos, tirando de ellos. Caminaron lentamente como en trance a través del brumoso muro que los separaba de Lola, internándose en el fantástico mundo que tenían ante sus ojos.

—Parece como si todos hubierais visto un fantasma —comentó Lola, profiriendo una risita—. Y uno no muy agradable, a juzgar por vuestras caras.

—¿Qué estás haciendo, mami? —le preguntó Gloria.

—Ya te lo he dicho antes —le respondió Lola—. He encendido un fuego por Sebastian y, en él, voy a cocinar mi pequeño cabrito. Creo que le gustará muchísimo. Probablemente se convertirá en su plato favorito, igual que es el mío.

—Abuela Lola —le dijo Jennifer, preocupada por que su abuela realmente hubiera perdido la cabeza esta vez—. Sebastian ya no está entre nosotros, ¿te acuerdas?

—¡Tonterías! —le espetó Lola, haciendo un gesto de desdén con la mano—, Sebastian siempre estará entre nosotros. Y ahora, venid a ayudarme. Ya conocéis la norma, si todos vamos a comer, todos tenemos que trabajar.

Elaboración

Limpie la carne meticulosamente; séquela con un paño seco y suave. Haga pequeñas incisiones sobre la carne e inserte en ellas rodajitas de ajo y cilantro. Salpimiente toda la carne. Vierta el sofrito y la panceta por encima. Precaliente el horno a 220 grados y dórelo durante 20 minutos a esta temperatura y, a continuación, bájela a 160 grados y déjelo hasta que esté hecho, aproximadamente 2 horas y media.

Ingredientes

3-4,5 kg de churrasco o chuletas de cabrito

Ramitas de cilantro

Sofrito

2 dientes de ajo

Tiras de panceta

Sal y pimienta

Elaboración

En un cuenco grande mezcle el ajo, la sal, la pimienta, el orégano y el aceite y macháquelo.

Limpie y despelleje cuidadosamente el cabrito. Enjuáguelo con vinagre y agua como mínimo tres veces. Úntelo cuidadosamente por todos los costados con la mezcla del aceite, introdúzcalo en una bolsa de plástico y ciérrela bien. Después, póngalo a enfriar en la nevera durante 24 horas. Saque el cabrito de la nevera y déjelo reposar durante 30 minutos aproximadamente. Precaliente la parrilla a 175 grados o a fuego medio alto.

Fije el cabrito al asador mediante un cable fino y áselo durante 4 horas aproximadamente o hasta que la temperatura interior alcance como mínimo los 70 grados y la carne esté tierna.

Ingredientes (para hacerlo al aire libre)

1 Cabrito de 3 a 5 kilos

3 Tazas de ajo machacado en el mortero

1 Taza de sal

1 Taza de pimienta negra

1 Taza de orégano en polvo

5 Tazas de aceite de achiote o aceite de oliva

«Te voy a contar cómo es el cielo para mí. En él, está esta misma mesa, y todos aquellos a los quiero y he querido se sientan alrededor de ella. Damos cuenta del festín que hemos preparado juntos y nos reímos y contamos historias y, a veces, también lloramos un poquito, pero la mayor parte del tiempo nos lo pasamos estupendamente.»

booket